欧 亚 学 刊

Eurasian Studies

（第 一 辑）

余 太 山　主编

中 华 书 局

1999 年·北京

图书在版编目(CIP)数据

欧亚学刊 第1辑/余太山主编.－北京:中华书局,1999.
ISBN 7－101－02161－1

Ⅰ.欧… Ⅱ.余… Ⅲ.①欧洲－历史－研究－文集②亚洲－历史－研究－文集 Ⅳ.
K107－53

中国版本图书馆 CIP 数据核字(1999)第 10983 号

名誉顾问:季羡林 唐德刚
客座顾问:梅维恒(Vctor H.Mair)
总 顾 问:陈高华
顾 问:(按姓名拼音字母为序):

定宜庄 韩 昇 厉 声 林梅村
林悟殊 刘迎胜 马小鹤 潘志平
荣新江 芮传明 王邦维 徐文堪 朱学渊

主 编:余太山
责任编辑:柴剑虹

欧 亚 学 刊
Eurasian Studies
(第 一 辑)

余太山 主编

*

中华书局出版发行
(北京丰台区太平桥西里 38 号 100073)

北京市白帆印刷厂印刷

*

787×1092 毫米 1/16·17¹/₂ 印张·324 千字
1999 年 12 月第 1 版 1999 年 12 月北京第 1 次印刷
印数:1－2000 册 定价:33.00 元

ISBN 7－101－02161－1/K·933

目　录

EURASIAN STUDIES(No.1)

开展内陆欧亚学的研究

——发 刊 词——

刘 迎 胜

所谓内陆欧亚(Eurasia),也称欧亚草原(Eurasian Steppes),东起黑龙江、松花江流域,西抵多瑙河、伏尔加河流域。内陆欧亚幅员辽阔、资源丰富,是世界主要初级产品供应地和重要的消费市场。本世纪以来,由于这一地区在世界文明发展史上的重要性被逐步揭示,内陆欧亚学已成为学术研究热点之一。

自古以来,内陆欧亚就不是一个单一的文化范畴,就生产、生活方式而言,其北部主要是游牧、狩猎和半游牧区,南部分别是东亚北方旱作农耕区和内陆沙漠绿洲区。其间,扮演主要角色的是形形色色的游牧部族。有史以来,北方的游牧民和与之为邻的南方的农耕民之间充满着和战相续的故事。北方草原是南方以农立国诸民族战马的主要来源地,定居民生产的谷物则是游牧民度荒过冬的必需品。游牧民与定居民之间互相对立而又依存的关系的基础,是久已存在的草原的畜产品和农耕区的农产品、手工业品之间的交换。这种交换在战争时代表现为胜利者对失败者的掠夺,在和平时代则为贸易和通商。

从语言和种族上看,内陆欧亚的北部在古代主要是操满—通古斯语、蒙古语、突厥语、萨莫耶语、芬—乌戈尔语和印欧语等的民族,南部从东到西居住着操汉—藏语、荼罗毗陀语、印欧语、闪含语的民族。从史料和文献的角度而言,这一地区分别使用过包括汉、满、蒙古、突厥(包括畏兀儿文、察合台文等)、藏、梵和佉卢、中古伊朗语的各种文字(粟特、花剌子模、和田塞语等),以及希腊、拉丁、波斯和阿拉伯文等各种文字。

内陆欧亚长期以来受东部的汉文化圈,西部的东地中海文化圈(包括古巴比伦、古希腊、古罗马、拜占庭和以阿拉伯、波斯为代表的穆斯林文化),南部的印度文化圈,和北部的突厥—蒙古文化圈的强烈的影响。古代史家通常将内陆欧亚游牧部族的活动作为定居文明的边缘附属物加以记录;在汉文、古波斯文铭文、希腊和拉丁文献、亚美尼亚、佛教文献、中古伊朗语文献、穆斯林文献中都保存着有关内陆欧亚历史、文化的记载。

　　"地理大发现"以后,西方殖民者、冒险家蜂拥东来,沙俄亦沿陆路东向发展。自19世纪中叶起,进入欧亚内陆"考察"的西方和俄国人日渐增多。所谓"东方学"便在这样的土壤、气候中蓬勃兴起,研究对象也逐步从起初的中、近东扩大到欧亚内陆地区,诸学术分支中,以汉学、佛学、伊斯兰学、藏学、突厥学、蒙古学、满-通古斯学、阿尔泰学、伊朗学、中亚学和梵学(印度学)等对内陆欧亚研究的价值最大。而长期以来的研究实践使各国的学者们认识到,研究内陆欧亚任何局部都必须胸怀全局,也就是说只有加强内陆欧亚学的建设,重视带有全局性的课题并取得突破性的进展,局部研究才能达到应有的深度。具体而言,中亚、北亚、东北亚乃至东欧、中欧历史的研究必须与整个内陆欧亚历史的研究结合起来。内陆欧亚学作为一门独立的学问于是应运而生。

　　文化上的多元性使研究内陆欧亚的学者可以而且必须从多种文化的视角来探讨这一地区内各民族的历史、文化,比如研究塞种(Sakā)的历史必须同时依据古波斯铭文、希腊文和汉文、梵文的史料;研究哌哒的历史也必须掌握汉文、亚美尼亚文、希腊文、拉丁文、梵文、波斯文、阿拉伯文、叙利亚文的史料;研究哈萨克族古代史,则既可从大食、波斯地理学家的作品和汉文史籍有关欧亚草原游牧民的记载入手,亦可以汉文史料、《元朝秘史》或深入欧亚草原的欧洲传教士的记录等为主;研究蒙古史可以重点利用历代汉文和高丽史料,亦可分别以蒙古文、满文、藏文、波斯文、阿拉伯文、亚美尼亚文、拉丁文、畏兀儿文、察合台文及俄文史料为主;研究满学除需充分征引满文文献外,还应注意今俄罗斯远东地区的民族语言资料和世界阿尔泰学的成果,诸如此类。这说明世界各国不同学术背景的学者均可以自己的专长从事内陆欧亚史的研究,而内陆欧亚学也需要世界各国各种学术背景学者的通力合作。

　　由此可见,内陆欧亚学是一门介于北方民族史、中亚史、北亚史、东北亚史、伊斯兰文化史、俄国史、亚洲史、欧洲史等诸学科领域之间的学问,其特殊的魅力和多采的面貌,常常使研究者深感个人在科学面前的渺小——只有时时从邻近学科汲取营养,更新知识结构,永无止境地探求新的研究方向和思路,才有可能不断推动这一学科的进步。知己知彼、兼通中外,则是内陆欧亚学对我国的研究者提出的最基本的要求。

　　数千年来,内陆欧亚及其周边地区对我国历史的发展一直产生着重要的影响。

　　欧亚草原东西相距虽然遥远,但其间并无艰险的自然屏障,因而这里所有的游牧民有很大的流动性。铜山西崩,洛钟东应;史前时期操欧罗巴语诸部族的东迁,深刻地改变了我国西北地区的种族和文化面貌。此后,Huns、Hephthalites、Avars等部族一批又一批地西迁,也在很大程度上影响了西亚乃至欧洲的历史进程。而辽金时代源于我国东北辽河上游奚族故地的蒙古伯牙兀氏(Bayaut)远徙欧亚草原,定居于押亦水(Jayaq,即今乌拉尔河)与亦的里水(Etil,今伏尔加河)之间的地域,成为钦察突厥的一支,蒙古西征后又随蒙古军回到东方,成为元代朝中显赫的吐吐哈－床兀儿－燕帖木儿家族；发源于吐蕃的喇嘛教在明代为鞑靼接受之后，迅速散布到北起贝加尔湖的布里雅特蒙古，西及天山南北和伏尔加河、顿河流域的吐尔扈特（卡尔梅克）蒙古的广大地域；则是内陆欧亚内在联系的典型例证。

就我国历史而言，汉、唐、元、清时代中原政权在西域与大漠南北的活动，以及先后存在于中原与内陆欧亚邻接地区的边疆民族政权都是我国文化、历史研究中不可或缺的重要组成部分。可以说，我国十二亿人民今日拥有的赖以为生的辽阔土地和丰富的自然资源，与我国同内陆欧亚的历史关系是密不可分的。

在我国，内陆欧亚研究可以说是一门古老而年轻的学科。传世的先秦文献中，就保存着有关内陆欧亚最古老的记载。我国杰出的史学家司马迁在《史记》中创造性地为当时称雄大漠南北的游牧部族匈奴单独立传，以《大宛列传》介绍西域诸国的情况，还在一些人物传记，如卷一一九《李将军列传》、卷一一一《卫将军骠骑列传》中，生动地描述了中原与北方草原交往的历史。他的按民族、地域描述欧亚内陆的框架体系，被许多史学家继承。后代史书中的《四夷传》、《东夷传》、《北狄传》、《西戎传》、《外国传》，连同浩如烟海的官修典籍和私家著述、杂史、笔记、游记、金石和方志中的有关部分，都是古代中国学者对内陆欧亚进行研究的出色记录。

满族兴起于内陆欧亚邻接地区——我国东北。随着对准噶尔战争的胜利，漠北、西北和西藏相继进入清帝国版图，又由于中俄之间产生的边界纠纷，当时已有学者开始致力于内陆欧亚历史、文化研究，以期了解边疆。鸦片战争后，满清政府在西方列强的压迫之下不断签订割地辱国的条约，许多爱国知识分子深感民族生存的危机，发展出一个与西方的"东方学"遥相呼应的分支——"西北舆地之学"，不妨认为是今日内陆欧亚学的滥觞。其代表人物有钱大昕、祁韵士、松筠、张穆、徐松、魏源和何秋涛等。他们治学严谨勤奋，眼界开阔，具有详前人之所未述的科学精神，可以说是我国内陆欧亚学的鼻祖。

值得一提的是，1887—1890 年，洪钧受命出任清廷驻俄、德、荷、奥四国公使。他发现西方学者利用的史料多有可以补充中国史书、而不为我国学界所知者，于是著《元史译文证补》，使我国学者眼界大开。洪钧以后，我国学者向西方和日本学习，人材辈出，把我国乾嘉以来西北舆地之学的传统，与西方近现代"东方学"的研究方法结合起来，极大地推动了我国内陆欧亚研究的进步，使其面目日新月异。

尤其是近半个世纪，特别是 1978 年以来，我国对中亚、北亚、东北亚历史、文化的研究，成果迭出，有了远较以往明显的进步。特别是学者们开始认识到内陆欧亚的游牧文明与其周邻的定居文明之间存在着积极的互动关系，不了解一方就不可能真正了解另一方，只有把内陆欧亚看成一个不可分割的、对世界文明有独特贡献的历史、文化区域，从更广阔的背景上进行研究,才能真正既了解游牧部族,也了解周边各大帝国的历史。相关学界的这一共识事实上成了我国当代内陆欧亚学诞生的标志。

但是,也应该看到,与国外相比,尤其是在将内陆欧亚作为一个整体来进行研究方面,尚有一定距离。别的不说,像我国这样一个内陆欧亚的大国,迄今还没有一本以"内陆欧亚"命名的刊物,而国外这一性质的出版物却不断涌现出来,较重要的有以下几种:

Anthropology & Archeology of Eurasia, Armonk, NY: M. E. Sharpe, Inc.（原名 *Soviet Anthropology and Archeology*.1962 年夏季创刊,到 1992 年春季号,出了 30 卷。主办单位就是出版社。*Translations of articles from Russian publications*.是翻译俄国各种出版物上的文章。1992 年夏季号,改现名。因此是从第 30 卷开始。出到如今是第 36 卷,第 4 期。季刊。)

Archivum Eurasiae Madii Aevi, ed. by P. B. Golden , T. Halasi-Kun & Th. S. Noonan, Otto Harrassowitz-Wiesbaden.(1975 年创刊,1982 年出第 2 期。其重点在阿提拉匈人时代以后,即 5 至 12 世纪的乌戈尔(Oghur)、不里阿儿突厥、苏拔(Sabir)、也末(Avar)、可萨(Khazar)、匈牙利人、裴奇内克(Pecheneg)和钦察(Kuman)及与之有关的斯拉夫、拜占庭和操中古伊朗语民族、高加索、穆斯林文化区和中欧及北欧的历史。)

Eurasia antiqua: *Zeitschrift für Archëologie Eurasiens* , ed. by Deutsches Archëologisches Institut, Eurasien-Abteilung. Mainz: P. von Zabern.(第一期标注年代为 1995 年,实际上是 1996 年出版的。)

《コ一ラアシコ一ラシア文化研究》(*Bulletin of the Institute for the Study of North Eurasian Cultures*), ed. by Institute of Eurasian Cultural Studies , Faculty of Literature, Hokkaido University, 1965,前身为北海道大学北方文化研究室主办《北方文化研究报告》,(*Hoppo bunka kenku holoku*), 1939 年创刊。出了十卷,到 1965 年合并于上述刊物。只出了一期,合并于《北方文化研究》(*Bulletin of the Institute for the Study of North Eurasian Cultures*), ed. by Institute for the Study of North Eurasian Cultures , Faculty of Letters, Hokkaido University , 1968-.

其中,与本刊宗旨接近,因而最有借鉴意义的似乎是 *Archivum Eurasiae Madii Aevi*。由此亦可见,西方传统的拜占庭、斯拉夫、伊斯兰、伊朗、突厥、高加索、乌拉尔等等学科已出现集合成为内陆欧亚学的明显趋向。

我国是东亚历史最为悠久、文化最为发达的国家,目前正在从事前无古人的伟大建设事业,既然与内陆欧亚有着悠久的历史渊源,遵循世界公认的学术规范,潜心研究世界先进国家的治学方法,特别是学习他们基于前人成果之上的创造性,使我国的内陆欧亚学赶上世界的学术主流,作出应有的更大的贡献,我国新一代的内陆欧亚研究者责无旁贷。

《欧亚学刊》的创办是我国内陆欧亚学发展的里程碑,它标志着一个新阶段的开始。衷心祝愿《欧亚学刊》办成一份面向国内外学术界、有国际影响的出版物。

一九九八年七月写于南京大学

犬方、鬼方、舌方与猃狁、匈奴同源说[*]

余太山

一

卜辞所见"犬方"(《合集》14299)可能与文献所见犬夷或犬戎同源。[1]

1 从有关卜辞可以略窥犬人与商的关系。首先,须知武丁早年曾有征讨犬人之举:

> 己酉卜,贞雀往蚁犬,弗其￥￥。十月。(《合集》6979)

犬人后来臣服于商,故卜辞屡见"犬侯"的记载:

> □酉卜,犬□其叶王事。赢。(《合集》5470)
> 己卯卜,允,贞令多子族比犬侯璞周,叶王事。五月。(《合集》6812 正)
> 贞令多子族比犬〔侯〕眔宙兮,叶王事。(《合集》6813)
> 贞令多子族眔犬侯璞周,叶王事。(《合集》6813)
> 辛巳,贞犬侯以羌其用自。(《屯南》2293)

所谓"叶王事",显然是指犬侯遵照商王号令为商王效力。从前引卜辞可知犬侯"叶王事"的重要内容之一是"璞周",周与犬之关系自然颇受关注:

> 周弗其￥犬。(《怀》303)。

此外,是参与商人对亘方的战争:

> 贞犬追亘有及。
> 犬追亘亡其及。(《合集》6946 正)

犬方"璞周"或"追亘",使用的可能是本邦部队,故卜辞有"犬自"(师)之称:

> 庚戌卜,王其比犬自,寅辛亡戋。(《合集》41529)

* 本文写作过程中,彭邦炯、杨升南、罗琨、张永山、胡振宇诸位先生均曾慨然援手,尤以宋镇豪先生给予指点最多;谨在此一并致谢。

丁酉卜，翌日王重犬自比，弗悔，亡灾。不遘雨。大吉。(《屯南》2618)

犬方既称臣于商，屡见商王"乎(呼)犬"之记录：[2]

贞乎犬……见……(《合集》4645)

己巳卜，王乎犬捍我。(《合集》5048)

贞乎犬兹于京。(《合集》5667)

商王且得"田"于犬地：

戊午卜，贞王其田，衣，犬亡灾。(《合集》28877)

辛卯卜，壬王其田，至于犬僮东，湄日亡戈，永王。(《合集》29388)

□□卜，狄贞……其田，衣，犬〔亡〕灾。(《合集》29391)

犬地收成情况因而亦受商人关怀，遂有以下贞问：

辛酉，贞犬受年。十一月。(《合集》9793,9794)

此外，有名"犬征"者屡见卜辞(《合集》4630 等)；犬征大概是服事商王的犬方人。犬人既称臣于商，此亦题中应有之义。[3]

2 《山海经·海内北经》称："有人曰大行伯，把戈。其东有犬封国"。《释名·释州国》(卷二)："邦，封也"。犬封或即卜辞所见"犬方"，盖"方"[piuang]即"邦"[peong]或"封"[piong]。由此可见，卜辞所见犬方应即文献所见犬封。而按之"海内北经"所列诸国大致地望，似乎可推知犬封或犬方应在殷都之西。

既然《山海经·海内北经》又称："犬封国曰犬戎国"，知卜辞所见犬方与文献所见犬戎同源。

3 犬方地望，一说即日后周懿王所都，今咸阳西南；《世本》："懿王居犬丘"(《太平御览》卷一五五引)，宋衷曰："懿王自镐徙都犬丘，一曰废丘，今槐里是也"。(《史记·周本纪》索隐引)；《汉书·地理志》："右扶风槐里，周曰犬丘，懿王都之"，《括地志》"犬丘故城，一名槐里，亦曰废丘，在雍州始平县东南十里"(《史记·秦本纪》"正义"引)。犬侯之国地近周邑，故令多子族，从以伐之。[4]

一说应即《左传·隐八年传》所见"犬丘"：

春，齐侯将平宋、卫，有会期。宋公以币请于卫，请先相见，卫侯许之，故遇于犬丘。

杜预曰："犬丘，垂也，地有两名"。《左传·桓元年传》："三月，公会郑伯于垂"。杜注："垂，犬丘，卫地也"。地在今山东荷泽北。[5]

一说即《左传·僖十六年传》所见"昆都"，在今临汾南。[6]盖《诗·大雅·縣》："混夷駾矣，维其喙矣"；而《说文》十篇上"马部"："駾，马行疾来兑也"，引此诗作"昆夷駾矣"。同书二篇上"口部"："呬，东夷谓息为呬"，而引此《诗》作："犬夷呬矣"。由此可见，"犬[hoan]夷"亦即"混[huən]夷"或"昆[kuən]夷"。[7]

今案：若就可追溯之犬人故地而言，第二说近是。盖《后汉书·南蛮西南夷列传》称："昔高辛氏有犬戎之寇"，李注："高辛，帝喾"。帝喾，玄嚣青阳之后，继颛顼即位。颛顼因佐少皞自若水迁至穷桑。穷桑，在鲁。[8]犬戎曾寇高辛氏，其居地应该偏东。

又，《太平御览》卷七八〇引《古本竹书纪年》"后芬即位，三年，九夷来御，曰畎夷、于夷、方夷、黄夷、白夷、赤夷、玄夷、风夷、阳夷"。"九夷"之称，典籍屡见，而据《后汉书·东夷传》："夷有九种，曰畎夷、于夷、方夷、黄夷、白夷、赤夷、玄夷、风夷、阳夷"。知包括畎夷在内皆为东夷。

质言之，犬人的故地近鲁，故有"犬夷"之称，后来西迁者始被称为"犬戎"，卜辞所见犬方即犬戎之一部。[9]

又，《左传·襄元年传》："郑子然侵宋，取犬丘"，知河南永城西北亦有犬丘。与之相对，菏泽东北之犬丘或者更古。

至于卜辞所载犬人居地究竟在何处，由于资料不足，尚难确断。虽然如此，似乎无妨指为临汾南，盖殷人根据地在东土，降至武丁时期，殷人积极西进，后方应该早已巩固，故武丁所伐多半位于其西者。犬与亘见诸同版卜辞，固如说者所言，犬地与亘地（今河南长垣）应该较为接近，[10]只是昆都附近亦有垣（今垣曲西），且不妨认为其人乃迁自长垣。

除昆都外，咸阳西南，似乎也可以认为是西迁犬人居地之一，且卜辞所载之犬人有一部分正在这一带的可能性也不能排除。

要之，卜辞所见犬方，既可能指临汾附近的犬人，也可能是咸阳附近的犬人。

4　《后汉书·西羌传》："后桀之乱，畎夷入居邠、歧之间"。今本《竹书纪年》亦称：帝癸（一名桀）三年，"畎夷入于岐以叛"。两者或者依据相同。果然，则似乎迟至夏末，已有一部份犬人西迁。由此亦见武丁所伐位于殷都之西的可能性。

5　《逸周书·王会篇》末附"伊尹朝献篇"则称"正西"有"狗国"；狗国或即《山海经·海内北经》所见犬封，其时当在"邠、歧之间"，殷汤居亳（今河南商丘），故称"正西"。

6　《史记·齐太公世家》："文王伐崇、密须、犬夷"；"密须"《左传·昭十五年传》杜注，"在安定阴密县"；知同时所伐犬夷在周都之西。《逸周书·王会篇》记成王时成周之会四夷位次，亦称"其西"有"犬戎"。[11]文王所伐"犬夷"或即"伊尹朝献篇"所谓"狗国"。此狗国应即大王曾事之獯鬻、文王曾事之混夷。

7　《后汉书·西羌传》："〔穆〕王乃西征犬戎，获其五王，又得四白鹿，四白狼，王遂迁戎于太原"。一般认为此则乃采自《竹书纪年》。今案：所谓"迁戎于太原"，太原地望众说纷纭，一说在泾水上游，今平凉附近。[12]果然，穆王所迁犬戎有可能就是后来厉、宣时期出入泾、洛水流域之狁。[13]

8　《穆天子传》卷一："饮天子蠲山之上。戊寅，天子北征，乃绝漳水。庚辰，至于□。觞天子于盘石之上。天子乃奏广乐。载立不舍，至于钘山之下。癸未，雨雪，天子猎于钘山之西阿，于是得绝钘山之队，北循虖沱之阳。乙酉、天子北升于□。天子北征于犬戎。犬戎□胡觞天子于当水之阳"。一说天子第三日所至钘山之下，约当河北省获鹿县之东南境，第六日"北循虖沱之阳"，乃由获鹿循虖沱水北而行，二日而抵达犬戎之境，则犬戎疆界之南缘，约当河北曲阳、行唐两县境，其北亦即太行山区，或为犬戎盘据之地。[14]

《穆天子传》卷四："孟冬壬戌，天子至于雷首。犬戎胡觞天子于雷首之阿，乃献良马四六。天子使孔牙受之"。雷首山，一说在山西蒲州府，其对河为陕西华阴，渭水入河处，与《左传·闵二年传》所载"虢公败犬戎于渭汭"正相符合。[15]由此可见，在《穆天子传》此卷乃至《左传》描述的年代，已有一支犬戎活跃于渭水流域。

犬戎觞穆天子当水之阳及雷首之阿未必事实，但上述两处有犬戎应该不假。这些犬人的来源不详。前者可能是自鲁地西迁过程中留下的。后者则可能是自豳、歧向东蔓延者。

9　《国语·周语》："夫犬戎树惇，帅旧德而守终纯固，其有以御我矣"。"树惇"，《史记·周本纪》作"树敦"。或以为由此可知穆王所伐犬戎之居地当在今青海西宁一带。盖"树敦"，犬戎主名，其居地因之得名"树敦"；该处后属吐谷浑，故《周书·史宁传》有载："树敦、贺真二城，是吐〔谷〕浑巢穴"；而《隋书·吐谷浑传》"贼悉发国中兵，自曼头至于树敦，甲骑不绝"云云，则可证其地在曼头山一带。[16]

今案：其说未安。较可信的说法似乎应该是："树"系犬戎主名，"犬戎树"者，先国而后名；"惇"字当属下读，《尔雅》："敦，勉也"，意为勉循旧德。（《周语·晋语》："惇帅旧职而共给也"。）[17]上引《周语》等的记载与犬戎地望无关。

二

一说犬戎或畎夷应即卜辞和文献所见鬼方。[18]今案："犬"或"畎"与"鬼"虽不妨视作同名异译，但这仅仅说明犬戎或畎夷与鬼方有可能同出一源，而显然不应在犬戎（畎夷）与鬼方之间，甚至不能在卜辞与文献所见鬼方之间，以及文献所见鬼方之间简单地划上等号。以下略考鬼方，并申说上述诸方面之关系。

1　鬼方最早见诸卜辞，有关的记录虽为数不多，然似乎已经足以表明"鬼方"曾是一个与商敌对的方国：

> 己酉卜，宂，贞鬼方昜亡囚。五月。二告。(《合集》8591)
>
> 己酉卜，内，□鬼方昜〔有〕囚。五月。二告。(《合集》8592)
>
> 〔□□〕卜，殻，贞鬼方昜……(《合集》8593)

结合同时有关危方的同类卜辞：

> 己酉卜，殻，贞危方亡其囚。五月。
>
> 己酉卜，殻，贞危方其有囚。二告。(《合集》8492)

可知"鬼方"与"危方"均系方国之名，[19] 且可推知商人是希望鬼方昜有祸的，也就是说商人视鬼方昜为敌人，盖上引卜辞所见危方为商之敌国是可以肯定的；[20] "鬼方昜"则为人名，多半是鬼方之首领。[21]

　　显然是由于武丁的征讨，鬼方才成了臣服于商的方国。鬼方既致力王事，故卜辞有如下贞问：

> ……鬼亦得疾。(《合集》137 正)
>
> 乙巳卜，宂，贞畀获羌。一月。
>
> 乙巳卜，宂，贞畀不其获羌。(《合集》203 正)
>
> 壬辰卜，争，贞佳鬼饺。
>
> 壬辰卜，贞不佳之饺。(《合集》1114 正)
>
> 允佳鬼眔周饺。(《合集》1114 反)
>
> 癸酉，贞旬庚午鬼方受有〔佑〕。(《乙》403)

且有"小臣鬼"之称：

> ……逐自……小臣鬼……于……(《合集》5577)

考虑到《叔夷镈铭》称伊尹为"小臣"，则不能排除此"鬼"亦有较高职位的可能性。[22] 另外，鬼方既已臣服于商，卜辞自然有商王"令鬼"的记载：

> 丁卯，贞王令鬼㕞刚于盲。(《怀》1650)

盖"令"，《说文》九篇上"卪部"："发号也"；《礼记·大学》："其所令反其所好"，"正义"："令，谓君所号之事"。[23]

　　至帝辛时，鬼方首领入为三公之一，《战国策·赵策》：

> 昔者，鬼侯之鄂侯、文王，纣之三公也。鬼侯有子而好，故入之于纣。纣以为恶，醢

鬼侯。鄂侯争之急,辨之疾,故脯鄂侯。……[24]

《史记·殷本纪》所载略同,唯"鬼侯"作"九侯"(今本《竹书纪年》同),"集解"引徐广曰:"一作鬼侯。邺县有九侯城"。"正义"引《括地志》则说:"相州滏阳县西南五十里有九侯城,亦名鬼侯城,盖殷时九侯城也"。其地去殷都不远,应是鬼侯在畿内的采邑。[25]卜辞已有商王"步"于鬼侯采邑之记录:

　　　　　庚子卜,贞不□步鬼。(《合集》20757)

似乎说明鬼侯之封由来已久。

　　2 卜辞所见鬼方之地望,众说纷纭。然可大别为三类。

　　其一以为鬼方主要分布于今山西西南部和中条山南北两侧。盖鬼方实为隗姓方国,《国语·郑语》:"当成周者,……西有虞、虢、晋、隗、翟、杨、魏、芮";《左传·定四年传》:"分唐叔以大路、密须之鼓、阙巩、沽洗,怀姓(即鬼姓)九宗,职官五正。命以唐诰而封于夏虚,启以夏政。疆以戎索",均可为证。[26]

　　其二以为鬼方主要分布于今陕西。此说又可再分为两种:

　　一说鬼方原在陕西洛水流域。《竹书纪年》称"西落鬼方","落"指洛水;"梁伯戈铭":"抑鬼方蛮",亦说明了这一点;盖《汉书·地理志》注左冯翊夏阳县曰"故少梁",少梁在陕西韩城,邻近洛水;且据同志,左冯翊有"翟道",《汉书·百官公卿表》所谓县"有蛮夷曰道"。[27]翟道在陕西黄陵,位于洛水支流沮水北岸。

　　二说鬼方应在陕北榆林至延安一带,并向北延伸至晋北石楼、保德等地,李家崖文化的发现以及石楼、保德等处出土的具有明显草原特点的青铜器均可为证。[28]

　　三说鬼方应在山西中部,自太行、太原以至陕西一带。[29]盖据《山海经·海内北经》所载"贰负之尸在太行伯东",而"鬼国在贰负之尸北",以及《左传·僖公二十三年传》所载"狄人伐廧咎如,获其二女叔隗、季隗"和杜注:"廧咎如,赤狄之别种也,隗姓"等可以推知。

　　今案:卜辞疏略,说者所据多为后世记载,故但具参考价值而已。盖自殷商以降,鬼方居地未必一成不变。何况文献所载究竟是殷商之鬼方抑或昏方之裔也难以分清,有证据表明,卜辞所见昏方在文献中多被称为鬼方。而由于鬼方舆昏方很可能同源,文化相类,亦难仅凭出土文物作出判断。

　　3 《诗·大雅·荡》:"文王曰咨,咨女殷商,如蜩如螗,如沸如羹,小大近丧,人尚乎由行,内奰于中国,覃及鬼方"。《毛传》:"奰,怒也,不醉而怒曰奰。鬼方,远方也"。孔颖达《正义》:"中国是九州,覃及是及远,故知鬼方远方也,未知何方也。《易·既济·九三》高宗伐鬼方,三年乃克。《象》曰惫也。言疲惫而后克之。以高宗之贤,用师三年,惫而乃克,明鬼方是远国也"。通过孔氏的思路，不难知道《毛传》之所以训鬼方为远方，乃由《诗·大雅·荡》以中国、鬼方对举推得。[30]

但是，对举"中国"与"鬼方"完全不足以成为训鬼方为远方之依据。诗人无非以"鬼方"作为夷狄之代表，未必强调遥远，也不能说明当时"鬼方"已经成为夷狄的泛称。《正义》引《易》为征，亦无济于事，盖"用师三年，惫而乃克"很可能是因为鬼方强大，而未必是因为遥远。何况即使鬼方是一远国，亦不等于"鬼方"可训为"远方"。[31] "覃及鬼方"云云，说明殷商与鬼方关系之密切，与卜辞有关记载正相符合。《诗·大雅·荡》所见鬼方正是卜辞所见鬼方也未可知。

4 《周易·既济·九三》爻辞："高宗伐鬼方，三年克之"；正义曰："高宗者，殷王武丁之号也"。《周易·未济·九四》爻辞亦称："震用伐鬼方，三年有赏于大国"。这与前引表明鬼方为商之敌国的卜辞似可参证。[32]然而，由于武丁时期有关卜辞毕竟未见征鬼方之明确记录，或以为《周易》所谓"鬼方"实为泛称，乃指武丁所伐多方。[33]

今案：指《周易》所见"鬼方"为多方，固不失为一说。但更值得重视的似乎是《周易》所见鬼方便是卜辞所见舌方的可能性(详下)。

5 《后汉书·西羌传》："及殷室中衰，诸夷皆叛。至于武丁，征西戎鬼方，三年乃克。故其诗曰：自彼氐羌，莫敢不来王。及武乙暴虐，犬戎寇边，周古公逾梁山而避于岐下。及子季历，遂伐西落鬼戎"。或据以为鬼方即羌人，[34]似有未安。盖传文所谓"氐羌来王"，显然是由于武丁征服鬼方，馀威所及。传文"西戎鬼方"一本作"西羌鬼方"，[35]结合下文"西落鬼戎"来看，作"西羌"非是。退一步说，传文即使作"西羌鬼方"，也不能证明鬼方即羌，盖传文不妨理解为武丁在伐鬼方的同时，还征服了西羌，故引诗为证。卜辞既见羌方，又见鬼方，知鬼与羌并非一种。

又，"武乙暴虐"以下，据李注，典出《竹书纪年》："武乙三十五年，周王季伐西落鬼戎，俘二十翟王也"。"西落鬼戎"应即"西戎鬼方"，伐西落鬼戎而俘二十翟王，说明鬼方即鬼戎与翟人有密切关系，而翟与羌显非同源，亦见鬼方与羌是二非一。王季所伐，一说即武丁时臣服之鬼方。[36]今案：其说或是，但王季所伐并非卜辞所见鬼方的可能性也是存在的。盖当时西迁的犬人决非只有一支，或者说西迁者分为若干部应该是客观事实。仅王季所俘翟王已多达二十人便是明证。

又，《文选》卷四十七载扬雄"赵充国颂"注引《世本》注云："鬼方于汉则先零戎是也"。"先零"，据《汉书·赵充国传》，为诸羌之一部。《世本》注果有依据，只能认为鬼方之一支于汉世融入了羌人部落，犹如《汉书·西域传》所载，大月氏为匈奴所逐西迁后，"保南山羌"之小月氏，后来亦多被目为羌人。质言之，亦不能引《世本》注指鬼方为羌。[37]

又,《后汉书·西羌传》所引《诗·商颂·殷武》原文如下:

> 挞彼殷武,奋伐荆楚,罙入其阻,裒荆之旅。有截其所。汤孙之绪。维女荆楚,居国南乡。昔有成汤,自彼氐羌,莫敢不来享,莫敢不来王,曰商是常。

或据以为伐鬼方即伐荆楚;[38]非是。该诗所说是武丁伐荆楚之事,之所以提到氐羌,是因为氐羌也是一个强大的蛮夷,[39]这和《后汉书·西羌传》在叙说武丁伐鬼方时,援引氐羌"来王"的用意是相同的。

6 今本《竹书纪年》"〔武丁〕三十二年,伐鬼方,次于荆;三十四年,王师克鬼方,氐羌来宾"。一般认为,此则既出诸伪书,不足为凭;[40]但也有人认为,其中资料应有所本。一说"荆"应在今河北获鹿古井陉一带,[41]一说应在陕西西部,当时雍州境内。[42]

7 据《大戴礼记·帝系》,黄帝产昌意,昌意产颛顼,颛顼产老童,老童产吴回,"吴回氏产陆终,陆终氏娶于鬼方氏,鬼方氏之妹谓之女隤氏,产六子"。陆终六子之一为昆吾。昆吾之后,在夏为侯伯,为汤所灭。[43]可见陆终与鬼方联姻为时甚古,亦可知鬼方渊源之早。[44]而《山海经·大荒北经》称:

> 黄帝生苗龙,苗龙生融吾,融吾生弄明,弄明生白犬,白犬有牝牡,是为犬戎,肉食。[45]

其中"融吾"应即"祝融、昆吾"二名之合;[46]此处"祝融"或指陆终。盖据《史记·楚世家》:

> 楚之先祖出自帝颛顼高阳。高阳者,黄帝之孙,昌意之子也。高阳生称,称生卷章,卷章生重黎。重黎为帝喾高辛居火正,甚有功,能光融天下,帝喾命曰祝融。共工氏作乱,帝喾使重黎诛之而不尽。帝乃以庚寅日诛重黎,而以其弟吴回为重黎后,复居火正,为祝融。

可见陆终很可能继吴回之后,复居火正,亦为祝融。甚至"陆终"一名[liuk-tjiuəm]本身就是"祝融[tjiuk-jiuəm]"之音转。[47]而上引《山海经》之文一本正作"黄帝生苗,苗生龙,龙生融,融生吾,吾生弄明,弄明生白,白生犬,犬有二牡,是为犬戎",[48]似可为证。

又,《史记·楚世家》"正义"引《括地志》:"故郐城在郑州新郑县东北二十二里"。又引《毛诗谱》云:"昔高辛之土,祝融之墟,历唐至周,重黎之后,妘姓处其地,是为郐国,为郑武公所灭也"。由此可知陆终即祝融故地之所在。陆终氏既与鬼方氏联姻,其居地有可能相去不远;质言之,不妨据以为鬼人可追溯之故地亦在鲁地,与犬人相同。

8 《国语·周语》载富辰之言曰:"狄,隗姓也。"韦昭注:"隗姓赤狄也"。《左传·成三年传》:"晋却克、卫孙良夫伐廧咎如,讨赤狄之馀矣"。这是说廧咎如是赤狄。[49]据同传,廧咎

如之女为叔隗、季隗,知廧咎如亦"隗姓赤狄"。或据以指鬼方为赤狄。[50]今案:对此,有以下两点需要澄清:

一、《国语·郑语》:"当成周者……北有卫、燕、狄、鲜虞、潞、洛、泉、徐、蒲"。韦注:"鲜虞,姬姓在狄者也。潞、洛、泉、徐、蒲,皆赤狄,隗姓也";[51]《潜夫论·志氏姓》也有"隗姓赤狄"之说。这是说有部分赤狄为隗姓,但赤狄绝不等于鬼方,杜预《春秋释例·世族谱下》称:"赤狄子姬姓",知赤狄并非一姓,可以为证。

赤狄之外,尚有所谓白狄。《左传·僖三十三年传》:"晋侯败狄于箕,郤缺获白狄子"。据《潜夫论·志氏姓》有所谓"婚姓白狄"。"婚姓",一本作"姮姓";汪笺:"昭十二年《谷梁传》范宁注:'鲜虞,姬姓白狄也'。疏云:《世本》文"。此'姮'字疑'姬'之误"。[52]而《志氏姓》下文称"短即犬戎氏,其先本出黄帝","短"字便是"姮"即"姬"字之误。故所谓"姮姓白狄",实为"姬姓白狄"。又,《国语·郑语》韦注称:"鲜虞,姬姓在狄者也"。"狄"相对于下文赤狄而言,显然也是指白狄,知白狄确有姬姓。

《左传·成十三年传》:"白狄及君同州",知秦地为白狄故地,然秦汉以后之隗姓,皆出雍州,知白狄亦有隗姓。[53]《左传·僖二十四年传》有"狄后隗氏",或以为此后亦白狄。[54]

又,结合"隗姓赤狄"云云,《潜夫论·志氏姓》"姬即犬戎氏"句似乎说明作者径指白狄即犬戎,其原因可能是由于《山海经》称犬戎为白犬引起的联想。应该指出的是,不能因白犬而指犬戎为白狄,盖白犬与白狄之间未必能划上等号,犬人被称为白犬可能是其人肤色白皙的缘故;而一般认为,所谓白狄与赤狄,乃由于前者尚白,后者尚赤所致。[55]也就是说,赤狄与白狄之分与族属无关。退一步说,即使传世文献所见犬戎与鬼方分属赤、白狄,客观上两者仍有可能同源。至于二狄之姬姓显然与犬戎系黄帝之后的传说有关。

要之,赤狄或白狄均非一性,至少均有隗姓和姬姓,不能将隗姓仅归诸赤狄,更不能指赤狄为隗姓。

二、狄,最初可能是某一部落之专称,后来逐渐变为北方游牧部落之泛称。《逸周书》有所谓"五狄"("明堂解")、"六狄"("职方解"),均说明狄不是一种。部分鬼方可以被称为狄或赤、白狄。但无论狄或赤、白狄均不等于鬼方。因此,既不能由鬼方的族属来推断狄或赤、白狄之族属,更不能根据某些狄或赤、白狄的族属来反推鬼方之族属。

9　昆吾之裔有曰"犬戎"者,显然是因为其鬼方氏特征十分明显的缘故,盖"犬"[hoan]与"鬼"[kiuəi]为一音之转;懿王所都犬邱又名槐里,"槐里"应即"鬼里";《后汉书·西羌传》称"犬戎寇边",古公避于岐下,遂有季历之伐鬼戎。凡此均说明在某些场合"犬"与"鬼"被作为等值的名称使用。但是,这仅仅表明犬人与鬼人可能同源,不能将两者完全等同起来。正如卜辞既有犬方又有鬼方,《山海经·海内北经》既有犬戎,又有鬼国。即使同为"犬戎",作为昆吾之裔的犬戎,也显然有别于高辛氏时代已经存在的犬戎。

要之,虽然现有资料表明卜辞所见"鬼方"并非卜辞所见"犬方",但两者同源异流、同名异译的可能性不能排除。因此,文献所见犬戎未必不是卜辞所见鬼方之裔,文献所见鬼方也未必不是卜辞所见犬方之裔。

三

除鬼方外,同为武丁时期重要方国者,卜辞尚有所谓舌方。兹先考舌方,[56]后述舌方与鬼方等之关系。

1 舌方为商之敌国。以下所卜均为舌方出动是否会构成威胁,如:

> 壬子卜,宾,贞舌方出,王崔。五月。(《合集》6096 正)
>
> 壬子卜,𣪊,贞舌方出,不隹我有乍囚。五月。
>
> 壬子卜,𣪊,贞舌方出,隹我有乍囚。(《合集》6087 正)[57]

以下卜辞所载为舌方对商诸侯国的进犯。

> 王固曰:有祟有𢧵,其有来艰。七日乙丑,允有来艰自〔西〕,沚戈化乎〔告曰:舌〕方显于我示……(《合集》137 反)
>
> 癸未卜,𣪊,贞旬亡囗。〔王固曰:有〕祟,其有来艰。迄至〔七日乙丑〕,允有来艰自西,沚戈〔化〕告曰:舌方显于我奠〔丰〕。(《合集》584 正甲)
>
> 〔癸〕未卜,永,贞旬亡囚。七日己丑,沚友化乎告曰:舌方显于我奠丰。七月。(《合集》6068 正)

以下为商王对舌方的讨伐。

> 乙酉卜,𣪊,贞舌方衒,王其〔征〕,勿告于〔祖〕乙〔匄祐〕。(《合集》6344)
>
> 乙酉卜,𣪊,贞舌方衒率伐不,王其征,勿告于祖乙〔匄祐〕。(《合集》6345)
>
> □□□,𣪊,贞舌方衒率伐不,王告于祖乙其征,匄祐。七月。
>
> □□□,𣪊,贞舌方衒率伐不,王其征,告于祖乙,匄祐?(《合集》6347)
>
> 贞告舌方于祖乙。
>
> 贞舌方衒,勿告于祖乙。(《合集》6349)

以下则可见伐舌方动员的规模:

> 丙午卜,𣪊,贞勿登人三千乎伐舌方,弗其受〔祐〕。(《英藏》559)
>
> 戊寅卜,𣪊,贞登人三千乎伐舌方,弗□□□。(《合集》6171)

　　庚子卜,宾,贞勿登人三千乎伐舌方,弗受有祐(《合集》6169)

　　壬辰卜,殻,贞勿齏登人三千□□舌方。(《合集》6170 正)

　　癸巳卜,殻,贞共人乎伐舌方,受〔有祐〕?《合集》6172,6173,6174)

　　□□□,殻,贞翌辛未令伐舌方,受〔有祐〕(《合集》6173,6174)

以上卜辞均属武丁时期,知舌方一度成为殷商之大威胁。武丁以后卜辞不见舌方之记载,一般认为是舌方已被征服的缘故。

　　2　舌方之地望。舌方与土方在卜辞曾同见一版,说明两者可能同在殷商之西北:

　　〔癸卯卜,殻,贞旬亡〕囚。王固曰:有祟,其有来艰。乞至七日己巳,允有来艰自西。
长友角告曰:舌方出幔我示蠚田,七十五人。五月。

　　癸巳卜,殻,贞旬亡囚。王固曰:有祟,其有来艰,乞至五日丁酉,允有来艰自西。沚
戜告曰:土方㞷于我东鄙,戋二邑,舌方亦幔我西鄙田。(《合集》6057 正)

具体而言,主要有二说,一说在今陕西,二说在今山西。

　　前说又可再分为若干种,有人以为位于陕北,即见诸《诗·大雅·皇矣》("密人不泰,敢距大邦,侵阮阻共")之"共",[58]地在今陕西富县西南及南部地区。[59]有人则以为陕北之外,还可能包括河套。[60]

　　同样,后说亦非众口一辞。或以为在垣曲与安邑之间的中条山地区;[61]或以为在太原附近,盖卜辞所见与舌方相关的地名集中在这一带;[62]或以为在山西石楼一带。[63]

　　此外亦有以为当在陕西、山西交界之处者。盖由卜辞可知与舌方有关之地名如戉(山西平陆)、甫(山西永济)、长(山西绛县)、唐(翼城、夏县附近)等等均在山西西南部。[64]

　　今案:与犬方、鬼方相似,舌方之地望尚未能确证,以上诸说所指虽然有可能是卜辞所见舌方之居地,但也完全可能是舌方后裔之居地,故诸说目前只能供参考而已。

　　3　卜辞所见舌方可能便是若干文献所见鬼方。

　　一、"舌"[kong]与"鬼"[kiuəi]可视作同名异译,[65]

　　二、现存记载舌方之卜辞多达五百馀片,集中于武丁时代,标示来犯月份者凡三十馀见,遭受其蹂躏之殷西边鄙亦有数十处,足见殷商与舌方有着长期接触,这与《周易·既济》所谓"高宗伐鬼方,三年克之"正相符合。[66]

　　三、据殷历,可推出卜辞所载舌方来犯及武丁讨伐之年为二十九年底至三十二年,虽与今本《竹书纪年》所载武丁伐鬼方于三十二至三十四年不符,然毕竟相去不远,且首尾均为三年;后者或为传闻之误,无妨事实之一致。[67]

　　四、如前所述,卜辞所见舌方有可能便是文献所见之共,共之地望虽有异议,但以为与

密、阮相近则一。《史记·齐太公世家》载文王伐密须的同时伐犬夷;"密须"既即《诗·大雅·皇矣》之密,犬夷便有可能是共即吾方之裔。"犬"、"鬼"往往为同名异译,亦见吾方有可能在文献中被称为鬼方。

应该强调指出的是,不能由此得出卜辞所见吾方便是卜辞所见鬼方的结论,吾方与鬼方同在殷之西北,其方位虽未能考定,但指两者同一未有确据。[68]

要之,从现有资料来看,卜辞所见鬼方虽非卜辞所见吾方,但卜辞所见吾方便是若干文献所见鬼方的可能性不能排除。

四

以上述"犬方"、"鬼方"或"吾方"为同名异译,其人则为同源异流。而文献和金文所见猃狁或猃狁,既可能是犬方、鬼方或吾方的后裔,也可能是三者之外另一支西迁犬人的后裔。至于匈奴,其名与"玁狁"或"猃狁"亦得视为同名异译,其人则可能是夏末北迁之犬人。

1　玁狁在文献中始见《诗经·小雅》。一般认为其中《采薇》一首所描述者为懿王时事,其馀《出车》、《六月》和《采芑》三首均为宣王时事。

玁狁的居地,史无明文,仅仅因为它不断侵犯宗周,其出入之地尚有迹可循。据《出车》、《六月》,以及不期簋、多友鼎二铭所见玁狁出入地大致相同,主要为泾水流域;而据虢季子白盘、兮甲盘二铭,则玁狁出入地尚应包括部分洛水流域。[69]虽然没有直接证据表明泾水乃至洛水流域便是玁狁盘据之地,但是不能排除这两水特别是泾水流域有部分地区正是玁狁居地的可能性。而如前所述,这些地区也是商周时期犬戎活动的区域。这就是说,犬戎很可能便是玁狁或其前身。

2　《孟子·梁惠王下》:"文王事昆夷,……太王事獯鬻"。似乎昆夷有别于獯鬻。然而《诗·大雅·緜》既言太王定都之后,伐木开道,混夷畏其强而惊走,则可知太王所事正是昆夷。《孟子》易以獯鬻者,因前文云"文王事昆夷",故以异名同实之獯鬻代之。[70]果然,则混夷、昆夷、犬夷又被称为"獯鬻"。

《诗·小雅·采薇·序》:"文王之时,西有昆夷之患,北有玁狁之难"。《逸周书·序》亦称"文王立,西距昆夷,北备猃狁"。猃、玁同音,"玁狁"应即"猃狁"。"昆夷"亦即"玁狁"或"猃狁",二序错举成文,略如《孟子》;[71]盖"昆夷"应即"混夷",而"玁狁"[xian-jiuən]或"猃狁"[xian-jiuən]又与"獯鬻"[xiuən-jiəuk]得视为同名异译。[72]诗序等无非说文王之时西、北面有昆夷亦即玁狁之难。

3　《穆天子传》卷五:"毕人告戎,曰:陵翟来侵。天子使孟悆如毕讨戎",于是"陵翟致赂:良马百驷,归毕之珤,以诘其成"。[73]"陵翟",旧注:"隗姓国也";知"陵"乃"猃狁"之略称,盖"狁"[jiuən]与"陵"[siuən]音可转(喻心邻纽)。猃狁被称为翟(狄),亦猃狁与鬼方或犬戎同源之确证。

4 《史记·匈奴列传》:"匈奴,其先祖夏后氏之苗裔也,曰淳维。唐虞以上有山戎、猃狁、荤粥,居于北蛮,随畜牧而转移"。《史记索隐》引张晏曰:"淳维以殷时奔北边"。又引乐产《括地谱》:"夏桀无道,汤放之鸣条,三年而死。其子獯粥妻桀之众妾,避居北野,随畜移徙,中国谓之匈奴"。结合张、乐之言,可知"淳维"与"獯粥"实为同名异译,亦即小司马所谓"淳维是其始祖,盖与獯粥是一也"。果然,则此处"淳"应读如郭。盖其声傍为亭而非章,形近致讹。类似的例子如"埻"。《山海经·海内东经》:流沙中有国名"埻端"。据郭注,"埻音敦";而据《集韵·入声下》(卷十),此"埻"字读如郭,"光镬切";唯独如此,"淳维"[kuak-jiuəi]始得视为"獯粥"[xiuən-tjiəuk]之异译。

既然"淳维"即"獯粥"得视作"猃狁"或"犷狁",亦即"犬夷"、"昆夷"等之异译,所谓"淳维以殷时投北边"无非是说夏末有一支犬人北迁,是为"匈奴"[xiong-na]之祖。小司马引应劭《风俗通》:"殷时曰獯粥,改曰匈奴";服虔:"尧时曰荤粥,周曰猃狁,秦曰匈奴";以及韦昭之言:"汉曰匈奴,荤粥其别名"等;[74]也只能理解为"淳维"即"獯粥"与荤粥[xiuən-tjiəuk]、猃狁等同出一源。

既然匈奴系夏末北迁之犬人,则此前并无匈奴可知。"唐虞以上"云云,则似乎不应理解为追述匈奴以前"居于北蛮"者,而是暗示猃狁或荤粥可能是匈奴的前身。《后汉书·南蛮西南夷列传》称:"昔高辛氏有犬戎之寇"。李注:"高辛氏"即帝喾,知太史公所谓"唐虞以上"乃指高辛氏,而猃狁、荤粥等皆犬戎之别称,数者并列则不妨理解为当时犬戎已非一支。

至于称匈奴先祖为"夏后氏之苗裔",正如小司马所说"或当然也",不必深究。

5 《汉书·匈奴传》叙述匈奴前史时说:"夏道衰,而公刘失其稷官,变于西戎,邑于豳。其后三百有馀岁,戎狄攻太王亶父,亶父亡走于歧下,豳人悉从亶父而邑焉,作周。其后百有馀岁,周西伯昌伐畎夷。后十有馀年,武王伐纣而营雒邑,复居于酆镐,放逐戎夷泾、洛之北,以时入贡,名曰荒服。其后二百有馀年,周道衰,而周穆王伐畎戎,得四白狼四白鹿以归。自是之后,荒服不至。于是作吕刑之辟。至穆王之孙懿王时,王室遂衰,戎狄交侵,暴虐中国。中国被其苦,诗人始作,疾而歌之,曰:'靡室靡家,猃允之故';'岂不日戒,猃允孔棘'。至懿王曾孙宣王,兴师命将以征伐之,诗人美大其功,曰:'薄伐猃狁,至于大原';'出车彭彭','城被朔方'。是时四夷宾服,称为中兴。至于幽王,用宠姬褒姒之故,与申侯有隙。申侯怒而与畎戎共攻杀幽王于丽山之下,遂取周之地,卤获而居于泾渭之间,侵暴中国。秦襄公救周,于是周平王去酆镐而东徙于雒邑。当时秦襄公伐戎至岐,始列为诸侯"。《史记·匈奴列传》略同。

此外,《汉书·韦贤传》载王舜、刘歆上议曰:"臣闻周室既衰,四夷并侵,猃狁最强,于今匈奴是也"云云,则为已知最早的猃狁、匈奴同族论。

由此可知,在两汉人心目中,猃狁与畎戎乃至匈奴是一脉相承的,固然不能据此在猃狁、畎戎或匈奴之间划上等号,但完全无妨得出数者同源的结论。

6 上引《山海经·海内北经》的记载似乎表明,犬封即犬戎乃以驯犬为业者,"犬夷"或"犬戎"之称乃音义兼顾,而如果考虑到《说文》十篇上"犬部":"猃,长喙犬也";则"猃狁"之类称呼亦兼顾其义。而《逸周书·王会篇》:"匈戎狡犬,狡犬者,巨口,赤身,四尺踝,皆北向"。[75]"匈戎",当即匈奴。知匈奴与犬亦有至为密切的关系。

7 猃狁与犬戎、犬戎与匈奴之同源关系,以下两则亦堪佐证:

一、《诗·小雅·出车》"赫赫南仲,猃狁于襄","赫赫南仲,薄伐西戎";知猃狁又被称为西戎。而畎戎亦有西戎之称:《国语·晋语》:"申人,鄫人召西戎以伐周,周于是乎亡"。《史记·周本纪》与同书"秦本纪"亦分别称之为"西夷"或"西戎"。[76]

二、1975年扶风县发现的西周穆王时期(约前九世纪中叶)戎簋器铭有载:

> 隹六月初吉乙酉,才(在)盠(堂)自。戎伐敔,
>
> 戎達(率)有嗣(司)、师氏俸(奔)追(御)戎于
>
> 臧(棫)林,博(搏)戎(胡)。……

据研究,"戎(胡)"即"戎胡";"臧林",即《左传·襄十四年传》所载"棫林",大致在泾水西岸,今扶风、宝鸡一带。果然,则戎胡很可能便是穆王所伐犬戎,盖前引《穆天子传》卷四正称呼"犬戎"为"犬戎胡"。[77]知犬戎亦称为胡,与匈奴相同。

三、《史记·郑世家》:"犬戎杀幽王于骊山下,并杀桓公"。《韩非子·说难》:"郑武公欲伐胡,先以其女妻胡君以娱其意。……〔胡〕以郑为亲已,遂不备郑,郑人袭胡,取之"。今案:武公者,桓公之子。

又,《史记·赵世家》:载苏厉为齐遗赵惠文王信称,若秦出兵,越句注山,断常山一线,则"代马、胡犬不东下,昆山之玉不出"。胡犬很可能指犬戎之犬。

以上两则均称"犬戎"为"胡",亦"犬戎"与"匈奴"同名异译之证。

8 以下是几点补充说明:

一、《诗·大雅·皇矣》:"帝迁明德,串夷载路"。郑笺:"串夷即混夷,西戎国名也"。知混夷即犷狁又称"串夷",盖"串"读如"患"[hoan],与"犬"同音。[78]

二、《逸周书·商书·伊尹朝献篇》称正西有昆仑、鬼亲,正北有翟、匈奴等。或以为鬼亲即鬼方,而狗国即犬戎;是则犬戎、鬼方、胡、翟、匈奴并有别。[79]今案:其说未安。盖以下两种

可能性不能排除:其一,"伊尹朝献篇"所载其实是不同时代记录的堆积。其二,数者为同部别出,所处地理位置不同而已。质言之,不能据以否定数者同族或同源。

三、《魏书·高车传》称:"高车,盖古赤狄之馀种也,初号为狄历,北方以为敕勒,诸夏以为高车、丁零",似乎表明赤狄乃至鬼方之族源与匈奴有别。但是,古赤狄或其馀种绝非隗姓即鬼方一种,不能因高车乃至丁零与匈奴有不同起源,而否定鬼方与匈奴同源。何况,同传又据另说称高车之先为"匈奴之甥也",很可能正是由于它与部分隗姓赤狄即鬼方之关系。

四、《史记·匈奴列传》所见匈奴部落有"浑庚"[kuən-jio]、"浑邪"[kuən-zya],或系昆吾部落之北迁者,盖两名均得视为"昆吾"[kuən-nga]之同名异译。

要之,混夷、昆夷、犬夷(或犬戎)、串夷、荤粥、獯粥、淳维和猃狁(或猏狁)乃至匈奴其实乃同名异译。淳维、荤粥、獯鬻、猃狁、猏狁、匈奴为全译,混、昆、串、犬为略称。

五

犬方、鬼方、猃狁等与匈奴的同源异流关系还可以从体质人类学的证据,并结合西史的有关记载给予说明:

1 匈奴虽然是一个复杂的部落联合体,但其核心部落是欧罗巴种之可能性不能排除,[80]而犬方、鬼方等之种族归类存在同样可能性之证据如下:

一、鬼字属象形,《说文》九篇上"鬼部":"从人,像鬼头"。犬戎又被称之为"鬼",应是以"鬼"字形容其人面目之异形。[81]古代译名往往音义兼顾。译称"鬼"兼顾其体貌特征,译称"犬"或"猃狁"则兼顾其图腾,诸如此类。

二、据《山海经·大荒北经》犬戎又"白犬"之称。这很可能是因为其肤色较白的缘故。应该指出的是被称为白犬的犬戎是陆终氏与鬼方氏之妹之后,按理说有别于一般的犬戎或鬼方氏,但既然没有陆终氏系白色人种之记载,便不妨认为正是陆终氏一系中出现了体貌特征的变异,才有了关于白犬的记载,而这一变异的根源正是娶鬼方氏之女。

肤色较白的人种屡见于古籍,如《逸山海经·海外西经》:"白民之国在龙鱼北,白身被发。有乘黄,其状如狐,其背上有角,乘之寿二千岁"。郭注:"白民,言其人体洞白"。又如《逸周书·王会篇》:"白氏乘黄,乘黄者似麒(一说乃"狐"字之讹),背有两角"。《淮南子·墬形训》亦称"自西北至西南方,有……白民"。高诱注:"白民,白身,民被发,发亦白"。

白民国人与犬人同源亦未可知。盖《逸周书·王会篇》又称:"犬戎文马而赤鬣缟身,目若黄金,名古黄之乘"。《山海经·海内北经》亦载:"犬封国曰犬戎国,状如犬。有一女子,方跪进杯食。有文马,缟身朱鬣,目若黄金,名曰吉量,乘之寿千岁"。"古黄之乘",一本作"吉黄之乘",而所谓"吉量"显然是"古黄"或"吉黄"之讹。关于白民的"乘黄",有种种解释,但正确的解释似乎应该是"古(吉)黄之乘"。[82]这说明犬戎与白民有相同的特产,堪佐证两者之同源。既然这些披发、白身之人无疑是白色人种,则犬戎为白色人种之可能性也是存在的。

三、《大戴礼记·帝系》,"黄帝居轩辕之丘,娶于西陵氏之子,谓之嫘祖氏,产青阳及昌意。……昌意娶于蜀山氏,蜀山氏之子谓之昌濮氏,产颛顼。颛顼娶于滕氏,滕氏奔之子,谓之女禄氏,产老童。老童娶于竭水氏,竭水氏之子谓之高緺氏,产重黎及吴回。吴回氏产陆终。陆终氏娶于鬼方氏,鬼方氏之妹谓之女隤氏,产六子,孕而不粥。三年,启其左胁,六人出焉"。《太平御览》卷三七一引《世本》:"陆终氏聚于鬼方氏之妹,谓之女隤。生六子,孕而不育。三年,启其左胁,三人出焉;启其右胁,三人出焉";大同小异。据研究,这种胁生传说是印欧语系民族神话中的特有形态;[83]例如:后汉康孟祥译《修行本起经·菩萨降身品第二》:

> 于是能仁菩萨,化乘白象,来就母胎。……十月已满,太子身成,到四月七日……夫人攀树枝,便从右胁生堕地,行七步,举手而言:天上天下,唯我为尊。[84]

又如吴支谦译《佛说太子瑞应本起经》卷上[85]等,均有佛陀生自圣母右胁之传说。此外,印度大神 Indra 亦有类似传说。盖居《梨俱吠陀》(4.18.2),Indra 自言:"余即自胁之宽广处出来"。[86]值得注意的是,《帝系》所载黄帝以下,陆终氏之前均无胁生者,故此传说乃源于陆终氏所娶鬼方氏无疑,而鬼方氏为印欧语系民族之嫌疑便不能排除。

2 据希罗多德《历史》(I ,103; IV ,13,22,23)记载,上古欧亚草原曾发生一次民族迁徙:Arimaspi 人将 Issedones 人逐出故土,Issedones 人败走时冲击 Massagetae 人,后者则迫使 Scythia 人西迁,侵入了 Commeria 人的居地。[87]其中,Arimaspi 意为"独目人"。希罗多德有关记载的主要依据是前七世纪后半叶 Proconnesus 岛出生的希腊诗人 Aristeas 描述其中亚旅行见闻的长诗《独目人》(Arimaspae)。因此,可以认为这次民族迁徙至迟在前七世纪末已经发生。

无独有偶,中国典籍中也有关于独目人的记载。例如《山海经·海内北经》:"鬼国在贰负之尸北,为物人面而一目。一曰,贰负神在其东,为物人面蛇身"。同书"海外北经":"一目国在其东,一目中其面而居。一曰有手足"。同书"大荒北经":"有人一目,当面中生,一曰是威性,少昊之子,食黍"。郝懿行注:"此人即一目国也"。又《淮南子·墬形训》:"自东北至西北……有一目民"。早已有人指出,这个威[iuəi]姓的一目国便是鬼方。被称为"一目"是由于面罩遮盖了鼻、嘴,仅留一孔显露其目之故。[88]

又据《史记·秦本纪》,穆公"三十七年(前 623 年)秦用由余谋伐戎王,益国十二,开地千里,遂霸西戎"。这次开疆拓土很可能引起了上述希罗多德记载的欧亚草原上游牧部族多米诺式的迁徙,[89]而据《史记·匈奴列传》:"秦穆公得由余,西戎八国服于秦。故自陇以西,有绵诸、绲戎、翟、貘之戎，歧、梁山、泾、漆之北有义渠、大荔、乌氏、朐衍之戎，而晋北有林胡、楼烦之戎，燕北有东胡、山戎。各分散居溪谷，自有君长，往往而聚者百有馀戎，然莫能相一"，知被逐西徙诸族中包括"绲戎"。"绲戎"《汉书·匈奴传》作"昆夷"，《汉书·匈奴传》颜注："昆夷即昆戎也，曰昆夷，昆字或作混，又作绲。……昆、混、昆声相近耳，亦曰犬戎也"。知"绲戎"又名"犬戎"即"昆夷"，应即鬼方或一目国，于希罗多德有关记载若合符契。

又，同一事件，《淮南子·精神训》载："胡王淫女乐之娱而亡上地"。同书"主术训"称："胡王好音，而秦穆公以女乐诱之"。高诱注："胡，西戎之君也，秦穆公欲伐之，先遣女乐以淫其志。其臣由余谏，不从，去戎来适秦。秦伐戎，得其上地"。此处"胡"应该也是指的绲戎。

3 Strabo《地理志》[90]（Ⅺ，11-1）据 Apollodorus（约前 200 年）记载，希腊巴克特里亚诸王将他们的领土扩张到 Seres 和 Phryni。或以为：Seres 既指中国，Phryni 应即 Hun（匈奴）。[91] 今案：此说未安。公元前三世纪末，匈奴的势力十分弱小，在它的西方是强大的游牧部族月氏。月氏的势力范围东起河套，西抵天山、阿尔泰山。[92] 因此，当时希腊巴克特里亚王国的势力范围根本不可能同匈奴接触。[93] 换言之，Phryni 决非匈奴。

此外，Pliny《自然史》[94]（Ⅵ，20）称，Tochari 附近居有 Phuni 人。Dionysius' Periegisis[95] 亦称 Tochari 与 Seres 的邻居是 Phryni。所述 Phuni、Phryni 亦有人以为均指匈奴。[96] 今案：Pliny（公元 23 - 79 年）和 Dionysius（约公元三至四世纪）本人对匈奴有所了解客观上虽然是完全可能的，但是他们有关 Phuni 和 Phryni 记载显然是袭自 Apollodorus，不能视作他们所处时代的记录。也就是说同样不能将 Phuni 和 Phryni 视作匈奴。

西方史籍所见 Seres，一般认为指中国，主要原因是该国产丝。但是，Pliny《自然史》（Ⅵ，24）称 Seres 人"金发、碧眼"，则所载非产丝之汉人可知。又据同书（Ⅵ，20），Seres 人的居地大致在 Scythae 之东，其南为印度。Seres 和印度之间是 Attacorae、Phuni、Tochari 等；结合前引 Apollodorus 关于巴克特里亚诸王伸张其势力范围至 Seres 的记载，可知 Seres 人其实是指当时成为丝绸贸易中介的部族或部落，其居地大致在今新疆及其北部地区。[97] 果然，则 Phuni 亦应求诸塔里木盆地或其北方。至于 Tochari 人，在 Pliny 等描述的时代，自河西地区经塔里木盆地直至葱岭以西均有其踪迹，[98] Phuni 与之为邻亦未必是匈奴。

其实，Strabo 的 Phryni、Pliny 的 Phuni 和 Dionysius 的 Phryni 显然只能是迟至秦穆公称霸西戎时业已西迁的绲戎。

注　释：

〔1〕参见杨树达《积微居甲文说》卷下，科学出版社，1954，p.42；陈梦家《殷虚卜辞综述》，科学出版社，1956，p.294；刘桓《甲骨、金文中所见犬戎与犷狁》，《殷都学刊》1994 年第 2 期，pp.1 - 4。今案：诸说似将文献所见犬戎与卜辞所见犬方完全等同，不如指两者同源较为确切。

〔 2 〕参见杨升南《卜辞中所见诸侯对商王室的臣属关系》,载胡厚宣主编《甲骨文与殷商史》,上海古籍
　　　出版社,1983,pp.128 - 172。

〔 3 〕详见胡厚宣《殷代封建制度考》,载《甲骨学商史论丛初集》第一册(第一篇),齐鲁大学国学研究
　　　所,1944;注〔 1 〕所引刘桓文;以及注〔 2 〕所引杨升南文。

〔 4 〕注〔 3 〕所引胡厚宣文。

〔 5 〕郑杰祥《商代地理概论》,中州古籍出版社,1994,pp.186 - 191。

〔 6 〕注〔 1 〕所见陈梦家文。

〔 7 〕参见王国维《鬼方昆夷猃狁考》,载《观堂集林》卷第十三(史林五),中华书局,1984,pp.583—606。
　　　又,《广韵》卷四"废部":"瘝,困极也;《诗》云:昆夷瘝矣"。今案:"瘝矣"与"呬矣"均是"喙矣"的异
　　　文;"犬夷呬矣"、"昆夷瘝矣"乃约举"混夷駾矣,维其喙矣"二句。桂馥《说文解字义证》,齐鲁书
　　　社,1987,pp.122 - 123。以为"犬夷呬矣"等乃"混夷駾矣"之文;非是。参看段玉裁《说文解字注》,
　　　以及马瑞辰《毛诗传笺通释》(卷二十四),中华书局,1992,pp.824 - 825。

〔 8 〕详见余太山《有虞氏的迁徙——兼说陶唐氏的若干问题》,《炎黄文化研究(炎黄春秋增刊)》北京:
　　　炎黄春秋杂志社,第 4 期(1997)pp.52 - 59,67。

〔 9 〕参看陈槃《春秋大事表列国爵姓及存灭表譔异》,中央研究院历史语言研究所专刊之五十二,台
　　　北,1988,pp.1022 - 1023。陈氏以为:王国维《古本竹书纪年辑校》:夏后相元年"征淮夷、畎夷"。征
　　　淮夷又征畎夷,此畎夷,东夷也;又云,夏桀时"畎夷人居豳、歧之间",是畎夷已由东而西迁矣。畎
　　　夷与犬戎关系之说亦见丁骕《夏商史研究》,台北,艺文印书馆,1993,pp.80 - 81。今案:《太平御
　　　览》卷八二引《竹书纪年》作"元年,征淮夷",无"畎夷"二字,王氏据《路史·后记》十三及《后汉书·
　　　西羌传》补。

〔10〕说见注〔 5 〕所引郑杰祥书,出处同。

〔11〕参见注〔 9 〕所引陈槃书 pp.1023 - 1024。关于"当水"之地望,众说纷纭,见王贻梁、陈建敏《穆天子
　　　传汇校集释》,华东师范大学出版社,1994,pp.16 - 18。

〔12〕顾炎武《日知录》(文渊阁四库全书本)卷三"大原"条。俞樾《群经平议》十(皇清经解续编,南菁书
　　　院本)则以为大原应指山西太原。今案:果如俞说,则穆天子所迁之戎与厉、宣时期之猃狁并非同
　　　一部落。当然,这无妨犬戎与猃狁同源;何况迄今猃狁地理的研究尚未完全排斥猃狁居地在汾水
　　　流域的可能性;质言之,《诗·小雅·六月》之"大原"也在山西亦未可知。参看注〔 9 〕所引陈槃书
　　　pp.81 - 85。

〔13〕李仲操《也释多友鼎铭文》,《人文杂志》,1982 年第 9 期,pp.95 - 99。

〔14〕参见注〔 9 〕所引陈槃书 pp.1031 - 1036。关于"雷首"之地望,众说绘纭,见注〔11〕所引王贻梁、陈
　　　建敏书 p.227。

〔15〕江永《春秋地理考实》(文渊阁四库全书本)卷一。

〔16〕见张澍《姓氏辩误》(枣华书屋藏版)卷二二;汪远孙《国语发正》(《皇清经解续编》),南菁书院本)
　　　卷一等。

〔17〕参见注〔 9 〕所引陈槃书 pp.1027 - 1036。

〔18〕参见注〔 7 〕所引王国维文。

〔19〕李学勤《周易经传溯源》,长春出版社,1992,p.7

〔20〕参看李学勤《殷代地理简论》,科学出版社,1959,pp.73 - 75。王玉哲《鬼方考补正》,《考古》1986 年
　　　第 10 期,pp.926 - 929,890,亦主此说,可参看。今案:王文以为《周易》有关鬼方的爻辞中出现的
　　　"三年"乃指武丁在位之第三年,似未安。

〔21〕关于"鬼方易"有许多讨论。例如:丁山《商周史料考证》,中华书局,1988,p.78,以为易作动词用,
　　　读若飏;于省吾《甲骨文字释林·释鬼方易》,中华书局,1979,p.425,以为易与扬为古今字,作动词
　　　用,是说鬼方飞扬而去,言其逃亡之速。注〔 3 〕所引胡厚宣文以为"易"乃鬼方之一地。此外尚有

族名、方国名等说,详见罗琨,《"高宗伐鬼方"史迹考辨》,载注〔2〕所引胡厚宣主编书 pp.83 – 127, 等等。今案:此取屈万里说,见《殷虚文字甲编考释》,台北,中央研究院历史语言研究所出版, 1961,p.424。

〔22〕参见张永山《殷契小臣辨正》,载注〔2〕所引胡厚宣主编书 pp.60 – 82。《叔夷镈铭》见郭沫若《两周金文辞大系图录考释》,中国科学出版社,1958,pp.246 – 247。

〔23〕参见注〔2〕所引杨升南文,以及注〔21〕所引罗琨文。

〔24〕《礼记·明堂位》所述:"昔殷纣乱天下,脯鬼侯以飨诸侯";显系同一事件的异传。

〔25〕注〔19〕所引李学勤书 p.8。

〔26〕注〔7〕所引王国维文;注〔1〕所引陈梦家书 pp.274 – 5;注〔5〕所引郑杰祥书 pp.317 – 8;赵林《商代的羌人与匈奴》,台北,政治大学边政研究所出版,1985,pp.49 – 54 说略同。刘运兴《武丁伐鬼方进军路线及其他》,《殷都学刊》1987 年第 2 期,pp.22 – 27,则以为殷人所伐鬼方在汾水谷地,且已东向发展到太行、常山间。

〔27〕唐兰《西周青铜器铭文分代史征》,中华书局,1986,pp.183 – 184。

〔28〕邹衡《夏商周考古学论文集》,文物出版社,1980,279 – 281;陈全方、尚志儒《陕西方国考》,殷墟博物苑、中国殷商文化学会编《殷墟博物苑苑刊》创刊号,中国社会科学出版社,1989,88 – 97;以及石楼县文化馆《山西石楼义牒发现商代青铜器》,《考古》1972 年第 4 期,pp.29 – 30;杨绍舜《山西石楼诸家裕、曹家垣发现商代铜器》,《文物》1981 年第 8 期,pp.49 – 53;吕智荣《陕西清涧李家崖古城陶文考释》,《文博》1987 年第 3 期,pp.85 – 86;张映文、吕智荣《陕西清涧县李家崖古城址发掘简报》,《考古与文物》1988 年第 1 期,pp.47 – 56。

〔29〕岛邦男,《殷墟卜辞研究》,汲古书院,1975,pp.416 – 417;钟柏生《殷商卜辞地理论丛》,艺文印书馆,1989,pp.195 – 196。

〔30〕参看注〔19〕所引李学勤书,p.6。

〔31〕《毛传》关于鬼方即远方的看法,在汉代以降颇为流行,例如:《经典释文》于"既济"于"鬼方"下引《苍颉篇》:"鬼,远也"。《汉书·匡衡传》"化异俗而怀鬼方",颜注引应劭曰:"鬼方,远方也"等等。《文选·班固》"典引篇""威灵行乎鬼区"注引蔡邕:"鬼区,绝远之区也";《后汉书·班彪列传下》"威灵行于鬼区":李注:"鬼区,远方也。《易》曰:高宗伐鬼方"。但是,《汉书·严助传》载淮南王安谏诛闽越书:"《周易》曰:高宗伐鬼方,三年而克之。鬼方,小蛮夷;高宗,殷之盛天子也"。唐李鼎祚《周易集解》(文渊阁四库全书本)卷十二引虞翻(164 – 233 年)注:"高宗,殷王武丁。鬼方,国名";均以"鬼方"为特指。又,《周易集解》卷十二引干宝注:"高宗,殷中兴之君,鬼,北方国也。高宗尝伐鬼方,三年而后克之";似乎说"鬼方"乃北方之国的泛称,然而如果理解所谓"尝伐北方"不过是说高宗曾经北伐而已,则在干宝心目中"鬼方"亦为北方一国之名称。今案:入周以后,鬼方不复出现于史事。过去曾以为小盂鼎、梁伯戈均与鬼方有关(例如王国维注〔1〕所引文),近已辨明非是(见(李学勤《小盂鼎与西周制度》《李学勤集——追溯·考据·古文明》,黑龙江教育出版社,1989,pp.165 – 179,以及《论史墙盘及其意义》,《考古学报》1978 年第 2 期,pp.149 – 157,esp.153)。实际上,"鬼方"只是商代通行的名词,西周以后确已成为远方蛮夷之代名词,但不能因此指商代鬼方为"远方"。参看注〔19〕所引李学勤书 p.9。

〔32〕见注〔3〕所引胡厚宣文。徐中舒《殷周之际史迹之检讨》,《中央研究院历史语言研究所集刊》7 – 2(1936 年),pp.137 – 164,则以为"未济九四"条谓周伐鬼方,而殷人赏之,盖以小邦而伐大国之敌,故有震惊、震恐之意。

〔33〕见注〔21〕所引罗琨文。

〔34〕见注〔21〕所引罗琨文。

〔35〕王先谦《后汉书集解》卷八十七。

〔36〕注〔28〕所引陈全方、尚志儒文。

〔37〕注〔21〕所引丁山书 p.78 以为"先零"乃《竹书纪年》所见"西落"之对音。今案:其说或是。

〔38〕主鬼方位于南方者,最早有黄震《黄氏日钞》(文渊阁四库全书本)卷四,最近则有王燕玉《殷周鬼方辨》,载《贵州史专题考》,贵州人民出版社,1986,pp.1-21。关于鬼方西南说欠妥之处,侯绍庄《"鬼方"讨论述评》,《贵州文史丛刊》1984 年第 4 期,pp.12-17,有详细指证,可参看。

〔39〕注〔38〕所引侯绍庄文、注〔19〕所引李学勤书 p.9。

〔40〕注〔32〕所引徐中舒文。

〔41〕注〔26〕所引刘运兴文。

〔42〕注〔38〕所引侯绍庄文。

〔43〕《今本竹书纪年》载帝仲康六年,"锡昆吾命作伯"。又载:帝芬三十三年,"封昆吾氏子于有苏"。又载:帝癸三十年,"商师征昆吾";三十一年,"克昆吾"。《史记·楚世家》引《括地志》曰:"濮阳县,古昆吾国也。昆吾故城在县西三十里,台在县西百步,即昆吾墟也"。

〔44〕参看李学勤《谈祝融八姓》,注〔31〕所引书 pp.74-81。

〔45〕《史记·匈奴列传》"索隐"引《山海经》文"犬戎"作犬夷。今案:"索隐"所引似为原文。

〔46〕说本丁骕《夏商史研究》,出处见注〔9〕。

〔47〕"陆"与"祝"韵部相同,声母可转(所谓来照准旁纽);而青铜器郘公鈋钟铭文所见陆终之"终"与楚帛书所见祝融之"融"实为同一个字。参见注〔31〕所引李学勤书 pp.74-75;以及王国维《郘公钟跋》,《观堂集林》卷十八,中华书局,1984,p.894。

〔48〕引自郝懿行《山海经笺疏》(巴蜀书社 1985 年影印本)卷十七。

〔49〕《左传·成十三年传》:"晋侯使吕相绝秦,曰:……白狄及君同州,君之仇仇而我之昏姻也"。竹添光鸿《左传会笺》(明治 36 年,井井书屋印行,成下第十三,叶十,)以为此处以"白狄"指称廧咎如。盖《左传·僖二十三年传》:"狄人伐廧咎如,获其二女:叔隗、季隗,纳诸公子"。今案:其说非是,盖晋与狄通婚,不仅廧咎如。参见杨伯峻《春秋左传注》,中华书局,1993,p.405。

〔50〕例如:注〔27〕所引唐兰书 pp.183-184。

〔51〕潞氏之姓尚有妘、姜、姬三说,未知孰是;详见注〔9〕所引陈槃书 pp.1118-1120。

〔52〕《潜夫论笺校正》,〔汉〕王符著,〔清〕汪继培笺,彭铎校正,中华书局,1985,p.457。

〔53〕参见注〔7〕所引王国维文。关于白狄地望,可参看注〔9〕所引陈槃书,pp.1080-1082。

〔54〕顾栋高《春秋大事表·列国姓氏表》(吴树平、李解民点校本),中华书局,1993,p.1155。

〔55〕参见注〔9〕所引陈槃书 pp.1019-1020。

〔56〕详见胡厚宣"殷代舌方考",《甲骨文商史论丛初集》第二册,第一篇,齐鲁大学国学研究所专刊之一,齐鲁大学国学研究所出版,1944。

〔57〕以上详见李学勤、彭裕商《殷墟甲骨分期研究》,上海古籍出版社,1996,pp.346-351。

〔58〕注〔56〕所引胡厚宣文,以及注〔28〕所引陈全方、尚志儒文。

〔59〕吕调阳《群经释地》(《观象庐丛书》,咸丰八年刊本)二:"共,阮邑,鄜州西之张村驿也,清水河经其东北"。注〔58〕所引诸文意见大致相同,亦即以为密约在今陕西关中西北部及甘肃灵台一带,阮约在关中东部澄城县以北白水、黄龙两县之间部分地区,共大致据有富县西南及南部地区。卜辞所见舌方则主要位于陕西中部地区而稍北,与位于陕北之鬼方为邻。

〔60〕注〔29〕所引岛邦男书 pp.385-387。说者的结论主要依据卜辞所见受舌方侵略之地推得。

〔61〕注〔1〕所引陈梦家书 p.274;并指出土方与舌方相邻。

〔62〕李毅夫《鬼方舌方考》,《齐鲁学刊》,1985 年第 4 期,pp.12-15,47。

〔63〕注〔5〕所引郑杰祥书 pp.284-286。该文认为所谓李家崖文化应归属舌方。

〔64〕注〔29〕所引钟柏生书,pp.198-191。注〔32〕所引徐中舒文则以为鬼方之本据在山西,陕西泾洛之间亦为其出没之地。

〔65〕董作宾《殷历谱》下编卷九(中央研究院历史语言研究所,1945,p.39),"论舌方即鬼方"条:"余疑舌

方即鬼方,此念蓄之已久,以卜辞别有鬼方,故未能决,今乃知盖同音假借,先后异文也。工、鬼同属见母,同属合口,而韵到阴阳,殆之胡与匈奴之演变矣"。

〔66〕详见朱歧祥《殷武丁时期方国研究——鬼方考》,《许昌师专学报》1988 年第 3 期,pp.72 – 77。又,注〔9〕所引丁骕书 pp.153 – 163,有武丁"征舌方简谱",可参看。

〔67〕参见注〔66〕所引朱歧祥文。

〔68〕参看注〔26〕所引赵林书 pp.61 – 68。

〔69〕余太山《说大夏的迁徙——兼考允姓之戎》,中国先秦史学会、洛阳市第二文物工作队编《夏文化研究论集》,中华书局,1996,pp.176 – 196。

〔70〕注〔7〕所引王国维文。注〔1〕陈梦家书,p.275,否定王氏说;非是。

〔71〕注〔7〕所引王国维文。

〔72〕"犹"与"鷽"韵部相去较远,似不可转,但"豩犹"或"猃狁"与"獯鬻"并非汉字之通假,而是同名异译。具体而言,文部与觉部虽不可转,但两者却均可能转自职部(职文通转、职觉旁转)。类似情况古今屡见不鲜。考虑到原名往往系"重译"而得,译者往往乡音不同,又非音韵专家,今日在对音时似不宜要求过严。

〔73〕参看孙诒让"《穆天子传》郭璞注",《札迻》(光绪二十年刊本)卷十一。

〔74〕《索隐》注《史记·五帝本纪》黄帝北逐"荤粥"曰:"匈奴别名也。唐虞以上曰山戎,亦曰熏粥,夏曰淳维,殷曰鬼方,周曰豩犹,汉曰匈奴"。《风俗通》所谓"獯鬻"在此成了"鬼方"。

〔75〕原文作"匈戎狡犬,犬者,巨身,四尺果,皆北向",据黄怀信、张懋镕、田旭东撰,李学勤审定《逸周书汇校集注》,上海古籍出版社,1995,pp.947 – 948,所引孙诒让、刘师培诸说校改。

〔76〕注〔1〕所引刘桓文。

〔77〕唐兰《用青铜器铭文来研究西周史——综论宝鸡市近年发现的一批青铜器的重要历史价值》,《文物》1976 年第 6 期,pp.31 – 39;以及注〔27〕所引书 pp.408 – 410。

〔78〕注〔7〕所引马瑞辰书(卷二十四)p.843,曰:"《尔雅·释诂》串,贯并训'习也',《释文》贯作惯,云:'本又作贯,又作遗'。《玉篇》:'串,或为惯'。《传》以串即贯字之假借,故以习释之,未若《笺》谓串夷即混夷为允。串即毌字之隶变,贯、毌古今字,昆、贯双声,猒与昆、贯亦双声,故知串夷、混夷为一,皆猒夷之假借。或又省作犬夷,皆一音之转。患字从串得音,故串夷或作患夷,亦同音假借字耳"。

〔79〕参看陈槃《不见于春秋大事表之春秋方国稿》,中央研究院历史语言研究所专刊之五十九,台北,1982,pp.137 – 139。

〔80〕余太山《匈奴、Huns 同族论质疑》,《塞种史研究》,中国社会科学出版社,1992,pp.242 – 271。

〔81〕沈长云《豩犹、鬼方、姜氏之戎不同族别考》,《人文杂志》,1983 年第 3 期,pp.75 – 81。

〔82〕乘黄在古籍中有各种异称,方以智《通雅》(文渊阁四库全书本)卷四十六:"飞黄、訾黄、翠黄、乘黄、吉量、古皇、吉光、吉黄,一物"。今案:其说甚是。《山海经》与《逸周书》有关白民之乘黄与犬戎之吉黄的记载不过各执一端,不能以为两者形状有异。看看注〔75〕所引黄怀信等书,pp.944 – 946。

〔83〕详见饶宗颐《中国古代"胁生"的传说》,《燕京学报》新第 3 期(1997),北京大学出版社,pp.15 – 28。

〔84〕《大正新修大藏经》第三卷,p.463。

〔85〕《大正新修大藏经》第三卷,p.473。

〔86〕*Rgveda Samhita*, with Eng. tran. by S.S.P. Sarasvati and S. Vidyalanrar, New Delhi: Veda Pratishthana, 1977, pp.1430 – 1431.

〔87〕希罗多德《历史》,王以铸汉译本,商务印书馆,1985。

〔88〕段连勤《丁零、高车与铁勒》,上海人民出版社,1988,pp.57 – 60;王克林《一目国鬼方新探》,《文博》1998 年第 1 期,pp.30 – 38,66。关于"一目",周建奇《鬼方、丁零、敕勒(铁勒)考释》,内蒙古大学学

报,1992 年第 1 期,pp.31 - 41,别有说。

〔89〕详见注〔80〕所引余太山书 pp.7 - 8。

〔90〕*The Geography of Strabo*,with an English Translation by H.L.Jones,London,1916.

〔91〕Kálmán Namäti,"The Historic-geographical Proofs of the Hiung-nu = Hun Identity", *Asiatic Quarterly*, 3rd. Ser.29,1910,pp.325 - 369。

〔92〕见注〔80〕所引余太山书 pp.52 - 56。

〔93〕W.W.Tarn , *The Greeks in Bactria and India*,Cambridge,1951,pp.84 - 85.

〔94〕Pliny, *Natural History*,with an English Translation by H.Rackham,Lodon,1949.

〔95〕Dionysius'Periegesis, "Scythica et Caucasica",in C.Müller(ed.), *Geographi Graeci Minorse* Ⅱ ,Paris,1882.

〔96〕J. Charpantier," Die ethnographische Stellung der Tocharen", *Zeitschrift der Deutschen Morgenländischen Gesellschaft* LXXI,1917,pp.347 - 388.

〔97〕参看注〔92〕所引 W.W.Tarn 书 pp.110 - 111。

〔98〕见注〔80〕所引余太山书 pp.16 - 21。

On the Roots of Quanfang, Guifang, Gongfang, Xianyun, and Xiongnu

Yu Taishan

The study demonstrates: 1. "Quanfang", "Guifang", and "Gongfang", tribes found in the oracle bone inscriptions of the Shang Dynasty (c. 21 – 16 century, B.C.), "Quanyi", "Quanrong", "Xianyun", "Gunrong", found in the texts casted on bronze objects and written sources of Zhou and Qin Dynasties (c.11 century – 207 B.C.), and "Xiongnu"of later history, share a common lineage. 2. The people of Quanrong may have European roots and their old homes can be traced back to the present Shandong peninsula. 3. Duke Mu of Qin (659 – 621 B.C.) conquered the Xi (western) Rong 西戎 and gained a broad territory extended for thousands *li*. The event could have initiated the migration of these nomadic tribes on the steppes, a history recorded by Herodotus (484? – 430/420 B.C.). *The Arimaspi*, which played an important role among the tribes, is probably "Gunrong", one of the 'barbarian' tribes Qin expelled.

蒙古征服前操蒙古语部落的西迁运动

刘 迎 胜

公元 840 年漠北回鹘汗国瓦解后,原先在蒙古高原占据优势的操突厥语诸部逐渐让位于操蒙古语民族。至辽金时代蒙古高原已基本蒙古化。西辽的建立标志着操蒙古语部落的活动范围向欧亚草原延伸。成吉思汗及其子孙领导蒙古西征可视为自东向西的蒙古化运动的高潮。本文拟探讨与此历史性运动有关的几个重要环节。

一、回鹘汗国时代漠北的蒙古部落

——扎剌亦儿前史

研究蒙古起源的学者在论及唐代中期操蒙古语民族的历史时,多将自己的注意力置于大致同时在史籍中出现的达旦与蒙兀室韦上。蒙兀室韦已被确认成吉思汗家族所源出的蒙古部的直系祖先。

达旦的名称的传播历史与突厥名称的传播有相近之处。突厥(Turk)这个名称最初只是阿史那及其近亲家族所出部落的名字,后来随着突厥汗国的强大,而成为操突厥语民族的总称。达旦起初也只是一个部落的名称。辽金时代蒙古部之东有一个强大的部落集团名塔塔儿(Tatar),即达旦。后来它成为蒙古草原上游牧部落的泛称。在不同时代的史料中曾有过被称为三十姓达旦、九姓达旦、白达达、草头达靼、黑鞑、蒙鞑等部落或部落集团,它们都各有自己的历史。

骨利干和拔野古也是与蒙古人有密切关系的部族。骨利干,多数学者已认定即 10 世纪以后生活在黠戛斯以东的昂可剌河(今安加拉河)流域的操蒙古语的豁里部落(Qori)。"骨利干"与"豁里"所表示的应该是同一个名称,但目前尚未能满意的解释"骨利干"这个名称中的尾音"干",到了"豁里"时代脱落的现象。

至于拔野古(Bayirqu),学者们相信它就是蒙古巴儿忽惕部的祖先。[1] 10 世纪时,拔野古部曾至河西一带活动。在伯希和 P·2471 号和田塞语文书《使臣 Thyai Pada-tsa 向于阗朝廷的报告》第 11、55、58 行曾 3 次提及"突厥拔野古"(ttrruka bayarkata)。同一个部名亦见于另一批于阗使臣 Chika Gulai 和 Dum Samgalaka 的书信稿第 77 行,和"钢和泰卷子"第 2 部分于阗部分中之第 31 行。[2]

回鹘汗国时代还有一些其他操蒙古语部落活动于漠北。扎剌亦儿是成吉思汗及其先祖时代最重要的蒙古部落之一。其名称不见于唐代涉及漠北诸部的汉、古突厥、藏、阿拉伯和中古伊朗文史料。扎剌亦儿的名称自辽代始在史料中出现,当时它是"阻卜"中的一个大部。"阻卜"又有"术不姑"等异称,王国维、蔡美彪和其他学者曾研究过这个部落,它见于穆斯林史料,此即《突厥语大辞典》中提到的 Yabaqu。源于南部和东部突厥语方言的借词,其词首半元音 y-,在契丹-蒙古语中变为 j-(z-),换句话说 Yabaqu 就是"术不姑"的原音。扎剌亦儿部在《辽史》中称为"阻卜扎剌",可见它曾受阻卜统治。

除了元代汉文资料中扎剌亦儿氏的蒙古贵族的碑传资料之外,波斯史家拉施都丁的著作《史集·部族志》是有关此部历史的最重要史料。汉译本《部族志》"扎剌亦儿"条中说:"据说,他们的禹儿惕为哈剌和林的合迪马(qadima,俄译作 Кима)[地方];他们是[如此地]愚忠,以致于他们把奶油给畏兀儿君主古儿汗的公骆驼[食用]。由此之故,他们被称作必剌合(bilagheh)。[3]这段史料中"哈剌和林的合迪马[地方]",正如汉译者所指出的,俄文原译将"合迪马"写作 Кима。细心的汉译者对照波斯文原文发现了俄译的误写,并据波斯文原文校改为 qadima,惟因不通波斯语文,全句仍据俄译重译如上。

其实在波斯文中 qadima 是来自阿拉伯文的副词,意为"自古以来",俄译者已故赫塔古洛夫教授未能识出,误为地名。汉译本虽校出误写,但译文仍无法更正。此句据波斯文原文应汉译为:

> 人们常说,他们的禹儿惕(营地)自古以来(qadima)一直在哈剌和林。对他们来说,那样才是忠顺畏服,即不断向古儿汗——即畏兀儿的君主——的公驼群供奉油脂。由于那个原因,他们的名称称为 BLAQH。[4]

这里提到的扎剌亦儿部的名称 BLAQH 这个词,俄译本取音译,汉译本重译为"必剌合"。德国学者德福教授著作《新波斯语中的突厥语、蒙古语成份》[5]收罗蒙元及帖木儿帝国两代多种波斯文文献中出现的源于突厥语、蒙古语,甚至源于汉语的借词数千条,经查亦未收入 BLAQH 这个词。

笔者认为,拉施都丁在这里是在讲述扎剌亦儿部名称的词源。此名称中含有字母-Q-,根据突厥语、蒙古语的元音和谐律,其原字应为一个阳性词(后元音词)。此名在合校本中所据各种抄本中,无任何异写形式,无从据以校定。遍查各种字书,均无法找到 BLAQH 这个词,亦未见任何著作对此作出解释。考虑到波斯文所使用的阿拉伯字母(源于阿拉美字母)"底座"很少,多赖在"底座"上下增减音点来表示不同的字母,故《史集》各种抄本中非波斯语、阿拉伯语词汇、借词和专有名称误写率极高,几乎无一页可幸免。笔者设想这个名称(BLAQH)的词首辅音字母 B－ 可能系半元音 Y－ 的误写,因为辅音字母 B 处于音节之首时与 Y 的"底座"完全相同,区别只在于"底座"之下是一个音点还是两个并列的音点。

在此基础上,笔者进一步推测这个词可能就是古突厥语 yalgha,其意为"舔"。[6]此字若加上蒙古语复数后缀－ir,应为 yaighair,由于某种方言的作用,[7]词中辅音－gh－软化为－y－,即 yalgha＋ir＞yalghair＞yalyir＞yalair。此名在操突厥语北部方言,即操 Z(J)方言的黠戛斯(Qirghiz)人击败回鹘人后,读音转为 Jalair,即扎剌亦儿,其意为"奉承",正与上面所述扎剌亦儿人为回鹘人牧驼相应。[8]

故上引《史集》所记乃是漠北回鹘汗国时期的情况。"古儿汗"可能是扎剌亦儿人对回纥可汗的称呼。这段记载证明 8－9 世纪时,一部分扎剌亦儿部的居地已在回纥汗廷附近,受制于回纥贵族。王延德出使高昌途经漠北合罗川(哈剌和林平原)唐回鹘公主旧居,即古回鹘城(Qara Balaqasun)时,曾听说"契丹旧为回纥牧羊,达靼旧为回纥牧牛",可见回鹘汗国境内有不少居于被统治地位的操蒙古语部落。扎剌亦儿等操蒙古语诸部,也许就包括在这些受回纥役使的达旦部落中。

拉施都丁接着提到了扎剌亦儿人的十个部落,其中第四个在苏联 1965 年波斯文合校本中为 Kumsaut。[9]此名语尾之－ut 显系蒙古语复数,其单数形式似可拟构为 Qumus。《辽史》卷 2《太祖纪》记耶律阿保机于天赞二年(923)九月西征时,"破胡母思山诸蕃部"。又辽末耶律大石在漠北大会十八部王众,其中有"忽母思"部。元代钦察大将床兀儿在漠北与叛王作战时,曾至"和林兀卑思之山"。[10]这里所列举的"胡母思"、"忽母思"、"兀卑思"等应即上述波斯史料所记之 Kumsaut。此部之名应得之于和林附近的胡母思山(或兀卑思山)。足见自辽初至元代,扎剌亦儿的这个分枝始终在哈剌和林附近游牧。

上述研究给人以这样的印象,即并非所有操蒙古语的民族都与成吉思汗所源出的蒙古部一样,都是在 840 年漠北回鹘汗国灭亡后,才从大兴安岭地区西迁至蒙古草原的。无论是在操突厥语民族在蒙古草原占据优势的唐代,还是在契丹兴起的辽初,漠北草原始终有操蒙古语的民族在活动。扎剌亦儿即为其中的重要一员。

二、西迁的达旦人

历史上中国西北地区曾多次发生过游牧民族从东向西的迁移运动,原因不外乎扩张、战败、或寻找牧场。除了见诸于汉籍的西汉时月氏、乌孙的西迁,东汉时北匈奴远遁,魏晋时高车西行,唐代歌逻禄和回鹘的西迁等大规模的游牧民族向西迁移活动外,还有许多为汉籍所漏载的小规模、零星的迁移运动。漠北草原的蒙古化基本上是源出于蒙古高原东部的操蒙古语民族向西迁移的结果。9 世纪以后,穆斯林地理科学繁盛一时。在一些穆斯林地理学家的著作中,保留了有关突厥、蒙古诸部的宝贵资料。从这些著作中寻找达旦、蒙古诸部西迁的蛛丝马迹,将它们与散见于各书的汉文记载相比较,无疑会促进我们对这一课题的研究。

波斯地理学家葛尔迪齐写于 1050 年前后的著作《报导的装饰》,提到了一部分达旦人向西迁移,进入也儿的石河流域,建立 Kimak 部落的故事:达旦部落的一个贵族"设"(Shad)率部西行,到达也儿的石河。他们虽然脱离了达旦主体,但是仍然与它保持着联系。以致后来又有 7 个部落或氏族脱离达旦部落主体,来到也儿的石河,它们与设原先所率领的那个氏族一起,在也儿的石河建立了一个新的部落集团。

按葛尔迪齐的说法,西迁的达旦人构成了 Kimak 部落的主体,后来加入"设"的部落的 7 个来自达旦的氏族中,有一个称为达旦,即塔塔儿。"设"最初带出来的那氏族可能也是塔塔儿人。其他 6 个氏族,包括钦察(Qifchaq),最初可能是这部分西迁的塔塔儿人的属部。

葛尔迪齐接着叙述道,这 7 个来自达旦部落的人在"设"那里放牧至冬。大雪来临,无法返回,也儿的石之地水草丰美,于是留居原地驻冬。次年开春后,派出一人去达旦部的居地后发现,在离开期间敌人来过,杀害了达旦人,原达旦牧地已荒无人烟。于是此 7 人奉"设"为首领。后来其他部落得到消息,也投向他们,聚集了七百人。随着时间的推移,他们的人口增多了,就在也儿的石山地分布开来,分成了 7 个部落"。[11]

Kimak 部落在《世界境域志》中已经提到:其东为黠戛斯、南为也儿的石河、西为钦察,其王称为可汗,手下有 11 位异密(部落?)。葛尔迪齐关于 Kimak 人源于达旦人的传说的背后应该有真实的历史基础。它说明大约在回鹘西迁之前或以后,一小部分达旦人也到也儿的石河流域。他们起初还与达旦本部保持着某种联系,后来大约是由于相距地域遥远,或是由于战争、天灾等其他原因,这种联系断绝了。

至 11 世纪时,可失哈里在解释"郁督斤"这个词时写道:它是"回鹘附近的达旦沙漠中的一个地名"。[12]可见当时达旦、蒙古部落已占据了原突厥、回鹘汗国的中心地带。

三、蒙古伯岳吾氏

伯岳吾是一个值得注意的氏族。蒙古语谓富为 bayan(伯颜),伯岳吾(Baya′ut)之名殆出自 bayan(伯颜)之蒙古文复数。它是蒙古部落的一个分枝,又见于 12、13 世纪的康里、Yemek

和钦察人中。伯岳吾在汉文史料中有伯牙兀歹、伯要歹、巴牙兀惕等异写。伯岳吾氏散见于各族，有如今日在哈萨克人和柯尔克孜（吉尔吉斯）人中都可以发现乃蛮部一样。这是研究文献所失载的蒙古、达旦部落迁移、分化历史的绝好材料。

按拉施都丁的划分，蒙古伯岳吾氏为迭列列斤蒙古，居地在薛凉哥水（今蒙古色楞格河）两岸，《史集·部族志》中有专节记叙。迭列列斤是以成吉思汗家族为中心的蒙古部对与自己有姻亲关系的东部操蒙古语部落的泛称。《元朝秘史》记载，成吉思汗13世祖朵奔篾儿干时代（辽初），伯岳吾人马阿里黑因贫困，以己子向朵奔那颜换取鹿肉。这一支伯岳人从此成了蒙古部贵族的世仆。[13] 12世纪末，蒙古部内两大贵族集团，乞颜氏和泰赤兀氏为争夺蒙古部汗权而发生十三翼之战时，伯岳吾氏加入成吉思汗之第8翼。后伯岳吾氏得与蒙古颜氏联姻。[14]

元代汉文史料中记载了元朝大将土土哈所源出的一枝游牧部落西迁钦察的事迹。据史料记载，土土哈乃"钦察人，其先系武平北折连川按答罕山部族，后徙西北绝域。有山曰玉理伯里，襟带二河，左曰押亦，右曰也的里，遂定居焉，自号曰钦察"。[15] 土土哈及其子床兀儿是元代著名钦察将领。土土哈之孙燕帖木儿为元末权臣，其女得立为顺帝皇后，称伯牙兀后，故知土土哈家族乃钦察之伯岳吾氏。伯希和1920年在其论文《库蛮》中，尚未提到土土哈的族属，而在他与韩百诗合著的《圣武亲征录译注》时，已提及从顺帝后伯牙兀氏纳答失里推知土土哈氏族族属的问题，明显受屠寄的启发。

土土哈这一族来自蒙古高原东部的钦察人，引起了中外许多学者的兴趣。1910年，马伽特在其论文《论库蛮的民族性》中，将土土哈的传记摘译出来。他的论文迟至1914年才刊印出来。因第一次世界大战的缘故，伯希和1920年方读到马伽特的研究，于是作出长篇评论，刊于法国《亚洲学报》。屠寄作《蒙兀儿史记》时，也充分利用了土土哈的传记资料，并据此讨论这一族钦察人的族源。进入40年代，韩儒林师在研究元代西北地理时，又依据这些碑传资料研究玉理伯里山的方位。屠寄的《蒙兀儿史记》出版后，极大地激发了伯希和的研究热情。他与韩百诗合作，在《圣武亲征录译注》中，评注了屠寄的研究成果，并再次对土土哈先人源出的武平折连川，和他们西迁后的落脚地玉理伯里作了详细研究。80年代，美国学者爱尔森在研究蒙古军对钦察草原的征服时，着重考察了玉理伯里部族对西征蒙古军的抵抗活动。他的论文引起了在哈佛大学任教的突厥学家普里察克的注意，并引起讨论。

屠寄对"武平北折连川"作了如下解释：

"元武平路，本奚王牙帐地，辽时建城，号中京大定府，金改北京大定府，元初为北京路总管府，至元七年改大宁路，二十二年[16]改武平路，后复为大宁。古城在直隶朝阳府建昌县西北老哈河左岸地，属内蒙古喀喇沁右翼，土名白塔子，蒙兀呼为察罕苏巴尔罕是也。折连川,蒙兀语石河。斛律金《敕勒川歌》指此。唐置饶乐州都督府于此。敕勒、饶乐与折连为声转字。今图称此水为英金河,源出围场白岔山,东流经赤峰县北,又东与老哈河会。按答罕山,在喀喇沁右翼旗东百五十里。《蒙古游牧记》称为哈特哈,即按答罕异文,义谓妲山,因其山顶不生草木故也"。[17]依照屠寄的意见,折连,为蒙古语,义为石。如是,则折连当为现代蒙古语 chilage(石)的译音。

屠敬山意见不足据。chilage 与"折连"音不同。元代蒙语"石"作 chilao'un(赤老温)。斛律金之《敕勒川歌》亦与此毫不相干。敕勒,即铁勒。今西喇木伦河,唐以前称饶乐水,唐之饶乐州由此得名。饶乐水,又作弱洛水、如洛水。"乐"、"洛"两字者都是以辅音 - k 收声的入声字,所以"饶乐"、"弱乐"和"如洛",在唐和唐以前的魏晋时代的汉语中的读音几乎相同或相近。刘凤翥未考虑到中古汉语的入声问题,误以为饶乐和弱洛都脱落了末尾的音节"个"。[18]。《契丹国志·契丹国初兴本末》记西喇木伦河曰:"袅罗个没里,复名女古没里……华言所谓潢河也"。潢即黄。据此可知,饶乐、弱洛、如洛、袅罗个,女古,皆契丹语,意为黄。"没里",相当于蒙古语"木涟",译言河。《辽史》卷 31《营卫志》,契丹语"金曰'女古'"。则饶乐、弱洛、女古等又表示"金,金色",刘凤翥将饶乐的契丹语原音值拟构为 rulugu。故而屠寄所认定的来自蒙古语 chilage(< chilao'un,赤老温)的"折连",与敕勒、饶乐不是"声转字"。

伯希和在写作评论马伽特的《论库蛮的民族性》的文章《库蛮》时,似乎只读了屠寄《蒙兀儿史记》卷 3《成吉思可汗纪》中有关"乞卜察兀惕"(即钦察)的注释,故当时对屠寄"折连" = chilage(石头) = 饶乐之说未置一词。[19]后来,他显然读到了《蒙兀儿史记》中的《土土哈传》,于是在《圣武亲征录注》中,对"折连川" = "石川"之说详加驳斥。按伯氏的意见,"折连川"之"折连"的蒙古语原文应为 jeren,译言黄羊。而"川"并非指河(蒙古语"沐涟"),乃表示平川,蒙古语应为 ke′er(客额儿)。故"折连川",汉言"黄羊原"。[20]元代汉文文献中屡次出现的"折连怯儿"、"者连怯耶儿"和"折连怯呆儿",[21]可证伯希和以"折连川"当蒙文 jeren ke′er "黄羊川"之设想的正确性。

土土哈家族虽有其祖先来自东部的传说,但文献中未举出西迁前和西迁过程中的任何事迹,显然其族人在缺乏文字记载的情况下,记忆随时光流逝而逐渐淡漠。值得注意的是,碑传文献一律称土土哈一族的故土为"武平北折连川"。按屠寄的说法,武平的名称在辽代已经出现。他说辽中京府"统州七,次三曰武平"。[22]查《辽史》卷 37《地理志》,中京府治辖州中次三曰武安。武安州亦见于《契丹国志》。[23]"武平"是金大定七年(1167)以后才出现的名称。《金史》卷 24《地理志》虽记载(见标点本页 558)金大定七年方改名为武平,但并不说明土土哈的祖先西迁在此之后。比较合理的解释是,土土哈这一支钦察人在入居汉地以后,曾追寻过自己先人的事迹和祖居地。也许土土哈本人在参与平定乃颜之乱时,曾路过武平或其附近地域,或找过遗留故土的族人作过调查。《元史》卷100《兵志》(标点本页2555)在列举折连怯呆儿(折连川)官方牧场的千户名称时,提到了一位伯要觞,即伯岳吾歹。这个伯要觞驻扎于折连川可能是出于偶然,但也极可能是土土哈先祖西迁钦察后,留居折连川的族人的后代。[24]土土哈家族确定武平北按答罕山是自己氏族的发源地的背景,应大致如此。

《史集》在记载哲别、速不台攻入钦察草原时记道,蒙古军曾向钦察首领递讯:"我们和你们是同一部落(tayifa)的人,出自同一种族(jins)"。[25]看来,至少哲别、速不台的部属中,有人知道武平北折连川按答罕山部族西迁钦察的历史。

还有一个引起争议的伯岳吾人是泰不华,《元史》有传,曰:"世居白野山"。钱大昕称他是钦察人;汪继培认为"白野"即玉理伯里。[26]屠寄则视之为奚种,并释"白野"为"伯颜"之异译,蒙古语义为富,盖因山为氏。[27]伯希和、韩百诗不同意汪继培、屠寄的解说,另辟蹊径诠释"白野",认为它可能是蒙古语chaghan-ke′er(察罕·怯耶儿)的意译。[28]陶宗仪《书史会要》既称泰不华是蒙古人,则他应为蒙古之伯岳吾氏。

四、Yemek、玉理伯里部和康里部中的伯岳吾氏

Yemek就是前面提到的Kimak部,其居地在也儿的石河流域及以西之地。目前能够见到的有关Yemek人中的伯岳兀氏族的唯一材料,是13世纪花剌子模算端扎阑丁(Jalalal-Din)的书记官奈撒微写作的《扎兰丁传》。据他记载,成吉思汗时代花剌子模沙摩诃末的母亲武里塞(Tcrken)哈屯和摩诃末本人的妃子,都出自Yemek部落的一个分枝伯岳吾惕(Bayawut)。[29]

除了《扎兰丁传》以外,就笔者所知,还有志费尼和术扎尼提到过花剌子模沙摩诃末的母亲Terken哈屯的部属。在《世界征服者传》中,她被说成出自康里突厥人,[30]阿布勒·哈齐也附和这种意见,[31]但《捍卫者阶层》,则说她是钦察汗Akran(或Ikran)的女儿。[32]上述3部书的作者中,以《扎兰丁传》的作者奈撒微与花剌子模沙王族关系最为密切,他的记载应该比《世界征服者传》和《捍卫者阶层》更为可信。

按奈撒微的记载,成吉思汗时代花剌子模皇后武里塞哈屯之父,乃突厥伯岳吾部的一位王公,名敞失(Changshi)。武里塞哈屯嫁给了1172年至1200年在位的伊利·阿儿思兰(Il Arslan)之子花剌子模沙帖克失(Tekesh)。当摩诃末1200年继承父位,登上花剌子模沙宝座时,武里塞哈屯曾率领玉龙杰赤周邻的全部Yemek突厥部落支持他。花剌子模内部王位更迭发生纠纷时,她的一支7千人的骑兵起了重要作用。这支骑兵绝大多数是伯岳吾武人,

其统帅为 Tushhi-Bahlawan,别名忽者鲁·沙(Qutluq Shah)。Yemek 部的这一支伯岳吾人,在 12 世纪已发展为花剌子模北部的一个强大的势力集团。花剌子模帖克失、摩诃末父子两代国王相继娶 Yemek 部落伯岳吾氏贵族女子为后,伯岳吾氏成为花剌子模的后族,是毫不奇怪的。

突厥文《乌古思可汗传》中已见钦察族名,足见它是一个古老的突厥部落,其历史并非始于土土哈的祖先。玉理伯里部是古代钦察部落联盟中的一个成员,得名于驻牧地的一座山脉。《纪绩碑》说土土哈先祖定居其地后,"自号钦察"。恰好说明他们并不是钦察,仅自号其名而已。看来这支来自东方的伯岳吾人征服了玉理伯里的钦察部落,成了它的新统治者,亦以玉理伯里人自居。他们很可能与西方钦察部的主体维持着某种联盟或臣属关系。

土土哈家族的碑传材料皆未言其先人西迁的准确年代。据阎复记载,土土哈之"始祖曲年(按,本传作曲出),高祖唆末纳,曾祖亦纳思,世为钦察(按,指玉理伯里)国主"。1215－1217 年之间,当速不台奉成吉思汗之命征讨收容蔑儿乞残部的玉理伯里人时,其国主是土土哈的曾祖亦纳思。可见至 13 世纪初叶,这支伯岳吾人统治玉理伯里已至少三代。1237 年拔都西征时,亦纳思已年衰,其孙班都察率部众投降,这时亦纳思应大约 60 岁上下。由此上推,伯岳吾人夺取玉理伯里统治权之事,至迟应在亦纳思的祖父曲年时代。以曲年长亦纳思 40 岁计,曲年的青年时代应大致为 12 世纪 5、60 年代。如不误,则玉理伯里部落统治发生更迭的时代,至少应在此之前。带领这支伯岳吾人来到玉理伯里的是不是曲年,目前很难确定。至于他们何时离开折连川按答罕山,迁移持续多久,途经路线,史料无记载。马伽特曾提出,土土哈的祖先长途跋涉西徙,可能缘于金灭辽,[33]如是,则这支伯岳吾人离开故土的时间在 12 世纪 20 年代左右,与耶律大石建立西辽大致同时。

元初有许多钦察人随土土哈家族进入汉地。《元史》卷 134 提到一位钦察人名和尚,乃"玉耳别里伯牙吾台氏,祖哈剌察儿,率所部归太祖"。这个玉耳伯里,就是土土哈先人西迁后所落脚的那个玉理伯里。哈剌察儿既出于玉理伯里,又为伯岳吾氏,则他为土土哈的族人无疑。

另一个比较著名的玉理伯里人是拜降。《元史》卷 131 称他是北庭人,故钱大昕编《元史氏族志》时,将他列为畏兀氏。《新元史》将拜降改为伯行,并改其族属为玉吕伯里,但未列资料出处。但《新元史》在《氏族表》中,乃照抄钱大昕书,称拜降,不称伯行,并称之为畏兀氏,前后不一致。屠寄也把拜降改为钦察人,并注云:"旧传称北庭人,似别失八里畏兀儿种,殆误。碑称玉吕伯里氏",[34]仍未交待资料所出。中华书局标点本《元史》对《拜降传》未作任何校订。伯希和、韩百诗称饱学之士,他们虽注意到拜降的族属问题,但也只征引了屠寄的论述,[35]可见检索不易。今查袁桷之《江浙等处行中书省左丞玉吕伯里公神道碑铭》,显系柯劢态、屠寄之所据。碑文曰："公系出玉吕伯里氏,讳伯行,大父阿鲁,家西北部,世安其俗,精骑射。父忽都,勇冠军伍。天兵定中原,因从征、冒阵略地,以积功领南宿州"。[36]伯行即拜降之异译,玉吕伯里亦为玉理伯里同名异译。拜降出自玉理伯里,并不等于他就是土土哈、和尚等的同族。伯岳吾是成吉思汗西征时代玉理伯里部落的统治氏族;拜降之祖父是否为当地土著亦未可知。

有关康里部中的伯岳吾人的材料,见于元代汉文史料。据笔者所见,元代入居汉地的康里人中有两枝伯岳吾氏,一为也速答儿家族,另一为斡罗思家族:这两个家族在《元史》中均有传。

《元史》卷133《也速觯儿传》(标点本,页3238)曰:"也速觯儿,康里人,伯牙兀[氏],太祖时率众来归"。《元史》卷123另有《艾貌传》。屠寄已指出,《艾貌传》与《也速觯儿传》重复。[37]伯希和、韩百诗也同意屠寄的看法。[38]布来特施耐德在《中世纪研究》中简单介绍了《元史》各色目人传,但作者未能发现上述二传重复的问题[39]。中华书局校点本《元史》亦未在校勘记中提及上述诸家的观点,似不妥。

《艾貌传》云:"艾貌拔都,康里氏。"屠寄以为,这里的拔都即蒙古语中常见的称号 ba'atur(把阿秃儿),义为勇士。伯希和、韩百诗为使上述二传文字一致,却倾向于认为"拔都"为"拔[要]都"(伯岳兀歹)之省略形式,就是说,他们认为原文应为:"艾貌,拔要都康里氏。"伯、韩二氏的假设不可从。伯岳吾歹这个名称在元代汉文文献中从未写作"拔要都"。尽管上述两传确实重复,艾貌确为康里伯岳吾氏,但亦无需牵强附会地把"拔都"硬解释是伯岳吾台的另一种并不存在的转写形式"拔要都"的省略形式。

《也速觯儿传》与《艾貌传》之所本,为程矩夫之《伯牙乌公墓碑》,[40]其文曰:"杭里,嫫北旧国也,伯牙乌氏,国中右族也。太祖圣武皇帝初定四方,杭里内附,伯牙乌氏亦内徙。有爱伯者,来居济阴。"屠寄在其书中《色目氏族》一节中称康里之酋为巴牙兀氏。"国中右族"乃指康里部内的世家大姓,并不一定是汗族。

《元史》卷134《斡罗思传》(标点本,页3263)云:"斡罗思,康里氏。曾祖哈失,伯要。国初款附,为庄圣太后(按,成吉思汗第四子拖雷妃唆鲁禾帖尼)牧官"。近代以来,史家读此传时,多将注意力放在"哈失伯要"上。布来特施耐德把"哈失伯要"标点为"哈失,伯要",并训伯要为伯岳吾。[41]屠寄的看法相同,认为,哈失伯要乃"缀名于氏,并称之也。伯要,即伯牙兀异译",[42]伯希和、韩百诗亦把此句译为 Qashi(ou Qash?)le Bayauft,即"哈失,伯要氏"。[43]唯中华书局《元史》校点本在"哈失"与"伯要"之间不点断,亦未在校勘记中注明诸家的观点。

土土哈家族的碑传资料已经言明玉理伯里伯岳吾氏源出蒙古高原的东部。玉里伯里位于今伏尔加河与乌拉尔河之间地区,Yemek 部活动于咸海以北草原,康里人的主体占据今额尔齐斯河以西直至花剌子模以北地域。所以从地理上看,这三支居于欧亚草原的伯岳吾人是相互为邻的。

由于伯岳吾的名称来源于蒙古语"富"(Bayan)这个词的蒙古语复数形式,所以上述Yemek、康里诸部中的伯岳氏不可能是土生土长的突厥氏族,它们一定与东方的其他蒙古人有某种联系。如果我们排除土土哈家族以外,另外有几支伯岳吾人独立地迁入 Yemek、康里等部这种历史偶然性的话,那么玉理伯里、Yemek 和康里部中的伯岳吾人,很可能源于同一枝西迁的伯岳吾人。

五、契丹势力的西伸

现代学者多认定,契丹人是操某种蒙古语方言的民族。10 世纪初契丹人崛起于北方,在南下压迫唐亡后立国于华北的"五代"小朝廷的同时,辽代的势力迅速向西域发展。据《辽史》卷 1《太祖纪》(校点本,页 19 - 21)记载,天赞三年(924),辽太祖耶律阿保机率兵西征时,先至斡儿寒河(今鄂尔浑河)中游的古回鹘城,降服附近的扎剌亦儿蒙古人祖先的一部分"胡母思山蕃"后,再一路西进,越金山而南。"逾流沙",于同年攻取北庭附近的"可汗浮图城","尽取西鄙诸部"。辽军所逾之"流沙"当为今阿尔泰山与天山之间的准噶尔沙漠。此次西征使西迁后的高昌回鹘成为辽的属部。

《辽史》卷 94《耶律化哥传》(校点本,页 1381 - 1382)又记,开泰元年(1012)辽将耶律化哥受命西征阻卜,取得胜利。耶律化哥还师后,阻卜复叛,留守漠北西境的辽军败绩。辽廷再命耶律化哥西征。耶律化哥率领的辽军一直推进到"翼只水",在道经"白拔烈城"的途中与"阿萨兰回鹘"相遇,复败之。事后发现,"阿萨兰回鹘"为辽之属部。耶律化哥因此获罪。[44] 查《辽史》卷 93《萧图玉传》(校点本,页 1378),开泰元年辽太师阿底里在漠北抚治失政,当地阻卜部落叛变,将辽军围于鄂尔浑河流的镇州、斡鲁朵城等几座孤城中。耶律化哥受命援救,击败阻卜。平乱之后,耶律化哥回师,但次年(1013)正月"达旦国兵围镇州",不久辽廷命化哥再次出兵,"至安真河,大破而还"。[45] 据《辽史》卷 15《圣宗纪》(校点本,页 172 - 174),此次击破的是阻卜酋长"乌狼"的部众,此部居于蒙古高原西北部。当时蒙古高原中部的克烈诸部或许是阻卜的属部。

耶律化哥第二次西征时,阻卜军队占据的"翼只水",学者们多把它比为也儿的石河(Irdish,今额尔齐斯河)。古代蒙古语中许多词借自突厥语。凡突厥语词中含有辅音 - d -的,在蒙古语中往往变为 - j - ,如突厥语 idi"主人"[46]在蒙古语是的相应词是 ejen"额真",译言"主人"。如是观之,"翼只水"应为操蒙古语的契丹人对也儿的石河的称呼。耶律化哥在翼只水之战取胜后,兵锋向南,至"白拔烈"城,劫掠"阿萨兰回鹘"。辽代的"白拔烈"即元代之"白八里",其突厥语原名应为 Ber – baliq。ber 此言"一",baliq 意为"城",所以在元代又意译为独山城。辽军在这里击败的"阿萨兰回鹘"中的"阿萨兰"即突厥语 arslau"狮子"的音译。"狮子王"是高昌回鹘君主的传统称号。耶律化哥所败之"阿萨兰回鹘"即高昌回鹘。从上述地名、部名可以看出耶律化哥西征时所行路线,基本上与一个世纪前辽太祖阿保机西征时相似。

据大食学者伊本·阿西尔记载,直至辽末金初,耶律大石称王于漠北时,哈剌汗朝东境尚有契丹驻军一万六千馀人。[47]

辽天庆四年(1114),女真族起兵,辽统治迅速土崩瓦解。女真的兴起和东亚大陆北部政治形势的重大变化迫使契丹残部西迁中亚,建立西辽。

辽金交替之际,辽宗室耶律大石在漠南率二百亲兵越碛,进入漠北。他在那里会集十八部,征集兵员数万。在十八部中,明确可考的蒙古部落就有王纪剌(成吉思汗家族姻亲东蒙古宏吉剌部)、茶赤剌(成吉思汗家族近亲扎只剌)、密儿纪(漠北蔑儿乞,居于今色楞格河下游)、忽母思(扎剌亦儿分支之一,居于和林)等。金天会八年(1130),大石率自漠北西迁,至垂河流域在那里定居下来,建立西辽。大石从垂河流域东征时,其将领中包括茶赤剌(扎只剌)部秃鲁耶律燕山,足见其军中有大批来自漠北的操蒙古语各部族众。

1141 年,西辽战胜塞勒柱帝国桑贾儿算端(Sultan Sanjar)后,派大将额儿不思沿阿姆河而下,攻入花剌子模,迫使花剌子模沙阿即思('Aziz)称臣,并确定年贡赋为三万金"抵纳"(dinar)。[48]12 世纪 70 年代,花剌子模国内贵族为争位发生内讧,王子帖乞失(Tekesh)投奔西辽,西辽承天后普速完之驸马萧朵鲁不使用武力支持帖乞失归国即位。

花剌子模降附西辽后,不断沿阿姆河南下,与西哈剌汗朝作战;或进入阿姆河以北之地、呼罗珊地区,与塞勒柱帝国发生冲突,甚至进攻伊拉克,威胁报达城,逐渐强盛起来。由于花剌子模与西辽力量对比的变化,以及西辽官吏的残酷压迫,花剌子模的贵族开始反抗西辽统治。帖乞失算端曾杀死傲慢无礼的西辽使臣,西辽承天后普速完遣其驸马萧朵鲁不企图以武力废黜帖乞失沙,立其弟算端沙,但未能得逞,遂支持算端沙立国于呼罗珊的马鲁(Merv)。花剌子模帖乞失沙虽然不断与西辽冲突,但一直避免与西辽决裂,始终向西辽缴纳贡赋。1200 年其子摩诃末即位,在他统治初期,仍维持对西辽的臣属关系。可见女真建国间接影响到花剌子模和咸海附近。

六、西辽时代的其他蒙古部落的西迁运动

12 世纪下半叶,统治东亚北部的金与控制内陆亚洲的西辽互相对峙。在东西陆路联系

必经的大漠南北草原与河西地区群雄并立。漠北从东向西排列着塔塔儿、蒙古、蔑儿乞、克烈和乃蛮等强部。克烈人与乃蛮大体以杭海岭(今杭爱山)为界,互相敌视。漠南有江古、西夏等势力。

耶律大石在征服西域之前先立足于漠北,继而取吉利吉思、叶密立等地。辽时已经臣服于契丹人的乃蛮人,继续奉西辽为正朔,驻牧于金山、也儿的石河。占有东西陆路交通线中段的是克烈与西夏,它们在耶律大石的军队主力西进之后,处于金、西辽两大势力之间。克烈人居于蒙古高原中部,东面是金的属部塔塔儿,西为西辽属部乃蛮部。西夏以西的畏兀儿是西辽属部,西夏之东的关陇地区为女真所据;其北越大漠(今蒙古戈壁阿尔泰省)与克烈相连。相似的政治地理形势使西夏与克烈人有着密切的联系。

蒙古高原与西域的交通传统上有两条路线:一条可简称为"漠北—金山路",是从蒙古高原中部越杭海岭(今杭爱山)西行,越按台山(今阿尔泰山)而南,或沿今准噶尔沙漠北沿西行,或向南进入畏兀儿北境。另一条可称为"漠北—河西—西域路",从蒙古高原中部南下,越戈壁进入西夏境内,再沿河西走廊西行,或从哈密西北行进入天山以北草原,或取道高昌。辽金时代,上述两条路线依政治形势的变化,时通时绝。

克烈部的驻牧地曾是耶律大石立足图谋复国的根据地。耶律大石率军西行之后,克烈人虽然降附金朝,但仍受到西辽的强大影响。乃蛮因地理上更近于西辽的中心,在相当长的时期内为西辽控制。

辽末金初,乃蛮人中的别帖乞部十分强大,克烈人则与东邻塔塔儿人争雄。克烈汗忽儿扎胡思在与塔塔儿部的斗争中与乃蛮联盟,乃蛮汗把自己的女儿脱劣海迷失嫁给忽儿扎胡思汗。但这一联盟随着忽儿扎胡思汗另一妻亦马勒之子王罕夺得克烈汗位,杀死自己的同父异母兄弟、乃蛮部脱劣海迷失所生之子台、帖木儿太师等人而结束。乃蛮人转而支持克烈汗室中反对王罕的势力,一再在克烈部里挑起内乱。据拉施都丁记载,在蒙古忽图剌汗时代,约 12 世纪 60 年代,忽儿扎胡思之弟古儿罕把王罕赶出部落。王罕依靠成吉思汗之父也速该的帮助才夺回汗位,古儿汗率 30 馀伴当逃入西夏,不知所终。[49]《元朝秘史》第 177 节记载成吉思汗遣使指责王罕时亦言及此事。

《元朝秘史》和《史集》的《部族志》均提到,约 13 世纪 90 年代,克烈部再度发生内讧,王罕之弟也力克合剌失败后逃入乃蛮,得到乃蛮亦难赤汗的支持。乃蛮出兵帮助也力克合剌击败王罕。王罕从克烈部出逃后,前往西域向居于碎叶川的宗主西辽救援。但西辽国势已衰,无力再控制蒙古高原中部。元人周致中在《异域志》曾记载西辽"风俗"与鞑靼"颇类"。"家室颇富,不与鞑靼往来"。[50]他所描述的应当就是此时的西辽。王罕在西辽停留一年,未得到支持,只得于 1196 年回到漠北。后来在成吉思汗的支持下才恢复对克烈的统治。

　　《元朝秘史》没有言及王罕出奔的路线,但提到他回来时路经委兀儿和唐兀惕地面。波斯史籍《史集》说王罕路经"三国",方抵西辽。虽然《史集》没有具体说明王罕所经的是哪三国,但却接着说,当时西辽也同畏兀儿、西夏诸城一样正发生内乱。[51]这里提到的畏兀儿与西夏两个地名,恰与《元朝秘史》所述王罕返回时所经地名一致,恐非出于偶然。

　　克烈部居于漠北中部,前往西辽的捷径是经乃蛮境,在今科布多不远处越按台山。王罕因败于乃蛮,已无可能从杭爱山西行至金山,唯一的出路是从蒙古高原越戈壁南下,进入西夏境内,然后一路西行至垂河(今流经哈萨克斯坦、吉尔吉斯斯坦两国之楚河)流域投奔西辽。换句话说,王罕往返所经路线应当一致。由此推断,拉施都丁所说王罕赴西辽途中所历经的"三国"中的前两个,应当是西夏与畏兀儿,而第三国应为居于今伊犁河流域的哈剌鲁。也就是说,他在进入西夏之后,应当先西行至感木鲁(今哈密),再沿巴里坤草原西北行至别失八里(北庭),沿天山北道一路西行至亦列河(今伊犁河)流域,再转而溯伊犁河南岸支流察林河(Charin)而上,越天山支脉而至热海,沿热海北西行至热海西端天山豁口,越天山而北进入碎叶川。然后再沿原路返回。

　　克烈人应当很了解这条渡漠南下赴西域的道路。1204年,成吉思汗灭亡克烈部。王罕之子桑昆亦越戈壁南下,到达西夏。《史集》的《部族志》说桑昆经过蒙古边境的一座叫亦撒黑(Isaq)的城,[52]《成吉思汗纪》说此城位于蒙古干旱草原,名曰 Isiq Balqasun,即亦失黑城。[53]很显然,Isaq 城和 Isiq 城是同一个地名的不同拼法。《圣武亲征录》则说桑昆所经之地为"亦即纳",即后来元亦集乃路治地。[54]桑昆继续向南,逃入西夏境内的"波黎吐蕃",在那里抢掠,遭到当地居民的反对,只得再度西逃,越河西走廊到达天山脚下,复越天山而南,西行到达龟兹。

　　据《史集·部族志》记载,他来到斡端与可失哈儿境内的龟兹之地的"察哈儿·客赫"(Jahar – Kahah),为当地国主黑邻赤·合剌(Qiliji – Qara)[55]所获,并被处死。桑昆之妻、子同时被获,后来龟兹国降附蒙古,桑昆的妻子儿女也被送赴成吉思汗处。[56]据《史集·成吉思汗纪》,桑昆最后被获的地方名为"曲薛秃·彻儿哥思蔑"(Kusatu – Charkashma)。《圣武亲征录》贾敬颜先生校本为"曲先城彻儿哥思蛮之地"。这个地名汉文史料与波斯文史料译写各异,校正不易,但总之是在元代曲先城附近某处。[57]

　　蒙古建国后,漠北与河西的交通仍长期保持着。亦集乃是西夏的北部边城,据《元史》卷60《地理志》(校点本,页1451)记载,亦集乃"在甘州北一千五百里,城东北有大泽,西北俱接沙碛,仍汉之西海郡居延故城",西夏曾在此立"威福军"。此城东北的"大泽"即居延海,城西北所接之沙碛即今与蒙古国相连之戈壁。成吉思汗在世时五次进攻西夏均取道大漠而南。其中第五次征夏为成吉思汗西征结束之后,时为元太祖二十一年(1226),蒙古军从土剌河营地出动,越大漠南下取黑水城,并一路溯黑水而上南进,攻取甘州。再转而向西,连克西凉(永昌)、肃州。成吉思汗大军所取之道,应与王罕父子出奔路线大体一致。

直鲁古统治末年,西辽国势日衰。1206 年,花剌子模拒绝纳贡,背叛西辽。但从表面上看西辽仍是泱泱大国,对周围诸部仍有威慑作用。同年成吉思汗的军队消灭乃蛮不亦鲁黑汗所部以后,塔阳汗之子屈出律与蔑儿乞部长脱黑脱阿的残部逃至也儿的石河。1208 年,成吉思汗的军队踵其迹而至,屈出律则向东南逃至畏兀儿北境别失八里,再南越天山到达苦叉(今新疆库车),于 1208 年到虎思斡耳朵投奔西辽。直鲁古收容了屈出律,并嫁以公主,屈出律成为西辽驸马。

屈出律利用西辽统治的危机和末帝直鲁古对他的信任,收集亡散在海押立、叶密立和别失八里的乃蛮、蔑儿乞残部,秘密聚集力量,并勾结花剌子模谋篡西辽。双方协议事成后瓜分西辽国土,如花剌子模先手得胜,则花剌子模可拓地直至阿力麻里、可失哈儿和斡端一带,乃蛮只保有畏兀儿北境的别失八里、直至叶密立和海押立地区;而如果屈出律先手取胜,则原西辽直至忽阐河畔的别那客惕。

1210 年,屈出律乘直鲁古出兵征讨河中府(撒麻耳干)之际,率军西进,劫掠了位于忽阐河(今锡尔河)下游的讹迹刊城(Uzkent)的西辽国库,得手后向东进碎叶川、突袭西辽都城虎思斡耳朵,但被西辽守军击败。花剌子模乘直鲁古从河中府撤军回国之际,东渡忽阐河,进攻镇守于塔剌思的西辽大将塔阳古。结果西辽的主力战败,溃军奔回国都虎思斡耳朵,入城大肆杀掠。不久屈出律在直鲁古出猎之时篡夺了帝位。

1208 年成吉思汗击败占据也儿的石河流域的乃蛮残部,畏兀儿为之震动。当时在位的巴而术阿而忒的斤亦都护决心降附蒙古,于次年在北庭率众包围西辽监国少监的驻处。在杀少监后,遣使蒙古表示臣服。在也儿的石河之战中,蔑儿乞部长脱黑脱阿被杀,残众在脱黑脱阿诸子的率领下,向东南溃入畏兀儿。巴而术阿而忒的斤遣军击败之,蔑儿乞人只得继续向西逃窜。

成吉思汗侦知蔑儿乞残部逃脱的消息后,派出速不台和宏吉剌惕部的脱忽察儿越也儿的石河追击。[58]蔑儿乞残部溃入西辽中心地区垂河流域。追击的蒙古军前锋尾随而至,故意携带婴儿用具,沿途丢弃,使蔑儿乞侦骑误以为随追者也在逃溃。速不台乘敌不备大败蔑儿乞,蔑儿乞馀众向西逃窜,溃入康里地区。花剌子模得知蔑儿乞残部迫近的消息后,调集军队,计划在忽阐河下游的毡的(Jand)迎击。花剌子模军未能截住蔑儿乞残部,与追击的蒙古人发生冲突。[59]蔑儿乞部长脱黑脱阿之幼子篯儿干被擒,送到术赤处后,术赤为保住他的性命曾向成吉思汗求情。[60]足见追击蔑儿乞残部的蒙古军的受成吉思汗长子术赤节制。蔑儿乞余部在脱黑阿之子霍都(Qodu)的率领下,经咸海北草原,投奔立国于玉理伯里的钦察人。统治玉理伯里的土土哈家族因收容了这些劫后余生者,引起了成吉思汗及其子孙出兵征讨。

由此可知,西辽时代操蒙古语部落的西迁,如上述王罕和克烈残部的西逃、屈出律篡夺西辽和蔑儿乞部投奔钦察玉理伯里等,都不是孤立的行为,而是蒙古高原政治形势变化的结果。蒙元统治瓦解后,欧亚草原蒙古化运动仍在继续。其中最重要的是瓦剌的兴起和后来土尔扈特部的西迁。这些已超出本文的范围,不再赘述。

注 释:

〔1〕Paul Pelliot, Notes on Marco Polo, Paris, 1973, pp. 77 – 78.

〔2〕参见拙著:《西北民族史与察合台汗国史研究》,南京大学出版社,1994 年,页 11 – 14。

〔3〕余大钧,周建奇汉译本《史集》,商务印书馆,第 1 卷,第 1 分册,页 149。

〔4〕Фазлаллах Рашид ад-Дин: Джами ат-Таварих, том I, часть1, критический текст, А. А. Ромаскевича, А. А. Хетагурова, А. А. Али-Заде, Москва, 1965, p. 131;《史集》德黑兰刊本缺此段。

〔5〕Gerhard Doerfer, Turkische und Mongolische Elemente im Neupersischen, Wiesbaden, 1963 – 1968 四卷本。

〔6〕В. М. Наделяев, Д. М. Насилов, Э. Р. Тенишев, А. М. Щербак: Древнетюркский слоарб, Ленинград, 1969, стр. 228; Gerhard Clauson, An Etymological Dictionary of Pre – thirteenth – Century, Oxford, 1972, p. 926.

〔7〕参阅韩儒林师:《西北地理札记·乌鸹·Huiur 及 Hor》,收于《穹庐集》,上海人民出版社,1982 年,页 91 – 93。

〔8〕参阅拙文(署名皮路思):《〈史集·部族志·扎刺亦儿传〉研究》,刊于《蒙古史研究》,第 4 辑,中国蒙古史学会编,呼和浩特,1993 年,页 4。

〔9〕在 P 本与 H 本中此部写法有不同。参见上引拙文:《〈史集·部族志·扎刺亦儿传〉研究》,《蒙古史研究》,第 4 辑,页 5。

〔10〕参见周良霄:《关于西辽的几个问题》,《中华文史论丛》,1981 年第 3 期,页 246。

〔11〕参见 A. P. Martinez, Gardiai′s two Chapters on the Turks , in Archivum Eurasiae Medii Aevi, II, Otto Harrassowitz, Wiesdaden, 1982, pp. 120 – 121.

〔12〕Mahmud el – Kashgari, Compendium of the Turkic Dialects (Divan Lughat at – Turk). ed. tr. by Robert Dankoff, vol. 1, Harvard, 1982, 手稿,页 81;英译,页 159。

〔13〕《元朝秘史》,四部丛刊本,第 14 – 16 节。

〔14〕参见本文见注 7 所引书,页 80。

〔15〕苏天爵:《句容武毅王》,收于《元名臣事略》,姚景安点校本,中华书局,1996 年,卷 3 之 3,页 47。

〔16〕按,《元史》卷 59《地理志》,页 1397 云:二十五年。

〔17〕《蒙兀儿史记》卷 102,《土土哈传》。

〔18〕《契丹小字解读再探》,《考古学报》,1983 年,第 2 期,页 255 – 270。

〔19〕《库蛮》,刊于冯承钧译:《西域南海史地译丛》二编,商务印书馆 1995 年重印本,页 1 – 45。

〔20〕Histoire des Campagnes de Gengis Khan, cheng – wou ts'in – tcheng lou, traduit et annote par Paul Pelliot et Louis Hambis, v. 1, Leiden, 1951, pp. 97 – 100.

〔21〕《元史》卷 15《世祖纪》:卷 26《仁宗纪》,页 582:"以者连怯耶儿万户府为右卫率府",此名在卷 86《百官志》,页 2156 和卷 99《兵志二》,页 2528 中误为"速怯儿",见校勘记。《元史》卷 100《兵志三·马政》,页 2553 – 2555,并见《元文类·经世大典序录》,卷 41《马政》及《大元马政记》。

〔22〕《蒙兀儿史记》,卷3,叶18。

〔23〕贾敬颜、林荣贵点校本,上海古籍出版社,页209。

〔24〕并非所有名曰伯岳吾歹的人都是伯岳吾人,篾儿乞伯颜之弟也叫伯要台。

〔25〕《史集》汉译本,第1卷第1册,页314。

〔26〕《元史本证》,中华书局,1984年,页107。

〔27〕《蒙兀儿史记》,卷131,叶1。

〔28〕参见本文注(20)所引书,pp.105－106。

〔29〕儒林师在《西北地理札记·三钦察、康里、蒙古之三种伯牙吾台氏》一文中,引《札兰丁传》曰,摩诃末沙之皇后与其母 Turkan 哈屯均为康里部人。查《札兰丁传》原文,并未言及康里。参见 Nasawi: Histoire du Sultan Djelal ed－Din Mankobirti,tr. par O. Houdas,Paris,1891－1895,阿拉伯原文,页25,乌达法译,页44。

〔30〕何高济汉译本,内蒙古人民出版社,1981年,页556。何氏将志费尼书译为《世界征服者史》,按汉语习惯,个人传记不称为"史"。

〔31〕Histoire des Mogols et des Tatares par Aboul－Ghāzi Bèhādour Khān,publiée,traduite et annotée par Le Baron Desmaisons,ST,Petersbourg,Imprimerie de l'Académie Impériale des Sciences,1874,察合台文原文,页37,倒数第5行—倒数第3行;戴美桑法译,页37。

〔32〕Juzjani,Tabakat-i-Nasiri,A General History of the Muhammadan Dynasties of Asia,tr. by H. G. Raverty,London,1881,p.240。

〔33〕J. Marquart,Ueber das Volkstum der Komanen,in Osttuerkische Dialektstudien,Abhandlungen der Koenigl. Gesellschaft der Wissenschaft zu Goettingen,Phil－Klasse,n. s.,Band xiii,Berlin,1912,s.114－116;参见 Th. T. Allsen,Preiude to the Western Campaigns:Mongol Military Operations in the Volga－Ural Region,1217－1237,in Archivum Eurasiae Medii Aevi,Ⅲ,Otto Harrassowitz,Wiesbaden,1983,pp.7－8。

〔34〕《蒙兀儿史记》卷119,叶2。

〔35〕参见本文注〔20〕所引书,pp.104－105。

〔36〕《清容居士集》卷26,四部丛刊初编本,页389。

〔37〕《蒙兀儿史记》卷115《色目氏族》。

〔38〕参见本文注〔20〕所引书,页106－107。

〔39〕E. Bretschneider,Mediaeval Researches,vol.1,London,1910,p.303。

〔40〕《雪楼集》卷17,台湾元代珍本文集。

〔41〕E. Bretschneider,Mediaeval Researches,vol.1,London,1910,p.303.注(738)。

〔42〕《蒙兀儿史记》卷123《斡罗思、阔里吉思传》,叶1;并见同书卷155《色目氏族》,叶22。

〔43〕参见本文注〔20〕所引书,页106。

〔44〕并见同书卷15《圣宗纪》,页174。

〔45〕并见《辽史》卷94《耶律世良传》,页1385－1386。

〔46〕试比较金元时代畏兀儿君主的称号 Idi－qut"幸福之主"中的 idi－。

〔47〕参见 Материалы по истоии Киргизов и Киргизии,I,Москва,1973,стр.65－66。

〔48〕"抵纳"名见明陈诚、李暹《西域番国志》"哈烈"(Herat)条:"交易通用银钱,大者重一钱六分,名曰'等哥',次者每钱重八分,名曰'抵纳'"。

〔49〕《史集》汉译本,第1卷,第1册,页215－216;第1卷,第2册,页146。

〔50〕中外交通史籍丛刊,陆峻岭校注本,中华书局,1981年,页6。

〔51〕《史集》汉译本,第1卷,第2册,页147。

〔52〕汉译本,第1卷,第1册,页217－218。

〔53〕同上书,第1卷,第2册,页184。

〔54〕今内蒙额济纳旗境。

〔55〕兹用《圣武亲征录》译名。

〔56〕汉译本,第 1 卷,第 1 册,页 218。

〔57〕参见拙文《元代曲先塔林考》,刊于《中亚学刊》第 1 辑,中华书局,1983 年,页 245。

〔58〕《世界征服者传》,汉译本,页 93;《史集》,汉译本,第 1 卷第 2 册,页 260 – 261。

〔59〕《史集》汉译本,卷 1 册 2,页 261。据《扎兰丁传》记载,蒙古追军的统帅为成吉思汗的长子术赤。见《多桑蒙古史》,冯承钧汉译本,第 1 卷第 6 章,页 97。

〔60〕《史集》,汉译本,第 1 卷第 2 册,页 245。

The Westwards Movements of Mongolian Speaking Tribes Before the Conquer of Chingis Khan

Liu Yingsheng

Based on Jalayir tribe records in the work of Persian historian Jami' at – Tawarikh, I propose that in the Tang Dynasty, Mongolian speaking tribes had settled in the center of Mongolian Plateau, which was under the domination of Uigur Khanate. Gardizi's notes on the Tatar settlements in the Irtish valley may be the earliest record of the Mongol's westward movement. The dispersal of the "Bayaut" clan among the Mongol, Kimek, Qipchaq and Qangli tribes is mentioned in 13th century Chinese and Persian sources. This evidence of Mongol migration are discussed and analysed. The Kereyet, Naiman and Merket tribes may have also migrated westward in the early years of Chingis Khan.

论 新 罗 的 独 立

韩 昇

一

  7世纪60、70年代，是东亚形势发生巨变的时代。660年，唐朝越海灭百济，以后，又剿平百济遗民的反抗，大破倭军于白江口，南北合击高句丽于平壤，终于实现了隋朝以来安定东北亚的梦想。然而，自668年平高句丽后，局势旋即发生微妙变化，追随唐朝的新罗开始暗中支持百济、高句丽遗民反抗唐朝，甚至发展到直接与唐朝兵戎相见，两国关系迅速恶化。出人意外的是，这场抗争的结果却以新罗统一朝鲜全境、而唐罗两国关系趋于友好稳定而告终。如此戏剧性变化，应该如何理解呢？

  早在四十年代中期，史学大师陈寅恪就注意到中国与周边国家间的互动关系，指出："唐资太宗高宗两朝全盛之势，历经艰困，始克高丽，既克之后，复不能守，虽天时地势之艰阻有以致之，而吐蕃之盛强使唐无馀力顾及东北，要为最大原因，此东北消极政策不独有关李唐一代之大局，即五代赵宋数朝之国势亦因以构成"，并论证道："观其徙新克高丽胜将薛仁贵以讨吐蕃，而致大败之事可知也"[1]。对此，另一位隋唐史学家岑仲勉却提出不同的见解，说道："余谓此非主要之原因也。其一在'辽东道远，粮运艰阻'(郑元璹对太宗语)，海航操纵，难得其人。其二、突厥脱离，北边屡警，环顾内外，情势迥殊。其三、东北两番(契丹、奚)，渐多作梗，顾此失彼，有同捉襟"[2]。

  细观两位大师的见解，其根本精神实际上是一致的。亦即从世界史的广阔视野把握中国与周边民族国家的内在关系。在古代，中国长期处于世界舞台的中心地位，使得我们对此情形习以为常，造成研究上的自我封闭，缺乏世界性眼光，以致对于当时确立的国家间关系秩序的形态及其实质缺少探索。在此意义上，两位大师无疑给了我们研究方向上的启示。

  当然，陈、岑二氏的歧异亦非枝节问题，有必要细加验证。以上两点，是本文着重要研究的课题。

二

  从上面引文可以看出，陈、岑二氏均以为，周边民族国家背叛唐朝，给予新罗崛起以绝好时机。所不同者,在于究竟是西部民族或东北部民族的反叛更具有决定性意义。

我们首先来看看突厥的情况。在此,我无意详述突厥与唐朝起伏动荡的关系,而仅限于介绍与本论有关的背景情况。

贞观年间,唐朝费力平定了东、西突厥。但是,一到高宗时代,西突厥阿史那贺鲁便起而反叛。为此,从永徽二年(651)到显庆二年(657),唐朝连年出动大军远征,直至擒获阿史那贺鲁、平定其叛乱为止。然而,一波方平,一波又起。显庆三年(658),龟兹反唐,造成西域不稳,翌年,思结俟斤都曼帅疏勒、朱俱波、谒般陀三国反,击破于阗。接着,吐蕃攻击吐谷浑,使得西方局势更趋险恶,战事迁延。兹将七世纪六十年代与西域诸国的战事略示于下:

龙朔元年(661),同纥酋长比粟毒与同罗、仆固犯边,郑仁泰、刘审礼、薛仁贵等讨之。

龙朔二年(662),郑仁泰、薛仁贵大破铁勒;以契苾何力为铁勒道安抚大使;苏海政讨龟兹,弓月部复引吐蕃之众来援,苏海政以军资赂吐蕃,约和而还;西突厥攻陷庭州,刺史来济战死。

龙朔三年(663),郑仁泰讨平铁勒叛者余种;吐蕃破吐谷浑,命郑仁泰等屯凉、鄯二州,以备吐蕃;以苏定方为安集大使,节度诸军,为吐谷浑之援;以定西都护高贤为行军总管,将兵击弓月以救于阗。

麟德二年(665),疏勒弓月引吐蕃侵于阗,西州都督崔知辩等将兵救之。……

此后,西域的战事更与吐蕃的扩张紧密联系,且待后论。

综观以上史实,可知从唐高宗即位以来,唐与西突厥以及西域诸国的战事并未停止过,甚至由于吐蕃的介入而越发紧张。

与此同时,唐高宗自永徽五年(654)起,就恢复对高句丽的进攻[3]。以后,唐军连年出击,至显庆五年(660),甚至越海击灭百济,使得战争的规模更加扩大,直到总章元年(668)最终平定高句丽。也就是从永徽五年起,唐朝对朝鲜的战争在不断升级。值得注意的是,这场旷日持久的战事是与西部战事同时进行的,看不出西域战事曾经制约唐朝对朝鲜的征伐。

唐平高句丽后,新罗开始谋求吞并整个朝鲜半岛,并与唐朝冲突,其间的一系列战事,主要发生在公元771~776年。而此时期,西线反倒比较平静。岑先生所谓"突厥脱离",或指调露元年(679)东突厥部落的暴动,但此时唐朝早已在三年前将安东都护府撤移至辽东,新罗统一朝鲜成为定局。因此,无法得出突厥战事成为新罗崛起的契机的结论。

至于奚和契丹作梗问题,似乎也难于成立。据《资治通鉴》卷二百,唐高宗显庆五年,唐出兵百济的同时,"以定襄都督阿史德枢宾、左武候将军延陀梯真、居延州都督李合珠并为冷岍道行军总管,各将所部兵以讨叛奚,仍命尚书右丞崔余庆充使总护三部兵,奚寻遣使降。更以枢宾等为沙砖道行军总管,以讨契丹,擒契丹松漠都督阿卜固送东都。"此役是为征伐高句丽与百济而发动的,目的在于使奚和契丹中跟随高句丽的部落转向唐朝。此后相当一段时期,未见奚和契丹与唐朝对抗的记载,唐朝达到了预期的战略目标。到营州契丹酋长李尽忠和孙万荣起兵造反,则已是万岁通天元年(696)之事,比上述东突厥部落的暴动还迟,更不应成为新罗崛起的决定性条件。

那么,吐蕃的影响又如何呢? 吐蕃的崛起,时代较晚,到唐朝初年,已是有胜兵数十万的强国,并与唐朝建立联系。其间曲折的交往关系且不去叙述,唐太宗将文成公主远嫁吐蕃王,早已成为汉藏民族关系史上家喻户晓的佳话。高宗时代,吐蕃屡与吐谷浑冲突,《旧唐书·吐蕃上》记载:"龙朔、麟德中递相表奏,各论曲直,国家依违,未为与夺。吐蕃怨怒,遂率兵以击吐谷浑,吐谷浑大败"。

从具体的事例来看,吐蕃进攻吐谷浑,见于《资治通鉴》卷二百"唐高宗显庆五年"条:"八月,吐蕃禄东赞遣其子起政将兵击吐谷浑,以吐谷浑内附故也。"可见吐蕃与唐朝的矛盾是因其向外扩张而与吐谷浑冲突所致。吐蕃和吐谷浑并为唐朝藩属,故吐蕃攻打吐谷浑,既破坏了唐朝规定的国家间关系的秩序原则,又因其坐大而直接对唐朝构成威胁,故唐朝倾向于吐谷浑的立场势属必然。但唐朝不甚明朗的态度,或许反倒刺激了吐蕃的野心,故其对唐朝的敌意日增。龙朔二年,苏海政讨龟兹时,吐蕃公然出兵支援龟兹;翌年,吐蕃大破吐谷浑,占据其国,致使唐朝严兵凉、鄯二州,加强守备,双方直接对峙。以后,吐蕃屡屡支持西域国家与唐朝对抗。乾封二年(667),吐蕃攻破生羌十二州,逼迫唐朝向后收缩。进入七十年代以后,吐蕃的攻势愈炽。咸亨元年(670)四月,吐蕃攻陷西域十八州,唐朝因之罢龟兹、于阗、焉耆、疏勒四镇。尔后,吐蕃还进一步内逼,仪凤元年(676)进攻鄯、河、芳、叠等州。

面对吐蕃步步进逼,唐朝起初并不太在意。咸亨元年,薛仁贵和郭待封兵败大非川,唐朝似乎也没有引起足够重视,咸亨三年(672)还只是将内附的吐谷浑从鄯州辗转迁徙到灵州,消极回避,任吐蕃尽占吐谷浑故地。到仪凤二年(677),吐蕃进攻扶州,唐朝委任左相刘仁轨镇洮河军,这才摆出认真对付的架势,却又因为刘仁轨与李敬玄不和,朝廷用人不当,遂招致李敬玄军大败于青海。故论者以为:"唐朝真正认识到'吐蕃为患'的严重性已到了仪凤三年(678)"[4],不无道理。

此时,吐蕃战事对新罗的影响也开始显现出来。仪凤三年,唐高宗打算发兵讨伐新罗,侍中张文瓘抱病进谏道:"今吐蕃为寇,方发兵西讨;新罗虽云不顺,未尝犯边,若又东征,臣恐公私不胜其弊。"[5]这大概是最早将东西线战事联系在一起的谏议。因此,不能完全否认吐蕃问题对新罗崛起的影响。但是,如上所述,早在60年代初,唐朝已经和吐蕃发生冲突,但这丝毫没有影响唐朝大举进攻百济和高句丽。也就是说,当时唐朝具备同时在东西线打仗的强大实力,因此,若非西线发生重大战争,唐朝不会在东线收缩。当唐朝真正重视吐蕃时,新罗兼并朝鲜已初步完成,唐安东都护府也已撤回辽东。显然,唐朝对新罗的政策,并不是在吐蕃的压力下制定的。

综上所述,突厥或者吐蕃问题,固然对新罗崛起有所影响,但并非决定性的。也正因为如此,所以研究者之间才会产生如此重大的歧见。

三

看来,新罗的问题还得从其自身寻求解答。

岑仲勉先生以"辽东道远,粮运艰阻,海航操纵,难得其人"为要因。此条实际包含两方面内容,即北线之"辽东道远,粮运艰阻"与南线之"海航操纵,难得其人",兹分别加以考察。

首先,北线之"辽东道远,粮运艰阻",是研究者经常注意到的。陈寅恪先生在上引著作中也分析道:"(唐)去东北之高丽甚远,中国东北冀辽之间其雨季在旧历六七月间,而旧历八九月至二三月又为寒冻之时期,故以关中距离辽远之武力而欲制服高丽攻取辽东之地,必在冻期已过雨季未临之短时间获得全胜而后可,否则,雨潦泥泞冰雪寒冻皆于军队士马之进攻糇粮之输运已甚感困难,苟遇一坚持久守之劲敌,必致无功或覆败之祸。"此分析甚为精当。

从关中远征高句丽,隋唐两朝均以开春至秋潦之间为战期,而当年唐太宗于安市大破高句丽与靺鞨联军后,匆匆南撤,也主要是由于气候的原因。论者一般认为唐太宗远征高句丽是失败的。对此,我不敢苟同,且不论此役对唐朝形成长期困扰高句丽作战方针的决定性作用,仅就其军事价值而言,此役"拔玄菟、横山、盖牟、磨米、辽东、白岩、卑沙、麦谷、银山、后黄十城,徙辽、盖、岩三州户口入中国者七万人。新城、建安、驻跸三大战,斩首四万馀级"[6],既给了高句丽沉重的军事打击,又稳固地控制了辽东地带,为以后继续攻打高句丽建立了前进基地,大大缩短了战线,其战略意义在此后对高句丽作战中日益显现出来。如果说以往对高句丽作战只能在春夏之际展开,那么,经此战役后的高宗时代,由于战线缩短,军队已经能够经年作战了。例如,显庆四年(659),薛仁贵于横山击败高句丽将军温沙门的战斗,便是在冬季进行的。此后,唐朝经常在冬季发动攻势,其例甚多,恕不枚举。可以说,由于唐朝收复辽东,其对高句丽的陆路作战,已经不大受时空的制约了。因此,所谓辽东道远,指的应是唐高宗朝以前的情况。

其次,关于南线海路。唐朝水师甚强,灭百济一役,即为明证。如此大规模的越海作战,十馀万大军远距离投送,即使在今日,也不是容易的事。

越海作战的关键,在于能否建立稳固的滩头阵地,确保海路畅通,以及强有力的后勤支援。唐高宗灭百济之所以成功,原因就在于此,而以往多次越海攻击高句丽的失败,亦由于其攻击多为一次性行动,无法获得源源不断的人员与物资增援。

　　唐高宗能够获得强有力的后勤保障,关键在于得到新罗的全力支援,这可以从唐军在百济的作战过程得到充分证明。

　　显庆五年,苏定方自成山越海抵达百济时,得到新罗兵船一百艘的接应,并获得陆上支持,两军会合,直捣百济都城。平百济后,唐留郎将刘仁愿帅兵一万镇守泗沘,新罗亦以王子金仁泰将兵七千辅之。随后,百济故地便爆发了反抗斗争,"百济僧道琛、故将福信聚众据周留城,迎故王子丰于倭国而立之,引兵围仁愿于府城"[7],"馀贼入泗沘,谋掠生降人。留守仁愿出唐、罗人击走之。贼退上泗沘南岭,竖四、五栅,屯聚伺隙,抄掠城邑。百济人叛而应者二十馀城"[8]。在此紧急时刻,唐朝诏发新罗兵,以解府城之围。不久,新罗前线部队因粮尽而退,而新来增援的部队又为百济所败,形势相当危急。唐高宗给刘仁愿和刘仁轨敕书道:"平壤军回,一城不可独固,宜拔就新罗。若金法敏藉卿留镇,宜且停彼;若其不须,即宜泛海还也。"高宗的指示,说明即使唐朝击灭百济,却也无法独力镇抚其地,必须借助新罗的支援。其最根本的问题仍在于粮秣与兵员的补充。

　　撤退回国致使前功尽弃,不啻宣告失败,显然是不可取的。故刘仁轨力主收缩战线,坚守待援。唐军在其指挥下,死守泗沘,保持了与本国海路的畅通,并不时获得国内的接济。陆路方面,刘仁愿和刘仁轨与新罗兵里外呼应,同百济军反复搏击,"遂通新罗运粮之路"[9]。就这样苦苦支撑到龙朔三年,终于迎来唐将孙仁师所统率的增援大军[10],三方会合,彻底平定百济故地的军事反抗,大破倭军于白江口,从而确立了南北夹击高句丽的态势。

　　唐朝与高句丽的北线作战,同样获得新罗的有力支援。龙朔元年,唐朝趁平百济之势,以苏定方为平壤道行军总管,统率35万大军进攻高句丽,兵围平壤。战事一直持续到翌年二月,冰封雪地,唐军陷入进退两难的境地。这时,新罗以大军掩护辎重部队,"以车二千馀两,载米四千石、租二万二千馀石赴平壤。……赠定方以银五千七百分、细布三十匹、头发三十两、牛黄十九两"[11],苏定方得到新罗的接济后,得以安然撤退。尔后唐朝灭高句丽的战争也一直得到新罗的大力配合,此不赘。

　　总之,新罗的全力支援是唐朝南北两条战线取得胜利的重要因素。尤其在南线,若无新罗的支援,唐朝颇难独力支撑。因此,一旦失去新罗的支持,唐朝立刻面临着重大抉择:要坚守百济,就必须投入巨大的人力物力,其规模之大,或许可以称为倾注国力,这远比当时西部诸国对唐朝的压力要大得不知多少倍,而且还未必有胜算;要么,就得放弃百济,这多少心有不甘[12]。

四

　　当初,唐太宗打算征伐高句丽的时候,曾遭到臣下的反对。宰相房玄龄说:"臣观古之列国,无不强陵弱,众暴寡。今陛下抚养苍生,将士勇锐,力有余而不取之,所谓止戈为武者也。昔汉武帝屡伐匈奴,隋主三征辽左,人贫国败,实此之由,惟陛下详察。"谏议大夫褚遂良更担心唐太宗像隋炀帝那样在辽东无节制地使用力量以致国家破败,谏道:"今闻陛下将伐高丽,意皆荧惑。然陛下神武英声,不比周、隋之主,兵若渡辽,事须克捷,万一不获,无以威示远方,必更发怒,再动兵众,若至于此,安危难测"[13]。他们的思路,符合唐初强本安民的对外关系原则。

贞观十四年(640)侯君集平高昌后,唐太宗曾想以高昌为郡县,每年调兵千余人戍守其地。为此,据《旧唐书·褚遂良传》,褚遂良曾为此上疏道:"臣闻古者哲后,必先事华夏而后夷狄,务广德化,不事遐荒。……设令张掖尘起,酒泉烽举,陛下岂能得高昌一人菽粟而及事乎? 终须发陇右诸州,星驰电击。由斯而言,此河西者方于心腹,彼高昌者他人手足,岂得糜费中华,以事无用?"[14]褚遂良所论反映了唐朝对外关系的基本原则,亦即与周边民族国家的关系首先要服从于内政,以不致于严重损伤国力为限度。

据此原则,朝臣对唐太宗远征高句丽的计划提出异议。褚遂良指出:"臣闻有国家者譬诸身,两京等于心腹,四境方乎手足,他方绝域若在身外"(《旧唐书·褚遂良传》),劝谏唐太宗从轻处理高句丽问题。在此情况下,唐太宗仍然坚持亲征高句丽,自有其不得不如此的道理,兹不详述[15]。有一点可以肯定,唐朝征伐高句丽不是为了谋求领土扩张。

到唐高宗时代,朝鲜战事进一步扩大,显庆五年,唐朝出兵灭百济。此役的战略目标仍在高句丽,百济镇将刘仁轨说得最明白:"主上欲灭高丽,故先诛百济,留兵守之,制其心腹";"国家悬军海外,欲以经略高丽"[16]。攻占百济是为了建立进攻高句丽的第二战场(当然,由于百济追随高句丽抵制唐朝,故唐朝也有清除敌对势力的意图),所以唐朝无意为此大量损耗国力。前述唐高宗授权刘仁轨在受百济围攻时可相机撤军,即是其战略意图的最好注脚。后来,唐朝与新罗关系恶化时,新罗文武王致书薛仁贵为其蚕食百济的行为辩护道:"先王贞观二十二年入朝,面奉太宗文皇帝恩敕:'朕今伐高丽,非有他故,怜你新罗,摄乎两国,每被侵陵,靡有宁岁。山川土地,我非所贪,玉帛子女,是我所有。我平定两国,平壤已南,百济土地,并乞你新罗,永为安逸'。"[17]

文武王所披露新罗与唐朝交涉的内幕,可信度如何,颇值怀疑。根据现存的史料,无法证明唐太宗曾计划对百济用兵。百济与唐朝矛盾的激化,发生在高宗永徽年间,故攻打百济更应是高宗朝的决策[18]。上引新罗文武王的书函,开头讲的是唐朝讨伐高丽,中途却突然插入百济,且称唐太宗拜托新罗统治百济云云,更是离谱之极。但其中"山川土地,我非所贪,玉帛子女,是我所有",在相当程度上反映了唐朝的战略构想,亦即不进行劳民伤财的直接领土占领,而谋求建立臣服于唐朝的本地新政权,这就是唐朝在四邻广泛推行的羁縻体制。这种体制的核心内容是扶植臣属性友邦,建立以唐为中心的世界秩序,谋求长期稳定的和平。

唐朝无意直接占领朝鲜,是新罗最终吞并百济与高句丽的根本性前提条件。

从军事角度分析,唐朝长期占领百济与高句丽的前景将是黯淡的。这里仅就体现军队生命力的士气略加考察,即可示其一斑。

唐太宗远征高句丽时,百姓踊跃从军,"有不预征名,自愿以私装从军,动以千计,皆曰:'不求县官勋赏,惟愿效死辽东'。"[19]这中间当然包含着民族情绪;尤其是民众要为隋朝征辽子弟报仇雪恨的感情。而后,随着辽东之役转为持久战,民众不堪军役的重负,积极性大为减低,甚至发生民变,故高宗一登基,立即宣布罢辽东之役。

高宗时代,军队的士气更不如前。主持百济军政的刘仁轨上表道:

> 臣看见在兵募,手脚沉重者多,勇健奋发者少,兼有老弱,衣服单寒,唯望西归,无心展效。臣闻:"往在海西,见百姓人人投募,争欲征行,乃有不用官物,请自办衣粮,投名义征。何因今日募兵,如此伫弱?"皆报臣云:"今日官府,与往日不同,人心又别。贞观、永徽年中,东西征役,身死王事者,并蒙敕使吊祭,追赠官职,亦有回亡者官爵与其子弟。从显庆五年以后,征役身死,更不借问。往前渡辽海者,即得一转勋官;从显庆五年以后,频经渡海,不被记录。州县发遣兵募,人身少壮,家有钱财,参逐官府者,东西藏避,并即得脱。无钱参逐者,虽是老弱,推背即来。显庆五年,破百济勋,及向平壤苦战勋,当时军将号令,并言与高官重赏,百方购募,无种不道。泊到西岸,唯闻枷锁推禁,夺赐破勋,州县追呼,求住不得,公私困弊,不可尽言。发海西之日,已有自害逃走,非独海外始逃。又为征役,蒙授勋级,将为荣宠;频年征役,唯取勋官,牵挽辛苦,与白丁无别。百姓不愿征行,特由于此。"(《旧唐书·刘仁轨传》)

看来,前线士气低落的问题相当严重,故刘仁轨有意把将士的原话如实上奏。其实,朝廷未尝不知。对于兵士厌战逃亡的现象,朝廷采取高压手段对付。《资治通鉴》卷二百一"唐高宗总章元年十二月"条记载:"时有敕,征辽军士逃亡,限内不首及首而更逃者,身斩,妻子籍没。"

从以上记载来看,高宗时代军队存在的问题比太宗时代要严重得多,已经超出士气不振的层次而具有质的变化,亦即从征发兵丁到奖赏勋功都存在严重的不公现象,其原因主要是府兵制度的松弛和军、政官吏的腐败。这两个问题都具有根本意义,非三言两语所能阐述,当另文探讨。值得注意的是,表文中屡屡提到"显庆五年以后",这年唐军取得平百济的重大胜利,应是欢呼庆祝,军心振奋的时刻,何以出现士气低落的反常现象呢?

实际上,显庆年间是唐朝中央政局发生重大变化的时期。继永徽六年(655)废王皇后之后,武则天成为皇后。然而,这只是武则天登上政治舞台的第一步,她并不以猎取高位为满足,而是开始插手朝政,培植亲信,挤压敌手。显庆二年,许敬宗、李义府在武则天的指使下,诬告宰相韩瑗和褚遂良图谋不轨,将他们贬斥于边州;显庆四年终于打倒敌对势力首脑长孙无忌,清除柳奭、于志宁,宰相班底换上全新面孔,武则天实际上已经对朝廷拥有举足轻重的影响。此后,朝政人事的整肃还在深入,政争发展为诛戮,冤狱屡兴。朝廷还重新编排官僚士族的高下尊卑秩序,党同伐异,造成上下揣测不安,大臣缄口顺旨的局面。越出正常轨道的权力斗争,一定会使得势的官吏通过政治迫害来攫取权力,而行政权力的膨胀促进官吏横行不法,又造成政府管理社会的机能下降和贪污腐败的加深。上述军队士气低落的现象,就是在此背景下出现的。而且,上层统治者热衷于权力争夺,便分散了其对前线事务的关心,故将士利益得不到保障和受到冷遇亦属自然。换言之,显庆五年以后,唐朝愈来愈面临着巨大的体制危机,内在地制约着其对外军事行动。这一点越往后便显现得越清楚:唐朝不仅在东线退缩,而且在西线也屡遭败绩。显然,不从内部体制上找寻原因,是难于揭示问题的实质。

五

从以上分析可知,唐朝在朝鲜问题上,有其对外政策的规定性原则,又受到来自内部的困扰和军队有赖于当地支援等压力,实际上不会实行直接占领的政策。

明乎此,则所谓前线将领的调动对新罗崛起的影响只是皮相的说明。实际上,唐朝并没有专司东线或西线的将军,无论是苏定方、王文度、孙仁师,还是薛仁贵、高侃、李谨行,他们都随时出现在各条战线上,今年在西线,明年在东线,并不固定。如果一定要讨论他们的生平,则其功业更多是在西线建立的。兹对论者经常提及的薛仁贵、高侃、李谨行略作说明[20]。

薛仁贵应募从征辽东,因作战勇敢而得到唐太宗赏识,迅速升迁,转战于东西战线。龙朔元年随郑仁泰击九姓突厥,三箭射杀突厥三骑,慑服其众投降,军中唱道:"将军三箭定天山,战士长歌入汉关",威名大振。乾封年间(666~668),一直在东线作战。平高句丽后,他检校安东都护,镇守平壤。咸亨元年四月,转任逻娑道行军大总管,以讨吐蕃。此次薛仁贵的西调被视为吐蕃战事严重影响东线作战的有力证据,其实不然。同年八月,薛仁贵惨败大非川,受到免死除名的处分。然而,翌年就因为高句丽战事紧张而复起,出任鸡林道总管。此项任命必在春夏之际,因为据《三国史记·新罗本纪第七》记载,七月,薛仁贵已在前线指挥作战,并致书谴责新罗国王。《旧唐书》本传称他"上元中,坐事徙象州"。由此可知,自平高句丽战役进入最后阶段直至新罗基本控制朝鲜大部,薛仁贵基本上都在朝鲜前线作战,其间顶多只有一年时间被调往吐蕃前线,旋即复归东线。以此论证西线战事对东线影响严重,似有以偏盖全、夸大其辞之嫌。

就在薛仁贵西调期间,高侃和李谨行都留在东线。据《资治通鉴》卷二百一记载:咸亨元年四月,左监门大将军高侃出讨高句丽酋长剑牟岑的反叛;翌年,破高丽余众于安市城;"(咸亨三年)十二月,高侃与高丽余众战于白水山,破之。新罗遣兵救高丽,侃击破之。"翌年,"闰五月,燕山道总管、右领军大将军李谨行大破高丽叛者于瓠芦河之西"。由此可知,薛仁贵虽然一度西调,但朝鲜驻军并未被抽走,有经验的将领都还在前线继续作战。因此,看不出薛仁贵西调对朝鲜战事有实质性的影响。

其实,这段历史的研究者反倒忽视了另一个更加重要的人物,即刘仁轨。

刘仁轨原在中枢机构任职,由于得罪当朝佞幸而遭贬黜,带罪从征百济,屡有贡献,被百济镇将刘仁愿保举为带方刺史,一道坚守百济四年,平反叛,破倭军,才干得到唐高宗的赏识,被提拔为右相、熊津道安抚大使,成为主管朝鲜事务的高级官员。总章元年李勣远征高句丽时,高宗特地任命他为辽东道副大总管,可见对他颇为倚重。而后,他与薛仁贵一起镇抚朝鲜。咸亨元年,他获准退休,表明朝廷觉得朝鲜问题已经解决。可在两年之后,朝廷又起用他为宰相,表明朝鲜局势不容乐观。果然,上元元年(674)正月,刘仁轨再度被派往前线,担任鸡林道大总管,率卫尉卿李弼、右领军大将军李谨行等讨伐新罗。从以上经历不难看出,从平百济到新罗问题告一段落为止,唐朝真正主持朝鲜军政事务的大臣是刘仁轨,在此期间,他并未被其它方面的事务所分心,一直到东线基本安定下来后,他才一度被调往西线防御吐蕃。所以,即使从前线将领的调动,也难于得出西线事态严重到影响新罗问题的结论。

更值得注意的是唐朝在如何治理朝鲜问题上的犹豫不定。当然,这个问题应该将百济和高句丽分开来探讨。首先来看南方的百济。百济自古为中国的友邻,只是由于其与新罗水火不容的矛盾而追随高句丽,与唐朝对立,不断进攻唐朝的臣藩新罗[21]。但如上述,唐朝进攻百济,更多是为了开辟对高句丽作战的南线战场,以解决这场久而不决的战争。显然,唐朝从一开始就没有占领百济的打算。

平百济后,据《旧唐书·东夷·百济传》,唐朝即以其地"分置熊津、马韩、东明等五都督府,各统州县,立其酋渠为都督、刺史及县令。命王文度为熊津都督,总兵以镇之。"[22]另据立于朝鲜忠清道扶余县(百济古都)的《大唐平百济国碑铭》记载,唐朝在百济"凡置五郡,督卅七州,二百五十县,户廿四万,口六百廿万,各齐编户,咸变夷风。"[23]此制度以都督府统州,下辖县,最高统治机构为熊津都督府,最初由唐军统帅担任都督,而其下官员,包括都督在内,基本由当地人担任。这是唐朝直接监护下的羁縻体制,所属州县均为羁縻州县性质,可以无疑。

当时,由于灭高句丽的任务尚未达成,故唐朝在一定程度上实行军事占领,可谓势使其然。据上引碑铭称,苏定方平百济时,"其王扶余义慈及太子隆,自外王余孝一十三人并大首领、大佐平、沙吒千国辩成以下七百余人,既入重闱,并就擒获,舍之□□,载以牛车,仵荐司勋,式献清庙,仍变斯犷俗",亦即将原百济官属尽带回国,其目的显然在于彻底清除反唐旧势力,培植亲唐新势力。当时,唐朝致力于使百济全面接受唐朝制度文化,故碑铭中屡屡提到"咸变夷风","变斯犷俗",而推行州县制度,亦是其具体表现之一。这是中国"以夏变夷"思想的实际贯彻,目的不在于将百济纳入唐朝版图,而是认为只有接受中国的制度文化,才能使臣属国认同并仰慕中国,从而确保永久和平。

而且,唐朝似乎觉得这番彻底的变革,应该由唐朝监督实行才更有成效,所以从一开始便将原百济官吏排除在外。可是,新的州县体制难于推行,也根本无法镇抚当地[24],而四处爆发的反抗斗争愈演愈烈,暴露了新体制的脆弱性。经历这场反抗运动,唐朝认识到治理百济仍需要旧王族的权威,遂调整政策,于龙朔三年派遣原百济太子扶余隆回国,委任为熊津都督,让百济自治。

对于高句丽,唐朝的政策有所不同。汉晋时代,朝鲜曾为中国直接治理的郡县,五胡十六国时代,高句丽独立,随后不断向西扩张,直抵辽河流域方为北魏所遏止。此后,重新统一的中国王朝对于高句丽至少抱有三层忧患:1、收复领土,恢复汉代疆域,方可成为历史上的强大王朝。2、辽东与华北毗邻,对于定都长安的王朝,本来就对控制华北感到吃力,如果再有敌对的辽东为河北分裂势力撑腰,后果不堪设想。而这一点决非空穴来风,我曾经从朝鲜史料考证出高句丽直接出兵支援北齐营州刺史高保宁挫败北周统一华北的事例,而武则天时据扬州造反的徐敬业也曾计划逃奔高句丽,皆可见其一斑。3、高句丽公然与唐朝对抗,则唐朝在东北亚建立国家间关系秩序的努力将化作泡影,并将成为其它周边国家仿效的榜样[25]。因此,唐朝对高句丽的政策必定不同于百济。

《旧唐书·高丽传》记载:平高句丽后,唐朝"乃分其地置都督府九、州四十二、县一百,又置安东都护府以统之。擢其酋渠有功者授都督、刺史及县令,与华人参理百姓。"其统治体制与百济颇有异同,虽然都推行州县制,任用当地人为官,看似民族自治的羁縻体制,但关键的是在各级官府中,高句丽官员是"与华人参理百姓",则唐朝任命的中国官员显然构成政权的核心,中央对当地政权实行比较严格的监督控制。其主要目标在于确保高句丽对唐朝的臣服和保持对东北地区的强大影响力,而不在于要并吞其地。

实际上,唐朝与藩国的关系在经济上多为亏损,各国的朝贡往往成为大有赚头的贸易。

显然,唐朝努力维持这种关系的着眼点在于培育亲唐势力,扩大经济与文化影响,以确保周边和平。这种羁縻的办法和军事征讨相比,的确代价较小而获益处较大。但在另一方面,它也暴露出唐朝国力的限度。因此,不管统治者是否自觉地意识到,这种体制本身就是充满矛盾和受到制约的。既然朝廷不想作过大的投入,那么,当此政策受到挑战时,其内在矛盾将迫使当政者重新对其追求的最低目标进行评估与定位。

刚刚平定百济和高句丽时,唐朝实行严格监管的羁縻州县制度,力图对朝鲜半岛直接发生重大影响,可不久以后便放弃对百济故地的直接控制。随后,据《旧唐书·高宗纪》记载,面对新罗不断蚕食高句丽故地,唐朝虽然进行反击,咸亨元年"列辽东地为州县",加紧推行州县制,大有固守高句丽之势,但另一方面却又步步退缩,不断将安东都护府内迁至辽东境内,表现出在确保高句丽问题上游移不定。这虽是上述羁縻体制内在矛盾的显现,但是否允许新罗独立,亦是对唐朝对外关系体制及其实践的具体考验。可以说,新罗的独立从根本上体现了唐朝羁縻体制的本质意义。

六

唐朝在朝鲜半岛实行的政策,是保持原来三国各自独立的状态。这种政策固然有利于唐朝保持在朝鲜半岛的高度影响力,但主要是根据其历史状态而确立的。

朝鲜半岛本是小国林立,直到五胡十六国时代,经过兼并才基本奠定三国鼎立的局面。也就是说,在此之前朝鲜从未出现过统一的王朝,这是唐朝制定朝鲜政策的基础和出发点。如果朝鲜原是统一的,而唐朝硬将其分裂为三国,则是推行改变现状的分而治之政策;但若根据历史状况采取"兴亡继绝"方针,则其推行的显然是保持现状政策,目标是取得三国的服属以确立以唐为中心的天下体制。

然而,唐朝继续推行保持原状政策的条件已经改变了,以前三国鼎立的态势因为百济和高句丽军事力量被击溃而不能存续,现在是新罗一国独大的局面,任何朝鲜政策的实现都必须得到新罗的支持。这恰恰就是问题的关键。从前引新罗文武王表中所称"平壤已南,百济土地,并乞你新罗,永为安逸",已经表露出新罗早就对邻国怀有很大的领土野心,故其所谋求的是借助唐朝力量以改变现状。

唐朝与新罗政策上的矛盾具有根本性,故其冲突也带有必然性。当然,此问题由潜存至尖锐对立是随形势的演变而发展的,可以分为三个阶段。

第一阶段从平百济到平高句丽,此期新罗为了借助唐朝力量为其统一朝鲜开路,对自己的战略目标颇加掩蔽,委屈求全。当然,唐朝对新罗的意图并非浑然无知,双方交往中略有蛛丝马迹可寻。

据《旧唐书·刘仁轨传》，刘仁愿和刘仁轨孤军坚守百济时，唐高宗曾指示二刘在情况紧急时可以移就新罗，但刘仁轨以为："拔入新罗，又是坐客，脱不如意，悔不可追"，表现出对新罗的戒心，决不轻易就人。经受了数年百济反抗武装的围攻，唐朝显然打算修改在朝鲜的政策，加快建立以当地自治为主的羁縻体制。《三国史记·新罗本纪第六》记载：龙朔三年"夏四月，大唐以我国（新罗）为鸡林大都督府，以王为鸡林州大都督"。以往唐朝对新罗的册封，依次为乐浪郡公、新罗王（真平王、善德王）、乐浪王（真德王）、新罗王（武烈王）和乐浪郡王、新罗王（文武王）。文武王在去年才刚刚册封，现在又以其为鸡林州大都督，显然是要将朝鲜三国都编入唐朝的羁縻体制，成为关系紧密的臣属国。而此任命的另一层含义，恐怕还在确保百济的地位。

同年，唐朝还任命被俘虏到长安的百济原太子扶余隆为熊津都督，护送他回国。据《三国史记·百济本纪第六》记载，扶余隆乃唐高宗任命，当唐水师在白江口集中，准备与百济、倭国联军决战时，"刘仁轨及别帅杜爽、扶余隆率水军及粮船，自熊津江往白江，以会陆军"，可知扶余隆已在军中，则其随孙仁师援军赴朝鲜可以明确。据《新唐书·高宗纪》记载，任命孙仁师为熊津道行军总管率水师增援百济在龙朔二年七月，而破倭国水军在翌年九月，亦即前一年任命，进行战备，翌年实际出兵。扶余隆是在唐朝任命的，则其任命的时间应与新罗文武王的任命时间大约同期，一为熊津都督，一为鸡林大都督，虽然级别略有高下，但都是唐朝的藩臣，实际上是平等的，则唐朝让百济存续的态度已明。

保存百济需要得到新罗的支持，《旧唐书·百济传》明确记载："乃授扶余隆熊津都督，遣还本国，共新罗和亲，以招辑其余众"。"共新罗和亲"是至为关键的，《三国史记·百济本纪第六》此条记为"平新罗古憾"。要昨天的敌人和平共处是不容易的，唐朝只能让百济赔罪，"平新罗古憾"，以换取新罗尊重百济存续的保证。为此，唐朝一再要求新罗与百济缔结盟誓。

麟德元年（664），唐朝以刘仁愿为敕使，重返百济，召新罗会盟，新罗仅派角干金仁问、伊飡天存前来熊津，在刘仁愿的主持下，与扶余隆结盟。但是，由于新罗代表并非国王，既与扶余隆不对等，也令唐朝不放心。所以，翌年，唐朝再令新罗文武王亲自前来，由敕使刘仁愿主持，再度与扶余隆刑白马、祭祀神祇，歃血结盟。两次会盟，唐朝始终以"敕使"主持，可知此乃唐朝最高决策，丝毫不容含糊。盟书由刘仁轨撰写，盟毕藏于新罗宗庙，其文称：

> 往者百济先王，迷于逆顺，不敦邻好，不睦亲姻。结托高句丽，交通倭国，共为残暴，侵削新罗，剽邑屠城，略无宁岁。……怀柔伐叛，前王之令典，兴亡继绝，往哲之通规。事必师古，传诸曩册。故立前百济大（"大"当为"太子"之讹——作者）司稼正卿扶余隆为熊津都督，守其祭祀，保其桑梓。依倚新罗，长为与国，各除宿憾，结好和亲。各承诏命，永为藩服。仍遣使人右威卫将军鲁城县公刘仁愿亲临劝诱，宣宣成旨，约之以婚姻，

申之以盟誓,刑牲歃血,共敦终始,分灾恤患,恩若弟兄。祗奉纶言,不敢失坠。既盟之后,共保岁寒。若有背盟,二三其德,兴兵动众,侵犯边陲,明神监之,百殃是降,子孙不育,社稷无守,禋祀磨灭,罔有遗余。故作金书铁券,藏之宗庙,子孙万代,无敢违犯,神之听之,是飨是福。[26]

这篇盟誓除开头对百济以往追随高句丽侵犯邻国等行为有几句谴责外,通篇在于强调保障睦邻友好的百济国存在及其独立不可侵犯。当时,百济完全处于唐的保护之下,而高句丽的灭亡指日可待,则对百济独立所发毒誓,显然是针对新罗。此后将盟书藏于新罗宗庙,更清楚表明此点。

因此,新罗对于这种会盟给予了最大限度的抵制。前述新罗文武王表书中说,新罗与唐军击破倭军后,唐朝就急于要新罗与百济会盟,但新罗以任存城未下为由拖延抵制,并抗辩道:"百济奸诈百端,反覆不恒,今虽共相盟会,于后恐有噬脐之患。"请求停止会盟。但麟德元年唐朝"复降严敕,责不盟誓,即遣人于熊岭,筑坛共相盟。仍于盟处,遂为两界。盟会之事,虽非所愿,不敢违敕。又于就利山筑坛,对敕使刘仁愿歃血相盟,山河为誓,划界立封,永为疆界,百姓居住,各营产业。"由此可知,两次会盟都是在唐朝的压力下举行的。新罗之所以屈服,主要是由于高句丽未破,心腹大患未去,一旦与唐闹翻致使其退兵,则新罗无力独撑战局,百济亦将死灰复燃。故此阶段新罗的策略是委曲求全,尽可能借助唐朝力量清除对手。

第二阶段开始于高句丽灭亡之时。此期新罗在暗中煽动、支持和吸收百济与高句丽当地反唐势力,甚至出兵与唐军对抗,不断蚕食百济与新罗。唐朝虽然对此作出军事反应,但双方尚未公开决裂。

总章元年,唐朝大概没有注意到朝鲜南部悄悄出现的新动向。这年秋天九月,北方对平壤的围攻正激烈进行之时,新罗派使者金东严等向倭国进贡调。自从倭国支持百济而与新罗为敌以来,双方早已断绝来往,且因白江口一役而仇恨正深。在这种情况下,尤其是新罗眼看就要取得击灭凤敌高句丽的时候,突然主动向倭国求和,无疑是想利用倭国对唐朝的恐惧,为高句丽战役结束后共同对付唐朝预作准备,最低限度也是要缓和南面的后顾之忧,以便一心对付唐朝。也就是说,在高句丽战役即将胜利的时刻,新罗已经悄悄进行对付唐朝的战略转换。而其对倭外交显然达成一定的目标,倭国予以积极响应。据《日本书纪》天智天皇七年条记载,新罗使节到达后,倭国颇予礼遇,短短四天里先后赠送新罗船只两艘,到十一月平壤被攻克后,倭国再赠新罗使"绢五十疋,绵五百斤,韦一百枚",同时遣使赴新罗。亦即从九月到十一月,新罗使者一直在倭国,双方围绕高句丽战局多次进行磋商。此后,两国使节频繁往来,几无间断。而且,新罗使还在此与百济、高句丽残余势力的使者接触,合流之势渐成。新罗招降纳叛一统朝鲜的计划正加紧部署实施。

与此同时,新罗对唐朝的态度变得难于捉摸,阳奉阴违,表面敷衍。总章二年(669)初,唐朝向新罗索要磁石。五月,新罗在送磁石的同时,还派遣钦纯角干、良图波珍飡到唐朝谢罪。原来,唐朝闻知新罗木弩精良,令其弩师入唐制造。但所制成的木弩射程仅达三十步,在唐责问下也只稍加改良,可达六十步,与新罗木弩射程之一千步相去甚远。显然,新罗已在限制其军事技术向唐朝的转移。唐朝对此颇予谴责,仅让新罗谢罪使者钦纯回国,而将另一名使者良图投入狱中。

其实,在所谓"木弩事件"背后是更为严峻的形势。《旧唐书·薛仁贵传》载:"高丽既降,诏仁贵率兵二万与刘仁轨于平壤留守。"轻描淡写的记载中,透露着令人难于置信的现实,亦即留镇百济的熊津道安抚大使刘仁轨竟是在平壤署理其事,这是否意味着唐朝已对百济失去控制?《旧唐书·百济传》加强了上述怀疑,其记载称:"仁愿、仁轨等既还,隆惧新罗,寻归京师。"刘仁愿的后任为刘仁轨,如上述,总章元年他已是在平壤遥领其职,翌年辞职回朝,旋告退休,可知唐朝任命的熊津都督扶余隆大约在总章元年到二年之间便已逃回唐朝,则新罗在百济势力之盛,无须赘述。

而且,高句丽地区亦显不稳。《旧唐书·高宗纪》记载:"五月庚子,移高丽户二万八千二百,车一千八十乘,牛三千三百头,马二千九百匹,驼六十头,将入内地,莱、营二州般次发遣,量配于江、淮以南及山南、并、凉以西诸州空闲处安置。"此次迁徙人户的原因,幸存于《三国史记·高句丽本纪第十》"宝藏王二十七年"条:"(总章)二年己巳二月,王之庶子安胜率四千余户投新罗。夏四月,高宗移三万八千三百户于江淮之南及山南京西诸州空旷之地。"在高句丽不稳的背后,新罗的影子隐隐可见。

越明年,新罗更是从幕后跳到台前,在南北两线发起进攻。三月,沙飡薛乌儒与高句丽延武各率精兵北上,与唐属靺鞨兵交战,一度取胜,后在唐朝援兵压力下,退守白城。白城原属高句丽,而《三国史记·新罗本纪第六》"文武王十年"条记载此役地点为鸭绿江边,则新罗向北扩张之猛烈,可想而知。在此形势下,高句丽馀烬复燃可谓顺理成章。六月,"高句丽水临城人牟岑大兄收合残民,自穷牟城至浿江南,杀唐官人及僧法安等,向新罗行",并于途中奉安胜为君[27]。在南方,新罗也展开攻势,攻占八十余座城池。后来,新罗对此事加以辩解,说是百济企图入侵,而且还继续霸占新罗领地,新罗曾多次遣使向唐朝申诉,却屡遭风浪而无法上达。这明为谎言,新罗如此规模的攻势,显然是有预谋的行动。唐朝对此也作出反应,扣留新罗使者,谴责其擅取百济土地遗民,同时派遣大将军高侃为东州道行军总管,发兵征讨安胜。此后,唐朝在南北两线与新罗展开激烈的角逐。

咸亨二年(671),高侃破高句丽馀众于安市城,但在南线,唐军屡遭挫折,损失不小。复起就任鸡林道总管的薛仁贵致书新罗文武王,谕以祸福,要求新罗罢兵言和。结果得到的只是前面一再引用的新罗王一纸复文,除了尽力为自己辩护外,就是将责任推到百济头上。朝鲜的战事,方兴未艾。

次年一开春,新罗又积极进攻百济地区,唐朝也相应增加了援军。到年底,高侃与高丽余众战于白水山,破之。新罗遣兵救高丽,高侃再破之。与此同时,唐朝起用已经退休的刘仁轨为宰相,表明朝鲜的形势严峻,朝廷准备有所动作。翌年,唐朝率靺鞨、契丹进攻新罗,前方传来右领军大将军李谨行在瓠芦河之西大破高丽叛军的消息,而新罗也声称取得大捷。如果从以后的形势发展判断,恐怕仍是新罗占上风。

就这样,从总章二年到咸亨三年,唐朝与新罗在朝鲜南北两线展开激烈的斗争,斗争由暗中进行转变为公开对立,新罗由支持百济和高句丽余众反抗到直接投入战斗,其吞并两国以实现统一朝鲜的意图越来越清晰而坚定。相反,唐朝的对策并不成功,一方面,唐朝清楚到这场战争的真正对手是新罗,从其羁押新罗使者、谴责新罗侵占百济到薛仁贵给新罗文武王的书函都表明了这一点,但只予以低调谴责。另一方面,唐朝似乎尽量在淡化这一事件,在中国方面的记载中,几乎都称"高丽"或"百济"余众叛乱,而不太愿意直接挑明对手是新罗,并且只以朝鲜驻军进行反击,不愿意扩大战斗规模,因此在战场上并不占有优势。而在战斗不利时,又采用渐次增兵的下策,且多为外族军队。这些行动均表明,唐朝并没有下决心不惜代价确保朝鲜,却又不愿因丢失朝鲜而丧失权威,游移不定,故想缩小事态,并在百济地区作出实质让步,希望新罗适可而止,仍守藩臣之礼。可是,唐朝的忍让无疑让新罗看清唐朝不想在朝鲜大动干戈的底牌,放胆扩张,战火愈演愈烈。

上元元年,唐朝鉴于新罗"纳高句丽叛众,又据百济故地,使人守之"的严重势态[28],终于作出强烈的反应,任命朝鲜问题专家、宰相刘仁轨为鸡林道大总管,以卫尉卿李弼和右领军大将军李谨行为副,发兵征讨新罗。同时,褫夺新罗文武王金法敏官爵,另立人在长安的金法敏之弟金仁问为新罗王,由唐军护送回国,摆出一副与新罗决裂的架势,翻开第三阶段的序幕。

刘仁轨衔头是鸡林道大总管,鸡林都督府是唐朝羁縻体制下新罗的另一种名称,故刘仁轨的任务显然就是征伐新罗。然而,其副手李弼并未从行,而是死在当年九月京城举行的百官宴会上;另一位副手李谨行本来就在朝鲜作战,由此观之,刘仁轨的任命只是给朝鲜派去一位新统帅,让他基本依靠现有武装作战,则此役的规模仍然是有限的,不过是要遏制新罗的攻势罢了,其余的措施乃虚声恫吓。

刘仁轨身居中枢要职,哪能不明白中央的真实意图?故其到前线后,慎重组织部署,直到翌年春才发起攻势,破新罗于其北境七重城,又让靺鞨军队从海路攻其南境,逼迫新罗收缩固守,算是大获全胜,随即凯旋,回京继续担任宰相,留下李谨行再接再厉,围攻新罗买肖城。以上作战既规模有限,又未取得决定性胜利,给予新罗的恐怕只是一种警告:适可而止,否则唐朝也握有取而代之的王牌。

新罗文武王显然读懂唐朝的战略意图,所以立即派遣使者朝贡并谢罪。于是,唐高宗也顺势下台阶,宣布赦免新罗文武王,恢复其官爵,召回金仁问,改封临海郡公。双方通力合作,演出一场好戏:唐朝得到面子,保持权威,而新罗在实利上亦无损失,几年下来"多取百济地,遂抵高丽南境矣。置尚、良、康、熊、全、武、汉、朔、溟九州,州有都督,统郡十或二十,郡有大守,县有小守。"(《新唐书·东夷·新罗传》)

实际上,朝鲜战事并未停止。入秋以后,新罗开始收复北部边境失地,与李谨行、薛仁贵等频频交战,互有胜负。翌年冬,新罗军队从海路进攻薛仁贵部,先败后胜。《旧唐书·薛仁贵传》称他"上元中,坐事徙象州",究竟坐何事,不得而知,若据朝鲜史料推测,则恐怕是担当此役失败之责。这一仗大概是文献上所能见到唐朝与新罗最后一次上规模的正式战斗,此后,双方的作战沉寂了下来。

其实,唐朝早在年初已将安东都护府悄悄地迁徙到辽东故城,"先是有华人任(安)东官者,悉罢之。徙熊津都护府于建安故城;其百济户口先徙于徐、兖等州者,皆置于建安"[29],表明唐朝放弃对朝鲜南部的直接管理,大幅度后撤。这一年双方的战斗主要集中于新罗北部边境地带,薛仁贵坚守的所夫里州伎伐浦亦即百济泗沘港口,为唐朝保持海路畅通的据点。此地一失,百济便难于坚守了,而这其实是熊津都督府内迁后的必然结果。由此可知,双方的实际控制线基本确定,新罗领有百济与高句丽南部,停止了进一步向北的军事行动,实现了统一朝鲜的大部分目标。

仪凤二年,唐朝一度曾想重建高句丽和百济。二月,以高句丽故王高藏为辽东州都督,封朝鲜王,让他回辽东安辑高句丽余众,并将散布于各州的高句丽遗民集中起来,随其返回。但高藏一回辽东便潜通靺鞨,企图叛唐独立,被召回流徙邛州,其部众也被分散安置于河南、陇右诸州,仅留部分贫民于安东城。重建百济的计划也同样遭到失败,扶余隆再度被任命为熊津都督,封带方王,但他害怕新罗,不敢回故地。重建高句丽和百济只不过是唐朝与新罗矛盾斗争的馀波,新罗控制朝鲜已难动摇。

七

通观新罗统一朝鲜的过程,有几个问题是必须探明的。

第一、唐朝由直接监督百济与高句丽到决意放弃对朝鲜南部的监管,采取向辽东收缩的政策转换,发生于何时? 从以上论述来看,应该在刘仁轨重赴朝鲜前线的上元元年。刘仁轨的任命,实际上是让他遏止新罗向北扩张的势头,同时也是让他亲临前线视察,了解事态的严重程度,看看百济和高句丽能否保存。刘仁轨到朝鲜后,经过近一年的准备才发起攻势,把战线基本稳固于浿江以南地带后,旋即回国汇报。不久,唐朝便将安东都护府迁至辽东城。因此,刘仁轨在朝鲜发起的攻势并非没有实际意义的表演,而是唐朝向新罗的亮底,唐朝默认新罗对朝鲜中南部的拥有,但不能危及唐朝确保辽东安全的界限。这条原则显然为双方所接受,故此后只是围绕实际控制线有所争夺外,界限基本固定。唐朝收回五胡十六国时代失去的领土,新罗首次统一朝鲜。

第二、显然,唐朝经过与新罗的多次较量,其政策日益趋于务实,主动放弃过于理想化的目标追求,不再直接参与变革当地的社会文化制度,而更加注重维持与新罗现实的友好的关系,确立其国际关系秩序。因此,其在朝鲜半岛的逐步后退,并不是诸如吐蕃或突厥进逼这种外在环境压力的后果,而是根据东亚形势发展所决定的。从时间上看,唐朝是在新罗问题告一段落后,才将注意力转移到西线的,此已见前述。

第三、那么最重要的问题在于新罗公然向唐朝挑战,而唐朝却为何予以容忍?需要注意的是,在新罗统一朝鲜的整个过程,新罗从来没有反对唐朝,既没有对浿江以北的土地提出过度要求,也从来没有对唐朝的领袖地位及其国际关系秩序提出挑战。据《三国史记·新罗本纪》记载,从总章二年双方关系出现罅裂时起,新罗就不断向唐遣使谢罪,还通过各种渠道向唐朝进行解释。上引新罗文武王给薛仁贵的回信,一方面罗列以往功绩,以示对唐朝的耿耿忠心,同时把引起争端的原因推给百济,说明其控制百济的理由:"新罗百济累代深仇,今见百济形况别当自立一国,百年已后,子孙必见吞灭。新罗既是国家之州,不可分为两国,愿为一家,长无后患",要求唐朝予以理解。

咸亨三年,新罗文武王"以向者百济往诉于唐,请兵侵我,事势急迫,不获申奏,出兵讨之,由是获罪",遣使进贡,上表请罪。上元二年,与唐朝公开对立后,文武王仍然"遣使入贡且谢罪",最终获得唐高宗赦免,恢复其官爵,仍为唐朝藩臣。

这些作法,显示出文武王的精明。他既要统一朝鲜,又不与唐朝决裂。因为一旦成为仇敌,新罗难于承受巨大的压力,内部亲唐势力会起来反抗,国家可能分裂崩溃。文武王十三年(673)七月,"阿飡大吐谋叛付唐",就是明显的例证。文武王去世后国内的叛乱,也可说明此点。所以,文武王始终把统一朝鲜限定于其内部事务的低层次上,决不上升为对唐朝的挑战,坚守臣礼,以求唐朝谅解。

对于唐朝而言,在收复领土后,所要谋求的就是确立以唐为中心的天下秩序,确保周边安定。因此,只要新罗统一后不向唐朝的中心地位提出挑战,唐朝是可以接受其统一朝鲜的要求的。而且,能够确保这一点,显然比唐朝在朝鲜维持一支强大的军队和持续不断战争要理想得多。因此,在最初直接促进百济、高句丽接受唐文化的直接监管政策受到挑战后,唐朝也重新权衡轻重,审时度势,把政策的重心转移到保持同新罗的友好关系上,通过新罗来维持唐朝对东亚的强大影响力。从以后的发展来看,唐朝显然取得了成功,而新罗也十分注意维护与唐朝的友好关系。由此看来,新罗统一朝鲜既是唐朝对外关系体制受到的挑战,也是其政策成熟并获得成功的事例。而从此事例,可以明了唐朝对外政策那种通过建立国际关系秩序来追求和平与稳定的质的规定性。

注 释:

〔1〕陈寅恪《外族盛衰之连环性及外患与内政之关系》,见《唐代政治史述论稿》,上海商务印书馆,1947,pp.94~116,esp.98,109。

〔2〕岑仲勉《隋唐史》,中华书局,1982,pp.131~132。

〔3〕唐太宗与高宗对朝鲜政策的发展,以及高宗朝灭百济与高句丽的战争,请参阅拙论《对外政策:七世纪的唐朝与高句丽》,收于《中国古代社会研究——庆祝韩国磐先生八十华诞纪念论文集》,厦门大学出版社,1998年,pp.271~282。

〔4〕王小甫《唐·吐蕃·大食政治关系史》,北京大学出版社,1992,p.45。

〔5〕《资治通鉴》卷二百二"唐高宗仪凤三年(678)九月"条,中华书局点校本(下同),p.6385。

〔6〕《资治通鉴》卷一百九十八"唐太宗贞观十九年(645)十月"条,p.6230。贞观十八年(644)唐太宗征伐高句丽对唐朝高句丽政策转换的意义,请参阅注〔3〕所引拙文。

〔7〕《资治通鉴》卷二百"唐高宗龙朔元年(661)三月"条,p.6323。

〔8〕《三国史记》卷五《新罗本纪第五》"真德王七年(660)"条,韩国景仁文化社,1988,p.61。

〔9〕以上引文分别见《资治通鉴》卷二百"唐高宗龙朔二年(662)",pp.6329,6330。据此,唐朝曾"诏发淄、青、莱、海之兵七千人以赴熊津",可知刘仁轨由于确保了海路畅通而不时得到本国的支援。这一点是十分重要的,对于后来平高句丽也具有重要的军事意义。

〔10〕《三国史记》卷六《新罗本纪第六》"文武王三年(663)"记载:"诏遣右威卫将军孙仁师率兵四十万,至德物岛,就熊津府城。"称唐朝增援部队有四十万之众,恐怕言过其实。唐平百济所动用的军队,《资治通鉴》载为"水陆十万",《三国史记》载为"水陆十三万",大致相符,而镇压百济反抗所投入的军力,不会超过平百济之役,故"四十万"或为"四万"之讹。

〔11〕《三国史记》卷六《新罗本纪第六》"文武王二年(662)",p.66。

〔12〕《三国史记》卷七《新罗本纪第七》"文武王十一年"所载文武王致薛仁贵书中,自述其对唐军的支援道:"刘仁愿远镇孤城,四面皆贼,恒被百济侵围,常蒙新罗解救。一万汉兵,四年衣食新罗,仁愿已下,兵士已上,皮骨虽生汉地,血肉俱是新罗。"

〔13〕《贞观政要》卷第九《征伐第三十五》,岳麓书社,1991,pp.313、314。

〔14〕下引二十四史均为中华书局标点本,不另注。

〔15〕对唐太宗亲征高句丽的种种原因的分析,请参阅注〔3〕拙文。

〔16〕分别见《资治通鉴》卷二百,p.6329;卷二百一,p.6341。

〔17〕见《三国史记》卷七《新罗本纪第七》p.77。

〔18〕参阅注〔3〕所引拙文的分析。

〔19〕《资治通鉴》卷一百九十七"唐太宗贞观十九年(645)三月"条,p.6218。

〔20〕黄约瑟《武则天与朝鲜半岛政局》(收于《黄约瑟隋唐史论集》,中华书局,1997,pp.61~79。)专门提及此三人,并以为武则天有意在朝鲜半岛推行"息兵政策"。若离开武则天时代国内政局的演变

谈其对外政策,则流于皮相。若说武则天一味主动"息兵",则还需有说服力的实证。

〔21〕百济与中国的友好关系以及后来与唐对立的演变过程,请参阅拙文《南北朝与百济政治、文化关系的演变》(载《百济研究》第 26 辑,韩国忠南大学校百济研究所,1996,pp.231~247)和《唐平百济前后的东亚国际形势》(载《唐研究》第一卷,北京大学出版社,1995,pp.227~244)。

〔22〕王文度抵达百济后随即病死,由刘仁轨代理其职。

〔23〕碑铭据刘喜海编著《海东金石苑》卷一,文物出版社 1982 年木版刷印。《金石萃编》卷五十三所收碑铭脱落误录文字较多。碑铭所记户数廿四万,与《旧唐书》记载不符,或误? 另据《三国史记》卷二十八《百济本纪第六》可补全另两个都督府名称,即金涟、德安。

〔24〕据《旧唐书·刘仁轨传》(《三国史记·百济本纪第六》同)记载:唐平百济故地反叛之后,"仁轨始令收敛骸骨,瘗埋吊祭之。修录户口,署置官长,开通涂路,整理村落,建立桥梁,补葺堤堰,修复陂塘,劝课耕种,赈贷贫乏,存问孤老。颁宗庙忌讳,立皇家社稷。百济余众,各安其所。"可知唐州县制到龙朔三年才逐步推行,颇为艰难。

〔25〕详细的分析请参阅拙文《隋と高句丽の国际政治关系をめぐって》,载《堀敏一先生古稀纪念 中国古代の国家と民众》,日本汲古书院,1995,pp.351~372;《隋朝与高丽关系的演变》,载《海交史研究》1998 年第 2 期,pp.8~20。

〔26〕《三国史记·新罗本纪第六》"文武王五年"条。《旧唐书·东夷传》所载盟誓文字稍异。

〔27〕《三国史记·新罗本纪第六》p.73 明载安胜为"高丽大臣渊净土之子",而牟岑在向新罗求援时亦说:"今臣等得国贵族安胜",亦证安胜非王族。但同书《高句丽本纪第十》"宝藏王二十七年"条却将安胜载为"王外孙安舜",这大概是根据新罗封其为高句丽王时的册文,有意抬高其身分。《新唐书·高丽传》及《资治通鉴》卷二百一"唐高宗咸亨元年(670)四月"条更将安舜载为高藏外孙,恐怕所本均源于新罗。

〔28〕《三国史记》卷七《新罗本纪第七》"文武王十四年",p.83。

〔29〕《资治通鉴》卷二百二"唐高宗仪凤元年(676)"条,p.6379。

On the Independence of Xinluo

Han Sheng

Soon after the Tang Dynasty conquered the Koguryo and Paekche, they began having conflicts with their former ally Silla, who were seeking independence and trying to unify the Korea peninsula. The author analyzes the history of conflict and compromise between Tang and Silla based on foreign and domestic circumstances. To maintain domination on Korea peninsula, the Tang attempted to "Sinicize the Natives" which ran counter to the interests of the Silla. However, the Silla could not subvert the control of the Tang. But after deliberations, the Tang finally recognized that Silla rule over Korea would serve the Tang interests and maintain stability in Northeastern Asia.

清朝皇室与蒙古贵族的政治联姻问题再探

定 宜 庄

清朝皇室与蒙古贵族之间的政治联姻,也就是通常所谓的满蒙联姻,作为清朝理藩政策的重要组成部分,曾被清朝统治者誉为"一代国策",它在笼络蒙古诸部王公的感情,加强他们对清朝统治者的向心力方面,的确取得了相当大的成功,不仅清朝历代皇帝颇为自得,后人对此也多所赞誉,"满蒙联姻"也因此备受史家瞩目,进行了不少有价值的探索[1],本文之所以要老调重弹,是因为有关这一问题的研究,仍然存在诸多不应被忽视的空白点。既是旧题,故称"再探"。

本文拟讨论的问题有三:

第一,实施政治联姻政策必备的基础。讨论这一基础是必要的,尤其是对比清统治者对汉族采取同一政策的失败,可以更深入地理解这一联姻政策的背景和实质。

第二、从联姻政策反映出的满蒙关系的重要变化。清军入关之后,清皇室与蒙古贵族的联姻重点,便从主要为借助蒙古之力统一中国一变而为如何对蒙古贵族进行有效控制。而以往的有些研究,却过于相信清朝统治者口头的鼓吹,而忽视了满蒙关系中统治与被统治的实质。

第三、皇女与额驸的生活与处境。从清朝统治者的角度来看,对蒙古的联姻政策的确取得了成功,但这一政策的影响所及,还有另外一面,那就是被联姻的对象——蒙古王公及其属民,以及被用作政治联姻工具的皇女。这两种人对这一政策的看法,以及这一政策对他们的影响,是本该备受关注却历来为人漠视的问题。

还要强调的是,所谓清朝与蒙古贵族的政治联姻,从一开始就有明确的内涵和严格的限定,它专指爱新觉罗皇室与外藩蒙古诸部贵族之间的联姻,而不是满洲与蒙古两个民族之间的通婚。有清一代,满蒙民族间的通婚并未受到提倡,范围也相当有限,在某些情况下甚至还被禁止,所以本文避免使用通行的"满蒙通婚"的说法,而不惮烦琐,用"清皇室与蒙古贵族的政治联姻"取代之。

一、联姻政策成功的基础

从汉代甚至更早的时代开始,汉族中央王朝就使用和亲的政治手腕来处理与周边少数民族的关系,并且积累了十分丰富的经验,王昭君出塞与匈奴和亲的故事家喻户晓,即可见其影响的广泛。所以一提到政治联姻,人们首先想到的,总是汉族王朝的和亲政策。据汉族史籍的记载,这种做法也曾被在中原建立政权的少数民族所仿效,如《魏书·崔玄伯传》(中华书局标点本,下同)记:

> 太祖曾引玄伯讲汉书,至娄敬说汉祖欲以鲁元公主妻匈奴,善之,嗟叹良久,是以诸公主皆厘降于附宾之国,朝臣弟子,虽族彦美,不得尚焉。

这里明确指出,鲜卑拓跋氏与邻国间的通婚,是从汉族"和亲"的作法中学来的。也有学者在论及契丹人建立的辽朝时提到:"契丹建国以后,主要是圣宗以后,还采用了以公主下嫁境外他族最高统治者的方法,作为一种政治上的笼络手段。可能主要是受唐以及其它汉族统治者和亲政策影响的结果。"[2]

不过,以联姻作为政治手段以达到用其它方式无法达到的目的,这种作法并不是汉族王朝的独创,在中原建立过政权的少数民族王朝与其它政权进行联姻,也未必只是对汉族和亲政策的仿效。隋唐时期的突厥汗国与西域诸国之间的政治联姻,无论从规模和层次上,还是从手段运用的纯熟自如上,以及从所达到的政治目的上,就都远远超过了汉族历代王朝所奉行的"和亲"。[3]即使是上述的拓跋魏和契丹辽,在运用政治联姻的手段上,也都比汉族诸王朝的统治者要纯熟和成功得多,因此,与其说这些少数民族政权受汉族"和亲"政策的影响,倒不如说汉族王朝受到这些民族的启示,也许更允当些。

突厥文化对蒙古影响之深刻早有定论,东北与北方诸族在文化与风俗方面的相互传承、相互渗透的关系,也比人们通常想象得紧密和错综复杂得多。清朝建国之后与蒙古等族联姻政策的创制,当然不能排除所受到的汉族传统和亲政策的影响,但也很可能参照过诸草原汗国乃至鲜卑、契丹的样板。

清国初兴时期,对蒙古的联姻尚未发展成一项政策,它不过是满族统治者为扩充实力而与周边诸国诸部广为联姻的一个组成部分。

满洲皇室与蒙古诸部结亲,自明万历四十年(1612)始。此年努尔哈齐迎娶蒙古兀鲁特部贝勒明安之女为妻。[4]明安姓博尔济吉特氏,曾率部参加过攻打后金的九部联军,败绩后向努尔哈齐求和修好,并送女与努尔哈齐成婚。三年之后(1615),努尔哈齐又娶科尔沁宾图郡王孔果尔之女。这两个蒙古女子,就成了后金(清)皇室中最早的蒙古妃子。天命二年(1617),努尔哈齐将其弟舒尔哈齐之女嫁给蒙古喀尔喀部贝勒恩格德尔,恩格德尔遂成为满洲皇室中最早的额驸(满语,意为女婿)。明安于天命年间率部投奔努尔哈齐,恩格德尔也于天命九年(1624)"弃生身之父而以我为父,弃其同胞兄而以此处妻兄妻弟为兄弟"[5]而正式归附。二人后来都被编入八旗。

天命七年(1625)四月,努尔哈齐又主持了与前来归顺的蒙古诸部贝勒互结"亲家"的大规模仪式,"汗有意呼之为亲家,并谕之好生豢养其女云。"[6]三年之后的天命十年(1628),他将自己年仅14岁的第八女嫁给了四年前投奔于他的喀尔喀部博尔济吉特氏台吉固尔布锡。

努尔哈齐对蒙古采取这种以通婚来交好的手段并无特别之处,因为他也以同样的方式对待其它诸部落人,包括汉人乃至朝鲜人,而尤以与同族的女真诸部首领所缔婚姻最多,即以在他统治时期位居显赫的异姓五大臣中的三人为例:费英东,据《清史稿·费英东传》,其父索尔果在太祖起兵的第六年即戊子年,率所部五百户归附。费英东时年25岁,"太祖……以皇长子台吉褚英女妻焉。"按戊子年即明万历十六年(1588年)。同在这一年,何和礼"以所部来归,隶满洲正红旗。太祖以长女妻之。"[7]还有额亦都,努尔哈齐"始妻以族妹,后以和硕公主降焉,"(《清史稿·额亦都传》)按和硕公主即努尔哈齐第四女穆库什,她于万历四十一年(1613)被其父从乌拉部长布占泰手中夺回,天命三年(1618)生遏必隆,可见额亦都娶穆库什,肯定是在1614到1618年之间,而娶努尔哈齐族妹的时间当然更早。

努尔哈齐对待汉人也同样如此,如佟养性,为辽东汉人,太祖妻以宗女,号"西乌里额驸。"(《清史稿·佟养性传》)[8]又如李永芳,原为明朝抚顺游击,天命三年(1618)清攻陷抚顺,李永芳降,努尔哈齐以第七子阿巴泰之女妻之。(《清史稿·佟养性传》)

这些族众乃至汉人归降后金并与努尔哈齐缔结婚姻的时间,都早于蒙古诸部或与其大致同时。缔结婚姻的目的与做法,与对待蒙古也颇为类似,即使如天命七年后金与蒙古诸部大规模结亲的做法,皇太极时期也曾在满洲与汉人之间重演,事见天聪六年(1632)贝勒岳托的《善抚人民奏》:

> 管兵部事贝勒岳托奏:……今天与我以大凌河汉人,正欲使天下皆知我国之善养人也。……善养之道,当先予以家室,凡一品官,以诸贝勒女妻之;二品官,以诸大臣女妻之,其大臣之女,仍出公帑以给其需。[9]

皇太极采纳了他的建议,将大凌河汉人安插于沈阳,并"以国中妇女千口分配之,其余令国中诸贝勒大臣,各分四五人配以妻室[10],"这是凡论满汉通婚者都曾注意到的一次大规模的通婚事例,其范围之普遍,甚至满蒙之间的通婚也不能望其项背。

不过,这种以嫁女来笼络、酬劳归降的首领和部属的做法,与部落与部落、乃至国与国之间出于政治利益而缔结的平等或不平等的联姻,也就是人们通常所说的政治联姻,还是有明显区别的。

女真诸部与明朝的通婚,最初是以明朝为主动的,是明朝统治者出于拉拢或分化女真上层的需要而缔结的典型的政治联姻。早在洪武年间,还是燕王的明成祖朱棣为了安抚女真,就曾纳建州左卫酋长阿哈出的女儿为妃;[11]明朝镇守辽东地区的最高官员李成梁之子李如柏在迎娶努尔哈齐的侄女为妾之后,[12]因在萨尔浒一战中遭到惨败,被廷议归咎于李如柏与努尔哈齐的"香火之情",甚至传出"女婿坐镇守,辽东落谁手"之谣。[13]萨尔浒之战是后金建国后与明军打的第一场大战,以明军的大败告终,李如柏作为明军将领固然难辞其咎,但若说他因娶了努尔哈齐侄女就对后金存有私心,其实也不公正。这里所暴露的是明人的态度:他们认为这种婚姻理所当然的就是政治联姻,就应该服从于政治需要,并且对此寄予期望。对李如柏的怀疑和指责,从反面证实了他们对这种婚姻重视的程度。而努尔哈齐最初的政治联姻,正是他们向明人学习之后又拿来"以其人之道还治其人之身"的结果。这应是他们建立国家、掌握政权之后将联姻制定为国策的渊源之一。

努尔哈齐以这种方式交好蒙古是较晚的事。天命十一年(1626),努尔哈齐将自幼养于宫中的从子图伦之女肫哲公主,嫁给了科尔沁博尔济吉特氏台吉奥巴,[14]科尔沁部遂成为最早与努尔哈齐家族通婚的外藩蒙古部落。清廷此后与科尔沁部的联姻便迄未终止,科尔沁也从最初的"不侵不叛之臣"而最终发展为"世为肺腑,与国休戚"[15]的亲密亲系。满蒙贵族政治联姻的开端,应发轫于此。

皇太极继努尔哈齐之后,致力于经营与蒙古政治联姻的政策,并将政治联姻的作用发挥到了人们可以想象的极致,这是由当时的政治和军事形势决定的。跃跃而欲取明朝而代之的满洲贵族急需取得蒙古贵族的支持并与其结盟,这是他们得以获胜的保证。然而这一作法之成为一项国策并达到完善,也就是说形成一套制度,则是在清朝取得全国性政权之后的康熙到乾隆时期。关于这一问题,学界早有公论,不赘。

清皇室与蒙古联姻政策的成功源于两点,第一,是具有大体相同的对于女人的观念以及婚俗,第二,是具有相互通婚的传统。女真人自己对这一点是认识得再清楚不过的,努尔哈齐明言:"明国、朝鲜人,语言虽异,然发式、衣饰皆同,此两国算为一国也。蒙古与我两国,其语言亦各异,而衣饰风习尽同一国也。"[16]这正是清室对蒙古通婚得以实施的基础。满洲皇室虽然也收养过个别的汉族额驸,却始终无法将这一政策普遍地、大规模地用于汉人身上,就是因为二者间并不存在这种基础。

明代女真人不仅在文化上深受蒙古诸部的强大影响,在血缘上也程度不同地吸收了蒙古成分,尤以海西诸部为甚。据《八旗满洲氏族通谱》所记叶赫部:"先有蒙古人星根达尔汉者,原姓土默特,初灭扈伦国所居张地之纳喇姓部,据其地,因姓纳喇氏。后迁于叶赫河岸,遂号叶赫国。"[17]乌拉贝勒布占泰的先人也"来自蒙古",而哈达部长王忠则与布占泰同祖,说明这三个部落都是与蒙古通过联姻形成的。在从南迁定居到兴起的 300 年间,诸部与蒙古通过通婚建立起持久的联系,这点早为当时的明人所注意:

> 大抵东夷狡而北虏悍,此女直鞑靼之所为分。北关虽东夷种类,而世与北虏结婚,无得其狡与悍之气,故既愚且诈。[18]

东夷,指的是女真,北虏则指蒙古,这里虽系贬义,但世代通婚的结果,是使双方在气质上有了共同之处;建州女真与蒙古部落的关系虽不如海西密切,但也"俱有亲戚往还,"自然是互相通婚的结果。

与此相反的是,清廷企图以同样方式招抚汉族大臣,结果却屡屡受挫。上文提到的皇太极采纳贝勒岳托的建议,以代娶妻子的方式招抚新人之举,就遭到汉族大臣的非议:

> 又派四丁存养新人一名,代娶妻室,此皇上优养新人至意,殊不知反遗害于旧民者也。新人初服,出于不得已,既归,得无盼父母妻子之思,愚念既生,存亡顿失。管屯各官只可抚绥为是。间有逃走而责恨于壮丁,不惟新人满意而贻害于旧人也。[19]

无非是认为此举效果既不显著,又在社会上造成了扰攘。这种大规模通婚的事例后来再不见记载,其效果不佳也是意料中事。

清军入关之后,曾公开下诏鼓励满汉通婚,但诏令一经颁布,[20]江南一带就立即有传言散出:"哄闻满州之女发配中国男子,中国女子要配满州男子,名曰满汉联姻。人家养女者,父母着急,不论贫富,将就成亲,遍地皆然,真亘古未闻事也[21]。"因传言朝廷选女而在江南、福建、江西等地民间引起的骚动,时起时伏地竟持续了数十年。满汉通婚一事最终以不了了之而告结束。

沿袭努尔哈齐时期将李永芳、佟养性等收为额驸的做法,清廷还继续将满洲女子"赐婚"给地位重要的汉官,如入关之后降清并任大学士的冯铨"叨承宠命,赐婚满洲[22]";继范文程被太宗赐婚之后,他的第三子范承勋入关后也被"赐婚穆奇觉罗氏夫人。"[23]清初所封的四个藩王中,平西王吴三桂之子吴应熊尚皇太极第十四女恪纯公主;靖南王耿继茂之次子耿昭忠娶贝子苏布图之女,三子耿聚忠娶安郡王岳乐之次女和硕柔嘉公主;平南王尚可喜之子尚之隆,娶承泽亲王硕塞次女和硕公主。唯定南王孔有德因战死无后而成例外。与此同时,世祖也"尝选汉官女备六宫,"他宫中的恪妃石氏,滦州人,吏部侍郎石申之女,史有明文可

稽。(《清史稿·后妃传》)

　　耐人寻味的是,清廷以这一政策对待汉族大臣,却远不如对待蒙古诸部王公那样奏效,康熙朝时吴三桂和耿、尚二藩最终举起叛旗,导致一场"三藩之变"就是明证。此后,清朝统治者在坚持实行"北不断亲"的政策,仍将与蒙古贵族的联姻作为满蒙联合统治的基础的同时,却终于从对满汉通婚的鼓励态度一变而为严格禁止。对蒙古上层和对汉族上层在婚姻问题上这种截然相反的态度,折射出的是清初满汉两个民族和两种文化间所曾有过的深刻隔阂。满族入关后接受汉族伦理道德观念而迅速"儒化",终使满汉通婚成为无法阻止的潮流,但那已是后话了。

　　同样的政策,所用的对象不同,就会结果迥异,原因在于是否具备一定的基础。清廷的通婚政策用在蒙古诸部能够成功,用在汉族官僚大臣身上收效甚微,就是典型的例子。

二、联姻政策的前后变化

　　皇太极时与蒙古诸部的联姻,虽然出于政治目的,却基本上是建立在平等基础上的,其表现,一是清国地位最高的皇后,多为蒙古诸部之女。[24] 1636 年皇太极称帝之后仿依汉制删封后妃,他的五宫后妃就都是蒙古贵族之女。二是他们也将自己的亲女嫁到蒙古,而不是仅以养女、族女充数。努尔哈齐将幼女嫁给奥巴,皇太极也将长女嫁给蒙古敖汉部。此外,最早与皇太极成婚、后来被封为中宫皇后的科尔沁贝勒莽古思之女哲哲所生的皇二女被嫁给了察哈尔林丹汗之子额哲,而庄妃(即顺治帝之母、后来的孝庄皇太后)所生三女中唯一长成的、最受她宠爱的皇五女两次出嫁,所嫁也都是蒙古王公。其三,清皇室成员若娶蒙古王公之女为妻,也要亲往蒙古并遵从蒙古的礼数。天聪二年(1628)六月初十日,大贝勒代善之子瓦克达往娶科尔沁部土谢图汗弟布塔奇之女时,皇太极特为嘱咐:"我国诸贝勒,从未往蒙古地方娶妻,此既为首次,当备厚礼以往。"[25] 此后即沿袭成例。

　　联姻上的平等关系,正是基本上建立在对等关系上的满蒙政治联盟的反映。清军入关之后,满蒙政治联盟开始向统治与被统治的关系转化,清皇室与蒙古贵族的联姻重点,已不再是借助蒙古之力而是如何对蒙古贵族进行有效的控制了。如当时人所说:"以二百余旗荒漠莘确之土地,数十万众悍鸷复杂之民族,岂一二驻防边帅所能镇慑哉?"[26] 虽然这种转化是逐渐发生的并为清廷所竭力掩盖。清廷对蒙古的控制包括两手,硬的一手,是建立起一整套对蒙古的军事控制体系,其中尤以对漠南蒙古为最严密,[27] 软的一手,则包括提倡藏传佛教以及政治联姻。而在此时的联姻中,双方的关系已不再是平等的了。

　　变化从清朝一入关即已开始。

　　入关之后虽然皇女还不断被嫁给外藩蒙古王公,但满洲皇帝娶蒙古公主的数量却急剧下降,康熙朝以后直至清末,诸帝迄未再立蒙古皇后,这与皇太极五宫皇后都是蒙古女子的情况成为鲜明对比。这是在满洲皇室与蒙古贵族联姻中,开始体现统治与被统治的君臣关系的最明显的标志。

　　顺治帝共有后妃 20 人,其中 5 名是蒙古贵族之女。"世祖当草创初,冲龄践阼,中外帖然,系蒙古外戚扈戴之力。"[28]指出了清初蒙古贵族对于清朝政权稳定所起的举足轻重的作用。顺治的第一位皇后博尔济吉特氏,是科尔沁部卓礼克图亲王吴克善之女、孝庄皇后之侄女,孝庄本指望能够通过她,进一步加强自己家族乃至蒙古外戚在清廷中的地位,顺治却一味坚持将其废黜。再被册为皇后的另一名蒙古博尔济吉特氏,也未得到他的优礼,顺治曾以她对皇太后的礼节阙失为借口,停进中宫笺表,只是在皇太后的坚持下,才如旧制封进。废后风波是顺治朝最著名的政治事件,尽管顺治帝本人未必有多少政治上的考虑。

　　康熙帝虽然后妃成群,4 名皇后中却有 3 名为满洲异姓贵族之女,其中一名是索尼之女赫舍里氏,一名是遏必隆之女钮祜禄氏;非满洲的一名是汉军旗人、一等公佟国维之女佟佳氏。有人注意到,康熙后妃最主要的部分,是由满洲两黄旗女子组成,后宫最高和较高位号也几乎由她们所包揽,[29]这当然与当时政治斗争的形势紧密相关。康熙帝的蒙古妃子只有两人,其一为博尔济吉特氏,科尔沁三等台吉阿郁锡之女,康熙九年(1670)即已死去,死后才被封为慧妃。另一名为宣妃,其父是科尔沁达尔汉亲王和塔,即孝庄文皇后亲弟满珠习礼之子,所以宣妃应是孝庄的亲侄孙女,她是康熙帝所有后妃中唯一和太皇太后、皇太后及皇帝都有亲缘关系的人,但康熙帝似乎并未因此而对她加以青睐,她被册封为宣妃已是康熙五十七年底了。

　　雍正帝宫中并无蒙古妃子,乾隆帝宫中虽有蒙古妃子 5 名,但都位居不显。直至清末,诸帝不仅再未立蒙古贵族之女为皇后,在后宫中也再未给蒙古女子以较高位号。同治帝的孝哲毅皇后阿鲁特氏虽为蒙古人,但属八旗蒙古,与外藩蒙古完全是两回事。可以说,在孝庄文皇后之后,已再无蒙古女子能够对皇帝施加任何政治影响。

　　顺治帝之冷淡蒙古后妃,与蒙古女子的气质、文化素养不合可能确有一定关系。[30]倾慕汉族文化的清朝诸帝确实更偏爱汉族尤其是江南女子,早在入关之前,皇太极就曾怒斥满洲贝勒大臣"以明人之金、银、闪缎、蟒缎、瘸足女人为贵而携之;以我兵为贱而弃之。"[31]汉族女子俗尚缠足,"瘸足女人"系指她们无疑。入关之后,虽然孝庄皇太后立下了"宫中不蓄汉女"的规矩,诸帝从江南采取女子之事却迄未断绝。但是,清帝不再立蒙古女子为后,也很少纳她们为妃,其主要原因,还是政治上的考虑。入关后清廷关注的重心,对外是如何稳定在广大汉族地区的统治,对内则是如何使满洲贵族的权益达到平衡,蒙古贵族在政治上的影响和地位都降为次要,虽然有清一代与蒙古诸部多有和战,但都属征服与被征服、控制与被控制、笼络与被笼络的关系。以中国传统的家庭关系来看,妻子尤其是明媒正娶的嫡妻之父母,与女婿的地位相比,总要高得多,而女婿如果入赘女家,地位则更低。据此以推,外戚作为皇后母家,其地位与女婿亦即额驸自不可同日而语。总之,清代虽然基本避免了外戚专权之祸,但外戚在朝中的势力仍然不可小视,清朝自顺治之后再无外藩蒙古外戚,朝廷只是将蒙古诸部作为女婿亦即小辈,亲近之、笼络之、教训之已经足矣。从这个角度探讨蒙古诸部对于清代的政治影响,窥探满蒙之间所谓"联合统治"的虚伪性,是很有意味的。

满洲公主下嫁蒙古的数量和等级,也随着准噶尔部被步步征服而迅速下降。

以皇女下嫁蒙古王公来换取他们臣服的做法,在康熙朝达到高峰。皇太极有 14 个女儿,其中 10 个嫁给了外藩蒙古;顺治帝所生 6 女,有 5 个在 8 岁前就已死去,仅仅活下来的一个,嫁给了满洲大臣讷尔杜,情况特殊,暂且不计。而在康熙帝长大成人的 8 女中,就有 6 个嫁给蒙古王公。

在康熙下嫁给蒙古的 8 女及一个养女中,有两名嫁给漠北喀尔喀部,完全是为了配合收服喀尔喀诸部的政治需要。其中皇五女纯悫公主所嫁的喀尔喀王公策凌,自幼即随母来京,由康熙抚养于内廷。康熙四十五年(1706)授和硕额驸。策凌在雍正朝与准噶尔部进行的光显寺战役中战功卓著,被封超勇亲王,御制挽诗有"不必读书知大义,每于临阵冠三军"之句。他于乾隆朝薨逝后被配享太庙,入祀贤良祠,史称"求诸蒙古前人未之有,后人未之继也。"[32]子成衮札布袭超勇亲王,仍为定边左副将军,以军功赐黄带,图形紫光阁。弟车布登札布亦以军功晋亲王,赐黄带。父子三人俱有功西陲,成衮札布之子那旺多尔济,又于乾隆中尚固伦和静公主。这是清廷与蒙古联姻最成功的一个范例。

雍正帝的情况与顺治帝差不多,唯一一个成年的女儿并未远嫁,远嫁外藩的 3 个,都是他的养女。而在乾隆帝的 5 个亲女中,虽有两名嫁给蒙古王公,但这两名额驸都被留于京师长住,与此前的远嫁已经不同。至此为止,嫁到蒙古诸部的皇族之女,共计 69 人。此后清皇室与蒙古的政治联姻再无多少进展,沿袭成例而已。

嘉庆帝仅有两名女儿长大成人,她们都被下嫁蒙古;道光帝的 5 名成年女儿中,仅有一人与蒙古结亲。她们所嫁的,多是康熙以前即与满洲皇室联姻的那些额驸的子孙。

道光朝以后满洲皇室与蒙古诸部王公的关系益发疏远,可以以"备指额驸"制度的出台为标志。该制规定此后清皇室选择蒙古额驸的范围,只能局限于漠南蒙古七部十二旗之内,而将喀尔喀、厄鲁特诸部王公排除在外。有关这一制度已有学者详述,故不赘。[33]

清廷虽然赐给蒙古额驸高爵厚禄,让他们享受与满洲皇室同等的待遇,但是有清一代的蒙古额驸在政治上并无实权。他们对于清廷的作用,仅限于帮助朝廷稳定对蒙古诸部的统治,而从未见有哪一个人能够像汉族大臣那样对有清一代的政治产生积极的影响,尽管争取蒙古诸部对于清廷的支持也是至关重要的。

总之,入关之后的"满蒙联姻"已不再是皇太极时建立在"国"与"国"基础之上的平等关系,而是如嘉庆帝所说"我朝开国以来,蒙古隶我世仆,重以婚姻,联为一体"的长辈对女婿、主子对臣下的关系。这是反映满蒙民族关系和政治关系前后变化的一个不可忽视的侧面。

本世纪初成书的《朝阳县志》记录了这样一段有关"下府达喇嘛庙"的传说:

> 该庙建于清初。相传土默特贝子某欲叛清独立,此系修建金銮殿。讵该贝子福晋系清室亲王女,知其逆谋,宛转托人上书告变。事为该贝子所知,恐被讨伐,遂急塑神像,改为庙宇,以掩其迹。嗣经清廷专员来查,见改为庙院,亦未深究,立将该贝子调进北京,暗行鸩死。以此,土默特旗署遂东迁黑城子,此地终成一大喇嘛庙云。[34]

朝阳在清代是土默特右旗属地。下府达喇嘛庙即会宁寺,原是土默特右旗第一代札萨克鄂木布楚琥尔的家庙。乾隆三年和十五年经过两次扩建才初具规模。乾隆二十一年被钦定为会宁寺。清代土默特贝子及其直系子孙中,的确曾有数人获罪,被削职爵乃至处死。虽然这则传说只是传说,至今从史料中还找不到直接的证据,但它能被编入方志中,说明它在当时的流传之广,这正是当地人民对于满洲朝廷、以及下嫁到他们部落的满洲公主的看法的直接反映。

早有学者注意到,土默特右旗王公一直受到清廷的格外防范,原因一是它作为京师屏藩的特别重要的地理位置,二是作为成吉思汗直系后裔的历史,三是它特别雄厚的兵力。[35]因此,土默特王公获罪被罚的,也较其他诸部为多,乾隆三十六年的"谋毒格格致死使女赛罕赛"事件,便是一例。这位格格,即康熙第二十四子诚亲王之女,于乾隆二十四年前后下嫁土默特贝子纳逊特古斯。据说纳逊特古斯曾令喇嘛巴尔丹格隆,配合毒药,谋毒格格,结果未毒死格格,而误将使女赛罕赛毒死。此时正值格格例应进京之年,乾隆帝得知此事后下令追查,却不了了之,纳逊特古斯被以"谋害胞兄垂扎布"的罪名处死,明眼人一看便知这不过是借口。[36]此时纳逊特古斯与格格因感情不合已经分居数载,其所以必欲置格格于死地的原因,只能以"恐泄其事"来解释,而这里所谓的"事",当然不会是一般的事,而很可能涉及谋反或某种阴谋。乾隆帝虽然一再说纳逊特古斯绝对不会心怀异志,但这不过是一种政治手腕而已。[37]

虽然此案有诸多疑点,但有一点不言而喻,就是纳逊特古斯之妻、那位满洲格格在其间所起的为朝廷监视丈夫的特殊作用,这也正是《朝阳县志》所载传说的主题。满洲公主的这种监视也许自觉也许不自觉,但在蒙古人心目中,她们却负有朝廷特殊的使命。

蒙古人对于与满洲皇室结亲的不满,还有其他的原因,这在清末蒙古学者罗布桑却丹的《蒙古风俗鉴》一书中多有论述。罗的反清反满思想带有那个时代的强烈烙印,但所说也系实情:

其一,罗布桑认为这是满洲皇帝觊觎蒙古诸部王公的权力:"蒙古诺颜那时强盛,有势力,有军队,他(指满族皇室)与蒙古结亲,把公主、格格嫁给蒙古诺颜则可以利用亲戚关系把统治蒙古的大权拿到手。这是一个更深远的计划。"[38] 可见当时已有蒙古人认为所谓的满蒙联姻是满族统治者在政治上的一个阴谋。

其二,是经济负担太重:

> 实际上,蒙古人对于从北京娶亲不甚愿意。从北京娶夫人花钱多,而且对旗民来说也负担太重,向百姓摊派官银很难,穷旗不愿给他们的诺颜从北京娶夫人。蒙古人自清朝建立以来,娶满人的格格为夫人的旗主,在北京负了不少债而出卖本旗的土地,就是从北京娶夫人造成的。[39]

公主的到来伴随着对土地和牧场的大量圈占。康熙的恪靖公主,府第位于归化城(今呼和浩特),朝廷为她在近郊圈占了大量地亩,据当地人说:"清廷曾下圣旨,大黑河的流水应首先满足公主府地的灌溉。这道圣旨石碑,至今还矗立在黑沙兔的半山坡上。"[40]

其三,蒙古人认为满洲公主、格格的到来,败坏了草原上固有的纯朴风气:

> 蒙古人的妇女素质很好,很少有懒人,自古出现了不少眼光远大、举止大方庄重的人。不失蒙古人的传统道德,乃是妇女的功劳。到现在能够治理一个旗的蒙古夫人,也都出自蒙古姑娘。而自从娶了满族夫人,蒙古家庭关系解体了。现在的蒙古诺颜,凡没娶满族夫人的其家庭都很严紧而有规矩,有古代蒙古人的家庭形式,家中和睦并安宁。从这里可以看出满、蒙家庭教育的不同。[41]

这些情况是否属实,大多已经无从考证,但从中可以看出,对于满蒙政治联姻,在蒙古人中还是存在着一定的抵触情绪。

凭借其皇族女儿地特殊地位,一些嫁到蒙古的公主参与当地事务,起到某些其他人起不到的作用。前辈学者邓之诚曾从当时任都统的柏葰的《滦阳奏议汇存》中择取了这样一个案子:

> 蒙古妇人阻挠开矿案:咸丰五年九月,会议军机、王大臣奏议开现蒙古金银矿。其矿皆在热河喀喇沁境内,故定热河办矿章程。五年七月,喀喇沁王色伯多尔济之孀居婶母,具禀谓边外开矿,其利甚微,其害甚大,不可与民争利,致起抢山祸端,请具奏封闭银

矿。柏葰时官都统,以为莠言乱政,交喀喇沁王约束。后复屡递呈辞,柏葰以阻挠矿务,
不服管束出奏……

格格的呈辞有曰:

> 格格禀都统:格格节在关外,志计忠义在大清。自二十一岁出口外,今方五十四岁。
> 娘家祖父三代随龙生,历代亲郡王、贝勒、贝子公受皇恩,不能丧胆,不能误国。

邓之诚的评论是:

> 咸丰初,帑藏告匮,言利者蜂起,故有开矿之举。事经数年,所得无几,终至停废,则
> 此妇人之言验矣。朝臣不言,乃令一妇人言之,其辞甚直。故柏葰亦无如之何。交宗人
> 府议奏后,不知处分如何,度不过仍交喀喇沁王管束而已。[42]

清朝末年,绥远城将军贻谷奏请开垦蒙地,遭到蒙古诸部王公的反对,而准噶尔旗率先
报垦的,就是嫁到该部的皇族之女、三品台吉拉苏伦多尔济之妻。她在呈辞中曰:

> 命妇本和硕定郡王之裔,分辉宗牒,世受国恩,际此时局艰难,义当首先报垦,况旗
> 事即家事,利垦实以利蒙,敢不竭尽愚忱以为之倡,情愿将本身自有旗下所属柳清梁之
> 地报垦二千顷,遣继子三品台吉福灵阿呈报前来。[43]

二千顷是个相当大的数目,格格虽因此受到朝廷传旨嘉奖,此举却终因其夫之弟的阻挠而流
产,格格忿然回京,而贻谷开垦蒙地之举也以失败告终。但无论贻谷之举在历史上应作何评
价,以此例和上述皇女阻挠开矿之例来说明满洲格格与朝廷割舍不断的关系,遇事敢于出面
的行为,恐怕是不错的。

四、远嫁蒙古的皇女

既然清代满蒙之间体现出来的主要是岳父与女婿的关系,承担政治联姻重任的主要角
色就应是皇女了,但实际上,出面的虽是女人,在其间制定决策、进行活动的,却都是男子,以
至直到如今评价这一政策时,连篇累牍的文章所注意的都只是它的过程,赞扬的也只是它的
成功,而极少从被嫁皇女的角度,探讨一下她们的生活和命运。

笔者曾经耗时耗力,企图从清代文献、档案、方志中,寻找对远嫁皇女生活的记载,却几
乎一无所获,如果说清代史料浩如烟海,寻找这一问题的材料就如大海捞针。即使蒙古地区
那些有关公主府的文献,有的也只是公主府的府第、土田、奴仆人数,而绝无一句提到公主的
生活;与蒙古额驸共同生活于京师的皇女所留下的,也只是几条轶闻而已。这一事实本身就

说明了,这些为了种种政治目的而远离家乡的皇女的命运,被始作俑的男人们漠视到了何等的程度!

努尔哈齐时期"收养"蒙古贝勒并将皇女嫁给他们的做法,看来从一开始就受到了女子们的强烈抵制。仅天命八到九年(1623—1624)的数月之内,努尔哈齐就为此两度颁谕,透露出的,正是这样的信息。其中第一次在八年七月初四日:

> 来归之诸贝勒,尔等于此处结亲立业,凡娶我女之人,当勿以我女为畏。实乃怜悯尔等远地来附,以女妻于尔等而已。岂令尔等受制于女乎?至于尔等蒙古察哈尔、喀尔喀诸贝勒,以女妻幕友及大臣等,每凌辱其夫扰害其国者,我亦有所闻。倘我女有如此凌辱其夫者,尔等当告于我。该杀者【原档残缺】勿杀。不贤则告我,该杀者则诛之,不该杀之则废,另以他女妻之。若诸女不贤,不告于我,则尔等之过。倘尔等告之,我等庇护而不斥,则我之过也。尔等若有艰苦之情,毋庸隐讳,可将所思告我。[44]

翌年正月,因喀尔喀部恩格德尔额驸与其妻、舒尔哈齐之女请求率部归附后金,努尔哈齐与他盟誓并对他说:

> 昔居汝国,吾女仰望于汝,今移居至此,尔则倚赖吾女,但吾女或恃亲族而慢其夫者,或有之,谅尔等有何事苦吾女也?尔心或受吾女之制而不得舒,吾惟汝是庇。汝虽死吾女,必不溺爱以故息之也。[45]

不能排除诸女有泼辣骄横甚至依仗父亲权势欺凌丈夫的因素,但这些皇女既然完全丧失了对婚姻的自主权,家庭生活很难美满,不肯对其夫百依百顺,本也理所当然。而从努尔哈齐一方来说,如果这些皇女不肯接受这一事实,出嫁之后不断在家庭内制造事端,他那些联姻措施就无法顺利贯彻,这正是他一再管束和训斥诸女的原因。

这些皇女毕竟还生活在自己家乡,在努尔哈齐时期,将皇女远嫁蒙古似乎还是一件难以想象之事。草原游牧生活艰苦、迁徙不定、气候严寒,加上远嫁异乡的寂寞孤独,可能使铁石心肠的努尔哈齐也有过不忍与踌躇,他曾对蒙古贝勒们声称他并不愿将女儿远嫁:"求亲之言诚然,岂能憎嫌于尔等乎?尔等常居郊野,而我女则不能。我女身居楼阁,衣食具备。我不能嫁女于受苦之地。分给万家之国人,俾其居楼阁、近于我而养育之。"[46]他的侄女于天命二年嫁给蒙古喀尔喀部贝勒恩格德尔后,曾向他抱怨:"惯居热炕之人,不耐寒地,难以生活,"[47]据说这也是恩格德尔几年后率部投奔努尔哈齐并最终定居于后金地方的原因。

皇太极时期,随着与外藩蒙古联姻的频繁,越来越多的皇女被迫远嫁,《老档》记载了皇太极即位之初(天聪元年),远嫁科尔沁部土谢图台吉的准哲公主回家探亲之后,与皇太极分别的情景:

行时,汗(指皇太极)牵准哲公主所骑之马,垂泪。送至十里外,汗下马,公主抱汗泣,次与诸贝勒依次相抱而泣。时汗与诸贝勒高声呼父太祖圣威汗齐哭之。此时,众皆落泪,乃因劝公主,仍恸哭不已。汗曰:"格格止泪矣,此去之后,务顺夫意,和睦相处,以慰此处诸伯叔心,此路岂能断乎,后当常相往来耳。"于是,乘马仍哭泣,汗遂将公主之马辔,亲手交与台吉阿济格,引之前行……[48]

生离死别之情跃然纸上。

在清国尚未强盛到令邻国闻风丧胆的时候,所嫁蒙古之女并未受到皇女应得的尊贵待遇,有些甚至还受到凌辱虐待。皇太极曾怒斥土谢图台吉:"令尔有罪之妻寝室居前,令我女寝室居于后,言尔有罪之妻,为大人之女等语……且彼族察哈尔欲杀尔,何为以其女为嫡;我仍眷佑尔,尔何为以我女居次?"[49]这时是天聪二年,皇太极还未灭掉察哈尔部,故有此事。土谢图台吉在娶皇太极女之前已经有妻显而易见。

清军入关之后,满洲贵族一跃而为全国的统治者,嫁到蒙古的皇女当然再不会遭受土谢图台吉之妻那样的待遇。清室还特为嫁到蒙古的公主,按照品级规定了俸禄,可参见下面的简表:

	外藩公主俸银俸缎		在京公主俸银俸米	
	银	缎	银	米
固伦公主	1000两	30疋	400两	200石
和硕公主	200两	15疋	300两	150石
郡主	150两	10疋	250两	125石
县主	100两	8疋	220两	110石
郡君	50两	6疋	190两	95石
县君	40两	5疋	160两	80石
乡君	30两	4疋	130两	65石

此表中下嫁外藩公主的俸禄,根据《宗人府则例》与《理藩院则例》,在京居住公主的俸禄,根据《宗人府则例》与《八旗通志》初集。这里有一个非常奇怪的现象,就是除嫁给外藩的固伦公主,其俸禄远远高出在京居住的同品级公主之外,其余同品级公主,都是给外藩的反比在京的低,如和硕公主的岁银仅为200两,这点到乾隆五十四年(1789)才有所修正。[50]而此时距顺治朝初定此制,已过了百有余年。

满洲公主原无等级之分而统称"格格",规定公主品级自皇太极崇德年间始。按规定,中宫所出封固伦公主,品级约相当于亲王;由妃嫔所出封和硕公主,品级相当于郡王。其下:"亲王女封郡主,郡王女封县主,贝勒女封郡君,贝子女封县君,入八分镇国公、辅国公女封乡君。"[51]不过,这一规定只是从原则上说的,清廷出于政治需要而提高公主品级是经常的事。康熙第六女和硕恪靖公主为贵人郭络罗氏所生,19岁嫁蒙古喀尔喀部郡王端多布多尔济,后来端多布多尔济袭土谢图汗,其子又成为外蒙古精神领袖哲布尊巴呼图克图的转世灵童,该和硕公主便进封为固伦公主。康熙第十女为庶妃纳喇氏所生,受封和硕公主,嫁喀尔喀赛音诺颜部台吉策凌,策凌被封为超勇亲王后,故世有年的公主也被追授为固伦公主。但即使如此,有清一代得封固伦公主的,也只有有数的几名。由此看来,固伦公主或本人为皇后亲生之女,或因所嫁之人地位举足轻重,享禄特厚也在情理之中。而其余嫁给外藩的公主俸禄为何比在京居住者低,清廷当时并无一字解释,可能因其住在外藩,主要依靠夫家为生,而当地生活费用又较京师为低;也可能因她们多系养女或媵妾所出之庶女,地位本来较低之故。因为不仅固伦公主,其他品级也一样可以因政治需要而加封。如康熙朝时,厄鲁特噶尔丹之子塞卜腾巴尔珠尔被俘后带到京师,"上赦其罪,授一等侍卫。至是,命阿达哈哈番觉罗长泰之女,照镇国公女例,授为乡君妻之,授塞卜腾巴尔珠尔为镇国公婿。"[52]在当时人眼中,准噶尔部人颇为凶残难驯,所以只将一觉罗之女封为乡君拿去塞责,由此以推,像这样被封为县君、乡君者当不在少数。

雍正朝以后,朝廷为下嫁的公主制定了回京探亲时间、批准原由和程序的详细条例,以使她们安心留在蒙古。雍正元年(1723)规定,下嫁外藩的公主必须离京:

> 雍正元年议准,公主等下嫁蒙古,成婚之后,久住京师,与蒙古甚无裨益。嗣后公主等下嫁蒙古,非特旨留京者,不得过一年之限。若因病或有娠,不能即往者,令将情节奏明展限。

翌年又定:

> "下嫁蒙古之公主、郡主等,如欲来京者,并令请旨,不得擅来京师。其奉旨来京者,均定以限期,照例供给。内札萨克额驸准住四十日,公主、郡主等,准住六十日。如限满后,仍欲留京者,亦须奏明,再支供给。"[53]

公主出嫁后仍滞留京城,与夫婿长期分居,使婚姻成为具文,起不到联姻应起到的政治作用,当然是清廷所不能允许的。雍正朝的规定,肯定是针对此前常有这种现象发生而作出的。

乾隆七年(1742)八月,蒙古喀喇沁部的固山额驸罗卜藏敦多布之妻固山格格,未曾请旨就自行来京,理藩院按上述规定判处罚俸一年。乾隆得知后称:"公主格格等,未曾请旨,不准自行来京之处,想未传知,是以格格不知,故因谢恩来京,亦未可定。著加恩免其罚俸。但此系定例所关,其归途应给口粮著停止。该衙门可再将此例,遍行传谕公主格格等知之。"[54]一项定例出台20年仍"未被传知",可谓咄咄怪事,究其原因,这条定例所针对的,可能只是那些品级较低的宗室之女而非皇帝的公主。嘉庆帝的第四女庄静公主于嘉庆七年(1802)十一月下嫁土默特贝子玛呢巴达喇。嫁后久住北京,直到嘉庆十三年(1808)"尚未赴游牧拜其祖茔。"以至嘉庆帝亲自下谕命她立即赴游牧处展拜。[55]此时距她出嫁已经六年有余。三年之后(嘉庆十六年五月)庄静公主薨,葬在京郊王佐村,至死未赴夫君的住所,其做法与雍正朝定例相悖显然。像这样长住京师的皇女,当然不仅庄静公主一个。

嫁给外藩的公主中有很多人不肯跟随夫婿前往游牧处所,而是寻找种种理由滞留京师,这证实了一个事实:除非她们的丈夫随同她们一同留在京城,否则她们的家庭及夫妇生活便都是名存实亡,无异于守活寡,这对女子来说,本身已构成为一种不幸。而即使守活寡也不肯随夫婿去游牧处,也说明了那里的生活使她们如何难以承受。

远嫁蒙古的皇女,夫妻不睦的不在少数。上述乾隆朝时土默特右旗郡王纳逊特古斯用毒药谋毒格格一案,就是一例。乾隆对于嫁给纳逊特古斯的诚亲王之女与其夫不睦之事早有所知:"纳逊特古斯何以必欲谋毒格格? 其故殊不可解。若止因夫妇不睦,则其分居已经数载,纵有私情苟且之事,惟所欲为,格格原未能禁阻,何致势不两立,必不相容?"这句话说明两点,其一是二人因感情不和已经分居多年,二是即使纳逊特古斯在外与别人私通,格格也奈何他不得,而朝廷对此也不会加以干涉。

清代朝野都曾注意到一个奇怪的现象,就是公主能够生育子女的特少。由于不得其详,便有种种臆测,蒙古人的解释是:

> 这里奇怪的是,满族王公的格格生育的特别少,蒙古人私下议论:"满人的格格们怕生孩子,因而先吃了不生孩子的药。"蒙古诺彦都把小夫人生的孩子说成是大夫人所生,这样可以继承父业。[56]

汉人的解释则是:

> 公主出嫁,即赐以府第,……驸马居府中外舍,公主不宣召,不得共枕席。每宣召一次,公主及驸马必用无数规费,始得相聚,其权皆在保姆,则人所谓管家婆也。公主若不贿保姆,即有所宣召,保姆必多方间阻,甚至责以无耻。女子多柔懦面软,焉有不为其所制者。[57]

两种臆测都属荒诞不经,其实公主不育者多,与夫妻感情的不睦有最直接的关系。此外,草原生活的艰苦不适、疫病流行也应是一个重要原因。

尚主的蒙古额驸,有不少在娶公主之前已有妻室,有的成婚之后因公主死亡而再娶,都得到清廷允许,所谓守活寡,只是对公主而言,是单方面的。受汉族贞节观的影响,远嫁的公主也要为额驸"从一而终",甚至最残忍的未婚守节之举,在皇女中也不乏其例。乾隆朝时镇国公弘昉之妹为喀喇沁贝勒僧衮扎布未婚守节,就是一个例子:

> 高宗乾隆七年(1742)谕:"镇国公弘昉之妹格格前曾指嫁喀喇沁贝勒僧衮扎布,今格格闻僧衮扎布病故,情愿守节,在皇太后前哭泣奏请,格格尚未成婚,即执大义守节矢志,甚属可嘉,著给和硕格格品级,准伊所请,令其守节。今僧衮扎布之媳前往游牧处所持服,著交与内务府总管办理,将格格送赴僧衮扎布家内,令同伊媳前往游牧处所以尽其道。"[58]

既然命格格与"伊(即僧衮扎布)媳"一道前往游牧处所,说明僧衮扎布此前已经有妻。60年后的嘉庆八年(1803),朝廷颁旨对格格予以旌表,说她"未婚守节,今年逾八旬,抚养子姓,五世同堂,良为升平祥瑞,光耀宗支,甚属可嘉。"[59]此时她已80岁,所谓五世同堂,抚养的都是僧衮扎布前妻的子女。

许多宗室王公对于将女儿远嫁外藩并不情愿,见乾隆二十四年(1759)谕:

> 从前将王等之女格格等皆指配蒙古台吉,特以此既系旧习,而蒙古台吉原系姻亲,由来已久故也。……今王等每弛旧习,惟愿聘予在京之人,……嗣后凡亲王郡王之格格等,皆照旧例,候朕降旨,指予蒙古台吉,伊等若向系姻亲之蒙古,私行结亲,尚属可行,著许聘之后即行奏闻,其不具奏私许在京人之处,著严行禁止,钦此。[60]

可见此时嫁女到蒙古的"旧习"已经松弛,宗室王公们都愿将女儿聘与在京之人,而竭力规避将女儿嫁往蒙古。

蒙古人对此也很清楚:

> 蒙古人开始从北京娶亲时正值好的时代,后来的蒙古地方形势一年不如一年,北京的满族官僚的心也越发变坏,有好格格也不嫁给蒙古人,而把远房多代之女冒充格格嫁给蒙古人为夫人也多起来了。[61]

远嫁蒙古的皇室公主、格格们,很多人的命运相当不幸。康熙朝权重一时的安亲王岳乐之女六郡主,诗画兼工,后被指嫁于蒙古,30岁上抑郁而终,她曾留下一幅画,画的是一株梅花,半株生机勃勃,半株却已枯萎,暗喻自己命运的不幸,致使当时著名诗人姜宸英为之动容,并为此画题诗曰:"生小娇柔太付门,闲庭咏絮并诸昆。何堪零落依青冢,自写幽香为返魂。"正可作为她们生活的写照。

五、对蒙古诸部的通婚限制

清代满族与蒙古的政治联姻有着严格限定,它指的并不是满洲与蒙古两个民族之间的通婚,所以本文一直避免使用通行的"满蒙通婚"的说法。王钟翰师谓:

> 众所周知的满蒙通婚,事实上也只是清皇室的公主、格格们和蒙古贵族的公子王孙的婚配,也有为数不少的满、蒙两族的旗籍成员互相通婚者。至于蒙、汉两族一般人民之间的联姻,则是严格禁止的。[62]

八旗之内有八旗满洲、八旗蒙古和八旗汉军,三者之间的相互通婚从未受到任何限制,而八旗满洲与八旗蒙古之间的通婚更是习以为常,这就给人们造成了清代满蒙民族间大量、普遍进行通婚的错觉。而事实上,除了爱新觉罗皇族之外,其他满洲贵族及大臣与外藩蒙古通婚的事例是很罕见的,仍以额亦都家族为例,他的 16 个儿子中,虽然如三房车尔格、十三房超哈尔等都堪称族大丁繁,且与八旗汉军、八旗蒙古通婚的代不乏人,但未见一起与外藩蒙古通婚者。惟有第十六房即公主所生遏必隆一支,有几代与外藩蒙古通婚之例:遏必隆共有三女,次女、三女都被康熙收入宫中(即孝昭仁皇后和温僖皇贵妃),长女则嫁给了外藩巴林蒙古的札什。他的孙女和一个玄孙女也都远嫁巴林蒙古,此外还有女远嫁土默特部。她们既然属皇族的近亲,应该是以皇女的身分外嫁的,其他满洲异姓贵族与大臣,则未必有这个资格了。这是很能说明问题的一例。

清廷对于旗人与蒙古人之间的交往颇存戒备之心。清入关后,曾在故乡东北地区以明朝所修的辽东边墙为基础,"加以扩展,修浚边壕,沿壕植柳,谓之柳条边,"[63]这是以山海关、威远堡、凤凰城和法特哈四条交通要道口为点连成的一道"人"字形边墙。它的主要作用是"插柳结绳,以界蒙古,"[64]"清起东北,蒙古内附,修边示限,使畜牧游猎之民,知所止境,设门置守,以资镇慑。"[65]柳条边以西,是蒙古科尔沁诸部游牧地,清廷于各边门设兵把守,严禁边内满汉人等与边外蒙古人任意来往。科尔沁部与满洲的关系既然已是"世为肺腑,与国休戚",清廷对其防范尚且如此严密,更遑论其他诸部蒙古;旗人与蒙古人之间的一般来往尚且受到如此严禁,更遑论其婚姻。

蒙古人与民人的通婚被明令禁止,有《理藩院则例》为证:

> 康熙二十二年定:凡内地民人,出口于蒙古地方贸易耕种,不得娶蒙古妇女为妻。倘私相嫁娶,察出,将所娶之妇离异,给还母家,私娶之民,照内地例治罪。知情主婚,及说合之蒙古人等,各罚牲畜一九。

甚至蒙古诸部之间的通婚,也受到限制:

> 康熙十八年题准,台吉、塔布囊等,擅与喀尔喀、厄鲁特结婚姻往来者,革去爵秩,不准承袭,所属人全给其近族兄弟,除妻子外,家产牲畜尽入官。所属人随往者,各鞭一百,罚牲畜三九。
>
> 二十二年题准,王以下至闲散蒙古,违禁与喀尔喀、厄鲁特、唐古忒、巴尔虎等贸易结亲者,照定例治罪。[66]

喀尔喀居于漠北,厄鲁特、唐古忒居于漠西,巴尔虎在清初系喀尔喀属部,位居东北。清廷严格限制漠南蒙古诸部与漠北、漠西甚至东北诸部之间的联姻,显然是为了达到分而治之的效果。

无论戒备与否,对于一般旗人与蒙古人的通婚,清廷从未有过任何明文的禁令,这与旗、民("民"主要指汉人)间的通婚被明令禁止迥乎不同。但有关这一问题的文字材料极少,也未见有人研究。据笔者在内蒙古呼和浩特、河北雄县、沧州等满族聚居地的调查,在这些满蒙八旗合驻的驻防地,满洲旗人与蒙古旗人的通婚被视为理所当然,但即使是位于蒙古地区的呼和浩特新城(当年的绥远城驻防)满人,也很少与城外的蒙古人通婚。这主要是居住环境、语言、生活习俗各方面存在的差异所致而不是人为禁止的结果。

注 释:

〔1〕参见华立:《清代的满蒙联姻》,载《民族研究》1983 年第 2 期,页 45 – 54;岑大利:《努尔哈赤家族与女真各部及漠南蒙古的联姻》,载《清史论丛》第 8 辑,中华书局 1991 年版,页 226 – 239,等。

〔2〕向南、杨若薇:《论契丹族的婚姻制度》,载《辽金史论文集》,辽宁人民出版社 1985 年版,页 117。

〔3〕吴玉贵:《突厥汗国与隋唐关系史研究》第二章,中国社会科学出版社 1998 年版,页 55 – 59。

〔4〕汉译《满文老档》(上)第 2 册,壬子年四月,中华书局 1990 年版,页 12。

〔5〕《满文老档》(上)第 60 册,天命九年正月初三日,页 572。

〔6〕《满文老档》(上)第 40 册,天命七年四月初一日,页 369。

〔7〕《满名臣传》卷 1《何和哩列传》,清代传记丛刊本,台湾明文书局民国十年版,页 10 – 12。

〔8〕按佟养性后来以"先世本满洲"为由而入满洲旗,但归附努尔哈齐时尚为汉人身分是无疑的。

〔9〕《八旗文经》卷 25,奏议甲,华文书局影印光绪刊本,页 3。

〔10〕《清太宗实录》卷 11,天聪六年二月丁酉,中华书局 1986 年影印本,下同。

〔11〕吴晗辑:《朝鲜李朝实录中的中国史料》,上编卷 3,太宗实录二,中华书局 1980 年版,页 251:"于虚出即帝三后之父也"。按这里所记的"三后"并不见于《明史·后妃传》及其它文献,有人认为可能是虚构,但此事既然源于朝鲜史料《李朝实录》,并在该书中被多次提到,也难以轻易否定,故存疑。

〔12〕见方孔炤:《全边略记》:"给事中李奇珍弹劾李如柏曰:'奴弟素儿,生女甚美,柏纳为妾,生子已十四岁,是以镐等岁糜数十万,拱手媚奴……'。"载《清入关前史料选辑》第一辑,人民大学出版社 1984 年版,页 241。

〔13〕程开祜:《筹辽硕画》卷 17,载《清入关前史料选辑》第一辑,页 63。

〔14〕《清太祖武皇帝实录》卷4,天命十一年五月十六日,载《清入关前史料选辑》第一辑,页389-390。按《满文老档》同日只记努尔哈齐与奥巴盟誓,却只字未提将女嫁给奥巴之事。

〔15〕魏源:《圣武记》卷3《国朝绥服蒙古记一》,中华书局1984年点校本,页99。

〔16〕《满文老档》(上)第13册,天命四年九月,页119。

〔17〕《八旗满洲氏族通谱》卷22,乾隆九年内务府刻本,页1。

〔18〕冯瑗:《开原图说》,玄览堂丛书本。

〔19〕《整红旗固山备御臧国祚奏本》,载《明清史料》丙编第一本,上海商务印书馆发行,页23。

〔20〕见郭松义:《明清两代诏选"淑女"引起的动乱》,《故宫博物院院刊》1991年第1期,页3-10。该文中列举了顺治四年(1647)、五年(1648)、十年(1635)、十三年(1656)、十五年(1658)因谣传朝廷挑选秀女而在江南引起六七次社会动乱的例子。

〔21〕《清代日记汇抄》,上海人民出版社1982年版,页70。

〔22〕见邓之诚辑:《清诗记事初编》卷5郭棻条下:"铨(冯铨)在明末为奄党,在清为贰臣,清议所不与,无可载笔……前后四娶,曰刘,曰范,曰徐,曰纳兰,满洲总管鄂貌图巴图鲁之女,则为赐婚。"上海古籍出版社1984年新版,下册,页616。

〔23〕按范文程被赐婚穆奇觉罗氏,见《碑传集》卷4,清代传记丛刊本,台湾明文书局民国十年版。范承勋被赐婚穆奇觉罗氏,亦见于《碑传集》卷19方苞:《兵部尚书范公承勋墓表》,页31。两个穆奇觉罗氏之间究竟有无关系不详。

〔24〕皇太极的五宫后妃为:蒙古科尔沁部贝勒莽古思女博尔济吉特氏,为清宁宫皇后;莽古思子寨桑女博尔济吉特氏,为永福宫庄妃;庄妃之姐为关睢宫宸妃;另两名蒙古妃子分别为麟趾宫贵妃和衍庆宫淑妃。

〔25〕《满文老档》(下)第10册,天聪二年六月初十日,页889。

〔26〕《沈阳县志》卷13《宗教》,民国六年八月本,页14。

〔27〕参见拙著:《清代八旗驻防制度研究》第一章第五节,天津古籍出版社1992年版,页82-89。

〔28〕魏源:《圣武记》卷3《国朝绥服蒙古记一》,页99。

〔29〕参见杨珍:《康熙皇帝一家》,学苑出版社1994年版,页89。

〔30〕见注29所引杨珍书,页89。

〔31〕《满文老档》(下)第29册,天聪四年六月初五日,页1045。

〔32〕奕赓:《佳梦轩丛著·管见所及》,北京古籍出版社1994年版,页98。

〔33〕参见赵云田:《清代的"备指额驸"制度》,载《故宫博物院院刊》1984年第4期,页28-36。漠南蒙古七部为科尔沁、巴林、喀喇沁、奈曼、翁牛特、土默特和敖汉。

〔34〕《朝阳县志》,卷八《寺观》,民国19年铅印本,页15上。

〔35〕参见注34所引扎拉嘎:《尹湛纳希年谱》,内蒙古大学出版社1991年版,页295。

〔36〕原文见《清高宗实录》卷800,乾隆三十六年三月丁未:"纳逊特古斯谋毒亲兄垂扎布,其情罪较谋毒格格更为重大。即内地遇此等两案并发之事,亦当从重归结。律以杀兄之条,既为名正言顺,且使蒙古等知纳逊特古斯实因谋毒亲兄,自取重罪,其死并不由于格格,更当心服,亦更知畏法。"

〔37〕按原文见《清高宗实录》卷879,乾隆三十六年二月庚子谕:"尹继善等查审土默特一案,前日所奏情形未为明晰。昨已将案内应行查讯紧要关键详细传谕。今据尹继善等奏,讯出纳逊特古斯令喇嘛巴尔丹格隆,配合毒药,谋毒格格各情节。其事实属大奇,已于折内详加批示矣。纳逊特古斯何以必欲谋毒格格?其故殊不可解。若止因夫妇不睦,则其分居已经数载,纳逊特古斯纵有私情苟且之事,惟所欲为,格格原未能禁阻,何致势不两立,必不相容?设云畏格格今年例应进京,恐泄其事,纳逊特古斯又有何事虑其泄漏?若不过因与格格参商,则诚亲王家早已备知,初无待格格之面诉,即格格向诚亲王尽情告述,诚亲王又如纳逊特古斯何?若云纳逊特古斯实有惧格格告讦之事,除是谋为不轨,否则何至杀以灭口?而土默特乃内札萨克,伊父子受国家厚恩,朕视之

不啻如子孙,伊等有何怨望而忽怀异志?且朕何如主?今何如时?众札萨克皆怀德畏威,亦岂肯容其略荫逆迹!无论纳逊特古斯断无此心,即欲作不靖,能乎不能?此固可信其必无。其余更无从揣其甘心谋杀格格之故。……"

〔38〕罗布桑却丹:《蒙古风俗鉴》,赵景阳汉译,辽宁民族出版社 1988 年版,页 26。

〔39〕《蒙古风俗鉴》,页 26。

〔40〕佟靖仁:《内蒙古的满族》,内蒙古大学出版社 1993 年版,页 84。

〔41〕《蒙古风俗鉴》,页 156。

〔42〕邓之诚:《骨董琐记全编·骨董三记》卷 4,北京出版社 1996 年点校本,页 513 - 517。

〔43〕《清将军衙署公文选注》第一部分,内蒙古人民出版社 1995 年版,页 53 - 54。

〔44〕汉译《满文老档》(上)第 57 册,天命八年七月初四日,页 537。

〔45〕《清太祖武皇帝实录》,天命九年正月,页 379。

〔46〕《满文老档》(上)第 43 册,天命八年正月二十二日,页 398。

〔47〕《满文老档》(上)第 60 册,天命九年正月初六日,页 575。

〔48〕《满文老档》(下)第 7 册,天聪元年八月十八日,页 864。

〔49〕《满文老档》(下)第 14 册,天聪二年十二月初一日,页 913。

〔50〕道光朝《宗人府则例》卷 20《优恤》,页 5 - 6。

〔51〕光绪朝《大清会典事例》卷 2,光绪二十五年刻本,页 2 - 3。

〔52〕《清圣祖实录》卷 224,康熙四十五年二月辛丑。

〔53〕《理藩院则例》,乾隆朝内务府抄本,页 71 - 72。

〔54〕《清高宗实录》卷 173,乾隆七年八月辛亥。

〔55〕《清仁宗实录》卷 192,嘉庆十三年二月戊辰。

〔56〕《蒙古风俗鉴》,页 27。

〔57〕《清朝野史大观》并见《清裨类钞》第 1 册,页 353 - 354,内容略同。

〔58〕《清高宗实录》卷 166,乾隆七年五月庚午。

〔59〕《清仁宗实录》卷 115,嘉庆八年六月甲申。

〔60〕《宗人府则例》卷 2《天潢宗派请旨指婚》,页 8。

〔61〕《蒙古风俗鉴》,页 26。

〔62〕王钟翰:《试论理藩院与蒙古》,《清史新考》,辽宁大学出版社 1990 年版,页 172。

〔63〕(民国)王树楠、吴廷燮等纂:《奉天通志》卷 78,东北文史丛书编辑委员会 1983 年点校本,页 9。

〔64〕高士奇:《扈从东巡日录》卷下,辽沈书社 1984 年影印辽海丛书本,页 3。

〔65〕同注 56。

〔66〕《理藩院则例》,页 40 - 41。

A Resurvey of Poilitical Intermarriage between the Aisin – Gioro Imperial House and Mongol Nobles in the Qing Dynasty

Ding Yizhuang

The concept of political intermarriage between Manchu and Mongol (Man – Meng tonghun) in the

Qing dynasty was precisely defined, permitting intermarriage between the Aisin – Gioro imperial house and Mongol nobles, but not between ordinary members of the two ethnic groups. As a part of Qing policy toward their colonial subjects, political intermarriage was an important national policy, which attracted Mongolia nobles to the Qing. Historians from Qing times to the present have shown considerable interest in the policy, however, many questions have yet to be elucidated and explored. I will address three questions in this paper: 1. How could this policy succeed with the Mongols and yet fail with the Han Chinese? and what were the fundamental aspects of the Qing success? 2. How did the political relationship between the ruling and the ruled change between Manchu and Mongolia after the foundation of the Qing? 3. Which Mongol nobles and Manchu princesses were involved in political intermarriage?

Magyar 人的远东祖源

朱　学　渊

一、引　言

　　作为一个现代欧洲民族，Magyar 人（即匈牙利人）和他们所使用的 Magyar 语的起源，始终是历史学、语言学和人类学的一个难题。尽管 Magyar 人已经在印欧人种环伺的中欧腹地生活了一千多年，但是他们仍然使用着一种在语辞、语法和韵律上，都与亚洲北方诸族相似的语言，他们的姓氏和称谓也仍以亚洲式的姓氏—名字—身分为顺序，诸如 Arany Janosur（爱新·亚诺什先生），而与欧洲各民族的习惯相反。由此可见，Magyar 人有可能是从东方迁移来的许多民族集团中的一个。然而他们的祖源，他们迁徙的动因和年代，以及他们的种族内涵，始终都是一些难解的谜。

　　西方关于 Magyar 最早的记载，见诸康斯坦丁·波斐罗根尼图斯（905－959 年）的一部拜占庭地理—历史著作，[1]据载，九世纪末，进据今匈牙利地区的"突厥"部落中，就有一个名叫 Megeris 的部落。1896 年，布达佩斯曾经举行过一次 Magyar 人穿越喀尔巴阡山而"征服家园"（匈牙利语 honfoglalas）的一千周年纪念活动。此前，当时的匈牙利政府曾要求匈牙利科学院的一个由历史学家组成的委员会来确定这一历史事件的确切时间。学者们虽然无法取得一致的意见，但都肯定这一重大事件是发生在公元 888 到 900 年之间，而 895 年又是一个较可接受的年分。根据这一假设，这一纪念活动，因技术上的原因，于 1896 年举行[2]。

　　遗憾的是，早于这一事件的漫长岁月，都成了 Magyar 人的史前期，留下的只是一些飘忽不定的传说，或极具争议的推测。较具代表性的西方和匈牙利的学术观点大概可归纳为：Magyar 人可追溯的祖居地是在乌拉尔山脉，和伏尔加—卡玛—奥玛河流域的森林地带，由于某种不见诸记载的原因，他们迁徙到了南方的草原地带。在九世纪时，Magyar 人和一些突厥部落，在黑海北岸结成了一个名为 On－Ogur（突厥语"十箭"）的部落联盟，这个名字被邻近的斯拉夫人讹读为 Vengr，其谐音即是今世尽人皆知的"匈牙利"（Hungary）。[3]

　　以后的史实则是：889 年左右，受到另一支后续西来的亚洲游牧部落 Pechenges 人[4]的攻击，Magyar 人西迁到欧亚草原的西端——喀尔巴阡山脉的边缘。892 年，东法兰克王国皇帝阿诺夫(Arnulf)邀请 Magyar 人参与针对新兴的斯拉夫人的莫拉维亚(Moravia)公国的征战。895 年,拜占庭皇帝列奥六世(Leo VI)又曾利用 Magyar 人来反对多瑙河下游的保加尔人,最后在保加尔人和 Pechenges 人的联合进攻下,Magyar 人由其酋长 Arpad 率领,穿越喀尔巴阡山脉,进入多瑙河和蒂萨河之间的平原地区。在此后的半个多世纪中,Magyar 人仍以其游牧部落的快速袭击能力骚扰西欧各国,并曾引起西欧地区的一片恐怖,但是在 953 年,他们在巴伐利亚地区被日耳曼人决定性地击败,此后他们便明智地退守家园,开始农耕生活,并皈依基督教,从而在文化和意识上开始转化为欧洲居民的一部分。

由于东西方史籍中均无九世纪以前 Magyar 人活动的记载,兼之欧亚草原上游牧部族高速和频繁的流动,没有为考古学留下充分的遗迹。因此,语言学或比较语言学的研究,几乎是研究 Magyar 人起源的不多的几种有效手段之一。而在各种关于 Magyar 语的属类和祖源的现有理论中,乌拉尔语系说是一种较为流行的假说。这个假说将芬兰语、爱沙尼亚语、匈牙利语以及分布在乌拉尔山脉两侧、总共拥有 2500 万使用者的大大小小近 20 种非印欧语系、非突厥语系的语言纳入了这一语言集团中。其中,匈牙利语的使用者即达 1500 万,构成了乌拉尔语系中的人口主体,与现今接近湮灭的 Vogul 语和 Ostiak 语(两者合称"鄂毕—乌戈尔语"Ob – Ugrian)一起,Magyar 语被划入"芬—乌戈尔"(Finno – Ugric)语族属下的"乌戈尔"语支。据说"乌拉尔语系"的各组成语言的共同祖先是一种在 7000 到 10000 年前便存在于乌拉尔山脉北部地区的一种"原始乌拉尔语"(Proto – Uralic Language)[5]。必须指出,这是一种缺乏考古学、人类学和语言学坚实依据的假说,由于它过早地被奉为成熟的理论,实际上已成了阻碍科学地追溯所谓的"乌拉尔语系"诸族真实祖源的一种障碍。

"乌拉尔语系"中的两大主要语言,匈牙利语和芬兰语之间的相似程度,有人说接近于英语和俄语之间的关联,[6]也有人说,仅相当于英语和波斯语之间的那种极为疏远的联系[7]。与之相反的是,许多研究匈牙利语的学者们很早就注意到了,在 Magyar 语中有一个规模相当大的蒙古语辞集合,它不仅包括了大量的基本物质、动植物、人体器官和家庭关系等方面的初等辞汇,而且还包含了很多社会组织、军事、体育和娱乐方面的高等辞汇。这不仅揭示了现代匈牙利人的祖先,即古 Magyar 人的内部必定融含了相当数量的蒙古语族的成分,而且还表明了古 Magyar 人一定是在脱离了蒙昧状态之后才离开亚洲东部地区的,乌拉尔山地区只不过是他们到达欧洲之前的一个暂居的营地,而决不是他们的发祥之地。

但是,一些学者并没有得出上述的结论,而是将这些匈牙利语中蒙古语辞的来源归结为突厥语族的中介作用。这个"突厥中介"的假说,实际上是假设十三世纪成吉思汗的蒙古帝国兴起和扩张后,蒙古语言对突厥语世界的巨大冲击,并由此而引发了对欧洲地区语言的次级影响。可是,蒙古语言的力量远不如蒙古骑兵来得强大,除去蒙古高原的突厥原住民被彻底蒙语化之外,进入中亚和南俄地区的蒙古人都被在人数上占优势的突厥语族同化[8]。成吉思汗时代的蒙古语言不仅在东欧,甚至在中亚都没有造成过有形的影响。Magyar 语中的蒙语成分与其说是转手于这个时代的突厥语族,不如说是 Magyar 人自己从远东地区带到欧洲去的。

为了避免无谓的争论,而以事实来证明 Magyar 人的远东祖源,我们进而将中国满族的祖先所使用的女真语,与现代匈牙利语进行了语辞比较,结果我们发现了一些前所未知的惊人的关联现象。紧接着,我们又将金朝女真姓氏系统与现代匈牙利人的姓氏系统进行对比,则发现了更为惊人的一致现象。由此我们猜测匈牙利人的族名 Magyar 就是女真—满族的唐代祖先"靺鞨"或"勿吉"的源音,古 Magyar 民族是一个由靺鞨族和诸多蒙古语族部落(如契丹,室韦,奚等),以及部分突厥语族部落融合而成的人类集团。在进入欧洲之前,他们所使用的是一种以女真语和古蒙古语为主体的混合语言。

女真—满族,源于唐代的靺鞨族,北魏时称勿吉(读作"莫吉"[9]),古称肃慎。1115 年阿骨打统一女真各部,建立金朝。1125 年灭契丹族的辽政权,次年又灭北宋,与南宋对峙于秦岭、淮河一线,1234 年在蒙古和南宋的联合进攻下灭亡。17 世纪女真族在东北地区再度兴起。1616 年努尔哈赤建立"后金"政权,1635 年其子皇太极改女真为满洲(Manchu),次年改"后金"为"清",1644 年入主北京,渐次统一中国,直至 1911 年为孙中山领导的辛亥革命所推翻。

靺鞨—女真—满族的语言属通古斯—满语族,与蒙古语族和突厥语族同属阿尔泰语系。北魏时靺鞨(勿吉)族从其祖居的黑龙江、松花江和乌苏里江汇合处,扩张推进到嫩江流域和辽东地区,与当地属蒙古语族的室韦、契丹和奚以及扶馀诸族混居和融合,开始了与中原地区的直接接触。唐帝国兴盛后,持续地对辽东和朝鲜半岛用兵近 30 年,北部靺鞨族与高句丽结盟,在辽东和扶馀地区顽强抵抗并曾重创唐军。666 年高句丽王朝宫廷内争,部分王族降唐内应,668 年唐先自辽东地区攻入靺鞨族后方扶馀地区,然后移兵朝鲜半岛,九月间攻陷平壤,高句丽—靺鞨联盟遂战败瓦解。

至于古 Magyar 人西迁的原因和时代,在中国史籍也似乎不是完全没有线索可循。据《新唐书·黑水靺鞨传》:

> 白山本臣高丽,王师取平壤,其众多入唐,汨(伯)咄、安居(车)骨等皆奔散,寝微无闻焉,遗人进入渤海。

而《金史·世纪》则称:

> 金之先,出靺鞨氏。靺鞨本号勿吉。勿吉古肃慎地也。元魏时,勿吉有七部:曰粟

末部,曰伯咄部,曰安车骨部,曰拂涅部,曰号室部,曰黑水部,曰白山部。隋称靺鞨,而
七部并同。唐初,有黑水靺鞨,粟末靺鞨,其五部无闻。

所谓"其五部无闻",应该是唐朝对辽东和高丽连年用兵的结果。高丽—靺鞨联盟的败灭和
平壤的陷落(668 年),是导致靺鞨社会分化、重组和迁徙的重要原因。以安车骨和伯咄为首
的靺鞨诸部抗唐失败而出走,就此失闻于中国历史;而在二百年后出现于欧洲的 Magyar 人,
可能就是西迁靺鞨人的后裔。

在高句丽王朝覆灭和靺鞨强部出走以后,满洲地区出现过一段和平时期,粟末和黑水两
部均有附唐的倾向,而粟末部则表现出较高的政治技巧和模仿力,它不仅对唐朝采取不对抗
的态度,而且与唐朝和新罗合作瓜分了高句丽的领土。在靺鞨族的内部,它也不失时机地吞
并了其他各部。在武则天的时代,大概是公元 700 年左右,粟末部以中原皇朝的行政模式,
建立了渤海国。《新唐书·渤海传》对这个兴盛了二百馀年的王朝有如下记载:

> 初,其王数遣诸生诣京师太学,习识古今制度,至是遂为海东盛国,地有五京,十五
> 府,六十二州。

其十五府,大部分又以原靺鞨和高丽各部领地为域界,如:

> 郿颉府领郿、高二州。把娄故地为定理府……。率宾故地为率宾府……。拂涅故
> 地为东平府……。铁利故地为铁利府……。越喜故地为怀远府……。

把娄,率宾,拂涅,铁利,越喜均为靺鞨部落名。其中"郿颉"无疑是"靺鞨"或"勿吉"之异译。
有理由认为渤海国的这一郿颉府,就是西迁 Magyar 馀众之居地。

《中国历史地图集》将渤海国极盛时期(820 年左右)的郿颉府界定在嫩江、松花江和粟
末水之间地区,而郿、高二州分别为今黑龙江省阿城(旧名阿什河)和宾县[10],这一带恰是
隋末唐初安车骨部的原居地;而位于府界内粟末水入注嫩江和松花江地区的今吉林省扶馀
市,古名"伯都讷",有人认为就是当年泊咄部落的聚居地。[11]

"奔散"的安车骨和泊咄两部之馀部被同族类特指为"郿颉",也许不仅仅是因为它们曾
以"勿吉"或"靺鞨"自居,而是因为他们的本来就是"勿吉"或"靺鞨"的核心部落。北魏年间,
他们是驱逐豆莫娄和扶馀两族、进据松嫩平原的先锋。隋唐两代,他们又是对抗中原王朝的
中坚力量。因此,在肃慎的内部,他们大概是继把娄之后最具文化代表性和军事进取心的领
袖部落,盛名震动中原。故其馀各部亦都以"靺鞨"自冠,"肃慎"一名黯然失色,只是在他们
战败溃散以后,才又以"女真"或"女直"重新正名。

更重要的是,经渤海国和辽朝先后各二百年的统治以后,于 11、12 世纪之交兴起的完颜

女真部,又是源发于这一地区的按出虎水,即今哈尔滨—阿城地区之阿什河。1115 年阿骨打兴立金朝,建都上京,亦即当初的郏州故地。《金史·地理志》说:

> 国言"金"曰:"按出虎",以按出虎水源于此,故名金源,建国之号盖取诸此。

韩儒林先生早在 1942 年便考定"安车骨"与"按出虎"本乃一词[12]。唐代的安车骨部应出自按出虎水,从地望上来看,金代的完颜部及其邻近的女真诸部,很可能就是安车骨和泊咄等部后裔,因而也与西迁的靺鞨人或 Magyar 人同源。

故尔,将现代 Magyar 语与源出按出虎水流域的金代女真语进行比较是极具史学价值的,通过这种比较而得出的它们之间不寻常的对应关系,应该是 Magyar 人来自远东地区的一种可靠的证据。

二、语 辞 比 较

《金史》是一部成书于元末的重要史学著作,因得力于金元相交之际的中原儒仕领袖元好问及王鹗等人的累积考撰,其学术价值颇为后世史家重视。《金史》全书一百三十五卷,后附一卷《金国语解》,亦即金代女真统治部落的语辞解译。如前所述,从地望和族名来看,这些部落应与 7 世纪奔散的安车骨部同脉,而与 17 世纪始兴满清的建州女真部相去稍远。倘若"安车骨"就是"按出虎",而安车骨部又是西迁的 Magyar 和"金源"诸部的共同先世之一,那末,匈牙利语和《金国语解》所录载的西部女真语之间,存在非同寻常的关联现象,则应该是意料中事。

《金国语解》收录了金代官称,姓氏,和女真语辞共 125 条,其中"人事"、"物类"和"物象"各类辞汇共 77 条,它是 12 世纪西部女真语的一个极为粗略的记载,但也是历史语言学的极为重要的遗产。这些女真语辞意义散乱,显然是从各类汉文资料中罗致来的只字片语。然而,这些无关的各类辞汇却构成了一组随机抽样的语辞集合,对于语言比较而言,反而具有极为重要的统计学意义。

在这 77 条女真语辞中,因语义不明,或无适当可比对象,或为外来语辞(如来自汉语),而无法或无必要比较者共 20 条。以所剩 57 个辞条,我们将女真语、现代蒙古语和现代匈牙利语三者进行了关联比较,结果发现三者互有关联者竟达 39 条(见附录Ⅰ);而若将女真语和/或蒙古语联合与匈牙利语比较,相关辞语达 32 条(在附录Ⅰ中,用下划线标出),占全体可比辞汇的 56%。这个结果显示了这三种语言间的高度亲缘性。下面,我们仅列出一些匹配最为严整的女真语辞和匈牙利语辞间的对应组合:

1.客人	按答海	vendeg
2.穷人	什古乃	szegeny
3.摔角者	拔里速	birkozo
4.头	兀术	fej
5.牙	畏可	fog
6.第二	益都	ketto
7.和谐	奴申	osszhang
8.宽容	讹出虎	eltur
9.快	撒八	sebes
10.买	兀带	vetel
11.刀刃	斜烈	el
12.金	按春	arany
13.口袋	蒲卢浑	borond
14.罐	活女	kosso
15.红色	活腊胡	voros
16.铁	斡论	vas

假如我们用较少受蒙语影响的两个明代东部女真语辞,来取代金代女真语辞,相关的匈牙利语辞则似乎与之对应得更为切合:

17.疮疡	佛热	fajo
18.山峰	超还	csucs

这或许显示了 7 世纪末西迁的 Magyar 人所带走的某些靺鞨语辞,较之 12 世纪按出虎地区的西部女真语,持更为纯正的通古斯语形态。

对于不以语音学为专业的读者来说,当容我们作一些浅显的提示。其一,满蒙两语(女真语亦然)中,"k"似难发音,而多转发为"h"或"kh"(类"赫")。同样"g"亦多转为"h"或"gh"(类"额")。其二,古 Magyar 人似又不善发"h"音,而将带到欧洲去的不少东方语辞中的"h"音,甚至"g"音转发为"f"、"v"或"w"等,颇似江浙、广东一带"黄"、"王"不分和湖南人总将"湖南"读成"扶兰"一样。其三,相对于满蒙两语,匈牙利语辞常有首辅音增减现象,如:

按答海　　(客人)　　endeg→vendeg,

　　奴 申 　（和谐）　　　nosszhang→osszhang,

犹如上海人读"嗡"字为"on",北京人则读成"won"。其四,满蒙两语和匈牙利语间,常有首辅音"n"和"t"之间的互换现象,亦堪注意。附表Ⅲ中,我们将蒙古语和匈牙利语间的这些变换规律作了一个表列。

　　令人惋惜的是,不仅是女真语,甚至后来的满语也都已被人类遗弃了,剩下的只是书面的记录而已。只有18世纪自东北迁去新疆伊犁地区戍边的锡伯族将士的后裔中,还有少数人将它作为活的语言(非化石)在使用着。在几本关于锡伯族的论著中[13],我们发掘了一些与匈牙利语相关联的锡伯语辞汇,且择要作一比照如下:

1.母亲	额聂	anya
2.妹妹	嫩	nover
3.乞丐	盖克吐	koldus
4.富人	巴颜	vagyon
5.指甲	库浑	korom
6.手(臂)	嘎拉	kar
7.头	乌杰	fej
8.牙	畏可	fog
9.鼻	欧弗	orr
10.鸡	超库	csirke
11.牛	依憨	tehen
12.喜鹊	沙沙哈	szarka
13.箭	牛录	nyil
14.食物	依迪	etel
15.鞋子	萨布	cipo
16.仓库	查尔	csur
17.村庄	嘎善	kozseg
18.好	萨音	szep
19.新	伊彻	uj
20.旧	佛	ven

以上的比较和说明，几乎就像是为匈牙利语言做了一个指纹鉴定，它以事实说明了匈牙利语言的极东祖源是属于通古斯语族的古代靺鞨—女真语。那些与 Magyar 人使用同类语言的 Vogul 和 Ostiak 人，很可能就是从黑龙江流域迁徙到鄂毕河上游森林地区的，以渔猎为生的通古斯部落"乌古"和"兀者"人的后裔。"兀者"又译作"乌底改"、"乌的改"或"窝集"，中国史籍对他们也有很多记载。

至于大量的蒙古语辞在 Magyar 语中的存在，则是一个很早就被人们注意到的事实，但是困难是在于如何解释它的来源，也就是 Magyar 人中的蒙古语族成分究竟是来自于何时？何地？何族？

13 世纪以前，"蒙古"只不过是西部室韦（失韦）的一个不甚著名的落后部落，而今天所谓阿尔泰语系蒙古语族族源之一的"室韦"，被普遍地确认为是鲜卑的遗族、契丹的旁支、蒙古的母族和锡伯等族的先祖。大兴安岭东侧的嫩江流域，则是东部和南部室韦诸部的汇居之地。《魏书·失韦传》中关于室韦的记载是："……又北行五日到其国，有大水从北而来，广四里馀，名捺水，国土下湿，语与库莫奚、契丹、豆莫娄同"。这就是对以齐齐哈尔为中心的嫩江地区的多沼泽的地理环境的概述，也是今日将古代室韦与鲜卑各遗族归属于蒙古语族的依据。

"契丹"是较室韦更为著名的蒙古语族部落，今天的热河—辽西地区是他们的发祥之处。宋代，以契丹族和奚族为主体成分的辽朝已成为统治中国北方，包括长城内外，满洲和蒙古高原全部地区在内的一个具有世界影响的强盛帝国，以致在蒙古语、俄语、希腊语甚至中古英语中，"契丹"都是中国的一个代名词。

高寒多林木的大兴安岭和水量丰富的嫩江，为渔猎的室韦部提供了生息之地。水文无常，沙碛和草原间而有之的西辽河上游，则是契丹族的良好牧场。分割嫩江—松花江和辽河两大水系的松辽分水岭（今通榆—长岭—长春一线高地），天然地构成了这两大蒙语部族之间的一条模糊的界线。

北魏中（公元 4 世纪末），属通古斯语族的女真族的先民靺鞨人开始兴盛，经常欺凌属蒙古语族的豆莫娄部，其先锋部落溯松花江西进到粟末水和嫩江的合流处，即松嫩平原，并与当地呈弱势的室韦诸部融合。继续南进的部落，则取代了嫩江和辽河之间地区的扶馀族，就在这片被称为"扶馀"的地方立足生根，并与西南的契丹、库莫奚等族混居，开始改变嫩江—扶馀地区的人文和语言生态。隋唐时期（6 至 10 世纪），由于两语（通古斯语和蒙语）、三族（靺鞨、室韦、契丹）的长期融合，已形成了一种靺鞨—蒙古相间的混合语言。《新唐书·室韦传》对这种语言属性的变化也有记载："室韦，契丹别种，……其语言靺鞨也"。它标志着该地区曾属蒙古语族的室韦诸部的语言已经开始通古斯语化了。据记载，锡伯族的祖先直至满清初年,都还在使用一种"非清非蒙"的混合语言[14]。

相反相成的另一方是,进抵嫩江—扶馀地区的靺鞨诸部,也开始使用一种以靺鞨语为基底,同时又兼容了大量蒙语成分的混合语言,安车骨和泊咄两部可能就是这种混合语言的载体。《金国语解》记录的西部女真语中的蒙语成分则是明证。现代匈牙利语,即 Magyar 语中俯拾皆是的女真语/蒙古语混合成分,应该就是传承自隋唐时期的这种混合语言。

很遗憾的是,作为室韦后裔的锡伯族的语言,已在清代相当彻底地满语化了。而一度强盛的契丹族,却又在历史的长河中湮灭了。《辽史·国语解》中只有为数甚少的一些契丹语辞,然而我们从中不但可以确证契丹语属蒙古语族,而且可以发现匈牙利语与之相关的强烈信息。在附表Ⅱ中,我们将语义明确的 35 个契丹语辞与现代蒙古语和匈牙利语进行了比较,结果是蒙古语有 24 字(70%)与其一致,匈牙利语有 19 字(56%)与之关联。下面,我们选择了 7 个代表古代蒙古语的契丹语辞和 13 个现代蒙古语中的社会辞汇,与匈牙利语作一对照:

汉语	契丹语	蒙古语	匈牙利语
1.父亲	阿主	etseg	atya/apa
2.兴旺 (1)	耶鲁	—	jolet
3.兴旺 (2)	蒲速	—	boseg
4.繁殖	窝笃	unlder	fajta
5.辅助	何鲁	—	helyetta
6.孝顺	得失得	tahim	(t)ahitat
7.法官	楚古	shuukh	szuri
8.营地	捺钵	—	tabor
9.军队	—	tsereg	sereg
10.会议	—	hural	ules
11.富有的	—	bayan	vagyonos
12.官员	—	tushaal	tiszt
13.英雄	—	baatar	bator
14.时代	—	tsag	szak
15.村庄	—	gatsaa	kozseg

16. 城市	—	hot	varos
17. 娱乐	—	zugaa	szorakoz
18. 乞讨	—	guikh	ker
19. 欺诈	—	zali	csal
20. 阴谋	—	huivaldah	kuves
21. 荒凉	—	tselger	sivar

最后，我们以讨论"兴旺"一字来结束本节，契丹语中的两个同义辞（耶鲁，蒲速），竟与现代匈牙利语中的同义表达（jolet，boseg）一一对应，再加上其他的对应现象，似乎明确地告诉我们，Magyar 人和 Magyar 语与契丹族和契丹语之间有着非偶然性的亲缘联系，隋唐年间在嫩江—扶馀地区形成的那种鞑靼—蒙古混合语言中，契丹语是其重要成分。在下节的姓氏分析中，我们还将看到契丹—奚（库莫奚）族姓氏在匈牙利姓氏中的重要地位，这也就更强化了以上得出的结论。当然，Magyar 人中的蒙古族源是广泛的，契丹—奚族成分只是其中之一而已。

三、姓 氏 分 析

中国地区的女真—满族，由于两度实现对中原地区的军事征服，其自身的语言反而被具有文化强势的被征服者同化了。其姓氏系统，亦因文化模仿的原因而被彻底汉化。反之，西迁欧洲的 Magyar 人，在文化宽松和语言多样的环境中，却保存了相当数量的祖源语辞和基本语法现象，而且还几近完美地保留了一个以鞑靼诸姓为主体的大阿尔泰语族的姓氏系统。

具有很高史学价值的《金史》，以相当高的音准，用汉字记载了女真族的姓氏，它不仅为女真族本身的种族内涵，提供了解析的可能性，同时也为我们追溯匈牙利民族的东方祖源提供了珍贵的对照坐标。《金史·百官志》所载的 99 个女真姓氏，和《金史·国语解》的 31 个姓氏，内中多有重复，它们大部分是参与金朝军政活动的皇亲权贵姓氏，而绝非一个完备的姓氏记载。然而，稍加细察，仍可发现它的主体是典型的鞑靼—女真，或后世的满族姓氏，如：完颜，爱申，拓特，粘割，女奚烈等等；同时，它又包含了一些北方诸族的著名姓氏和部落名，如：

契丹大姓： 移剌（耶律），石抹（萧），

鲜卑大姓： 抹颜（慕容），

匈奴贵姓：　　　苏不鲁(须卜,阻卜,术不姑),

扶馀大姓：　　　把(今朝鲜姓氏:朴),

蒙古部落名：　　光吉剌(弘吉剌),等。

因此,宋金时期,入主中原的女真族,实际上是一个以女真族为主体,且兼容了契丹,室韦以及鲜卑、匈奴和扶馀等族遗民在内的一个多民族的混合体。

追述这个融合过程,应将时间倒推到4、5世纪。当时,黄河流域大门畅开,涌入了大量的以蒙古语族和突厥语族为主体的北方少数民族,而那些典型的通古斯族姓氏,则在《魏书·官氏志》中少有出现。这次大规模的移民运动的后果之一是,在蒙古高原和满洲的西部和南部地区,形成了一个相对真空的现象,这也就为居于更北更东地区的通古斯族的进据,提供了机遇。《魏书·勿吉传》所载靺鞨族"常轻豆莫娄"和同书"高句丽传"所载"扶馀为勿吉所逐",皆发生于此一时期。作为中原地区民族大融合的一个连锁反应,在今天的满蒙地区,也实现了一次通古斯语族和当地原住民之间的融合,而嫩江—扶馀地区,又是通古斯语族和蒙古语族的交汇点,强烈的融合现象也就在此发生。

我们发现的极为令人惊叹的事实是,现代匈牙利姓氏竟与12世纪的金朝女真族姓氏极准确地对应,不仅那些典型的靺鞨姓氏一一在列,连那些契丹、鲜卑、匈奴和扶馀的名家大姓,如:Illyes(移剌)、Szima(石抹)、Major(抹颜)、Sipos(须卜)、Papp(把,朴)等,亦无一遗漏。这充分地证明了7世纪末西迁的古Magyar人所融含的种族成分,已经和12世纪南下中原的女真族相近似。因此,现代匈牙利语中兼含女真语,蒙古语(当时的契丹、室韦语)和一些突厥语,也是一个顺乎情理的事情了。

金代以前,见诸史籍的靺鞨姓名,仅是几个贵族而已,如:乙力支,俟力归(《魏书·勿吉传》),倪属利稽(《新唐书·黑水靺鞨传》),突(度)地稽(《新唐书·李谨行传》),舍利乞乞仲象,乞四比羽(《新唐书·渤海传》),等。其中,"支"、"归"、"稽",大概是靺鞨语中的官阶或尊称,"乞乞仲象"和"比羽"大概是名字,"乙"又与"俟"同音。因此,我们很容易析出上述这几个名字中的姓氏,并将它们与后世的女真姓氏,以及现代的匈牙利姓氏进行比较:

乙力,俟力	Illes	—
倪属利	Nyiri	女奚烈
突(度)地	Toth	拓特
舍利	Szeles	—
乞四	Csiszar	赤盏

其中 Toth 一姓是与 Nagy、Szabo、Kovacs 和 Horvath 等并列的几个匈牙利头等大姓。据上述的分析，它们应该来自靺鞨族。乙力支是一位出使北魏的使者，从他的出使路线[15]来看，他应是来自于松花江中下游的挹娄地区，Illes 应该就是"乙力"的音译，亦即是"挹娄人"的意思。舍利是后来的渤海国的王姓，倪属利、乞四也都是靺鞨贵姓，他们所对应的匈牙利姓氏 Szeles、Nyiri、Csiszar 都是今天匈牙利的普通人家姓氏。上述诸姓看来应该是较正宗的通古斯语族姓氏。

现代匈牙利民族众多的姓氏中，Nagy（纳吉）是最大的一族，当初必有一个人数众多的 Nagy 部落参与了 Magyar 人的西迁活动。它很可能就是康斯坦丁所记载的，古 Magyar 七部之首的 Nyek 或 Nekis 部。美国史学家彼得·戈登认为，"征服家园"时代的 Nyek 部与今天俄罗斯南部的巴什基尔族的 Nagman 部同源，[16]而我以为 Nagman 就是中亚族名"乃蛮"。法国史学家伯希和说过，辽代契丹人的腭音很重，他们将"乃蛮"读成了"粘八葛"。[17]中国史学家陈述则以为"粘八葛"就是女真姓氏"粘割"。[18]

在《金史》中，与 Nagy 相关的女真姓，如粘割、粘葛、纳合和纳可等，亦以相当高的频率出现，元代有人称之为"金源之巨族"。[19]《元史·粘合重山传》说："粘合重山，金源贵族也"。福建、台湾地区的《粘氏家谱》[20]，亦谓其祖先是"金源贵胄"。前文已述及，所谓"金源"者，"按出虎水"也，故尔 Nagy 氏或 Nyek 部，也应该是出自"按出虎水"或"安车骨部"，依其今日在匈牙利的人多势众，似乎也可以推知当初这个"金源巨族"在西迁 Magyar 人中的重要地位。

满清的皇族姓氏"爱新"（现多已改姓"金"），所对应的匈牙利姓 Arany 的意义也是"金"，两者音义均相吻合，似乎也非偶然；而靺鞨部名"泊咄"，也有一个完全与其音合的匈牙利姓 Bodo。再如 Buza（蒲察）、Dudas（徒单）、Feher（夫合）、Gyurko（瓜尔佳）、Santa（散答）、Szabo（塞蒲里）、Szakal（撒合烈）、Tomen（陀满）、Turi（都烈）等等诸多匈牙利大小姓氏亦可以认为是由靺鞨—女真—满族姓氏转化而来。这一现象，表明了当时靺鞨社会广泛参与了西迁运动。

除此之外，辨识匈牙利民族中的蒙古语族和突厥语族成分，应该也是一个极具深度的历史课题。尽管中国史学界和民族学界在界定中国北方诸族的语属问题上还有不少的疑虑和争论，但结论已渐趋一致，即鲜卑、室韦、契丹、奚等属蒙古语族，匈奴、柔然、铁勒、高车、浑等族属突厥语族。通古斯语族作为阿尔泰语系的三大语族之一，居于最东，突厥语族居西，蒙古语族居中。在西迁欧洲的过程中，古 Magyar 人的征途贯穿了蒙古语族和突厥语族的居住地区，因而也必然在中途融入了它们中间的一部分部落。

史籍的记载，有助于我们识别那些源于古代蒙古语族各部的匈牙利姓氏。例如《魏书·勿吉传》所载勿吉的邻国（部）名中的覆钟、库娄、素和、郁羽陵、库伏真等，以及《新唐书·室韦传》所载的二十多个室韦部落中的如者、婆莴、骆丹、那礼、落坦等,似乎都可以在现代匈牙利和古代女真族的姓氏序列中找到它们的对应者:

覆钟	Fejes	吾塞
库娄	Korosi	—
素和	Juhos	术虎
郁羽陵	Olah	斡雷
库伏真	Kovacs	—
如者	Jozsa, Rozsa	术甲
婆莴	Bokor	蒲古里
那礼	Nyul	纳剌,那拉
骆丹,落坦	Rodas	—

其中,Kovacs 还是匈牙利的一个重要姓氏,我们猜测它就是"库莫奚",即奚族的全称。匈牙利的 Gyongyosi 和 Palfy 两姓与蒙古部落名"光吉剌"和"巴尔虎"之间的对音关系,更明确地揭示了 Magyar 人中的蒙古族成分。从上述的对比中,我们也会注意到后来的女真—满族中的一些重要氏族,如"那拉","术虎"等,是从原属蒙古语族的邻部转化而来的。

前已述及,契丹的两大姓氏"耶律"和"萧",即金代的"移剌"和"石抹",都有其在匈牙利的族裔:Illyes 和 Szima。我们还想指出 Boros 和 Bartha 两姓也可能是来自奚族。《辽史·太祖纪》载:"〔天显元年(926 后)二月甲午〕,以奚部长勃鲁恩、王郁自回鹘、新罗、吐蕃……等从征有功,优加赏赍"。《金史·伯德特离补传》载:"伯德特离补,奚五王族也,辽御院通进"。勃鲁恩是鲜卑魏姓拨略、步六孤、步六根和破六韩的异译,且多有以 n 结尾的蒙语称谓特征,其辞根为"拨略"即 Boro,该部融入靺鞨或 Magyar 族后,随通古斯语习惯以"s"结尾,意为"来自 Boro 部落的人"。

《魏书·官氏志》有载的那些突厥语族姓氏,在匈牙利也占有重要的地位。除后文将述及的 Kocsis(高车)、Kun(浑)、Orvas(阿伏于)、Torok(同罗)等以外,我们仅将一些较明显的突厥语族姓氏及与他们相关的匈牙利姓氏,作一简明的对照:

契必	Csibi
副吕,贺楼	Fulop
贺拔	Horvath

乙弗，羽弗	Iffiu
须卜	Sipos
庾氏	Soos
树六于	Szollos
独孤	Takacs，Tokaji

而讨论匈牙利民族中的各突厥语族（部）成分的难度在于，它们是在什么时代和如何成为 Magyar 人的一员的。

"Kocsi"一字在匈牙利语中作"车"解，该字显然是来自突厥语中的"hoca"一字，匈牙利学者多认为欧洲语言中的"coach"一字源自匈牙利语。作为姓氏 Kocsis 意为"驾车的人"，他们大概就是一度强盛于大漠南北的高车族的后裔。《魏书·高车传》曾有高车族因使用的车轮高大，因而得名"高车"的说法。这是以汉意附会胡音，其实不足凭信，"高车族"就是"驾车族"而已。另一个在多次出现的、高车族著名姓氏"贺拔"，也有一个匈牙利大姓 Horvath 与之对应。像"高车"、"贺拔"这样的漠北铁勒大族，都是匈牙利大姓的事实，表明突厥语族也是 Magyar 人的重要组成部分。

音乐学家杜亚雄教授发现，许多匈牙利民歌在旋律、音阶甚至在歌词内容上，都与甘肃地区的西部裕固族民歌相当一致。[21] 这一研究结果引起了各国学者的兴趣，也为追溯匈牙利人的祖源提供了重要的旁证。裕固族是 9 世纪中叶迁离蒙古高原的回鹘人的直系后裔，回鹘（或称"回纥"）则是突厥语族的先民匈奴或铁勒、高车的遗族。中国历史有许多关于匈奴民族善歌的记载，长期独处祁连山区的裕固族的民歌旋律，可能就是匈奴—高车—回鹘音乐的遗风。汉朝以后便遍布于欧亚草原的匈奴人的子孙们，在蒙古高原、中亚地区或南俄草原，不仅其血缘和姓氏传承，乃至语言和感情的旋律，与西迁的鞑靼人一起，融合成了古 Magyar 人，时间大约为 7 至 9 世纪。

"Kun"一字在匈牙利语中，是指在 17 世纪出现于东欧地区的另一支著名而不知其源的突厥部落库蛮人（Cuman）[22]。这提醒了我们，库蛮人应该就是中国史籍中的浑族。由于辽朝酷烈的民族政策，导致浑族西逃和内迁，西史载库蛮人两度进入匈牙利地区，第一次被击败而退出，第二次则是在蒙古铁骑的追迫下，破釜沉舟，永远地融合到 Magyar 人中去了。

Bako、Szekeres、Bokor 和 Torok 匈牙利四姓，很可能就是 7 世纪活跃于蒙古高原东部地区的拔野古、思结、仆骨和同罗等突厥语族部落的后裔。《新唐书·高宗纪》有载，公元 660 年拔野古部曾联合思结部、仆骨部和同罗部反唐，而遭唐军镇压。此时也正是高句丽灭国的前夜，这些战争既防阻了异族入侵中原，但也对北方诸族造成极大的伤害，或者 Magyar 人在

668年战败西迁时,中途融纳了这些创伤未愈的部落成员;二百年后这些姓氏一起出现于欧洲,也不失为这种可能性的一个证据。

匈牙利姓 Orvas,显然就是魏姓中的"阿伏于",马长寿先生求证了阿伏于是柔然姓氏,其依据是《魏书·长孙肥传》中关于长孙肥之子长孙翰的事迹:[23]"蠕蠕大檀之入寇云中,世祖亲征之,遣翰率北部诸将尉眷,自参合以北,击大檀别师阿伏干("干"当作"于",形近致讹)于柞山,斩首数千级,获马万馀匹"。柔然是继匈奴,鲜卑之后,称霸漠北的突厥语族部落,公元508年被高车重创于蒲类海地区(今哈密以北),公元552年被新兴的突厥所灭,就此失闻于蒙古高原。而据西史记载,有一支叫 Avars 的亚洲部落于568年进入东欧,曾在今匈牙利地区立国,并统治巴尔干北部地区达二百年之久,直至865年为查理大帝所灭。沙畹等认为,Avars 就是柔然,[24]确有道理。Avars 应该就是 Orvas 或阿伏于的讹译。故而,阿伏于一姓见载于《魏书》,而失载于辽、金二史,最后又在九世纪末,与后到的 Magyar 人会合于欧洲腹地,成为匈牙利姓氏之一。

在附表Ⅳ中,我们将匈牙利姓氏、金朝女真姓氏和北魏北方诸族姓氏(简称魏姓)的可比部分作一表列。我们相信,这一比较极具说服力地表明:现代 Magyar 人的东方祖先确实是以靺鞨族为主体的中国北方诸族。

四、历史的遗迹和语言的化石

中国史书关于靺鞨—女真族先祖的最早的记载之一是《国语·鲁语下》的一则有趣的故事:

> 仲尼在陈,有隼集于陈侯之庭而死,楛矢贯之,石砮其长尺有咫。陈惠公使人以隼如仲尼之馆问之。仲尼曰:"隼之来远矣,此肃慎氏矢也。昔武王克商,通道于九蛮、百蛮,使各以其方赂来贡,使无忘职业。于是肃慎氏贡楛矢,石砮,其长尺有咫。……

楛(音 hu)木就是桦木,这是一种生长在寒带的树种,在大小兴安岭地区十分繁盛,在中原地区却很罕见,蒙语称桦树为 hus,可能"楛"字就是汉语中来自北方少数民族的语汇。桦木轻而直且硬,肃慎人早在数千年前便善用桦木制箭杆,还以一种轻质石料磨制箭头,并以此上贡中原,这就是博学广闻的孔子告诉陈惠公的"楛矢石砮"。肃慎之后勿吉亦以此物进贡,如《魏书·勿吉传》有载:"太和十二年,勿吉复遣使贡楛矢方物于京师"。此后直到清代,桦木箭杆一直是宁古塔将军和黑龙江将军每年献给朝庭的例贡。可见从古肃慎族贡楛矢,到清代东北地区满族贡桦木箭杆,是数千年一脉相承的传统[25]。

由于女真族的祖先肃慎人在冷兵器时代的早期便解决了射击武器的材质问题。因此，和蒙古人的马术一样，靺鞨人的箭术也就成了他们克敌制胜的法宝。唐朝辽东战争期间，多名唐军主将被其毒箭中伤，甚有致死者，以致唐军恼羞成怒，残杀俘虏，你来我往，愈演愈烈，辽东战局一发而不可收。因此，制箭术也就成了肃慎—靺鞨—女真族历史和文化的重要内容。

在现代的满语和锡伯语中，称箭为 niru（牛录），匈牙利语则为 nyil，两音相同，桦树在匈牙利则被称为 nyir – fa，意为"箭树"，这也证明了现代匈牙利人的部分东方祖先就是那个用桦树制箭的民族。

作为蒙古军队的一种布阵或组织形式，"古列延"一字在波斯史学名著《史集》中作了详细的记载和解释：

> 所谓古列延（Kuriyan）是圈子的意思，当某部落驻在某地时，就围成了一个圈子，部落首领处于像中心点那样的圈子中央，这就叫做古列延。在现代，当敌军临近时，他们（蒙古人）也按这种形式布阵，使敌人和异己无法冲进来。[26]

尽管现代蒙古语已经没有了这个辞，但是匈牙利语中的 gyuru（圆圈）和 kor（圆环），都还是与古代蒙古词"古列延"同根。

匈牙利语辞中的汉语成分也是 Magyar 人的祖先曾居住在中国北部地区的有力佐证。例如，匈牙利语中的 gyongy（珍珠）、szal（丝）、csengo（钟）、szuro（筛箩）和 malomko（磨石）等字，都是以汉音来记载这些当初来自中原的水产、纺织、铸造和工具类产品的。《魏史·失韦传》在描写 5、6 世纪时室韦地区的民俗时记："俗爱赤珠，为妇人饰，穿挂于颈，以多为贵，女不得此，乃至不嫁"。珍珠这种盛产于江南地区的装饰物，为各国人民珍惜，历千年不衰，当然也曾为中国北方诸族妇女所偏爱，故尔汉字"珍珠"也就铭刻在 Magyar 人祖先的语言中了。

流行于阿尔泰语系诸族的原始宗教—萨满教，也在匈牙利语言中留下了蛛丝马迹，"萨满"一字出自通古斯—满语中的"巫师"一字。至今在匈牙利语中，"萨满"（saman）仍作为"巫师"保留着他的席位。满族及其先祖崇拜植物神——柳树，其实与原始宗教的生殖崇拜有关。柳叶是女阴的象征，柳枝则成了生育女神的图腾。现代满族还保持着柳枝家祭的习俗[27]，亦即所谓"佛多妈妈"祭，"佛多"意即柳枝。落户欧洲的 Magyar 人早在公元 10 世纪末已皈依基督教。在此后整整一千年中，原始宗教的世俗荒诞，早已被高级宗教的伦理涤荡一净。然而匈牙利语中的柳树和柳枝（fuzfa, vesszo）两字，仍与满语中的同义辞（佛多活，佛多）在声韵上相对应。当然，它们早已失去了既秽俗又神圣的图腾意义了。

在尚未穿越喀尔巴阡山之前，Magyar 人的 7 个部落选出了 Levedi 为他们第一个联盟酋长,拉丁文资料记载他的称号是 dux。[28]在尔后的匈牙利王朝早期历史中,dux 又是"王子"或"公爵"的头衔。[29]斯蒂文一世(Stephen I)在位时(997－1038 年),将匈牙利全国划分成 45 个相当于县的行政地区(Megyek),并任命了负责管理和税收的地方官员,其称号是 fo ispan,其中 fo 的意思是"头头"(head)[30]。然而,中西史料竟能精确地互相印证,"咄"和"弗"作为北魏隋唐时期满蒙地区的酋长名,曾被详细地记载在各代史籍中。

《北史》卷九十四载勿吉诸部:"所居多依山水,渠帅曰大莫弗瞒咄";载奚族:"其后种类渐多,分为五部……二曰莫贺弗……四曰木昆……";载契丹:"献文时,使莫弗纥何辰奉献","太和三年……其莫贺弗勿干率其部落,车三千乘,众万馀口,驱徙杂畜,求内附,止于白狼水东","隋开皇四年,率莫贺弗来谒";载"南室韦……渐分为二十五部,每部有馀莫弗瞒咄,犹酋长也。……南室韦北行十一日至北室韦,分为九部落……,其部落渠帅号乞引莫贺咄,每部有莫何弗三人以贰之";载乌洛侯部"无大君长,部落莫弗皆世为之。"

"莫"、"莫贺"和"莫何"本为一字,我猜测是"氏族"的意思,至今锡伯族仍称氏族长为"莫昆达"。"达"即"咄",就是满语中的 da 或蒙语中的 darga 和 tolgoi,都是头目,酋长的意思,而"弗"与"咄"含意相似,某些部族"弗"是"咄"的副手,有些部族有"弗"而无"咄"。Magyar 人循远东祖先之惯例,仍以 dux("咄")为酋长之称号;初抵中欧,立国建政,又以 fo("弗")为地方行政长官之称谓。

作为古 Magyar 人来自远东地区的语言遗产的一部分,现代匈牙利语中的许多动植物名辞和有关辞汇,仍与满语、蒙语、锡伯语或古代的契丹语相一致。有些匈牙利语辞,也为我们考证满语和蒙语的古代语辞提供了对照。下面我们表列了一部分这类相关辞汇。

汉语	满语(锡伯语)	蒙语(契丹语)	匈牙利语
树,木	moo	mo	fa
花	ilga	tsetseg	virag
动物		mal	allat
家畜		mal	marha
马	morin	morin	lo
骑马	moringga/yaluga		lovagol
牛	ihan		tehen
羊		khon	juh
骆驼		teme	teve

兔			nyul
鸡	coko(超库)		csirke
鱼		zagas	hal
鱼骨			szalka
狗	kuri	nohoi	kutya
狗叫		khutsah	
田鼠		(拍)	pacok
跳蚤		bers	bolha
喜鹊	(沙沙哈)	shaazgai	szarka
苹果		alim	alma
豌豆	bori	buurtsag	borso
萝卜		luuvan	repa

上表中"鱼"、"狗"和"马"三者似乎有一些对应上的麻烦,但只要稍加甄别便一切释清。原来,蒙语中的"鱼"(zagas)就是匈牙利语中的"鱼骨"(szalka),匈牙利语中的"狗"(kutya),就是蒙语中的"狗叫"(khutsah)。两种隔离了一千多年的同源语言间,会有这些微妙的变化是毫不足为怪的。关于"马"字的讨论却有一些难度,阿尔泰语系各种语言中,"骑马"一字应为"马骑",在满语中它有两种说法:moringga 和 yaluga,在匈牙利语中则为 lovagol。满语的"骑"是 ga,匈牙利语的"骑"是 gol。满语"马"的现代形式是 morin,其古代形式是 yalu。匈牙利语中的 lo 是"马"的主格,lova(t)是宾格,或许 lo 和 yalu 的省略,也就更接近通古斯语"马"的原形。

历时 250 馀年的满清统治,也以许多满语词汇充实和丰富了现代中国语言,特别是北京方言。在不胜枚举的词例中,"沙其马"原本是满语中"面糕"的意思,现在已是中国无人不知的一种甜点心。从现代匈牙利语中的"甜糕"一辞 sutemeny(读:苏基马尼)的发音中,我们竟也不难品尝到其中"沙其马"的味道。

五、唐帝国的辽东战争和 Magyar 人的西迁

西方史家往往把亚洲北方游牧民族的持续西迁活动,归结为中原王朝的强盛和欧洲国家,诸如罗马帝国的虚弱。其实,古代中原王朝只是时而强大,时而衰弱。北方少数民族为

了追求良好的生存环境,一次次成功地入侵中原,统治中原,而且最后融入了中华民族,万里长城并没有完成它的使命。然而,似乎确实是因为强盛的唐帝国在军事上的优势,将一个后世极有作为,但当时还处于较落后状态的鞑靼族的一部分,逼上了西迁的不归之路。本文在语言和姓氏诸方面论证了 Magyar 人和中国北方诸族的血缘关系以后,还将以史实证明,对唐战争的失败是 Magyar 人的祖先出走的原因。

　　隋朝和唐朝是两个姻亲家族先后统治中国的皇朝,隋朝的亡国之君杨广(569－618 年)就是唐代的开国帝王李渊(566－635 年)的姨表兄弟。杨、李这两个北方军人世家长期与异族的相处和通婚,使他们的后代身上都有相当多的胡人血统。或许是由于这种特殊的种族和血缘的认同感,隋唐两朝政权对异族文化和人材都表现出很高的宽容精神。另一方面,也可能是由于职业军人的家族背景,又使得他们在追求军事成就上表现出特殊的进取心和侵略性。

　　然而,隋唐两朝的诸多扩张领土的军事活动,唯有辽东战争进行得极不顺利。就是因为隋炀帝杨广的一意孤行屡征高丽不果的人祸,触发了全国性的农民大起义,断送了原本是兴旺发达的隋皇朝的命脉。一代明君唐太宗李世民在当政 18 年后,恃国力强盛,置前朝之先鉴于不顾,开始了另一场纠缠不休的征东战争。以今天的观点来看,以 20 多年的时间和大量的人命牺牲,去换取极为有限和极不稳定的空间,是得不偿失的。

　　这场漫长的战争,实际上是唐帝国对高句丽—鞑靼军事联盟之间的战争。在这个联盟中,已具备国家和政府组织形态的高句丽王朝,显然在政治上居主导地位。处于被利用的次等地位的鞑靼部落,在政治上被别人包办,然而却不知进退地从事着军事上的蛮干。在长达一代人的抗唐战争中,既耗尽了唐帝国的精力,也给自己引来了灭顶之灾。

　　在唐初连续的征东战事中,以第一次(贞观十九年,645 年)的期待最高,声势最隆。那时候,刚统一中国的唐太宗,又因解决突厥和收服西域,而更加踌躇满志,威望如日中天。开国元勋们,如李勣(594－669 年)等正年富力强,阅历丰富。后起之秀,若农家之子薛仁贵(614－683 年)虽初出茅庐,却已崭露头角,正在军中任下级军官。归附的各族酋帅,如突厥族的阿史那思摩,契苾何力,鞑靼族的突地稽等也都为唐太宗的恢宏气度所感召,心悦诚服,忠勇无比。在这种挟开国之盛势,集各族之英豪,内政外交诸事顺遂的大好形势下,唐太宗决定亲征高丽,以为可以一劳永逸地解决东北地区的领土问题。

　　唐军战前的准备相当充分,战略的算计亦极尽致密,它的安排大概可沿史载的战事进程揣度出来:陆路大军以营州(今朝阳)为后方基地,春季开始行动,于夏水泛滥之前抢渡辽河,迅速攻取今抚顺、辽阳等要地。海路部队出山东半岛,袭取辽东半岛南端之金州地区;然后南北夹击,拔除辽东湾北岸弧形通道上的敌军据点(今鞍山、海城一带),打通通往朝鲜半岛之最短线,力争夏季进入朝鲜半岛,隆冬前结束战争。然而,北部靺鞨部落出乎意料的介入,挫败了唐军的这一战略企图的实施,使得唐太宗败兴而归,一场本拟速决的战争就此一拖便是几十年。

《新唐书·太宗本纪》记载了这次战争的梗概:

〔贞观十八年(644 年)〕七月甲午,营州都督张俭率幽、营兵及契丹、奚以伐高丽。

十一月甲午,张亮为平壤道行军大总管,李世勣、马周为辽东道行军大总管,率十六总管兵以伐高丽。

十九年(645 年)二月庚戌,(太宗)如洛阳宫,以伐高丽。……

四月癸卯,誓师于幽州,大飨军。……癸亥,李世勣克盖牟城(今抚顺)。

五月己巳,平壤道行军总管程名振克沙卑城(今金县)。……丁丑,军于马首山(今辽阳市郊)。甲申,克辽东城(今鞍山)。

六月丁酉,克白岩城(今鞍山本溪间)己未,大败高丽于安市城(今海城南)东南山,左武卫将军王君愕死之。

九月癸未,班师。

对于这场空前残酷的战争,史籍上也做了许多生动的记载。唐军将领负伤乃至牺牲者比比皆是,士卒填于沟壑者则更不可数计。唐太宗也亲临前线,救死扶伤,激励士气。如突厥贵族阿史那思摩于贞观十七年(643 年)率部内附后,"授右武卫将军,从征辽东,为流矢所中,太宗亲为吮血……,未几,卒于京师。"(《旧唐书·突厥传》)又如"帝征高丽,诏何力为前军总管。次白崖城,中贼矟,创甚,帝自为傅药"等等(《新唐书·契苾何力传》),均见战事之激烈。决战是在安市城外进行的,正当唐军兵临城下时,情况发生突变,"高丽北部傉萨高延寿,南部傉萨高惠真引兵及靺鞨众十五万来援。"而在双方的激战中,高丽"常以靺鞨锐兵居前。"显然是靺鞨军的高昂士气和优良箭术,使唐军饱受重创。最后,"〔高〕延寿等度势穷,即举众降"时,太宗对高丽部众宽大有馀,"酋长三千五百人,悉官之,许内徙,馀众三万纵还之。"而惟独对逞勇好斗的靺鞨部众恨之入骨,竟"诛靺鞨三千馀人。"接着唐军又围城休整达三月之久,仍无力再战,遂于九月撤军,征东战事半途而废。归途中,大雪纷飞,将士们饥寒交迫,衣衫褴褛,唐太宗与将士同甘共苦,但情绪极为沮丧(《新唐书·高丽传》)。以后的东征也都不顺心,四年后太宗在抑郁中死去。

唐军首战不胜的根本原因在于靺鞨部队的介入,而在战前唐朝对靺鞨毫无防范。据《新唐书·高丽传》,甚至在唐太宗向新罗使者阐明他解决朝鲜半岛三国之争的策略时,还曾说过:"我以偏兵率契丹、靺鞨入辽东,而国可纾一岁,一策也。……"(《新唐书·高丽传》)然而,内附和可资利用的靺鞨、契丹部多居辽西营州和燕州地区，偏远的嫩江、扶馀、粟末、长白等地的契丹、靺鞨诸部则并不在唐朝的掌控之列。在战争中，外交又未能与军事并进，"远交近攻"的古训被置诸脑后，乃至于发生了北部靺鞨与高丽结盟抗唐的严重后果。《新唐书·黑水靺鞨传》对此前后始末说得一清二楚：

> 武德五年（622 年），渠长阿固郎始来。太宗贞观二年（628 年）乃臣附，所献有常，以其地为燕州。帝伐高丽，其北部反，与高丽合。高惠真等率众援安市，每战，靺鞨常居前。帝破安市，执惠真，收靺鞨三千馀，悉坑之。

就此，北方的靺鞨族就成了唐军不共戴天的死敌，从以后唐朝的各次征东战事中，不断地用兵"扶馀道"的史实，我们推测当时与唐军为敌最力者，乃是聚居于扶馀、嫩江地区的靺鞨泊咄和安车骨这两个强部。

在以后的 20 年中，唐朝和高丽之间的战事无休无止，胜负却始终未能决出。除掉唐军将帅的指挥失误以外，游击战也困住了唐军。庸懦的高宗比起他的父亲来，实在乏善可陈，年号一个一个地换着，却也换不出一个好运气来。若要逐次地叙述高宗时代的征东战事，简直是浪费篇幅，就连《新唐书·高宗本纪》也将历次战事的将帅任命和事态发展记载得极为疏略，以致我们还得从史卷的字里行间去搜证一些重要事件的发生顺序。

连续 20 年的抗唐战争，对于高丽和靺鞨人民来说也是一条不尽的隧道，英雄主义的斗争精神早已在黑暗中磨灭殆尽。据《新唐书·高丽传》及同书"高宗纪"等，老迈而顽固的独裁者盖苏文（泉姓）却一味地好战，而他的儿子们早已等着争夺他死后将遗下的权位。高句丽王朝气数将尽了。

乾封元年（666 年），高句丽国大难临头，盖苏文一死，内哄即起。继任"莫离支"（相当于兵部尚书或总理大臣）的长子泉男生被两个弟弟男建和男产陷害，出走国内城（今集安对岸），并遗子泉献诚入唐求助。同年六月壬寅，唐高宗任命契苾何力为辽东道安抚大使，率庞同善、高侃（契丹族聚居的营州都督）、薛仁贵和李谨行（燕州靺鞨部酋长突地稽之子）等出辽东接应。九月薛仁贵小胜高丽军于新城（今抚顺北）。泉男生率其靺鞨、契丹部众前来会合。唐军进次金山（今开原西北东西辽河交汇处）[31]，威胁扶馀地区。十二月己酉，高龄八十的李勣被任命为辽东行军大总管，统率征东战局，战事进入高潮。

乾封二年，九月辛未，李勣率唐军击败敌军，占领高丽西陲重镇新城，由契苾何力留守，主持北线战事。迹象表明，此次唐军已不以速胜为战略，而以攻取扶馀嫩江地区，痛击靺鞨强部为首期目标。

总章元年（668 年）二月，据《新唐书·薛仁贵传》，薛仁贵（时年五十四）率两千精兵攻克扶馀城(今四平)，扶馀地区三、四十城纳款输诚。唐军进入北部靺鞨、契丹混居地区。在西线失利的危急态势下，男建率大军倾巢而出，《新唐书·契必何力传》载，"时高丽兵十五万屯辽水，引靺鞨数万众据南苏城(今开原东西丰境内)"，并袭击新城，薛仁贵率部回救，但在金山地区受阻。而据《新唐书·高丽传》，薛仁贵避其锋芒，出其不意东取南苏、木底(今新宾)、苍岩(今通化)等三城，歼敌五万，消灭大批有生力量，进据东部靺鞨粟末、白山部之腹地。高丽败象已露，靺鞨社会大受震动。

又据《新唐书·渤海传》，"……粟末靺鞨附高丽者，姓大氏。高丽灭，率众保挹娄之东牟山(今敦化北山区)"。而据同书"黑水靺鞨传"，"白山本臣高丽，王师取平壤，其众多入唐"。失尽了辽东、扶馀，朝鲜半岛已无屏障，兼之有生力量在外线被歼，靺鞨外援更无指望，都城平壤也只是危城一座，同书"高丽传"载，契必何力率军于今安东新义州一带渡江，"悉师围平壤"，九月五日平壤城破，高丽国亡。

而我们所最关心的唐军的死敌，Magyar 人的祖先，亦即靺鞨安车骨、泊咄两部人民的命运，则更是凄惨，《新唐书·高丽传》的记载是："男建以兵五万袭扶馀，勣破之萨贺水上，斩首五千级，俘口三万，器械牛马称之"。

对我们来说，究竟是谁指挥了这次战役，已是无从考据了，李勣和泉男建分别是双方的主帅，凡事都可以和他们扯在一起，然而那条"萨贺水"在何处，则十分重要。按其音，应该就是后来的宋瓦江[32]，今天的松花江，也就是安车骨、泊咄两靺鞨强部的聚居地区。当时的真相大概是，唐军在占领扶馀地区以后，又以穷追猛打之势进抵嫩江—松花江流域，以图一举肃清靺鞨强敌之后方基地。在薛仁贵率唐军主力东进后，朝鲜半岛告急，高丽部队已无心恋战，急于回救平壤，扶馀、嫩江地区的靺鞨部队已成孤军，最后被唐军聚歼于萨贺水地区。本着唐朝一贯的"以夷制夷"的治边政策，唐军中的少数民族部队，如高侃所率的营州契丹—奚族，和李谨行所率的燕州靺鞨族，似乎也参与了这场"除恶务尽"的扫荡行动。他们在战场上大显身手，战胜后则纵兵虏掠。《新唐书·高丽传》所谓"俘口三万，器械牛马称之"，似乎已不是来自农业地区的中原部队之所为。此时，与高丽方面结盟的靺鞨、契丹—奚族部落的内部已相当空虚，无力抵抗，很可能一场牵动满蒙广大地区的大逃亡开始了，这也就是《新唐书·黑水靺鞨》所说："泊咄，安车骨等皆奔散，寝微无闻焉"。

作为后来欧洲的 Magyar 人，他们在告别了东方社会以后，先是逃亡，转而漫游，在无垠的欧亚草原上，消磨了二百多个寒暑，和十代人的生息，融入了许多非血缘的族落，也终于忘却了自己祖先的业绩。他们本可以和平地游牧于水草丰盛的南俄草原，大概是肇于 9 世纪中叶蒙古高原的动乱，后续而来的逃亡者，又抢去他们的牧场，将他们推入了欧洲民族的熔炉。就此开始了他们作为西方民族的新篇章。

六、结 束 语

亚洲北方诸族对世界人类,语言和历史的伟大影响是无法低估的,恶劣的生存环境为他们的文化发展造成了极大的障碍,但也玉成了他们坚毅刻苦的意志、卓越的军事才能和杰出的统治艺术。而中国史家则承担了记载他们的历史和人文的最重要的责任。然而史载留给我们的毕竟只是一些片断,语言也随着时代的迁延和种族的融合而游移变换。但是,正如群星万点中可以看到一条银河,本文即是从语言、姓氏、历史故事和人类互相征伐的记载中,企图窥判一个极有作为的民族的全息性的始末。在注意到蒙古语族、突厥语族与 Magyar 人的毋庸置疑的血缘关系的同时,本文所力图证明的是具有辉煌历史成就的女真—满族的祖先靺鞨人,对于在科学、文化、艺术、体育诸方面自强于世界民族之林的现代匈牙利人来说,应该是他们更为重要的远东祖源。

如此重大的课题,必然会使本文在论述上有所缺失,甚至错误,并由此引发出争议。我由衷地欢迎一切真诚的批评。

感谢蒙古国驻美国大使馆商务参赞 Narankhuu(太阳之子)先生启示了这一课题的研究,感谢美国 Furman 大学的匈牙利留学生 Rosser Betti 小姐提供的近两百个具有明显东方祖源的 Magyar 姓氏。中国社科院历史研究所陈智超教授的史识,也曾给我很大的帮助。美国 Charlotte 市的匈裔市民 Szabo 先生、Szima 女士和 Nyiri 小姐对他们的东方祖源的不疑给我以鼓励。特别是 Revesz 教授、Saygo 先生和 Soos 教授与我耐心的语音切磋和讨论,以及对本文观点的基本认同,都给我以学术上的信心。

附录一:

金女真语、蒙古语、匈牙利语关联语辞

汉 语	女真语	蒙古语	匈牙利语
二、第二	益都	kheyordokh	ketto
客人	按答海	zochin	vendeg
穷人	什古乃	yaduu	szegeny
围猎	阿里喜(胡喜)	khashaa	karam
摔角者	拔里速	bukh	birkozo

户长	胡鲁剌	khargalzagch	felugyelo
奴隶	阿合	zarts	szloga
头	兀术	tolgoi	fej
心	粘罕	zurkh	sziv
牙	畏可	shud	fog
疮	牙吾塔(佛热)	yar	fajo
尿	石哥里	shees	vizel
笨	漫都哥	manguu/bodol	buta
分享	忽都	khuvi	kozos
帮助	阿息保	ajil	segito
和谐	奴申	nairsag	osszhang
宽容	讹出虎	khultseh	eltur
幸运	赛里	zol/jarga	szerencse
快	撒八	khurd	sebes
堆积	吾里补	ovooloh	halom
购买	兀带	hudaldah	vetel
星	兀典	od	csillag
山	阿邻	uul	hegy
峰	哈丹(超还)	oroy	csucs
坡	阿懒	dov	domb
海	忒邻	dalai	tenger
船	沙忽带	zavi	hajo
铁	斡论	tumur	vas
锅	睹毋	togoo	fazek
刀刃	斜烈	ir	el
金	按春	alta	arany
口袋	蒲卢浑	sav/tartsag	borond

罐	活女	laaz	korso
红色	活腊胡	ulaan	voros
灶	胡刺	zuukh	kalyha
松树	桓端	khush	fenyo
羊羔	活里罕	khurga	barany
幼犬	合喜	zulzagha	fiazik
狗	古乃(库立)	nokhoi	kutya

附录二：

辽契丹语、蒙古语、匈牙利语语辞比较

汉　语	契丹语	蒙古语	匈牙利语
父亲	阿主	etseg	atya/apa
夫人	夷离的	gergii/ehener	feleseg
控制	辖	hianah	fekez
凶恶	暴里	bulai	alavalo
著名	阿庐朵里	aldar	hires
雨	瑟	khur	eso
婚礼	奥礼	khurim	eskuvo
邀请	射	zalah	hivni
力量	虎思	khuch	ero
宫帐	斡尔朵	ord	palota
主要的	葛儿	gol	fo
宰杀	襊	alahk	olni
田鼠	拍		pocok
太阳	乃捏	nar	nap
兔	陶里	tuulai	nyul
美好	赛伊	sain	szep

天,日	儿奢	urder	nap
狗	捏褐	nokhoi	kutya
站立	卓	zogs	allni
心脏	算	zurkh	sziv
讨伐	夺里	darah	hoditas
兴旺(1)	耶鲁	zhurzhih	jolet
兴旺(2)	蒲速	degzhih	boseg
金	女古	altan	arany
玉	孤稳	has	gebe
繁殖	窝笃	uulder	fajta
宽大	阿斯	aguu	nagy
辅助	何鲁	tuslah	helyettes
孝顺	得失得	tahim	ahitat
法官	楚古	shuugu	szuri
一百	爪	zuu	szaz
鹿	麃	buga	oz
土壤	耨斡	shavar	fold
角	犀	ever	szarv

附录三:

蒙古语(契丹语)、匈牙利语语辞变换规律

汉　语	契丹语	蒙古语	匈牙利语
燃烧		gal	futes
主要的	葛儿	gol	fo
河流		gol	folyo
跑		guikh	fut
松树		gutakh	fenyo

青草		nogoo	fu
控制	辖	hyanakh	fekez
一半		hagas	fel
乌鸦		heree	varju
旧		huuchin	ven
割		huvaah	felvag
儿子		huu	fiu
热		hal	forro
水		us	viz
柳树		ud	fuz
繁殖	窝笃	uulder	fajta
云		uul	felho
兔子	陶里	tuulai	nyul
湖泊		nuur	to
孝顺	得失得	tahim	ahitat
角	犀	ever	szarv
一		neg	egy
五		tav	ot
动物		mal	allat
家庭		ail	csalad
丈夫		er	ferj
大		aguu	nagy
空气		agaar	leg
挖掘		maltah	as
疯狂		galzuu	orult
头脑		tarkhi	agy

附录四：

匈牙利、女真、北魏姓氏比较

匈牙利姓氏	女真姓氏	北魏姓氏	备　注
Aba, Abai	呵不哈、阿不罕		
Acs	阿厮准、阿速		
Almas	谙蛮		
Arany	爱申、阿鲜		
Bakos	把古		族名：拔野古
Balla		拔列	
Barta, Bartha			奚姓：伯德
Bodo	泊咄		靺鞨部名
Bokor	蒲古里		族名：仆骨
Boros		拔略、破六韩	奚姓：勃鲁恩
Buza	蒲察		
Csaki, Csiki			
Csarszar,	夹谷		
Csiszar	赤盏、石盏		
Csibi		契必	
Dobi		达勃	
Dudas	徒单		
Feher	夫合		
Fejes, Fuzes	吾塞		
Foldes		扈地于	
Fordo	贺都		
Fulop	吾鲁	副吕、贺楼	
Gaal, Gal		盖楼	
Gyongyosi	光吉剌	辗迟	蒙古部名

Gyurko	古里甲、瓜尔佳		
Herczegh	和速嘉	贺若	
Horvath		贺拔	
Illes	乙力		
Illyes	移剌		契丹姓:耶律
Jozsa, Rozsa	术甲		
Juhos	术虎	素和	
Kocsis			族名:高车
Kopasz		柯拔	
Kun			族名:浑
Major	抹颜	莫舆、慕容	
Molnar		莫那娄	
Nadasi	纳坦		
Nagy	粘割、粘葛		
Nemeth	聂木栾、纳木鲁		
Nyiri	女奚烈、倪属利		
Nyul	纳剌,那拉	那礼	
Okros	乌古论		
Olah	斡雷		
Orsi	纥奚烈	纥奚	
Orszaht	斡准		
Orvos		阿伏于	柔然姓氏
Palfy			蒙古部名:巴尔虎
Papp	把		朝鲜姓氏:朴
Rajk	耨盌		
Santa	散答		
Sipos	苏勃鲁	须卜	

Soos		庾氏	
Suto		尸突	
Szabo	塞蒲里		
Szakal	撒合烈		
Szanto	神土		
Szekeres			族名：思结
Szeles	舍利		
Szima	石抹		契丹姓氏：萧
Szollos		树洛于、如罗	
Tanczos	田众		
Takacs，Tokaji	独吉	独孤	
Tomen，Tumen	陀满		
Torok		太洛稽、沓卢	族名：同罗
Toth	拓特，突地		
Turi	都烈		
Vassi			锡伯族姓：华西
Voros	斡论	乌洛兰	

注　释：

〔1〕Constatine Porphyrogrenitus, *De Administrando Imprio*, Dumbarton Oaks, Washington D. C., 1967, p. 175。案：此英译本所列八个 Türk 部落为：Kabaoi, Nekis, Megeris, Kourtougermatos, Tarianos, Genach, Kari, Kasi。一般认为，Kabaoi 部滞留于摩尔达维亚而未进入匈牙利地区。另载 Magyar 七部，匈牙利文译作：Nyek, Megyar, Kurtgymat, Tarjan, Jeno, Keri, Keszi。

〔2〕E. Legyel, *1000 Years of Hungary*, John Day Co., New York, 1958, p. 15.

〔3〕P. Golden, "The People of the Russian forest belt" in D. Sinor, ed., *The Cambridge History of Early Inner Asia*, Cambridge University Press, Cambridge, 1990, pp. 229 – 255; D. Sinor, *History of Hungary*, George Allen & Unwin Ltd., London, 1976, pp. 15 – 22; C. Macartney, *Hungary, a Short History*, Aldine Publishing Co., Chicago, 1962, pp. 1 – 17; D. Kosary, *A History of Hungary*, Benjamin Franklin, Cleveland, 1941, pp. 1 – 15.

〔4〕注 2 所引 E. Legyel 书 p.13；D. Dunlop, *The History of the Jewish Khazars*, Princeton University Press. 1954, p.98；韩儒林《穹庐集》，上海人民出版社，1982，页 80。案：在匈牙利语中称 Pechenegs 部为 Bes(h) enyo，音似"伯岳吾"，它可能就是《元史》所载"钦察伯岳吾部"；阿拉伯文献则记之为 Bajanak，音似"巴颜"。也证明了韩儒林先生"伯岳吾"源自"巴颜"一字之说。

〔5 〕Toivo Vuorela, *The Finno – Ugric People*, Indiana University, 1964, pp. 1 – 15; R. Harms, "Uralic Language" in *The New Encyclopedia Britannica*. 1990, Vol. 22, p. 701。

〔6 〕P. Ignotus, *Hungary*, Praeger Publishers, New York, 1972, p. 21.

〔7 〕注〔2〕所引 E. Legyel 书 p. 9。

〔8 〕格列科夫等《金帐汗国兴衰史》,余大钧汉译,商务印书馆,1985,页 53。

〔9 〕《北史·契丹传》:"其莫贺弗勿干,率其部落……","勿干"意为"智者"或"善射者",应读作 mergan,故"勿"应读作"莫"。

〔10〕谭其骧主编《中国历史地图集》第五册,地图出版社,1987,页 78 – 79。

〔11〕王钟翰主编《中国民族史》,中国社会科学出版社,1994,页·409。

〔12〕注 4 所引韩儒林书,页 471。

〔13〕李树兰等《锡伯语简志》,民族出版社,1986;白友寒《锡伯族源流史纲》,辽宁民族出版社,1986;《锡伯族史论考》,辽宁民族出版社,1986;贺灵等《锡伯族风俗志》,中央民族大学出版社,1994。

〔14〕《侍卫琐言补》,转引自《锡伯族史论考》,页 12。

〔15〕《魏书·勿吉传》:"乙力支称:初发其国,乘船溯难河西上……"。

〔16〕注〔3〕所引 P. Golden,文。

〔17〕P. Pelliot, *La Haute Asie*, Paris, 1931, pp. 25 – 28.

〔18〕陈述《金史拾补五种》,科学出版社,1960,页 133。

〔19〕苏天爵《滋溪文稿》卷二十四,中华书局,1997,页 394。

〔20〕陈智超:《粘氏族谱考》(待发表)。

〔21〕杜亚雄《裕固族西部民歌与有关民歌之比较研究》,载《中国音乐》第 4 期(1982),页 22。Du Yaxiong, "Ancient Hungrian Folk Songs and Shamanic Songs of Minorities of North China" in T. Kim and M. Hoppal, ed. *Shamanism in Performing Arts*, Budapest. 1995, p. 123。

〔22〕注〔3〕所引 C. Macartney 书,页 8, 21。

〔23〕马长寿《乌桓与鲜卑》,上海人民出版社,1962,页 251。

〔24〕沙畹《西突厥史料》,冯承钧汉译,商务印书馆,1958,页 204 – 208。

〔25〕孙秀仁、于志耿《楛矢石砮探源》,载《史料汇编》第二辑,黑龙江博物馆出版,1979;转引自陈芳芝《东北史探讨》,中国社会科学出版社,1995,页 81。

〔26〕拉施特主编《史集》第一卷第二分册,余大钧汉译,商务印书馆,1986,页 112。

〔27〕宋和平《满族萨满神歌译注》,社会科学文献出版社,1993,页 15。

〔28〕注〔3〕所引 D. Sinor 书(*History of Hungary*),页 18。

〔29〕注〔3〕所引 C. Macartney 书,页 18。

〔30〕C. Macartney and G. Barany, "Hungary" in *The New Encyclopaedia Britannica*, Encyclopaedia Britannica, Inc., Chicaga, 1990, Vol. 20, p. 700.

〔31〕贾敬颜:《东北古地理古民族丛考》,载《文史》12(1981),中华书局,页 129 – 162。

〔32〕注〔30〕所引贾敬颜文。

The Far – East Ancestors of the Magyars

Xueyuan Zhu

Based on correspondences in vocabulary and clan – names, I show that the Magyar people and language have origins in the Far – East. This study suggests that the "Mogher" or "Mojie" of ancient Manchuria are important ancestors of the Magyars. By describing the process of historical and linguistic affiliation, this study sheds light on the obscure early years of Magyar history (primarily 7th – 8th). The Mogher were driven west by the Tang Dynansty attacks on Koguryo in the 668, after which they disappear from Chinese historical records. These people roamed the steppes for more than 200 years during which their ethnicity, language and culture were mixed and transformed. At the end of the 9th Century, the Magyar finally settled in the Carpathian basin.

谈伊朗沙赫达德出土的红铜爵、觚形器

李 学 勤

前不久,我们读到了美国古代中国研究会的年刊《古代中国》第 20 卷[1]。这一卷是题献给加利福尼亚大学(伯克利)吉德炜(David N. Keightley)教授的,本定于 1995 年出版,但其实际印成迟了一段时间。卷内有许多值得重视的论文,我在这里想提到的,是《齐家和二里头:关于远距离文化的接触问题》,作者为哈佛大学费正清东亚研究中心的胡博(Louisa G. Fitzgerald – Huber)博士[2]。

胡博博士曾多次来华,参加过不少学术会议。她这篇论文的初稿,1992 年 8 月在内蒙古呼和浩特举行的"中国古代北方民族考古文化国际学术研讨会"上提出过。论文发表后,1998 年她又为一位法国学者关于齐家文化的专著撰写书评,申述了论文中的观点。1998 年 10 月末,美国达默思大学(Dartmouth College)东亚与中东语言文学系请胡博博士演讲有关问题,我担任评议人,作了讨论和质询。

《古代中国》的中文提要说,《齐家和二里头》一文"考查了内蒙古和甘青地区早期金属时代文化与中原地区二里头文化的关系,探讨这些文化中几种金属器的特征是否曾受到远至西伯利亚南部、阿富汗和南土库曼斯坦等地区文化的启发。根据最近对欧亚大平原早期历史的重新评估,并依据西伯利亚几处遗址以及巴克特里亚—玛基安纳文化群的最新碳 14 校正年代,作者认为中国早在青铜时代滥觞期即已受到异域文化的影响。"[3] 文中为了说明论点,列举的实例很多,有些很需要注意,本文只对其间引述的伊朗出土的红铜爵、觚形器试作讨论。

红铜爵、觚形器出自伊朗南部克尔曼省克尔曼东北的沙赫达德(Shahdad)。该地位于卢特沙漠外缘,据称遗址的文化性质与阿富汗到土库曼斯坦间的巴克特里亚—玛基安纳文化群(Bactrian – Margiana complex)有密切关系,一个特点是有相当多的锤制金属容器,其中小型的有流容器和圆筒形饮器特别流行[4]。前者有些像中国的爵,后者像中国的觚。

胡文载有两幅照片,均取自 1972 年在德黑兰举行的"伊朗考古学第一届研讨年会"所出沙赫达德出土文物展览图录[5]。可以看到,两件红铜器都是薄壁的。像爵的一件高 13.3 厘米,口作喇叭状,一侧有很长的窄流,与流相对有一很小的尖尾。器腹为截锥形,平底无足。像觚的一件高 10.4 厘米,有很大的侈口,身呈细圆筒形,平底。胡文认为,虽然不能找到它们和中国的铜器爵、觚的关联,但它们可能是中国爵、觚的原型。

胡博博士在论文里还讲到一件有关的铜器,即英国牛津亚士摩兰博物馆收藏的杯形容器,高 16.5 厘米,口径 10.2 厘米,薄壁,呈细长的倒锥形,下腹略向内敛,平底。这件器物系专门收藏中国铜器的英格拉姆(Sir Herbert Ingram)旧有,一直被认为中国文物。1968 年,哈佛大学的罗越(Max Loehr)教授将之收入《中国青铜时代礼器》一书,疑其时代为早商[6]。经胡博博士目验,该杯腹上有一条纵行的接缝,足部还有折皱,说明是锤制的,而沙赫达德正有形制类似的出土品。胡文认为亚士摩兰这一件可能也出自伊朗,但不排除是中国的仿制品[7]。

我们觉得,沙赫达德的爵、觚形器确实值得研究,尤其是爵形器,具有长流小尾,在中国考古学者眼中,特别引起注意。沙赫达德的发掘,是由哈喀米(A. Hakemi)主持的,迄今能看到的,只有上述展览图录,有关遗址文化性质和年代、地层关系及分期,还有这些器物的出土情况等等必要资料,都有待公布。看来当前做进一步研究的条件仍不够具备。

爵、觚是中国夏、商、西周最重要的器物种类。大家知道,像觚这样形制比较简单的容器,容易在彼此无关的不同文化中出现,而爵的形制非常复杂独特,假如在不同文化中出现,是否偶合就需加考虑了。

爵包括陶爵和铜爵,其在形制上的共同特点有下面几项:

一,有槽状的流和尾,流在早期较为窄长。

二,流与口沿间的流折处常有钉状饰,后发展成柱。

三,腹横断面由椭圆形发展为圆形,后个别有方形的。

四,深腹,由平底演进为圜底。

五,腹一侧有与流尾成直角的鋬。

六,底下有三足,后个别为四足。

一、四两点与沙赫达德的爵形器是一致的。

爵的起源,一直是中国考古学界探讨的问题。在相当长的时间里,多数学者认为陶爵源于龙山文化的陶鬶。首先提出这一论点的是石璋如先生[8]。后来的学者,又把来源上溯到大汶口文化的陶鬶。按鬶有流,深腹,一侧有鋬,有三足,同上述爵的特点中一、四、五、六四项相合,所以这种推想不是没有理由的。然而鬶是一种款足器,这表明它在形制与功能上都很难同爵联系起来[9]。

杜金鹏先生 1990 年有《陶爵》一文,主张陶爵中最早的二里头文化的爵,"极有可能是从豫西的王湾、三里桥类型和豫北的后冈类型龙山文化晚期的一种原始陶爵发展来的"[10]。

这种器物有流,深腹,平底,有鋬和三小足,但与二里头文化陶爵间还看不出直接的联系。

根据目前已有的材料,陶爵的出现早于铜爵。按照杜金鹏先生的分期,陶爵第一期第一段相当二里头文化一、二期[11],而铜爵第一期(早期)第一段只相当二里头文化三期[12],即他所分陶爵的第一期第二段。

第一期一段,即二里头文化一、二期的陶爵已经有流尾,流折处有泥钉,腹横断面呈椭圆形,深腹,平底,有鋬及三足,具备了爵的六个特点。最早的铜爵也是这样。由此可见,到二里头文化,爵的特质已经形成而且固定了。

陶爵、铜爵间的关系,究竟是铜爵模仿陶爵,或者相反,向来是争论的问题。现有材料铜爵迟于陶爵,似乎铜爵是模仿陶爵的。还有不少论作主张陶爵流折处的泥钉是为了加固流与口沿的结合部,然而最早的陶爵流相当短,无需加固,而很小的泥钉恐怕也不能起加固的作用[13]。同时,最早陶爵有的鋬面有条状纹饰[14],却很像是模仿铜爵的鋬上镂空纹饰。看二里头三期的铜爵,尽管粗糙简朴,已经利用了较复杂的合范铸造工艺。再参考二里头遗址铸铜遗址的发掘所得,铜爵的历史再上溯一段是不无可能的[15]。这也表明,爵在中国的起源仍然是没有解决的疑难。

伊朗沙赫达德的爵形器,其形制有与中国的爵相似之处,有流和尾,深腹平底,在这两点上接近二里头文化的爵。中国的爵一开始就常与斝相配合[16],而沙赫达德同出的也有斝形器,这种类似的情况是重要的。我曾经说过,不同文化中的类似文化因素,即使彼此没有传播、影响的联系,也是应该比较研究的[17]。希望沙赫达德的发掘报告能告诉大家更多的信息。

注　释

〔1〕Early China,vol.20,The Society for the Study of Early China and the Institute of East Asian Studies,University of California,Berkeley,1995.

〔2〕Louisa G. Fitzgerald – Huber,Qijia and Erlitou:The Question of Contacts with Distant Cultures,Early China,vol.20,pp.17 – 68.

〔3〕同〔1〕第ⅩⅩ页。

〔4〕同〔2〕第60页。

〔5〕A. Hakemi,Catalogue de l'exposition:Lut Xabis(Shahdad),Teheran:Premier symposium annuel de la recherche archéologique en Iran,1972.

〔6〕Max Loehr,Ritual Vessels of Bronze Age China,pl.1,The Asia society Inc,1968.

〔7〕同〔2〕第60 – 62页,注100。

〔8〕石璋如:《殷墟最近之重要发现附论小屯地层》,《中国考古学报》第二册,1947年。

〔9〕杜金鹏:《陶爵》,《考古》1990年第6期,第519 – 530页。

〔10〕同〔9〕第527页。

〔11〕同〔9〕第 524 页。

〔12〕杜金鹏:《商周铜爵研究》,《考古学报》1994 年第 3 期,第 263 - 298 页。

〔13〕同〔9〕第 520 页,图二,1 - 3。

〔14〕同〔13〕图二,2。

〔15〕参看注〔12〕第 284 页。

〔16〕同〔9〕第 524 页。

〔17〕李学勤:《比较考古学随笔》,第 7 页,广西师范大学出版社,1997 年。

On the Jue – and – Gu – shaped Copper Vessels Unearthed in Shahdad, Iran

Li Xueqin

In her article "Qijia and Erlitou: The Question of Contacts with Distant Cultures", Dr. Louisa G. Fitzgerald – Huber in Harvard University discussed an important archaeological discoverry in Shahdad, Southern Iran. Some sheet – metal vessels were found, including pouring vessel like Chinese *jue* and drinking vessel like Chinese *gu*. The site which they are from intimately related to the Bactrian – Margiana complex. Actually the origins of Chinese *jue* and *gu* have not been found yet, but there is no proved link of transmission between Shahdad vessels and their Chinese counterparts.

青铜鍑在欧亚大陆的初传[*]

郭　物

　　在《青铜鍑起源初论》(郭物 1998,41 页)一文中,我从目前所见最早的青铜鍑标本、西周铜器铭文和文化背景三个方面,全面讨论了青铜鍑起源问题。结论是:"青铜鍑于商周之际,至迟在西周中期即为生活在中国北方农牧交错地带的北方民族所发明,发明者很可能是商末至东周初年在陕北活动的李家崖文化人群,而这一发明是在中国古代北方民族学习中原青铜文化的背景中完成的。"本文将在现有资料基础上,对青铜鍑在欧亚大陆最初传播问题作进一步探讨,容有不当,还望海内外研究者批评指正。

一、燕山山地青铜鍑的来源

　　1975 年在北京延庆县西拨子村发现一个盛满各种青铜器具的残铜鍑,年代约在西周晚期或春秋早期(北京——西拨子 1979,228 页,图二:1;见本文图二:Aa I – 2)。它的器形与陕西岐山王家村铜鍑(庞文龙、崔玫英 1989,91 页,图一;见本文图二:Aa I – 1)可以说是一脉相承,如深筒形腹,侈唇,尤其是直立环耳顶部的小乳突装饰,显示了它们之间的亲缘关系。鉴于陕北高原青铜鍑的年代较早,而且发现数量多,因此我们认为西拨子铜鍑乃是陕北青铜鍑向东北传播的结果。水野清一和江上波夫在绥远地区(今内蒙古呼和浩特市)采购的青铜鍑中有一个形式与上述两件相仿,似可作为这一传播的中介(水野清一、江上波夫 1935,图 113:1;见本文图二:Aa I – 3)。与西拨子铜鍑共存的铜器多和夏家店上层文化器物相似,所以,可能属于夏家店上层文化,夏家店上层文化为农牧交错地带的北方畜牧文化,与创造青铜鍑的李家崖文化性质相仿,因此,夏家店上层文化接纳青铜鍑也就不足为怪了。据研究,

　　* 本文是业师林梅村教授帮我选的题目,并惠赐了 M. Erdy、Jeannine Devis – Kimball 的新作,提供了若干重要铜鍑的材料,在写作过程中又给予热情悉心的指导。另外在收集材料的过程中,得到了赵化成老师、齐东方老师、日本学者谷丰信先生和高浜秀先生的热情帮助,刘绪老师为论文修改提出了宝贵意见,此外,阎亚林、林立、王力之、郑彤、达微佳、意大利魏正中和韩国梁银景诸同学也向我提供了许多铜鍑材料,在此谨向以上各位尊师和好友致以深深的谢意。

夏家店上层文化主要分布于热河山地,宁城一带是其中心,可能就是文献记载的山戎(朱永刚 1987,126 页;韩嘉谷 1994,342－343 页)。北京延庆县西拨子发现的这件铜鍑可能反映了山戎向西到燕国边境活动的情况。不过,在夏家店上层文化的核心地区迄今却无铜鍑发现,这是一个值得以后注意的问题。

据现有材料可知,这种耳上带乳突的铜鍑并未在燕山山地发展起来,取而代之的是玉皇庙类型的青铜鍑,这种铜鍑耳上无突(见本文图三:BaⅢ－1,BaⅣ－3)。玉皇庙类型是春秋中晚期至战国早期分布于军都山的一个青铜文化,它可能是从西部迁徙过来的,其族属可能是白狄(韩嘉谷 1994,340 页)。

因此,燕山地区的铜鍑是陕北高原铜鍑向这一带传播的结果,它反映了中国北方草原民族广泛的联系。

二、青铜鍑首次西渐和北传

青铜鍑在中国北方农牧交错地带生成后,很快便沿着草原丝绸之路向西传播。新疆昌吉州奇台县发现一件铜鍑,腹呈筒状,喇叭形圈足,腹体中部有一凸弦纹(王博、祁小山 1996,图十一:9;见本文图六:新 AaⅡ－1)。这件铜鍑型制和陕西王家村和延庆西拨子相近,但圈足稍大,而且直立耳呈环状贴附于口部,可以看出是由上述陕西和北京同类铜鍑发展而来。这是新疆迄今发现最早的一件铜鍑,时代大致在春秋早期(前八世纪)。有人认为,新疆发现的这种耳部有单乳突的铜鍑属于月氏文化(王博,祁小山 1996,294 页)。据林梅村教授近年研究,月氏人的原始游牧地位于天山东段以北、博格达山以北至巴里坤一带(林梅村 1997,11－20 页),因此,这种环耳上饰单乳突的铜鍑有可能是当时活跃于北方草原的月氏人传入新疆的。

青铜鍑是北方草原青铜文化与商周青铜文化相结合的产物。随着铜鍑在北疆草原的出现,新疆的青铜文明焕然一新,它的文化的构成当中,注入了更多黄河流域青铜文化的因素。青铜鍑从进入新疆伊始,便迅速扎下了根。不仅如此,它还以其适宜游牧经济的优势继续西渐。

1951 年在苏联(今俄罗斯)北高加索的帕秋俄罗斯库市郊区的白修塔务山西北山麓发现一件青铜鍑(雪嶋宏——1995,图 A－1。见本文图一:北高加索 AaⅡ),根据共出的马具和箭镞,其年代可断为公元前 8－7 世纪,属于前斯其泰文化。其型制显然和上述新疆铜鍑有密切关系,如直壁腹,腹外部中央的一圈装饰以及直立环耳顶部的小乳突,还有呈环状贴附于口的耳,但圈足更高大。所以两地铜鍑属于同一类型,至于两者的差异,则是型式发展的结果,因此这件铜鍑可能渊源于新疆奇台县铜鍑。

北高加索 AaⅡ　　　　　萨夫罗马泰 AaⅡ　　　　　勒拿河 BaⅡ

图一　中国之外发现的早期青铜鍑

　　另外,青铜鍑还出现于斯基泰东邻的萨夫罗马泰文化中(Jeannine Davis‐Kimball1995,p. 111,108.fig.16.见本文图一:萨夫罗马泰 AaⅡ)。萨夫罗马泰文化(Sauromatian)在公元前 6‐5世纪开始形成,其西界是顿河,公元前 5 世纪时一部分人越过顿河,到了顿河右岸地区, 定居于阿佐夫(Azov)海周围,与王族斯基泰人为邻。萨夫罗马泰文化在公元前 4 世纪后就 改称为萨尔马泰文化了(Denis Sinor1990,pp.110‐111)。这些游牧于顿河以东的早期游牧人 所接受的铜鍑同远在黄河流域的铜鍑并无太多的差异,甚至环耳顶端的小乳突都保持一致, 这个现象似乎暗示着这些发明铜鍑和传承使用铜鍑的人群有着某种共同的心理取向。

　　中国铜鍑在西传的同时,也向贝加尔湖以北的地区扩散。俄罗斯勒拿河上游伊尔库茨 克(Irkutsk)市附近科尔苏克沃斯克村出土一件(M.Erdy1995,p.82,Table5‐1;见本文图一:勒 那河 BaⅡ),高 21.5 厘米,附耳,耳上无突,腹部饰三周弦纹。根据共存器物,其时代在公元 前 7‐6 世纪,这是中原 Ba 式铜鍑向北传播的最早证据。

　　以上讨论的几件铜鍑显示了青铜鍑第一次西渐北传的史实,同时也为探索斯基泰文化 以及塔加尔文化铜鍑渊源问题提供了重要的考古学线索。

三、公元前 9 至前 4 世纪中国北方青铜鍑的考古学研究

(一)型式与时代

　　青铜鍑在陕北高原生成后,在向域外传播的同时,也在黄河流域繁盛起来。从西周晚期 到战国早期,铜鍑在整个中国北方都有发现。下面我们将按考古类型学的方法对这些材料 作初步分析。

　　A 系:直立环耳单乳突铜鍑

　　这一系铜鍑的环耳上均有一突起,定为 A 型,以铜鍑上口俯视作为区分亚型的特征,Aa

型为圆口镂(见本文图二);Ab 型为方圆或椭圆口镂(见本文图二、图四)。

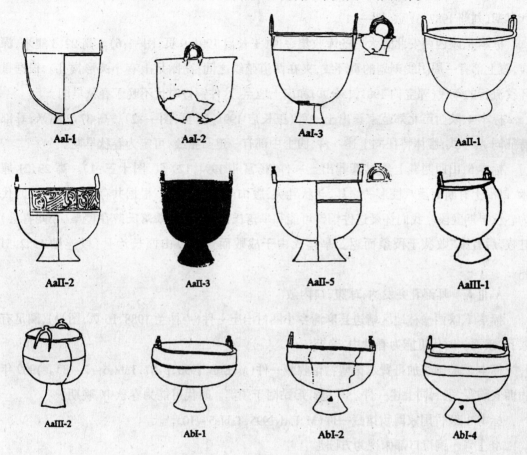

AaⅠ-1 AaⅠ-2 AaⅠ-3 AaⅡ-1

AaⅡ-2 AaⅡ-3 AaⅡ-5 AaⅢ-1

AaⅢ-2 AbⅠ-1 AbⅠ-2 AbⅠ-4

图二 中国北方所出 Aa 和 Ab 型青铜镂

AaⅠ式 耳上突起不大;半筒圜底腹,腹壁较直,口微侈;圈足不大。

标本 1、陕西省岐山县麦禾营乡王家村出土一件(庞文龙、崔玫英 1989,91 页,图一)。根据其型制和与之共存的銮柄短剑,时代可定为西周晚期。

标本 2、北京市延庆县西拨子村出土一件(北京 – 西拨子 1979,228 页,图二:1)。根据共存器物,时代为西周晚期或春秋早期。

标本 3、绥远地区(今内蒙古呼和浩特市)采购一件(水野清一,江上波夫 1935,图 113:1,图版二三)。型制和上述两件相仿,年代应和上述两件相近。

AaⅡ式 耳上突起发达;半筒圜底腹,口直或微敛;圈足稍大。

标本 1、陕西宝鸡甘峪出土一件(高次若、王桂枝 1988,21 页,图版贰:2)。钮扣式乳突,根据同墓共存的铜戈,时代为春秋早期。

标本 2、陕西凤翔县雍城东社采集一件(陕西——凤翔 1984,29 页,图七:2)。长方形块状乳突,口沿下饰有以凸弦纹为界的双头兽纹一周,并有纤细的底纹,根据其纹饰可定为春秋早期(刘莉1987,61页,图一:1)。

标本3、陕西西安北郊大白杨库收集一件(王长启1991,9页,图一:6)。高22.3厘米,深腹,腹上部有一周阴线刻划的重环纹,夹在两道弦纹之间;高圈足上有小圆形镂孔。根据重环纹流行的年代(郭宝钧1981,156页)和出土地点,这件铜鍑时代不晚于春秋早期。

标本4、陕西市北郊范家寨出土一件(王长启1991,10页,图一:2)。高37.2厘米,耳部特征同Aa I 式,腹体特征同上述一件,腹上中部有一道凸弦纹,可定为春秋早期。

标本5、山西闻喜上郭村墓葬出土一件(杨富斗1994,129页,图十三:1)。高29.21厘米,口沿上有断面呈八棱形的立耳,斗状乳突,腹饰凸弦纹一周。根据共存陶鬲,铜戈,时代为春秋早期晚段。我们怀疑这件铜鍑可能和皋落氏有关,因为皋落氏曾在稷桑(今闻喜县)驻牧,后晋军"败狄于稷桑而返。"皋落氏由于战败而迁至今山西长治县(段连勤1982,51页)。

Aa Ⅲ 式　耳部乳突发达;球腹,口内敛。

标本1、陕西榆林地区靖边县麻湾乡小圈村出土一件(卢桂兰1988,16页,图一),圈足有镂孔,素面。时代可能为春秋中、晚期。

标本2、美国芝加哥费尔德博物馆收藏一件(M.Érdy 1995,p.87,Table6－2－8)。1909年由西安购买,型制同上述一件。耳呈?形贴附于颈部。时代可能为春秋中、晚期。

标本3、蒙古国家博物馆藏一件(M.Érdy1995,Table5－10)。

Ab I 式　铜鍑口部俯视为方圆形

标本1、陕西绥德县城关镇采集一件(卢桂兰1988,17页,图封三:1)。高21.2厘米,腹饰凸弦纹一周。

标本2、陕西志丹县张渠乡出土一件(姬乃军1989,73页,图封三:5)。高23厘米,型制同标本1,圈足有圆形小镂孔。与马庄类型鹿形饰板共出(宁夏——杨郎1993,41－42页,图二三:4;钟侃、韩孔乐1983,207页,图五:11)。

标本3、陕西西安市纺织四厂厂区出土一件(王长启1991,10页,图一:7)。高19.5厘米,型制同标本1,腹饰两道弦纹,圈足有五个镂孔。

标本4、陕西西安北郊大白杨库征集一件(王长启1991,10页,无图)。高22.5厘米,腹深,腹部饰弦纹一道,圈足有镂孔。

标本5、陕西西安博物馆藏一件(M.Érdy1995,p.85,Table6－1－13)。高30－35厘米,腹深,腹部饰弦纹一道,圈足有镂孔。

标本6、上海博物馆藏一件(高浜秀1994,3页)。腹饰凸弦纹一周,圈足有镂孔。

　　根据上述第二件铜镀与马庄类型鹿形饰板共存的现象以及 AbⅡ式的年代,这一型铜镀的年代应是春秋晚期至战国早期。马庄类型是春秋晚期至战国早期的一个考古学文化,以宁夏固原县马庄墓地为代表,80 年代被发现和认识,其分布北起毛乌素沙漠,南至渭北台塬南缘,东至陕北的洛河,西至六盘山、屈吴山。

　　AbⅡ式　从器型到纹饰受中原铜器影响很深。

　　标本 1、内蒙古伊克昭盟准格尔旗宝亥社出土一件(伊克昭盟——宝亥社 1987,81 页,图一,图三:1)。高 30.2 厘米,附耳,绳索形;子母口;腹上部饰一周大变体窃曲纹,以“S”形云雷纹衬底,中部饰一周凸弦纹;圈足下沿起棱,年代为春秋晚期。

　　标本 2、山西省原平县刘庄塔岗梁 M3 出土一件(山西——塔岗梁 1986,21 页,图版五:1,图五)。高 22.4 厘米,有盖,上有四个环形纽,盖上满饰勾连雷纹,纽饰绳索纹;器腹饰勾连雷纹,上下以云雷纹作界,在带状纹饰下饰凸起绳索纹一周。年代为春秋晚期。

　　标本 3、山西省浑源县李峪村出土一件(山西——李峪村 1983,697 页,图二:1)。高 16.4 厘米,有盖,麻花纽四个,现存三,子母口;器盖器腹饰勾连云纹,填以雷坟。年代为春秋晚期。

　　标本 4、山西省原平县刘庄塔岗梁出土一件(忻州——塔岗梁 1998,11 页,图十:1,图十一)。高 20 厘米,型制同上一件。时代为春秋晚期。

　　B 系:直立环耳无乳突铜镀

　　这一型铜镀耳部没有乳突,定为 B 型,以铜镀上口俯视以及有无圈足作为区分亚型的特征,圆口为 Ba 型(见本文图三);方圆口为 Bb 型(见本文图三);无圈足者为 Bc 型(见本文图四)。

　　BaⅠ式　腹壁直或微侈,饰中原青铜器纹饰。

　　标本 1、陕西西安市北郊大白杨库征集一件(王长启 1991,10 页,图一:13)。高 11.8 厘米,一耳残缺,直立环耳,纽绳纹;口微侈;腹中部有一周凸起的纽绳纹,颈部饰变形窃曲纹,如同双“S”纹;圈足上有镂孔。根据变形窃曲纹流行的年代(郭宝钧 1981,156 页),此件铜镀的时代不晚于春秋早期。

　　标本 2、甘肃礼县 1995 年出土一件(全国考古新发现精品展,1997)。耳为绳索状;腹上段饰变形窃曲纹,下段饰垂鳞纹;圈足有三个圆形小镂孔。根据变形窃曲纹和重环纹流行的年代(郭宝钧 1981,156 页),此件铜镀的时代也不晚于春秋早期。

　　BaⅡ式　腹壁直或微侈,大圈足。

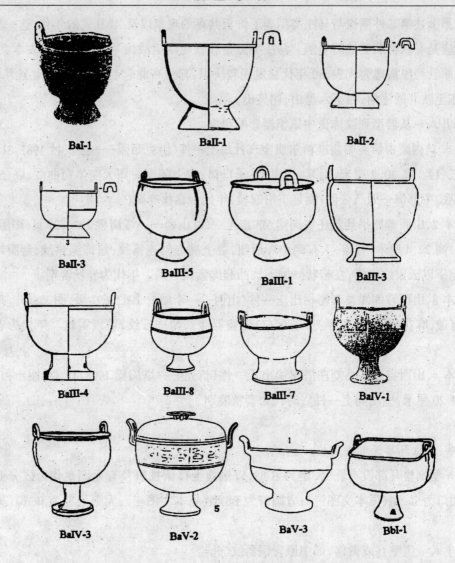

BaI-1　　　BaII-1　　　BaII-2

BaII-3　　　BaIII-5　　　BaIII-1　　　BaIII-3

BaIII-4　　　BaIII-8　　　BaIII-7　　　BaIV-1

BaIV-3　　　BaV-2　　　BaV-3　　　BbI-1

图三　中国北方所出 Ba 和 Bb 型青铜鍑

标本1、山西侯马上马墓池 M2008 出土一件(山西——上马墓地 1994,73 页,图六 0:2)。

标本2、山西临猗县程村 M002 出土一件(赵慧民　李百勤　李春喜 1991,990 页,图三：3)。高 6.8 厘米。

标本3、山西临猗县程村 M002 出土一件(引文同上,990 页,图三:4)。高 5.4 厘米。

以上铜鍑年代在春秋晚期,大致在公元前 550 年前后(田建文 1993,167－168 页)。

BaIII式　球体腹,口内敛圈足。

标本1、北京延庆县玉皇庙村出土一件(M.Érdy1995,p.93,Table6－6－4;辽海文物学刊,

1991 年 1 期)。高 20 厘米。

标本 2、北京延庆县玉皇庙村出土一件(引文同上,p.93,Table6－6－5)。高 20 厘米,以上两件铜 镀型制一样。

标本 3、山西侯马上马村 M13 出土一件(山西——上马村 1963,242 页,图十三:5,图十四:17)。高 7.5 厘米,圈足底沿起棱。根据共存的铜器、陶器,M13 的年代为春秋中叶、春秋晚期之际。

标本 4、山西太原金胜村 M251 出土一件(山西——赵卿墓 1996,129 页,130 页,图六八,5;图版八八,5)。高 7.3 厘米。根据墓葬年代,此件铜镀时代为春秋晚期。

标本 5、陕西榆林地区神木县岔滩征集一件(卢桂兰 1988,17 页,图版肆:3)。高 29 厘米,圈足有三个三角形镂孔。时代可能为春秋晚期。

标本 6、陕西榆林地区神木县发现一件(M. Érdy1995,p.84,Table6－1－2)。高 40 厘米,型制同上述一件,圈足上有圆形镂孔。时代可能为春秋晚期。

标本 6、陕西榆林地区神木县岔滩征集一件(卢桂兰 1988,17 页,图版肆:3)。高 29 厘米,圈足有三个三角形镂孔。时代可能为春秋晚期。

标本 7、河北新乐县中同村出土一件(河北——中同村 1985,17 页,图九:3,图十)。通高 5.5厘米,根据共存物,时代为战国早期。

标本 8、山西沁水泽州出土一件(李夏廷 1992a,50 页,图八:1)。其时代大致在春秋晚期。

BaⅣ式　球形腹,细高圈足,圈足底沿起棱。

标本 1、河北行唐李家庄发现一件(河北——李家庄 1961,55 页,图一:1)。高 21 厘米,器表有明显的范铸痕迹,是由四块瓦状外范合组而成,腹部饰凸弦纹一周。时代为战国初期。

标本 2、河北怀来甘子堡出土一件(《文物春秋》,93 年 2 期)。圈足为细高喇叭形。

标本 3、北京延庆县玉皇庙村出土一件(M. Érdy1995,p.93,Table6－6－3)。高 18 厘米,时代可能为战国早期。

BaⅤ式　附耳;器型和纹饰受中原器型影响很深。

标本 1、北京故宫博物院藏一件(《故宫博物院历代艺术馆陈列品图目》,1991,177 页)。根据腹底痕迹可知,这件铜镀是由一件铜鼎改造而来,鼎的制作年代为春秋中期。

标本 2、河南省辉县琉璃阁甲乙墓出土一件(郭宝钧 1981,图版 74:1)。有盖,腹部饰蟠螭纹,年代为春秋晚期。

标本 3、河北怀来北辛堡墓出土一件(河北——北辛堡 1966,234 页,图版贰,6),通高
50.5,口径 61 厘米,器表有等分的竖范痕四道,和中原器形很相似。外底有烟熏痕迹。时代
为春秋晚期。

BbI 式　方圆腹体。

标本 1、陕西黄陵县发现一件(M.Érdy1995,Table6 - 1 - 12)。细高圈足,圈足上有小镂
孔。

标本 2、上海博物馆藏一件。高圈足,方棱形,有镂孔。根据 AbI 型的时代,此两件铜鍑
的时代应为春秋晚期至战国早期。

Bc 式　无圈足平底鍑(见本文图四)

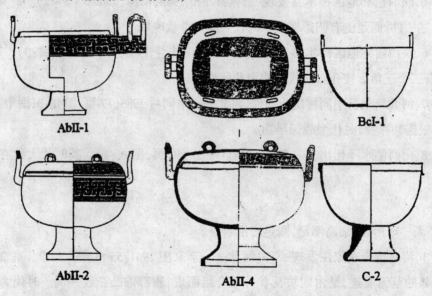

图四　中国北方所出 AbII 式、Bc 型和 C 型青铜鍑

标本 1 - 8、山西省太原晋国赵卿墓出土 8 件(山西——赵卿墓 1996,129 页,图六八,3;
图版八八)。通高 4.7 厘米。

C 系:无耳铜鍑(见本文图四)

标本 1、内蒙古哲里木盟扎鲁特旗巴雅尔吐硕发现的一个青铜器窖藏出土一件(张柏忠
1980,5 - 8 页)。圈足无镂孔,无耳。同出一簋及联珠纹青铜饰等器物。簋为西周晚期至春
秋早期的邢国铜器,鍑的年代亦应与此同时。

标本2－3、山西太原晋国赵卿墓出土2件(山西——赵卿墓1996,129页,图六八,4;图版八,4)。通高6.3厘米,直口,卷唇,腹壁圆弧,圜底,下接喇叭形高圈足,镞中残存有颜料,可能作为调色器具用。年代根据共存物为春秋晚期。

(二)青铜镞在中国北方的滥觞

由上节讨论我们可以粗略知道西周晚期至战国早期青铜镞在中国北方的滥觞(参见图五)。这一时期流行的青铜镞样式主要由上述的三个系列组成,即直立环耳单乳突铜镞(A型),直立环耳无突铜镞(B型),无耳铜镞(C型),尤以前两种铜镞最为流行。

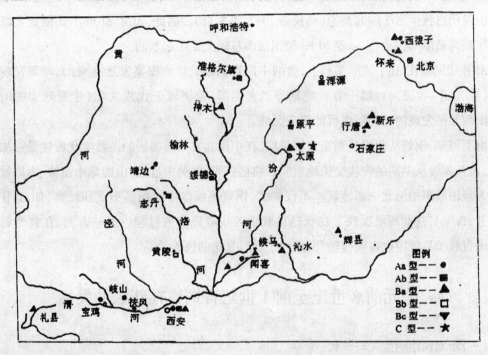

图五　公元前9至前4世纪中国北方青铜镞分布图

早期的铜镞(西周中晚期)主要集中发现于关中平原的北缘,这是铜镞的生成区。西周晚期至春秋早期,铜镞开始在整个中国北方扩散,如向北传至呼和浩特地区(见AaⅠ-3),乃至燕山山地(见AaⅠ-2);向东传至山西涞水流域(见AaⅡ-5),向西传至关中平原西端的宝鸡、凤翔一带(见AaⅡ-1、2),甚至到达甘肃礼县一带(见BaⅠ-2)。这其中尤以A型铜镞的扩张力最强。

春秋中期至战国早期,铜镞有了进一步的发展,分布的地域扩大了,型制也有了发展。在燕山山地属于春秋中期至战国早期的玉皇庙类型中发现了B型铜镞(见BaⅢ-1、2,BaⅣ-3)。和早期铜镞的分布相比,山西涞水流域铜镞更加繁荣,不过这一阶段B型铜镞占主

导地位(见 BaⅡ－1、2、3,BaⅢ－3),同时太原盆地也出现了铜镤(见 C－2、3,Bc－1,BaⅢ－
4),沁水流域也有铜镤的踪迹(见 BaⅢ－8)。河南辉县墓葬中也发现了铜镤(见 BaⅤ－2)。
随着鲜虞白狄的东迁(蒙文通 1993,133－138 页),铜镤被带到了太行山以东地区(见 BaⅢ－
7,BaⅣ－1、2)。值得注意的是,这一阶段秦统治区域迄今未有铜镤发现。

　　值得注意的还有 Ab 型和 Bb 型铜镤,这一型铜镤显然是由 Aa、Ab 型铜镤发展而来。根
据考古发现其产生可能就在陕北高原洛水和窟野河之间。春秋时,晋国吕相对秦桓公说:
"白狄及君同州。"(《左传》成公十三年)可知白狄的主要活动地域在雍州,晋国占据雍州的
泾、渭二水流域,而白狄则在圁水(今窟野河)、洛水之间。《史记·晋世家》又谓"蒲边秦,屈边
狄",也说明白狄生活于陕北高原(马长寿 1962,第 6 页)。因此,AbⅠ和 BbⅠ式铜镤大概是
生活在陕北高原的白狄在 Aa 型和 Ba 型铜镤的基础上发展起来的。

　　AbⅡ式则是在 AbⅠ式的基础上,吸纳中原青铜器的纹饰图案发展起来的,浑源发现的
铜镤(见 AbⅡ－2、3、4),属于春秋晚期浑源彝器群,可能属于代戎文化(李夏廷 1992b,74
页);山西原平发现的此类铜镤可能属于无终。

　　由上可知,铜镤从西周晚期至战国早期,在中国北方不断被新的游牧文化所接受并加以
发展,而且铜镤从早期的农牧交错地带向农耕区扩张,如关中盆地、山西涑水流域、太原盆地
以及太行山以东的河北中部地区。不仅如此,铜镤还汲取中原铜器型式和纹饰(如 AaⅡ－
2,AbⅡ,BaⅤ),这些现象反映了戎狄迁徙和融入华夏民族的过程。另一方面,在典型的东
周高级贵族的墓葬中也以铜镤随葬,反映了当时复杂的民族关系。

四、公元前 8 世纪至前 1 世纪青铜镤在新疆的发展

(一)新疆铜镤的型式与年代

　　北疆的古文化早期多受中亚安德诺罗沃和卡拉苏克文化的影响(水涛 1993,469－473
页),自北疆的游牧人在春秋早期接受黄河流域的青铜镤以后,很快结束卡拉苏克文化在北
疆占主导地位的局面。下面我们将用考古类型学的方法讨论新疆发现的青铜镤,鉴于它们
和中原北方的铜镤属于同一类型,新疆铜镤的型与式按中国北方铜镤顺序排列。

　　AaⅡ式　耳部乳突不发达,腹壁直(见本文图六)。

　　标本 1、新疆昌吉州奇台县发现一件(王博、祁小山 1996,图十一:9),高 40 厘米,耳呈环
状贴附于口沿;腹壁直,呈筒状圜底,腹饰一周弦纹。根据其型制,与以上中原地区 AaⅠ、
AaⅡ式相仿,其时代可定为春秋早期。

AaⅢ式　耳部乳突发达,球腹,口内敛(见本文图六)。

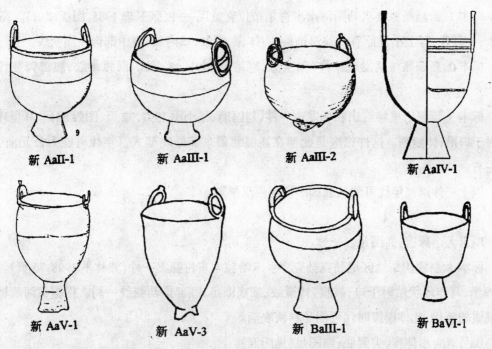

图六　新疆所出 Aa 型和 Ba 型青铜鍑

标本 1、新疆阿勒泰地区哈巴河县铁热克提山沟 1984 年出土一件(王博、祁小山 1996, 291 页,图十一:4;王林山、王博 1996,81 页)。高 25.1 厘米,耳呈环状贴附于口,耳内敛;腹饰一周凹弦纹,根据其型制,和山西闻喜上郭村 AaⅡ－5 铜鍑相似,可定为春秋中期。

标本 2、新疆乌鲁木齐市出土一件(王博、祁小山 1996,290 页,图十一:7)。耳呈环状贴附于口,内撇,乳突较发达,呈四棱柱;素面。根据其形制,和山西闻喜上郭村 AaⅡ－5 铜鍑相似,可定为春秋中期。

AaⅣ式　腹体瘦,尖圜底,圈足大(见本文图六)。

标本 1、新疆哈密地区巴里坤县兰州湾子房址出土一件(王博、祁小山 1996,291 页,图十一:2)。高 54 厘米,乳突呈圆锥体,圈足较发达;腹下部饰波纹。和铜鍑一起出土的单乳突环首铜刀可与北京延庆县军都山墓地 M86 所出同型刀相类比(北京——军都山 1989,29 页,图十九:2,图二十、二一),后者所属文化出现于春秋中期,盛于春秋晚期,至战国早期衰落,战国中期之后融于燕文化之中,其Ⅱ式铜刀属于早期阶段。因此,可以把这件铜鍑定于春秋晚期。

标本 2、新疆伊犁地区巩留县出土一件(张玉忠、赵德荣 1991,42 页,图一:3)。高 61 厘米,型制似上述铜鍑,口沿下铸凸起的倒三角纹一周,腹部有弦纹一道。时代可能同上。

Aa Ⅴ式　形体更加瘦高（见本文图六）。

标本1、新疆新源县巩乃斯河南岸肖尔布拉克发现一件（张玉忠1985，图版肆：1）。高76厘米，一耳残，耳上小柱原有一兽形饰件；腹体深，微鼓，口内敛；腹中部饰一周弦纹。

标本2、新疆霍城县发现一件（张玉忠、赵德荣1991，43页）。深腹微鼓，腹部铸弦纹一道。

标本3、新疆巴里坤红山农场发现一件（刘国瑞、祁小山1997，32页，图版84）。耳呈环状贴附于口沿；体瘦高。这件镍应是此型在新疆北疆东部最晚型式。年代可能为公元前176年左右。

以上三件铜镍年代可能从战国早期至西汉早期。

Ba Ⅲ式　球腹；高圈足。

标本1、新疆伊犁地区尼勒克县克令乡卡哈拉木东村征集一件（郭林平1998，76页）。高34厘米，耳作环状贴附于口；鼓腹，口微敛；细高圈足；颈部饰凸弦纹一周。根据黄河流域同型铜镍的年代，此件铜镍时代可能是春秋晚期。

Ba Ⅵ式　形体瘦，尖圜底；细圈足（见图五）。

标本1、新疆哈密地区巴里坤县发现一件（M. Érdy1995，p.81，Table4－3）。高50厘米，口微敞；小圈足。

标本2、新疆哈密地区巴里坤县发现一件，形制同上（M. Érdy1995，p.81，Table4－4）。残高40厘米，年代可能在战国到西汉之间。

由上可知，新疆铜镍在春秋中期以前，无论是型式的种类还是形态的变化都与黄河流域铜镍保持一致。春秋晚期开始，新疆铜镍的发展变化开始呈现自身特点，即向瘦高，尖圜底发展，尖圜底的作法为塔加尔文化所接受。而且，还发展出斜肩耳的铜镍（见后文）。另外，如果我们承认新疆A型铜镍为月氏传入的话，A型铜镍的发现地点在一定程度上反映了月氏人活动的轨迹，由此可以看出月氏人活动的范围是相当大的，几乎整个北疆都有月氏人的踪迹。而且伊犁发现的早期铜镍似乎说明月氏人早就与这一地区有联系。我们注意到新疆新源县肖尔布拉克铜镍耳部装有兽形饰体的作法（见Aa Ⅴ－1），这可能受萨尔马泰铜镍的影响，而这传统来自斯基泰文化（见后文），可见斯基泰人通过中亚对新疆青铜镍也产生了影响。

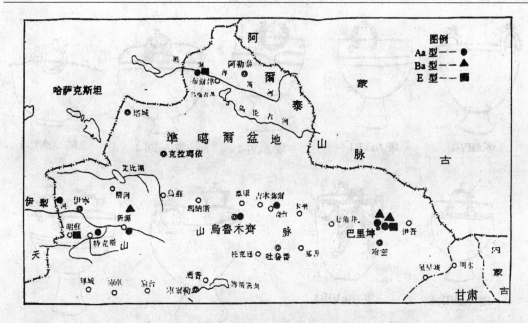

图七　公元前8至前2世纪新疆北疆青铜鍑分布图

五、塔加尔文化青铜鍑的渊源

(一)塔加尔文化铜鍑的型式与年代

塔加尔文化是南西伯利亚早期铁器时代文化,分布于俄罗斯叶尼塞河中游米努辛斯克盆地、克拉斯诺亚尔斯克地区和克麦罗沃州东部,年代约为公元前7-1世纪,前接卡拉苏克文化,后续塔施提克文化(《中国大百科全书》编辑部1986,510页)。在其文化分布及外传的范围中也发现了青铜鍑,下面即按考古类型学的方法进行讨论(型式接上)。

AaⅣ式　口微敞,尖圜底(见本文图八)。

标本1、俄罗斯莫斯科历史博物馆展出一件(M.Érdy 1995,p.79,Table3－16)。出自米努辛斯克地区,耳呈半环状;素面。时代可能为公元前5世纪。

AaⅥ式　乳突较发达,尖圜底(见本文图八)。

标本1、俄罗斯叶尼塞河上游吐鲁昌斯克(Turuchansk)出一件(M.Érdy1995,p.79,Table3－15)。腹饰两圈弦纹;高圈足。

标本2、俄罗斯叶尼塞河上游布拉基诺(Braginno)出土一件(M.Érdy1995,Table3－14－2)。耳呈环状贴附于口;尖圜底;腹饰绳套纹。

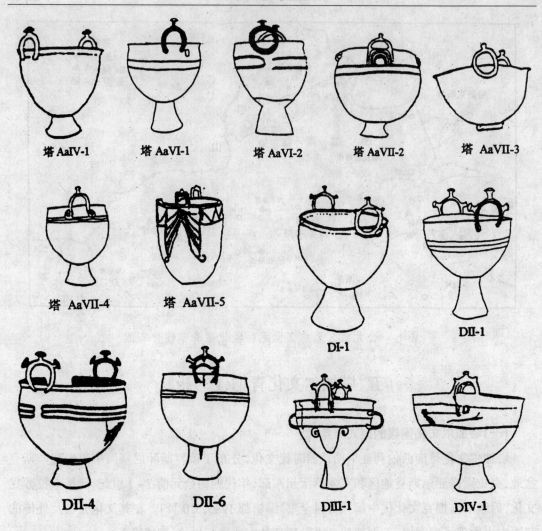

塔 AaⅣ-1　　　塔 AaⅥ-1　　　塔 AaⅥ-2　　　塔 AaⅦ-2　　　塔 AaⅦ-3

塔 AaⅦ-4　　　塔 AaⅦ-5　　　　　　　　　　　　　DⅠ-1　　　　　DⅡ-1

DⅡ-4　　　　　　DⅡ-6　　　　　DⅢ-1　　　　　　DⅣ-1

图八　塔加尔文化及其影响范围所见 Aa 型和 D 型青铜镤

标本 3、俄罗斯叶尼塞河上游沙拉博林斯克(Shalabolinsk)出一件(M.Érdy 1995,Table3 -
14 - 6)。型制同标本 1。

标本 4、俄罗斯叶尼塞河上游米努辛斯克(Minusisk)一件(M.Érdy1995,Table3 - 14 - 7)。
型制同标本 1。

标本 5 - 7、俄罗斯叶尼塞河上游米努辛斯克出土(M.Érdy1995,p.77,Table3 - 5)。型制
同标本 1。圈足残。芬兰赫尔辛基国家博物馆收藏,又名"托沃斯丁藏品"。

以上七件铜镤均属于塔加尔文化,年代在公元前 5 至前 1 世纪之间,相当于中国战国早
期至西汉。

Aa Ⅶ式　装饰不同于前(见本文图八)。

标本 1、俄罗斯叶尼塞河上游米努辛斯克萨宾斯克村（Sabinsk）一件（M.Érdy1995，Table 3-1）。环耳下部在颈部形成数圈形，附加两小颈耳；球腹；小圈足。

标本 2、俄罗斯托博尔斯克省伊什姆（Ishim）区卡拉嘎伊（Karagay）村出土一件（M.Érdy1995，Table2-14）。型制完全同上。

标本 3、俄罗斯托博尔斯克（Tobolsk）库尔干斯克区克琉切夫斯克村（Klyuchevsk）出土一件（M.Érdy1995，Table2-10）。耳呈环状贴附于口；半球腹。

标本 4、上述地点出土一件（M.Érdy1995，Table2-11）。耳下端外卷；腹上部饰三道弦纹。

标本 5、俄罗斯卡马河流域彼尔姆（Perm）索里卡姆斯克（Solikamsk）出土一件（A. Alföldi1932，fig.5）。方圆耳；深筒腹；饰几何纹饰。

以上几件年代可能在公元前 4 至前 1 世纪，其中标本 2-5 应是受塔加尔文化影响的产物。

BaⅤ式　尖圜底；口微敞（见本文图九）。

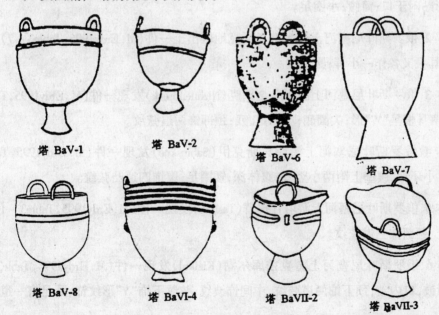

塔 BaV-1　　塔 BaV-2　　塔 BaV-6　　塔 BaV-7

塔 BaV-8　　塔 BaVI-4　　塔 BaVII-2　　塔 BaVII-3

图九　塔加尔文化及其影响范围所见 Ba 型青铜鍑

标本 1、俄罗斯叶尼塞河上游米努辛斯克地区出土一件（M.Érdy1995，p.79，Table3-16）。口微敞；小圈足；腹饰两道弦纹。

标本 2、俄罗斯叶尼塞河上游米努辛斯克地区出土一件（M.Érdy1995，p.79，Table3-16）。

型制同标本 1。

标本 3、俄罗斯叶尼塞河上游戈拉伊兹（Gora Izih）发现一件（M. Érdy1995, Table3 – 14 – 5）。型制同标本 1。

标本 4、俄罗斯叶尼塞河上游泰契特（Taishet）发现一件（M. Érdy1995, Table3 – 14 – 4）。型制同标本 1, 素面。

标本 5、俄罗斯叶尼塞河上游发现一件（M. Érdy1995, Table3 – 14 – 10）。型制同标本 1, 腹饰四道弦纹。

标本 6 – 7、俄罗斯西西伯利亚巴拉巴草原（Baraba steppe）发现两件（M. Érdy1995, Table 2 – 15、16）。高 9.6 厘米和 5 厘米, 素面, 尖圜底。

以上俄罗斯发现的七件铜镇年代大致在公元前 5 至前 1 世纪, 相当于中国战国到西汉。

BaⅥ式　细部特征不同于前（见本文图九）。

标本 1、俄罗斯叶尼塞河上游米努辛斯克地区出土一件（M. Érdy1995, Table3 – 14 – 16）。耳呈弓形贴附于口; 筒腹; 小圈足。

标本 2、俄罗斯叶尼塞河上游米努辛斯克地区出土一件（M. Érdy1995, Table3 – 7）。耳呈弓形, 两耳根又各作一小耳; 圈足残。

标本 3、俄罗斯叶尼塞河上游下乌金斯克（Nizhneudinsk）发现一件（M. Érdy1995, Table3 – 9 – 2）。两耳根呈"W"形; 尖圜底; 小圈足, 残; 颈部饰两道弦纹。

标本 4、俄罗斯叶尼塞河上游萨宾斯克伊（Sabinskoe）发现一件（M. Érdy1995, Table3 – 14 – 3）。小环耳, 腹壁上附两小竖耳; 腹体深; 矮圈足; 腹饰四道凸弦纹。

标本 5、俄罗斯叶尼塞河上游塔什提普（Tashtip）发现一件（M. Érdy1995, Table3 – 14 – 4）。型制同上, 颈部饰三道弦纹。

标本 6、俄罗斯叶尼塞河上游克兹库尔湖（Kizikul）发现一件（M. Érdy1995, Table3 – 6 – 3）。腹微鼓, 口内敛; 颈下饰两道弦纹, 中间饰波纹, 弦纹下饰"Y"形纹饰; 圈足有一道缝。

标本 7、俄罗斯叶尼塞河上游塔尕舍特（Tagashet）发现一件（M. Érdy1995, Table3 – 14 – 12）。尖圜底; 腹饰两道弦纹; 圈足有裂缝。

标本 8、俄罗斯图瓦（Tuva）科凯尔（Kokel）大墓中出土一件（S. Vainstein1984, p.11 – 18）。高 46 厘米, 筒腹, 直壁, 小圈足, 腹颈饰弦纹两匝。

以上八件铜镇时代可能为公元前 4 至前 1 世纪。

BaⅦ式　带流(见本文图九)。

标本1、俄罗斯叶尼塞河上游米努辛斯克地区发现一件(M.Érdy1995,Table3－5)。又名"托沃斯丁藏品",现藏芬兰赫尔辛基国家博物馆。

标本2、俄罗斯叶尼塞河上游萨尔巴镇发现一件(M.Érdy1995,Table3－6－1)。腹饰绳索纹。

标本3、俄罗斯叶尼塞河上游萨尔巴镇发现一件(M.Érdy1995,Table3－14－15)。腹饰弦纹两周。

标本4、俄罗斯叶尼塞河上游米努辛斯克地区出土一件(M.Érdy1995,Table3－14－18)。腹部有两小竖耳;腹饰绳索纹。

标本5、俄罗斯叶尼塞河上游米努辛斯克地区出土一件(M.Érdy1995,Table3－14－13)。直立环耳残;腹部有两小竖耳;腹饰绳索纹。

以上五件铜镀的年代大致为公元前4至前1世纪。

D系:三乳突直立环耳铜镀

这一系铜镀为直立环耳,耳上饰三个突,定为D型(见本文图八)。

DⅠ式　耳作环状贴附于口;球腹;大圈足;素面。

标本1、俄罗斯伊尔库斯克北13公里安加拉河上的丘金岛发现一件(M.Érdy1995,Table5－7)。

DⅡ式　耳上乳突发达;尖圜底;高圈足;腹饰绳索纹。

标本1、俄罗斯伊尔库斯克库图拉克(Kutullaki)河河岸出土一件(M.Érdy1995,Table5－6)。腹饰三道弦纹。

标本2、俄罗斯叶尼塞河上游米努辛斯克地区发现一件(M.Érdy1995,Table3－5)。腹饰四道弦纹;圈足残。又名"托沃斯丁藏品"。

标本3、俄罗斯叶尼塞河上游沙拉博林斯克(Shalabolinsk)发现一件(M.Érdy1995,Table3－14－1)。耳作环状贴附于口;颈部有箭头符号若干;腹饰四道弦纹;圈足残。

标本4、俄罗斯叶尼塞河上游地区发现一件(Karl Jettmar1967,p.72－74,fig.39)。

标本5、俄罗斯叶尼塞河上游地区发现一件(M.Érdy1995,Table3－14－8)。圈足有竖裂纹。

标本 6、俄罗斯托博尔斯克发现一件（M. Érdy1995，Table2 - 12），型制同上。

DⅢ式　腹部有两竖耳；腹上部饰三道弦纹，弦纹下饰"U"形纹。

标本 1、俄罗斯托博尔斯克伊什姆（Ishim）地区卡拉尕伊（Karagay）村发现一件（M. Érdy1995，Table2 - 13）。

DⅣ式　乳突不发达；制造简陋。

标本 1、俄罗斯彼尔姆（Perm）萨德林（Sadrin）地区扎马拉艾沃斯科伊（Zamaraevskoe）村发现一件（M. Érdy1995，Table2 - 4）。

据以上讨论，塔加尔文化铜镬有三个系列，即 Aa 型、Ba 型和 D 型。其中 Aa 型和 Ba 型和新疆的铜镬一脉相承，米努辛斯克出的这件铜镬（见塔 AaⅣ - 1）和新疆巴里坤兰州湾子出土的铜镬（见新 AaⅣ - 1）在形态上是很相似的，塔加尔文化中铜镬的出现时间是公元前 5 至前 4 世纪（《世界考古学大系·9》，日本，平凡社），而兰州湾子铜镬时代亦相近，说明塔加尔文化铜镬是由新疆传出。D 型是在前两种（尤其是 Aa 型）的基础上发展起来的，据现有材料，斯基泰文化中的 D 型铜镬出现于前 6 世纪前半叶（雪嶋宏一 1995，图 E - 1），所以，塔加尔文化中的 D 型铜镬可能源于斯基泰文化。另外，塔加尔文化中也有 F 型铜镬，可能源自西方。铜镬在从新疆传入南西伯利亚后，又发展出自己的一些特点，如乳突更加发达，尖圜底（冯恩学 1993，324 页），在腹壁加饰绳索纹，有的口部还发展出"流"。塔加尔文化铜镬的另一个特点是数量多，铜镬被大量的使用，在米努辛斯克地区叶尼塞河以东的一处岩刻上，我们可以看到 19 个铜镬在一个村落中被使用的情况（M. Érdy1995，p.62，fig.5），它们可能是在举行的某种宗教仪式中被用作礼器（M. Érdy1995，p.30）。

（二）塔加尔文化铜镬的外传

公元前 5 世纪开始，铜镬在叶尼塞河上游地区流行起来，史学家一般认为叶尼塞河流域应是丁零人的居地，因此推测公元前 8 - 2 世纪生活在这一带的塔加尔文化居民就是丁零人（段连勤 1979，84 页；周连宽 1957，49 页）。那么丁零人史书阙如的历史活动则因为铜镬的发现而为人所知。

这里的游牧人在向周边地区活动的同时，也把这个发源于中国北方的铜镬带到了各地。从考古发现看，塔加尔文化的铜镬有两个发展方向，一个是向东，一直到贝加尔湖地区（见 DⅠ - 1，DⅡ - 1）。主要是三乳突的铜镬；向西则穿过巴拉巴草原（塔 BaⅤ - 6、7）。到达乌拉尔山东麓中段 的托博尔斯克（见塔 AaⅦ - 2、3、4，DⅡ - 6，DⅢ - 1），甚至穿过叶卡特林伯格（Yekaterinburg）山口（M. Érdy1995，p.52）。到达乌拉尔山西侧的彼尔姆地区（见塔 AaⅦ -

5、DⅣ－1）。M.Érdy 通过实地勘察,指出了这一山间通道的存在,从而揭示了叶尼塞河上游地区同卡马河流域在公元前的文化联系。其实早在公元前 11－8 世纪,卡马河地区就和遥远的殷朝有着某种联系(A.T.蒙盖特 1963,114 页;C.B.吉谢列夫 1960,51－52 页)。不过,乌恩和李海荣认为是殷朝的文化影响了塞伊马文化(乌恩 1986,147 页;李海荣 1995,30－31 页)。因此,一条比现知草原丝绸之路更北的通道,从殷商时代到西汉时期都时断时续地存在着。塔加尔铜镀在这条线路上的发现正好说明了这一问题。

六、斯基泰和萨尔马提亚的青铜镀

斯基泰人是从斯鲁那亚(Srubnaya)文化分离出来的部落,后来陆续从伏尔加——乌拉尔草原迁移到黑海北岸的南俄草原,并吸收了当地的金麦里人部落(Cinmerians)。公元前 7 世纪中期,成为强大的部落联盟,一直延续到公元前 3 世纪。萨尔马泰人的兴起逼迫斯基泰西移,至公元 3 世纪后半叶,为哥特人所灭亡。(Denis Sinor1987,p.97－110)。

根据考古发现,斯基泰人曾广泛的使用青铜镀,而且把铜镀装饰得面目一新,其用心和热情一点也不亚于遥远东方华夏人对青铜器的装饰。日本学者雪嶋宏一先生对斯基泰铜镀做过详细的研究(雪嶋宏一,1995,2－14 页)。他把斯基泰铜镀分为 A－Ⅰ九个类型,其时代从前 8 世纪至前 7 世纪初,前 7 世纪末至前 6 世纪初到前 5 世纪至前 3 世纪都有,其中多集中出现于前 5 世纪至前 3 世纪。斯基泰铜镀大致可分为以下几个系列(见本文图十):第一类为单乳突耳铜镀(相当我们的 A 型);第二类为无乳突铜镀(相当我们的 B 型);第三类为三乳突耳铜镀(相当我们的 D 型);第四类为动物形耳铜镀(可定为 F 型),这是斯基泰文化独有的形式;第五类为斜肩耳铜镀(相当我们的 E 型)。其中 D 型、F 型铜镀还有肩部装饰一对斜肩耳。斯基泰铜镀的一个显著特点是腹体装饰华丽,细高圈足,形体高大。

雪嶋宏一认为 A 型铜镀属于前斯基泰时期,它们和高浜秀所作中国铜镀分类中的 A 型相似(高浜秀 1994,2－4 页),认为可以考虑东方起源(雪嶋宏一 1995,3 页),这个建议无疑是正确的,我们认为斯基泰铜镀的来源可能是多源的。其单乳突铜镀可能直接来源于中国新疆地区(见本文二),其无乳突铜镀可能源自新疆或叶尼塞河上游地区。斜肩耳铜镀则学自塞人铜镀,或许就是流寓斯基泰部落的塞人使用的铜镀,而三乳突铜镀似和塔加尔文化中的同类器有联系,可能是前者影响了后者。动物形耳铜镀则是斯基泰民族重新创造的一种铜镀形式。

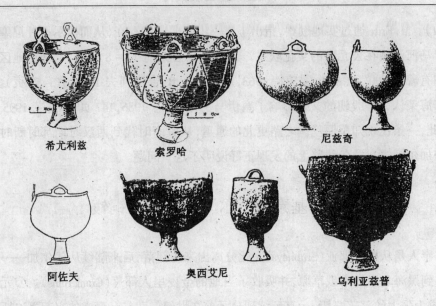

希尤利兹　　　　索罗哈　　　　　　　尼兹奇

阿佐夫　　　　　　　奥西艾尼　　　　　乌利亚兹普

图十　斯基泰人青铜镄(转引自雪嶋宏一 1995)

值得注意的是,斯基泰铜镄中有一类和中国春秋晚期的 Ab 型铜镄相似,其腹体制成方圆形(雪嶋宏一 1995,8 页)。这种惊人的相似性是否显暗示着他们之间的某种联系,其中缘由还需更多的材料才能说明。

萨尔马泰人早期称萨夫罗马泰,公元前 4 世纪后改称萨尔马泰。萨夫罗马泰的铜镄已有发现(见本文二)。萨尔马泰青铜镄主要分布于伏尔加河,顿河和库班河流域草原上。萨尔马泰青铜镄流行的时间为公元前 4 至公元 4 世纪。主要有三类:第一类为椭圆形或半圆形腹,直立环耳上一般带三个乳钉形装饰,也有附耳和绳纹装饰。第二类为半球形腹,两端内收,铸动物耳(山羊,鹿,狗等),有一些带附耳,纹饰主要是绳纹。这二类铜镄和斯基泰铜镄一脉相承,第三类为卵圆形腹,尖锥状底,无圈足,一般器耳上有三个乳钉形的装饰,腹部饰一道绳纹,有的铜镄上还发现了印记符号,也有带附耳的(王博、祁小山 1996,286－287页)(见本文图十一)。这一类大概是萨尔马泰人独创,但其耳部仍为斯基泰铜镄特点。这一类时间较晚,可能是公元 1 至 4 世纪的遗物。

总之,斯基泰人和萨尔马泰人铜镄无疑是中国铜镄为其间接吸纳的一个范例,铜镄在欧亚草原西段的繁盛,说明了这种青铜容器适应游牧文化的优越性,它应当作为游牧民族以马具,武器,野兽纹为三大特征之外的第四个反映游牧文化的显著特征。

图十一　萨尔马泰人青铜镀（转引自 Jeannine Davis-kimball,1995）

七、斜肩耳铜镀与塞人文化

塞人就是希腊作家希罗多德笔下的 Saka(塞卡)以及波斯碑铭中提到的"萨迦"。希罗多德把生活于欧亚草原东部的游牧人称为塞人,把西部的游牧人称为斯基泰人(Scythian),从铜镀来看,他们之间的确存在着差别,塞人青铜镀主要发现于七河流域,时间为公元前 5－3 世纪,塞人青铜镀特点比较明显,耳为斜肩耳,呈半圆形(见本文图十二),这种型制显然是源于新疆铜镀,其中耳部带三乳突的铜镀可能是流寓塞人部落的斯基泰人使用的铜镀,或是受斯基泰铜镀影响制造的。

值得注意的是除了七河流域发现这类铜镀外(A.H.伯恩斯坦姆 1949,1992 译,17－44 页),在南西伯利亚和新疆也有此种铜镀的踪迹,而且新疆发现的斜肩耳铜镀很可能比七河流域发现的铜镀时代早,反映了早期塞人在这些地区活动的情况,为我们探索塞人铜镀渊源问题提供了重要的考古学证据。下面即按考古类型学介绍这些材料。

E 系:斜肩耳铜镀

此型铜镀均为斜肩耳,定为 E 型(见本文图十三)。

EⅠ式　斜肩耳;球腹;大圈足。

标本 1、新疆哈密地区巴里坤奎苏南湾 1981 年发现一件(王博、祁小山 1996,290 页,图十一:3)。素面。

标本 2、新疆阿勒泰地区哈巴河县塔勒恰特发现一件(引文同上,图十一:6)。圈足残;

腹饰波纹。

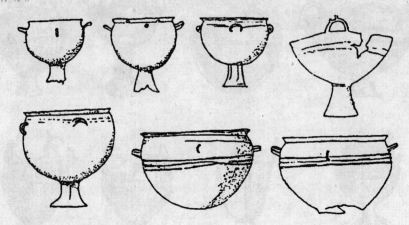

图十二　中亚七河流域所出塞人青铜镂(转引自王博、祁小山,1996)

图十三　新疆和俄罗斯所出 E 型青铜镂

标本 3、新疆伊犁地区昭苏县天山牧场一土墩墓 1959 年发现一件(张玉忠 1985,79 页,图版肆:2)。出土时有圈足,已残,后被锯掉。通高 31 厘米,耳残,口沿下铸凸弦纹一周。

以上三件铜镂其腹体型制和 Aa Ⅲ 式相近,所以时代大概为春秋晚期。

E Ⅱ 式　斜方耳;球腹

标本 1、俄罗斯阿尔泰巴泽雷克二号塞王墓出土一件(K.Jettmar1967,p.72 – 74)。无圈足。

标本 2、俄罗斯图瓦科什——裴伊(Kosh – Pey)墓地发现一件(M.Érdy1995,Table3 – 12)。无圈足。

E Ⅲ 式　颈部饰两道弦纹,弦纹内饰波纹。

标本 1、俄罗斯米努辛斯克地区发现一件(M.Érdy1995,Table3 – 8)。

E Ⅳ 式　颈部饰两道弦纹,弦纹内饰波弦,腹部饰"Y"形纹饰;圈足起棱,有镂孔。

标本 1、俄罗斯鄂毕河地区土门(Tyumen)萨维诺夫卡(Savinovka)发现一件(M.Érdy1995,

Table2－9）。

在新疆地区已有数批塞人的遗迹被考古工作者所发现和研究（王炳华1993，210－230页），但还没有带圈足斜肩耳铜镀和塞人典型遗物共存的例子，这仍需深入研究。值得注意的是1983年夏在伊犁新源县东北20公里处的塞人土墩墓中发现了三兽足的铜镀（王博1987，图二：1），平口深鼓腹，上腹部附四耳，二平二直，腹部弦纹三道（见本文图十三）。这类铜镀在七河流域也有发现，属塞人文化无疑，而这种铜镀同样可能来源于黄河流域的三足铜容器。

八、结　语

欧亚大陆的草原地带是连接东亚、中亚、西亚和欧洲畅通无阻的通道，从古至今在这区域活动着强悍好动的游牧民族，他们之间频繁的接触以及生活的游动性为文化的传播提供了可能。可惜的是游牧民族本身不书历史，农业民族又对他们知之甚少，因此，他们早期的历史活动多不为人所知。所幸的是由于考古材料的被发现，我们今天有可能去复原游牧民族的历史，对铜镀的研究就是其中的一例。

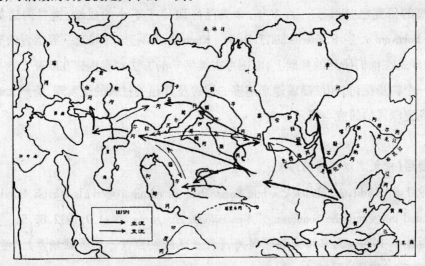

图十四　公元前8至公元4世纪青铜镀在欧亚大陆的传播

据我们研究，铜镀这一适应游牧经济与文化的青铜容器在中国商周青铜文化的背景中产生后，即为活跃于草原地带的各支游牧民族所接受（参阅图十四），在早期（公元前10世纪至公元3世纪）相继为李家崖文化、夏家店上层文化、猃狁、狄人、月氏人、丁零人、萨夫罗马泰人、斯基泰人、萨尔马泰人和塞人所使用，因此，认为铜镀单为匈奴（或匈人）所有的观点是不确切的(M. Erdy1995,p.191)。青铜镀在早期(前9世纪至4世纪)流传扩散的过程中,从耳部带单乳突铜镀(A系)发展为直立环耳无乳突(B系)、无耳(C系)、直立环耳三乳突(D系)、动物耳(F系)和斜肩耳(E系)共六型铜镀。其中A系铜镀分布最广,从整个中国北方一直到新疆、南西伯利亚、西伯利亚、卡马河流域、中亚和库班草原都有发现;B系铜镀基本和A系铜镀同时同地域存在;C系只见于中国北方,而且数量很少;D系分布于南西伯利亚、西伯利亚、卡马河流域、中亚、南俄草原和库班草原;动物耳系铜镀(F系)分布于南俄草原和库班草原;E系铜镀主要分布于七河流域,另外,图瓦、新疆北疆和南俄草原也有分布。

　　青铜镀不但作为烹饪炊具和盛食器,还被用作萨满仪式中的礼器(M. Erdy1995,p.27 -29)。甚至被用作东周贵族的随葬明器。因此我们完全可以认为铜镀是欧亚大陆游牧民族文化的一个显著特征,是我们今天了解欧亚大陆草原地带游牧人生活、宗教的一个重要方面,也是我们探寻诸游牧部落之间文化经济关系的一把钥匙,其意义不言而喻。

　　值得一提的是新疆北疆地区,作为连接欧亚大陆东与西的关键部分,其在中国铜镀向南西伯利亚、西伯利亚、七河流域、南乌拉尔、南俄草原和库班草原传播的过程中起到了中介的作用,显示了它在东西文化交流中的独特地位。

　　对铜镀的研究已持续了一百多年,今天已经取得了不小的成绩,这是同诸如Miklós Érdy、N. A. Bokovenko、I. P. Zasetskaia、J. Davis - Kimball、高浜秀、雪嶋宏一等学者的努力分不开的,本文即是在他们研究的基础上,应用考古类型学的方法对青铜镀在欧亚大陆初传这一课题作的一个初步探讨,相信随着越来越多的铜镀及其相关材料的被发现,蔚然大观的游牧文化将得到更深入的研究与揭示。

参考文献要目(中文名以拼音为序)

A. Alföldil1932 = Alföldil, A, "Leletek a hun korszakból és ethnikai szétválasztásuk. Funde aus der Hunnenzeit und ihre ethnische Sonderung," *Archaeologia Hungarica*, Ⅴol.9,1932,fig.5.

北京——西拨子 1979 = 北京市文物管理处,《北京延庆县西拨子村窖藏铜器》,《考古》1979年3期,第227~230页,图二,1。

北京——军都山 1989 = 北京市文物研究所山戎文化考古队,《北京延庆军都山东周山戎部落墓地发掘纪略》,《文物》1989年8期,第29页,图十九:2,图二十、二一。

A. H. 伯恩斯坦姆 1949 = 陈世良译,陈婉仪校,A·H·伯恩斯坦姆,《谢米列契和天山历史文化的几个主要阶段》,《苏联考古学》1949年11期,载《新疆文物》1992年,第17-44页。

Jeannine　Davis - Kimball1995 = Davis-Kimball, J, Bashilov, V. B. and Yablonsky, L. T. (ed.),

Nomads of the Eurasian Steppes in the Early Iron Age, Berkeley：Zinat Press，1995，111，108，fig.16.

段连勤 1979 = 段连勤，《我国丁零族原始居地和北迁》，《西北大学学报》1979 年 4 期，第 80 - 87 页。

段连勤 1982 = 段连勤，《北狄族与中山国》，河北人民出版社，1982，第 51 页。

M. Érdy1995 = Erdy, M, "Hun and Xiong – nu Type Cauldron Finds Throughout Eurasia," *Eurasian Students Yearbook*, Continuation of Fortsetzung der Ural-Altaische Jahrbiicher/Ural-Altaic Yearbook67, Berlin \ Bloomington \ London \ Paris \ Toronto, 1995, 1 – 94.

冯恩学 1993 = 冯恩学，《中国境内的北方系东区青铜釜研究》，《青果集》，吉林大学编，知识出版社，1993，第 318 ~ 328 页。

郭宝钧 1981 = 郭宝钧，《商周铜器群综合研究》，北京：文物出版社，1981 年，第 156 页，图版柒肆：1。

郭林平 1998 = 郭林平，《新疆尼勒克县发现古代铜鍑》，《文博》1998 年 1 期，第 76 页。

郭物 1998 = 郭物，《青铜鍑起源初论》，《青年考古学家》第十期（1998），北京大学考古系文物爱好者协会会刊，第 39 - 41 页。

韩嘉谷 1994 = 韩嘉谷，《从军都山东周墓谈山戎、胡、东胡的考古学文化》，《内蒙古文物考古文集》，中国大百科出版社，1994 年，第 336 - 347 页。

河北——北辛堡 1966 = 河北省文化局文物工作队，《河北怀来北辛堡战国墓》，《考古》1966 年 5 期，第 234 页，图版贰,6。

河北——李家庄 1963 = 河北省文化局文物工作队，《行唐李家庄发现战国铜器》，《文物》1963 年 4 期，第 55 页，图一:1。

河北——中同村 1985 = 河北省文物研究所：《河北新乐中同村发现战国墓》，《文物》1985 年 6 期，第 19 页，图十一。

Karl Jettmar 1967 = Jettmar, K, *Art of the Steppes*, New York：Crown Publications, 1967, 72 – 74.

姬乃军 1989 = 姬乃军，《延安地区文管会收藏的匈奴文物》，《文博》1989 年 4 期，第 73 页，图版五:5。

李海荣 1995 = 李海荣，《北方地区出土商时期青铜器研究》，北京大学硕士研究生论文，1995 年，第 30 - 31 页。

李夏廷 1992a = 李夏廷，《关于图像纹铜器的几点认识》，《文物季刊》1992 年 4 期，第 50 页，53 页，图八:1、2、3。

李夏廷 1992b = 李夏廷，《浑源彝器研究》，《文物》1992 年 10 期，第 62 页，66 页，图五:1、2、3、4、5、6。

林梅村 1997 = 林梅村,《吐火罗人与龙部落》,《西域研究》1997 年 1 期,第 11 - 21 页;收入《汉唐西域与中国文明》,文物出版社,1998 年,第 70 - 80 页。

刘国瑞、祁小山 1997 = 刘国瑞、祁小山,《哈密古代文明》,新疆美术摄影出版社,1997 年,第 16 页,图版 18;第 17 页,图版 21;文见第 74 页。第 32 页,图版 82,83,84,85,文见 76 页。

刘莉 1987 = 刘莉,《铜鍑考》,《考古与文物》1987 年 3 期,第 60 - 65 页。

卢桂兰 1988 = 卢桂兰,《榆林地区收藏的部分匈奴文物》,《文博》1988 年 6 期,第 16 - 19 页。

马长寿 1962 = 马长寿,《北狄与匈奴》,生活·读书·新知三联书店,1962 年,第 6 页。

蒙文通 1993 = 蒙文通,《古族甄微》,蒙文通文集第二卷,巴蜀书社,1993,第 133 - 138 页。

宁夏——杨郎 1993 = 宁夏文物考古研究所、宁夏固原博物馆,《宁夏固原杨郎青铜文化墓地》,《考古学报》1993 年 1 期,第 41 页,图二三:4。

庞文龙、崔玫英 1989 = 庞文龙、崔玫英,《岐山王家村出土青铜器》,《文博》1989 年 1 期,第 91 ~ 92 页。

A.T.蒙盖特 1963 = 潘孟陶等译、蒙盖特著,《苏联考古学》,1963 年,第 114 页。

C.B.吉谢列夫 1960 = 阮西湖口译,C.B.吉谢列夫,《苏联境内青铜文化与中国商文化的关系》,《考古》1960 年 2 期,第 51 - 52 页。

Denis Sinor1990 = sinor, Denis, *The Cambridge History of Early Inner Asia*, Cambridge University Press,1990 pp.97 - 117.

山西——李裕村 1983 = 山西省考古研究所,《山西浑源县李裕村东周墓》,《考古》,1983 年 8 期,第 697 页,图二,1。

山西——上马 1994 = 山西省考古研究所,《上马墓地》,文物出版社,1994 年,第 73 页,图六十:2,第 143 页,第 171 ~ 174 页。

山西——赵卿墓 1996 = 山西省考古研究所、太原市文物管理委员会,陶正刚、侯毅、渠川福著,《太原晋国赵卿墓》,文物出版社,1996,第 129 页,130 页,图六八:3、4、5;图版八八:3、4、5。

山西——上马村 1963 = 山西省文物管理委员会侯马工作站,《山西侯马上马村东周墓葬》,《考古》,1963 年 5 期,第 242 页,图一三,5;图一四,17。

陕西——凤翔 1984 = 陕西省雍城考古队,《一九八二年凤翔雍城秦汉遗址调查简报》,《考古与文物》,1984 年 2 期,第 29 页,图七:2。

水涛 1993 = 水涛,《新疆青铜时代诸文化的比较研究——附论早期中西文化交流的历史进程》,《国学研究》第一卷,1993,北京大学出版社,第 469 - 473 页。

田建文 1993 = 田建文,《侯马上马墓地 M13,M2008 出土的北方式青铜器》,《考古》,1993 年 2

期,第 167～168 页。

S.Vainstein1992 = Vainstein, S, "kokel Cemetery and Problem of History of the Hunnu in Central Asia," *The International Academic Conference on Archaeology*, Cultures of the Northern Chinese Ancient Nations, Vol 2 (WU) of preprints of papers, Hohhot, Inn. Mong, China, Aug. 11 – 18, 1992.

王博 1987 = 王博,《新疆近十年发现的一些铜器》,《新疆文物》,1987 年 1 期,第 45 – 51 页。

王博、祁小山 1996 = 王博、祁小山,《新疆出土青铜鍑及其族属分析——兼谈亚欧草原青铜鍑》,《丝绸之路草原石人研究》,新疆人民出版社,1996,第 276 – 294 页。

王炳华 1993 = 王炳华,《古代新疆塞人历史钩沉》,《丝绸之路考古研究》,新疆人民出版社,1993,第 210 – 230 页。

王长启 1991 = 王长启,《西安市文管会藏鄂尔多斯式青铜器及其特征》,《考古与文物》,1991 年 4 期,第 6 – 11 页。

王林山、王博 1996 = 王林山、王博,《中国阿尔泰山草原文物》,新疆美术摄影出版社,1996 年,第 23 页,图版 21,22,24。第 81 页。

乌恩 1986 = 乌恩,《中国北方青铜文化与卡拉苏克文化的关系》,《中国考古学研究——夏鼐先生考古五十年纪念论文集》(二),科学出版社,1986 年,第 147 页。

忻州——塔岗梁 1998 = 忻州地区文物管理处、原平市博物馆,《山西原平刘庄塔岗梁东周墓第二次清理简报》,《文物季刊》1998 年 1 期,第 11 页,图一 O,1;图一一。

杨富斗 1994 = 杨富斗,《1976 年闻喜上郭村周代墓葬清理记》,《三晋考古》第一辑,太原:山西人民出版社,1994,第 123—138 页。

伊克昭盟——宝亥社 1987 = 伊克昭盟文物工作站,《内蒙古准格尔旗宝亥社发现青铜器》,《文物》,1987 年 12 期,第 81 页,图一;82 页,图三:1。

赵慧民、李百勤、李春喜 1991 = 赵慧民、李百勤、李春喜,《山西临猗县程村两座东周墓》,《考古》,1991 年 11 期,第 990 页。

张柏忠 1980 = 张柏忠,《霍林河矿区附近发现的西周铜器》,《内蒙古文物考古》第二期,1980 年,第 5 – 8 页。

张玉忠 1985 = 张玉忠,《新疆伊犁地区发现的大型铜器》,《文博》,1985 年 6 期,图版肆 3、4、5。

张玉忠、赵德荣 1991 = 张玉忠、赵德荣,《伊犁河谷发现的大型铜器及有关问题》,《新疆文物》,1991 年 2 期,第 42 – 48 页。

《中国大百科全书》编辑部 1986 =《中国大百科全书》编辑部,《中国大百科全书·考古学》,北京·上海:中国大百科全书出版社,1986,第 510 页。

钟侃、韩孔乐 1983 = 钟侃、韩孔乐《宁夏南部春秋战国时期的青铜文化》,《中国考古学会第四次年会论文集》,文物出版社,1983,第 203 – 213 页。

周连宽 1957 = 周连宽,《丁零的人种和语言及其与漠北诸族的关系》,《中山大学学报》,1957年 2 期,第 49 – 73 页。

朱永刚 1987 = 朱永刚,《夏家店上层文化的初步研究》,《考古学文化论集》(1),苏秉琦主编,北京:文物出版社,1987,第 124 – 126 页。

日文部分

江上波夫、水野清一 1935 = 江上波夫、水野清一,《内蒙古·长城地带》,东方考古学丛刊,乙种第一册,东亚考古学会,1935 年,第 173 ~ 191 页,图版二三 ~ 三四。

高浜秀 1994 = 高浜秀,《中国の镀》,《草原考古通信》1994 年 4 号,第 2 – 9 页。

雪嶋宏一 1995 = 雪嶋宏一,《スキタイの镀》,《草原考古通信》1995 年 6 号,第 2 – 14 页。

The Early Spread of the Bronze Cauldrons Throughout the Eurasian Continent

Guo Wu

The earliest Chinese bronze cauldron specimen was unearthed in Wangjia village in Qishan county of Shanxi province, which was dated in the late Western Zhou Dynasty (c.9th century B.C.). After the bronze cauldron was invented in China, it was disseminated over the Eurasian steppe, between late Western Zhou and the early Warring States. Based on typological studies, the author divides the specimens into six types (A – F). Through analysis, we learn the characteristics, dates, and distribution of different cauldrons created from 9th B.C. to 4rd A.D., as well as the corelations among them.

九姓回鹘可汗碑研究

林梅村　陈凌　王海城

　　九姓回鹘可汗碑是回鹘汗国(744－840年)最著名的碑铭之一,位于蒙古人民共和国前杭爱省鄂尔浑河畔哈喇巴剌沙衮附近,乌兰巴托市以西400公里处。著名的回鹘故都鄂尔都八里(Ordu Balik)遗址就在这个地方。

　　鄂尔都八里位于杭爱山东北和硕柴达木盆地内,发源于杭爱山的鄂尔浑河和土拉河自南而北流入盆地。回鹘故都建在鄂尔浑河的西岸东经102°22″,北纬47°45″的地方。杭爱山始见于战国文献,《穆天子传》卷二将此山称作"燕然山"。鄂尔浑河始见于汉代文献,《汉书·匈奴传》谓之"安侯水"。唐代文献将杭爱山称作"乌德鞬山",而将鄂尔浑河称作"嗢昆河"。历史上许多游牧民族都把鄂尔浑河流域当作政治文化中心。匈奴故都"龙城"、回鹘故都"鄂尔都八里"和蒙古故都"哈喇和林"(Karakurum)大都建在和硕柴达木盆地一带。

　　就目前所知,最早传入蒙古草原的文字是汉字。公元前119年,霍去病大败匈奴左贤王,并在漠北狼居胥山封土勒铭。[1]此山在蒙古人民共和国首都乌兰巴托的东面。[2]东汉窦宪大败北匈奴,命班固在燕然山勒铭纪功。[3]据德国突厥学家葛玛丽考证,突厥文表示"书写"的词 biti－,借自汉语的"笔"(古音读 piět)。[4]

图(1)海开勒所作九姓回鹘可汗碑复原图

　　公元 6 世纪末,突厥人开始用中亚粟特文为其君主树碑立传。南朝梁文士庾信《哀江南赋》有诗曰:"新野有生祠之庙,河南有胡书之碣。"[5]周一良先生认为,庾信的"胡书"当指中亚粟特文。[6]《周书·突厥传》提到突厥人"其书类胡"。《北齐书·斛律羌举传》亦载:"代人刘世清……能通四夷语,为当时第一。后主命世清作突厥语翻《涅槃经》以遗突厥可汗。"这件事发生在突厥汗国陀钵可汗(572－581 年)在位之际。[7]1956 年,蒙古人民共和国后杭爱省的车车尔勒格布古特地方发现了粟特文刻写的佗钵可汗纪功碑。故知公元 6 世纪末突厥汗国仍以粟特文作为官方文字。

　　突厥人很快就在粟特文基础上创建了自己的文字——突厥文。目前所见最早的突厥文碑铭属于突厥汗国时期。回鹘汗国继突厥汗国之后在漠北兴起。回鹘第二代君主葛勒可汗(747－759 年)建造了著名的磨延啜碑,亦称"回纥英武威远毗伽可汗碑"。碑文用突厥文(正面)和汉文(背面)两种文字刻写,汉文部分记有唐开元年号,正面则用突厥人十二生肖纪年。

　　九姓回鹘可汗碑用汉文、粟特文和突厥文三种文字刻写,发现时已被打碎,不能卒读。所以研究者对它属于哪一位回鹘可汗众说纷纭。清末名儒沈曾植和俄国突厥学家拉德洛夫均主张怀信可汗碑,荷兰汉学家施古德定为昭礼可汗碑。1913 年,沙畹和伯希和首倡其为保义可汗碑。此后,研究者大多追随沙畹和伯希和之说。公元 840 年,北方黠戛斯人攻入鄂尔都八里,回鹘汗国遂亡。所以九姓回鹘可汗碑可能毁于黠戛斯人。

一、发现与研究始末

　　《新唐书·回鹘传》记载:回鹘可汗协助唐军平定安史之乱后,"回纥可汗铭石立国门,曰'唐使来,当使知我前后功'。"这是文献首次提到的回鹘首都附近有回鹘可汗纪功碑。《辽史·太祖本纪》记载:"天赞三年(924 年)八月甲午,次古单于国,九月丙申朔,次古回鹘城,勒石纪功……同月甲子,诏砻辟遏可汗故碑,以契丹、突厥、汉字纪其功。"辟遏当即突厥语"毗伽"之别译。《国语·晋语八》韦昭注:"砻,磨也。"那么《辽史·太祖本纪》这段话意思说,辽太祖命令磨去回鹘故都附近毗伽可汗碑上原有文字,改刻契丹、突厥和汉文三语碑铭。漠北的突厥碑铭没有完全被辽人所毁。13 世纪元代诗人耶律铸再次提到蒙古首都哈喇和林附近有突厥可汗阙特勤碑。[8]元代诗人陈宜甫《和林城北唐阙特勤坟诗》也提到阙特勤碑。[9]

　　13 世纪中叶,波斯史家志费尼(1226－1283 年)来到哈喇和林,开始撰写《世界征服者史》。他在书中提到哈喇和林附近回鹘故城之前尚有汉文刻写的卜固可汗碑。其文云:"畏吾儿人相传谓古时初居鄂尔浑河畔。河发源哈喇和林山。近时窝阔台汗(1186－1241 年)筑新都名曰哈喇和林者,盖取名于山也。有三十川河,皆发源是山。有三十部落,居住河畔。

畏吾儿人昔居鄂尔浑河流域时,尝分二部。人口既繁以后,乃推举一王以治众。阅五百年而卜固可汗(Buku Khan)生。相传汗即阿弗拉西亚普(Efrassiab,古代突厥王)也。哈喇和林山中有辟詹(Pijen,古代波斯名将)所居之穴。古宫城遗址在鄂尔浑河畔,皆尚可见也。古代城名鄂尔都八里,今名 Mao Balik(故城)。故城之前有数碑矗立,碑文尚可读也。窝阔台汗即位,命去各碑。下见有穴,穴中更有大碑。碑文完好,汗命各国人读之,无一能者。汗乃遣使中国求萨满师(Kames)读之。碑上文字即其国之文也。"[10]

最早报道突厥鲁尼文的欧洲学者是荷兰人魏津(N. Widzen)。1692 年(清康熙三十一年),他在《北部和东部鞑靼利亚》一书中提到西伯利亚一带的古代碑铭。[11] 1730 年(清雍正八年),瑞典人斯特拉林别尔克(F. J. Stralenberg)在西伯利亚已生活了 13 年之久。回国后,他撰写《欧洲和亚洲的北部和东部》一书,介绍了叶尼塞河流域的古代碑铭,书末还附有这些古代碑文的照片。[12] 此后,西方书刊杂志不断报道类似的发现,引起了法国东方学家雷慕沙(J. P. A. Rémusat)的注意。1822 年他在一篇文章中评述说:"若能解读这些碑文,这对解决重要历史文化问题将起巨大作用。"[13]

九姓回鹘可汗碑的发现归功于 19 世纪末欧洲探险队到蒙古草原的几次考察。这时蒙古尚在清政府统治之下。康熙年间,蒙古土谢图汗部贵族策凌率部众归附清朝。乾隆时土谢图汗部二十旗盟于汗阿林。蒙古黄教活佛哲布尊丹巴一世呼图克图(1635–1723 年)始于土谢图汗部属地建城,名曰"库伦"。[14] 乾隆二十七年(1762 年),清政府于库伦设办事大臣,专理俄罗斯贸易,兼领蒙古土谢图汗和车臣汗二部,由驻守乌里雅苏台(今蒙古扎布汗省会扎布哈朗特)定边左副将军节制。1924 年,蒙古人民共和国独立,库伦改名乌兰巴托。

1889 年,受沙俄考古学会东西伯利亚分会委托,雅德林采夫(N. M. Yadrintsev)组建探险队远征西伯利亚。他们此行顺便调查了蒙古草原的古遗址,结果在鄂尔浑河流域和硕柴达木湖畔意外发现突厥可汗阙特勤碑和九姓回鹘可汗碑。阙特勤碑较为完整,九姓回鹘可汗碑发现时已碎成 20 多个残块。他还将其中两块盗回圣彼得堡。由于碑文颇似北欧古代民族使用的 Runic(鲁尼文),所以雅德林采夫在报告中称之为"鲁尼文"。[15] 他写道:"异常坚固的花岗岩碑石,经历了千百年来的侵蚀,说明它们已有千年以上的历史。这种谜一般的鲁尼文以前曾在西伯利亚发现过,碑侧和碑阴或刻有汉字。"后经丹麦语言学家汤姆森(V. Thomsen)解读,人们终于知道这种文字实际是突厥文。[16] 尽管如此,鲁尼文的名字业已约定成俗,学界目前通称为"突厥鲁尼文"。1891 年,俄国学者柯赫(M. E. Koch)在《俄国皇家地理学会杂志》第 5 卷首次刊布了雅德林采夫带回圣彼得堡的那两块九姓回鹘可汗碑残石,认为碑文提到的伊难主见于《新唐书·回鹘传》,并指出碑文提到了安史之乱的史思明等。[17] 从时间看,柯赫应是最早研究九姓回鹘可汗碑的西方学者。

　　蒙古草原发现鲁尼文碑的消息传出后,芬兰－乌戈尔协会立即派海开勒(H. Heikel)组建芬兰考察队到蒙古草原。他们于1890年抵达回鹘故都,将九姓回鹘可汗碑编为1号石,将阙特勤碑编为2号石。[18] 1891年,沙俄圣彼得堡皇家科学院派院士拉德洛夫(W. W. Radloff)再次组建俄国鄂尔浑河考察队,他们在原碑所在地制作了九姓回鹘可汗碑和其他突厥碑铭的拓本并发现了新的残石。[19] 1902年,英国驻梧州(Wu Zhou)领事坎贝尔(C. W. Campbell)仔细考察并记述了鄂尔浑碑铭。[20] 同年,法国旅行家兼作家拉考斯特(B. de Lacoste)少校实地考察了九姓回鹘可汗碑,在当地拓工的帮助下,拓制了一套九姓回鹘可汗碑拓本。他还将一块粟特文残石(拉德洛夫编为Fragment10)盗回巴黎。[21] 西方考察队刊布的突厥碑铭中尤以芬兰刊本(Tab. 1 – 65)最为清晰,而以俄国刊本(Taf. XXⅦ – XXXⅤ)所刊碑铭最全。所以目前学界普遍使用俄国刊本。

　　九姓回鹘可汗碑用汉文、粟特文和突厥文三种文字刻写。突厥文残损过甚,剩字不多,而汉文和粟特文保存尚好、尤以汉文保存最好。伽伯棱茨(G. v. d. Gabelentz)和法国汉学家德微理亚(J. G. Devéria)讨论了芬兰考察队拍摄的九姓回鹘可汗碑汉文残石,刊于芬兰乌戈尔协会1892年出版的《1890年芬兰考察队鄂尔浑河碑铭考古记》。[22] 德微理亚原为法国驻华外交官,在华工作十余年(1860 – 1880年),1889年继冉默德(M. L. M. Jametel)任巴黎现代东方语学院汉学教授,凡十年。九姓回鹘可汗碑的汉文残石就在他任教期间释读的。九姓回鹘可汗碑汉文部分的释读大大便利了西方学者解读突厥文鲁尼文。丹麦语言学家汤姆森(Ⅴ. Thomsen)就是根据阙特勤碑的汉文部分确定了突厥文部分Kül tigin(阙特勤)一词的音值。

　　1892年,拉德洛夫出版了俄国鄂尔浑河考察队报告《蒙古古物图志》。该书刊布了九姓回鹘可汗碑残石及其他突厥碑铭的拓本和照片。翌年(1893年),俄驻华公使喀西尼(A. P. Cassini, 1891 – 1895年在任)伯爵将《蒙古古物图志》送到清政府总理各国事务衙门,请求考释和林三唐碑(阙特勤碑、苾伽可汗碑和九姓回鹘爱登里罗汩没密施合毗伽可汗圣文神武碑)。为此,沈曾植分别为和林三唐碑作跋。[23] 这时志文贞(字锐,光绪六年进士)刚刚就任乌里雅苏台参赞大臣(1893 – 1910年在任),他在原碑所在地拓印了一份阙特勤碑拓本赠与妹夫国子监祭酒盛昱。盛昱和沈曾植相继为这套阙特勤碑拓本作跋。1895年拉德洛夫出版《蒙古古代突厥碑铭》第三册,以清驻俄公使Shu King – cheng(许景澄,同治进士)的名义刊布了九姓回鹘可汗碑汉碑录文。[24] 不过,据王国维介绍,和林三唐碑的释文当为沈曾植之作。俄国汉学家华西里耶夫(W. P. Wassiljeff)将这个释文译为德文。[25] 1897年,瓦西里耶夫刊布了清总理衙门对和林三碑的释文,也即所谓“总理衙门书”。[26]

　　1893年,拉德洛夫得知丹麦语言学家汤姆森的成功解读突厥文的消息后,立即着手翻译和林三唐碑的突厥文,可惜他误将九姓回鹘可汗碑的粟特文当作回鹘文。受拉德洛夫的委托,荷兰莱顿大学汉学教授施古德(G.Schlegel)系统研究了九姓回鹘可汗碑。1896年,他初步确定了汉碑部分的行数和每行的字数,并将碑文译成德文。[27]1909年,德国语言学家缪勒(F.W.K.Müller)发现拉德洛夫所谓"回鹘文"实际上是粟特文,并校勘了几行残文。[28]1930年,汉堡大学教授汉森(O.Hansen)对粟特文部分作了全面研究,解读了剩馀粟特文部分。这项研究得到了圣彼得堡东方研究所的帮助。[29]

沈曾植之后,李文田对和林三唐碑作录文考释,刊于《和林金石录》。[30]李文田,广东顺德人,咸丰进士,清末治西北史地之学的重要人物。他校订九姓回鹘可汗碑时中国尚无九姓回鹘可汗碑拓本流行,他从许景澄处得到拉德洛夫的《蒙古考古图志》。[31]清宣统元年(1909年)三多赴蒙古库伦(今蒙古乌兰巴托),1910年实授库伦办事大臣。在他任职期间,拓印了许多突厥碑铭,单阙特勤碑拓本就多达200多份。他在拓本题跋中自称"库伦使者"。王国维注意到,三多拓印的一块汉文残石为西方考察队遗漏。三多卸任时还为阙特勤碑建过碑亭。[32]沈曾植、罗振玉和陆和九都得到过三多拓印的九姓回鹘可汗碑。罗振玉写《九姓回鹘可汗碑校补》时,利用了三多拓本,谓之"三都护"。王国维据三多拓本写《九姓回鹘可汗碑跋》,他注意到三多拓本比拉德洛夫刊布的九姓回鹘可汗碑少了两块汉文残石,当系雅德林采夫私下带到圣彼得堡的两块残石。

另一方面,法国汉学家沙畹、伯希和、日本学者安部健夫、羽田亨相继对碑文内容作了深入研究。1912年沙畹与伯希和合写《摩尼教流行中国考》,着重研究了回鹘摩尼教;[33]1956年,安部健夫发表《西回鹘国史》,重点研究回鹘汗国及其西迁历史;[34]1958年,羽田亨发表《九姓回鹘可汗碑》,侧重于文字考释;[35]80年代末,哈密顿回顾了九姓回鹘可汗碑研究史,介绍了巴黎藏拉考斯特拓本,并讨论了部分碑文的释读;[36]日本伊朗学家吉田丰则对粟特残石作了进一步解读;[37]华涛和陈得芝最近指出,碑文所谓"□媚碛应为狐媚碛,不断把九姓回鹘可汗碑的研究推向深入。

1997年8-9月间,以森安孝夫、吉田丰为主的考察团详细地对蒙古北部地区的突厥、回鹘时期的遗迹碑文作了调查。据他们调查,此碑距离回鹘宫城约500米,附近有摩尼寺院。他们结合拓片以及实地考察结果指出,碑高352或360厘米,碑正面宽约176厘米,碑侧面宽约70厘米,转角宽约5.5厘米。汉文直书,刻在碑正面左侧,正面有19行,左转角1行,碑左侧估计还有14行,共约34行,每行约78或80字;粟特文直书,刻在碑正面右侧,正面约27行,右转角1行,碑右侧估计还有17行,共约45行;突厥文横书,刻在碑背面,大约116行,每行约70至75字。他们还提出,此碑可能毁于黠戛斯人,黠戛斯人也使用突厥文,而此碑突厥文部分多处记述回鹘攻打黠戛斯之事,所以这部分毁坏最严重。[38]

二、海内外九姓回鹘可汗碑残石照片及拓本调查记

九姓回鹘可汗碑现有若干残石和拓本珍藏于海内外各图书馆或博物馆。海外原有圣彼得堡亚洲博物馆和巴黎亚洲图书馆藏九姓回鹘可汗碑残石和拓本见诸报道。另据森安孝夫和吉田丰近年调查,日本京都大学图书馆也藏有九姓回鹘可汗碑拓本,但他们没有进一步说明具体情况。国内收藏集中在天津和北京,包括天津市历史博物馆、中央民族大学图书馆、北京大学图书馆和北京图书馆四家。

2.1 圣彼得堡亚洲博物馆

1989 年,北京图书馆金石组刊布了馆藏九姓回鹘可汗碑残石拓本,他们在拓本文字介绍中提到九姓回鹘可汗碑现藏圣彼得堡。我们尚未查到这个说法有什么根据。王国维《九姓毗伽可汗碑跋》提到俄国大佐盗窃九姓回鹘可汗碑一事。他说:"光宣间(1875－1911 年),此碑中二段为俄国某大佐取去,致之圣彼得堡博物馆。故近来拓本乃少五六两段。"[39] 1990 年法国突厥学家哈密顿(J. Hamilton)在日本一次学术会议上披露,王国维提到的某俄国大佐就是雅德林采夫,但是他只拿走两块残石而非全碑。[40]

圣彼得堡亚洲博物馆全称"圣彼得堡皇家科学院亚洲博物馆",建于 1818 年 11 月。19 世纪 以来俄国人搜罗的大批东方古物主要集中在这家博物馆,据说总数达数万件之多。1921 年该馆成立东方学学家委员会后,成为苏联东方学研究中心。1930 年以亚洲博物馆和东方学家委员会为基础组建苏联科学院东方学研究所。1950 年东方学研究所总部迁往莫斯科日丹诺夫大街 12 号,同时在列宁格勒(即圣彼得堡)东方研究所原址设立分所。一度改称亚洲民族研究所,现称俄国科学院东方研究所圣彼得堡分所。[41] 如果这两块九姓回鹘可汗碑残石没有遗失,现在应在东方学研究所圣彼得堡分所档案馆。据王国维研究,雅德林采夫拿走了第五、六两块残石。他说:其中"四、五两段即李录之第三、第四两片,第六段则李录之第五片"。王国维的碑铭编号似乎来自拉德洛夫的《蒙古古物图志》。那么它们分别相当于拉德洛夫的汉文粟特文残石(图版 XXXⅣ.3/Fr·5)和汉文残石(图版 XXXⅣ.2)。汉森解读粟特文时曾将拉德洛夫的 Fr·5 号汉文粟特文残石称作 Yadrintsev－Fragment(雅德林采夫残片)可为之证。据汉森介绍,Fr·5 号残石有汉文 5 行(第 1 行和 3－6)及粟特文 4 行。[42] 缪勒就是根据这两块残石断定九姓回鹘可汗碑的胡书文字应是粟特文。[43] 1891 年,俄国学者柯赫(M. E. Koch)在一家俄国杂志上披露过雅德林采夫残片,其一(＝拉德洛夫图版 XXXⅣ.3/Fr·5)刻有"思合伊难主莫贺"七字。[44] 此文由勒摩索夫(Lemosof)翻译成法文,刊于《通报》(TP,Ⅱ,1891,113);并由摩尔根(E. D. Morgan)翻译成英文,刊于《皇家亚洲协会杂志》

(JRAS,1891,451－456)。据说圣彼得堡的俄国突厥学家克里亚施托尔内(S.G.Kljastornyj)准备重新研究这两块残石,我们尚未见到他的研究成果。

2.2 巴黎亚洲图书馆

九姓回鹘可汗碑现有一块粟特文残石流散法国,现藏巴黎亚洲图书馆(La Biliothé que de la Sociè

te Asiatique)。这件粟特文残石似乎未见其他考察队著录,目前学界称之为 Fr.Paris (巴黎残石)。[45]沙畹和伯希和首揭这块粟特文残石被带到了巴黎,[46]后被汉森编号为 Fr. 10 号残石,凡 7 行粟特残文。这块残石是法国旅行家拉考斯特少校 1902 年考察哈拉巴喇沙逊时私下带回巴黎的。[47]拉考斯特曾在现场对九姓回鹘可汗碑进行拼合,他认为其中八或十块可以拼合。此外,他在当地拓工帮助下,拓制了一套九姓回鹘可汗碑拓片带回巴黎。这是目前所知唯一一套流入欧洲的九姓回鹘可汗碑拓本,一共 15 件带铭文的残石。1912 年, 沙畹和伯希和首次利用拉考斯特的拓片校勘并补充了前人对九姓回鹘可汗碑研究之不足。[48]这 15 件拓片后来分散到巴黎几家不同的图书馆,几乎被人淡忘。1958 年起,哈密顿在巴黎各家图书馆寻找这套拓本。他花费近两年时间,终于找到其中六个拓片。这些拓本均带汉字,包括三块较大的碑石,其中一块相当于拉德洛夫图版 XXXⅡ.Fr.4 号。据说他正与英国皇家科学院院士西姆斯·威廉姆斯(N.Sims－Williams)博士合作研究这套拓本。我们尚未见到他们的这项研究成果。

2.3 天津市历史博物馆

1933－1934 年间,乐嘉藻撰文《和林三唐碑纪略》,首次披露了河北第一博物院收藏的和林三唐碑拓本。[49]其中包括九姓回鹘可汗碑拓本,据说有汉文残石三块,回鹘文(粟特文)残石 8 块。1952 年在原天津市第一博物馆(前身似即河北第一博物院)和天津市第二博物馆合并的基础上成立天津市历史博物馆。所以乐嘉藻介绍的这套九姓回鹘可汗碑拓片很可能藏在今天津市历史博物馆。

2.4 中央民族大学图书馆

1978 年,程溯洛首次披露中央民族大学图书馆藏有九姓回鹘可汗碑拓本,据说是清末从原碑所在地拓印的。[50]1997 年,冯家升和程溯洛等编《维吾尔族简史》刊布了这套拓本的部分照片。[51]根据这条线索,我们曾于 1998 年 6 月 8 日去民大图书馆调查,不料图书管理人员却说馆藏古代碑拓尚未编目,无法为我们查找。

2.5 北京图书馆

1989 年,北京图书馆金石组刊布了一套陆和九旧藏九姓回鹘可汗碑拓本,编号善拓 274。[52]该书介绍说:"回鹘毗伽可汗圣文神武残碑,善拓 274。唐刻,附开元二十三年(735 年)后。碑在蒙古和林,现藏圣彼得堡博物馆。碑碎为十三块,分拓十三纸,合裱一纸。拓片通高 347 厘米,宽 173 厘米。汉文正书,并刻回鹘文。此本系陆和九旧藏清光绪年间拓本。"
陆和九是近代著名金石学家,曾任北平中国大学教授。北京大学考古学系孙贯文教授即出
自陆和九门下。1998 年 7 月 10 日,我们到北图善本部调查这套拓本,了解到了另一套未经
刊布的九姓回鹘可汗碑拓本。这套拓本编为"各(地)7526 号"、善拓 287 和善拓 291。

　　2.6 北京大学图书馆

　　北大图书馆善本部收藏的九姓回鹘可汗碑拓本,目前尚罕为人知。这套拓本属于柳风
堂旧藏。柳风堂主人张仁蠡乃张之洞第十三子,近代金石收藏大家。二十年代初,他在教育
部任职。抗战时期,又当过武汉和天津市伪市长。因其酷好金石,自己又是这方面的专家,
所以许多名家藏拓都收罗到他的名下。到四十年代初,柳风堂的藏拓实际上已经超过缪荃
孙的艺风堂。抗战胜利后,张仁蠡家产被没收,柳风堂藏拓则由中央信托局移交给北大文科
研究所。1952 年 11 月,这批拓片全部交给北大图书馆保存,现藏善本部。[53]这就是北大图
书馆藏九姓回鹘可汗碑拓本的来源。

　　这套拓本现在折叠装在一个牛皮纸口袋(约 25 × 35 厘米)里,编号 08888。纸口袋正面
有几行关于这套拓本的文字介绍,正中写有:"唐,和林碑,无年月,共十一纸";"次唐末,内蕃
书者共八纸,内有回鹘毗伽可汗碑二纸";"内含三碑:一,毗伽可汗碑残石六块,唐;二,突厥
文碑残石三块,额一块,唐;三,关帝庙碑,雍正六年五月十三日"云云。口袋正面左下角盖有
"柳风堂石墨"红印。关帝庙碑显然与九姓回鹘可汗碑无关,那么这套拓本一共有十张拓片。
其中,粟特文和汉文残石拓片凡六件,编号毗伽可汗碑残石之一至之十;突厥文残石凡四件
(包括碑额),无编号,分述于下:

　　1)毗伽可汗碑残石之一:粟特文汉文残石,粟特文在右,直书 23 行;汉文在左,直书 6 行,
最多 26 字。宽 100.5 厘米,最高处 112 厘米。其中,"积"字 3.4 厘米见方,"国"字 3.4 × 3 厘米,
"明"字 3.7 × 3.5 厘米。从形状和内容看,这块残石显然就是拉德洛夫的残石一(Fr.1)。

　　2)毗伽可汗碑残石之二:粟特文残石,直书 27 行。宽 96 厘米,高 73 厘米,字间行距约
3 – 3.5 厘米。目前刊布的九姓回鹘可汗碑中似乎未见这块残石。

　　3)毗伽可汗碑残石之三:粟特文残石,直书 14 行。面积约 52 × 47 厘米。下边无字,似
为碑底。

　　4)毗伽可汗碑残石之四:粟特文残石,直书 7 行。宽 24 厘米,残高 53 厘米,行距 3 – 3.5
厘米。目前刊布的九姓回鹘可汗碑中好象也没有这块残石。

　　5)毗伽可汗碑残石之五:汉文残石,直书 17 行,第 1 行很残,最后一行是碑左边转角部
分。高 83 厘米,宽 75 厘米;转角高 81 厘米,宽 5.7 厘米。这块残石右上角断裂。从内容看,
无疑相当于拉德洛夫的图版 XXXI 上。拉德洛夫的图版亦残右上角,但是陆和九藏拓中有

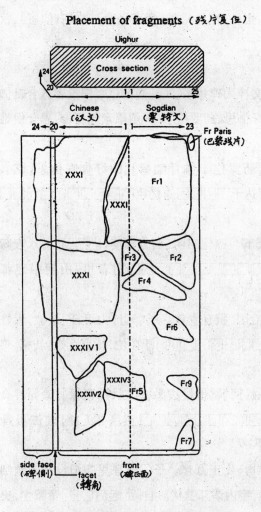

这个角残石的拓片。

6)毗伽可汗碑残石之六：汉文残石,直书 24 行,高 48 厘米,宽 61 厘米。相当于拉德洛夫图版 XXXIVI。

图(2) 吉田丰所作的九姓回鹘
可汗碑残片拼接图

7)毗伽可汗碑残石之七（突厥文碑额残石）：九姓回鹘可汗碑突厥文碑额残石,相当于拉德洛夫的图版 XXXV. Fig.1(Ui, a)。呈圭形,高 27.5 + 17 厘米,宽 49 厘米,左斜边长 29 厘米,右斜边残上 27 厘米。后者应和左边对称,原长 29 厘米。圭首顶部是莲花纹,下为突厥文,横书 5 行,每字约 5 厘米见方。可惜突厥文部分下面（约 3 行）和右边（约 1 行）均残。

8)毗伽可汗碑残石之八（突厥文残石之二）：突厥文横书 13 行,面积 39 × 22 厘米,相当于拉德洛夫的 Ui.c 号突厥文残石（图版 XXXV.5）。

9)毗伽可汗碑残石之九（突厥文残石之三）：突厥文横书 10 行,面积 35 × 44 厘米,相当于拉德洛夫的 Ui.e 号突厥文残石（图版 XXXV.5）。

10)毗伽可汗碑残石之十（突厥文残石之四）：突厥文横书 5 行,第 4 – 5 行间空一行,面积 27 × 24 厘米,相当于拉德洛夫的 Ui.f 号突厥文残石（图版 XXXV.5）。

三、汉碑校录

本校录以施古德的录文为底本,综采罗振玉、羽田亨和程溯洛等人的录文和汉森、吉田丰对粟特文的研究,拉德洛夫释读的突厥文以及其他学者的研究成果。为便于和旧录文比较,本文仍采用原来的罗马字行号。()内的字表示笔划不全或字迹不清楚,[]内的字表示后补，□□□表示空三字。原文在"皇"字、"天恩"和可汗名前均空一字，在"天可汗"前空两字，本文分别用○或○○表示。碑文多处使用唐代异体字或避讳字。为避免繁琐，除通假字外，一律录为通行汉字，主要有回(原文作迴)、叶(中为弃字上半)、驼(右为迤字上半)、那(右为巳)。驱(右作丘)、宾(下为眉)、异(上田下共)、悟(右作吴)、赞(带言字旁)、总(右似忽)、弦(右作系)、凶(下有儿)等字。

3.1 全碑录文[54]

Ⅰ.九姓回鹘爱登里啰汩没密施合毗伽可汗圣文神武碑并序○○[爱登里啰汩没密施合毗伽可汗……胡特勤纡伽……建碑]，内宰相颉纡伽思、药罗枼[……斛嗢素颉纡伽]思合伊难主莫贺[达干　□□□□□药罗枼][55]

Ⅱ.[纡伽乌图]莫贺达干、颉纡伽哩伽思趷、[药罗枼于伽骨咄禄]、颉纡伽哩伽思[趷]、□□□□□□□□□□□□□□□□□□、莫贺达干□□□□迭亿也□□□□□□□□□□□□□□□□□□□□□[56]

Ⅲ.闻夫乾坤开辟，日月照临，受命之君，光宅天下。德化昭明，四方辐凑，□□□□，八表归(仁)。□□□□□□□□□□□□□□□□□□□□□□□□表里，山河中建都焉。[先，○骨力悲罗之父○护输]□□□□□[57]

Ⅳ.袭国于北方之隅，建都于嗢昆之野，以明智治国，积有岁年。子○骨[力可汗]嗣位，天性英断，万姓宾[伏]，□□□□□□□□□□□[可]汗在位，抚育百姓，若莩[鸡卵]。□□□□□□□□□□□[阿][58]

Ⅴ.史那革命，数岁之间，复得我旧国。于时，九姓回鹘、卌姓拔悉密、三姓[葛禄]、诸异姓佥曰：前代中兴可汗，并见□□□□□□□□□□□□□至高祖○阙毗伽可汗□□□□□□□□□□。[崩后，子○登里][59]

Ⅵ.啰没密施颉翳德密施毗伽可汗嗣位，英智雄勇，表正万邦。子○爱登里啰汩没密施颉咄登密施合俱录毗伽可汗继承，英伟奇特异常，宇内诸邦钦伏。自[乱起后○皇]帝蒙尘，史思明[之子朝义]□□□□□[60]

Ⅶ.便币重言甘，乞师并力，欲灭唐社。○可汗忿彼孤恩，窃弄神器。亲总骁雄，与王师犄角，合势齐驱，克复京洛。○皇帝[与回鹘约，长]为兄弟之邦，永为[甥舅之国。○可汗]乃顿军东都，因观风俗。□□□□□[摩尼佛][61]

Ⅷ.师，将睿息等四僧入国，阐扬二祀，洞彻三际。况法师妙达明门，精通七部，才高海岳，辩若悬河，故能开正教于回鹘。[以茹荤屏湩酪]为法，立大功绩，乃[号"默"偈悉德"。于时，都督、刺史、内外宰相、□□□□□□□[62]

Ⅸ.曰："今悔前非，崇事正教。"奉○旨宣示："此法微妙，难可受持。"再三恳[恻]："往者无识，谓鬼为佛。今已悟真，不可复事。特望□□。"□□□曰："既有志诚，往即持受。应有刻画魔形，悉令焚燕。祈神拜鬼，并[皆摈斥]，□□□□^[63]

Ⅹ．[持]受明教。"薰血异俗，化为[茹]饭之乡；宰杀邦家，变为劝善之国。故□□之在人，上行下效。○○法王闻受正教。深赞虔[诚]，[□□□大]（德）领诸僧尼人国阐扬。自后，○慕阇徒众，东西循环，往来教化。○[登里骨咄禄毗]^[64]

Ⅺ．[伽]可汗袭位，雄才勇略，内外修明。子○登里啰没蜜施俱禄毗伽可汗嗣位，治化国俗，颇有次序。子○汩咄禄毗伽[可汗嗣位，天性]康乐。崩后，○登里啰羽禄没蜜施合汩咄禄胡禄毗伽可汗继承。○[羽录莫蜜]^[65]

Ⅻ．[施]合毗伽可汗，当龙潜之时，于诸王之中最长。都督、刺史、内外宰相、[司马]官等奏曰："○○天可汗垂拱宝位，辅弼须得[贤才，□□有]佐治之才，海岳之量，国家体大，法令须明。特望○天恩允臣等所请□□。"[○○天]^[66]

ⅩⅢ．[可]汗宰衡之时，与诸相殊异，为降诞之际，祯祥奇特。自幼及长，英雄神武，坐筹帷幄之下，决胜千里之外。温柔惠化，抚[育百姓，因]世作则，为国经营，算莫能纪。初，北方坚昆之国，控弦卌馀万。[彼可汗]□□□□□^[67]

ⅩⅣ．自幼英雄智勇，神武威力，一发便中。坚昆可汗，应弦殂落，牛马谷量、[杖]械山积，国业荡尽，地无居人。复葛禄与吐蕃连[兵，□□□]偏师于匀曷户对敌，智谋弘远。□□□□□□□□□□□□□□□□^[68]

ⅩⅤ．□北庭，半收半围之次，○○天可汗亲统大军，讨灭元凶，却复城邑。[率]土黎庶，含气之类，纯善者抚育，悖戾者屏除。遂[奔逐至狐]媚碛。凡诸行人及畜产□□□□□□□□□□□□^[69]

ⅩⅥ．□□□遗弃后，吐蕃大军攻围龟兹。○○天可汗领兵救援，吐蕃夷[灭]，奔入于术，四面合围，一时扑灭。尸骸臭秽，非人所堪，遂筑京观，败没余烬。□□□□□□□□□□□□□□□□□□□□□□□^[70]

ⅩⅦ．□□□百姓，与狂寇合从，有亏职贡。○○天可汗躬总师旅，大败贼兵，奔逐至真珠河。俘掠人民，万万有余，驼马畜乘，不可胜计。余众来归，□□□□□□□□□□□□□□□□□□□□□□

ⅩⅧ．[龟兹王]自知罪咎，哀请祈诉。○○天可汗矜其至诚，赦其罪戾。遂与其王，令百姓复业。自兹已降，王自○朝觐，进奉方[物，与左右]厢、叠实力□□□□□□□□□□□□□□□□□□□□□^[71]

ⅩⅨ．□□□□□军将，供奉官并皆亲睹。至以贼境，长驱横入，自将数骑，发号施令，取其必胜，勍敌毕摧。追奔逐北，直至大[漠]，[杀万人有余]，□□□□□□□□□□□□

□□□□□□□□□□□□□□□□□□□□□

ⅩⅩ.□□□□□,攻伐葛禄、吐蕃,搴旗斩馘,追奔逐北,西至拔贺那国,(克)获人民及其畜
产。叶护为不受教令,离其土壤,□□□□□□□□□□□□□□□□□□□□□□□□□□□
□□□□□□□□□□□□□□□□□□□[72]

ⅩⅪ.□□□□□□□(黄)姓毗伽可汗,复与归顺葛禄册真珠智惠叶护为主。又十箭、三姓
突骑施、九(姓)□□□□□□□□□□□□□□□□□□□□□□□□□□□□□□□□
□□□□□□□□□□□□□□□[73]

ⅩⅫ.□□□□[天生聪慧,护守]宇内,僧徒宽泰,听士安乐。自开法来,□□[大]石,未曾
降伏,□□□□□□□□□□□□□□□□□□□□□□□□□□□□□□□□□□□□
□□□□□□□□□□□□□□□[74]

ⅩⅩⅢ.□□□□□□□□□□□□□□□□□□□世[之王]中外国□□□委附□□里
□□□□□□□□□□□□□□□□□□□□□□□□□□□□□□□□□□□□□□□
□□□□□□□□□□□□[75]

ⅩⅩⅣ.□□□□□□□□□□□□□□□□□□□□[以]武定祸,□□□□神□□□□
□□□□□□□□□□□□□□□□□□□□□□□□□□□□□□□□□□□□□□□
□□□□□□□□□□[76]

3.3 碑文考释

限于篇幅,本文不可能讨论与碑文相关的全部问题,只能就录文中的几个关键问题略作
检讨。

3.3.1 汉碑每行的字数:安部健夫在《西回鹘国史研究》中就明确地对施古德复原的碑
文提出质疑。他说:"事实上,原碑文一行的字数恐怕不仅仅以七十五为限。"[77]海开勒在
刊布九姓回鹘可汗碑的图版中附有一张全碑复原图,但从我们见到拓本看,海开勒的复原同
样不能令人满意。近年森安孝夫和吉田丰重新考察了这块残碑,他们提供的数据(见上文)
使我们对此碑汉文部分又有了新的认识。不过他们对汉文每行到底多少字仍然把握不定,
以为有 78 或 80 字两种可能性。我们怀疑,汉文大概每行 80 字。以第十行为例,施古德在
这行末尾补入"顿莫"二字,在第十一行最上补入"贺"字。根据此碑通例,首次提到一位回鹘
可汗时均称徽号,而不直呼其名,并且徽号中均有"毗伽"二字。由此可见,此处不可能直呼
"顿莫贺"。应该依例在第十一最上面"可汗"二字前补入一"伽"字,第十行最末补入一"毗"
字。且"毗"字之前应是顿莫贺的徽号。"登里"即突厥语 tangri(天),常用于可汗尊号。从残
片所见回鹘诸汗的徽号来看,除第十一行中间的"汨咄禄毗伽可汗"即唐朝册封之奉诚可汗
的徽号中无"登里"二字之外,其他可汗均有。奉诚可汗的徽号前无"登里"二字可以这样理

解：奉诚可汗在位的时间并不长，而且一直生活在大相颉于迦思的权力阴影底下。《旧唐书·回纥传》记载：

> 贞元六年六月，回纥使移职伽达干归蕃，赐马价绢三十万匹。以鸿胪卿郭锋兼御史大夫，充册回纥忠贞可汗使。是岁四月，忠贞可汗为其弟所杀而篡立。时回纥大将颉于迦思西击吐蕃未还回，其次相率国人纵杀篡者而立忠贞之子为可汗，年方十六七。及六月，颉于迦思西讨回，将至牙帐，次相等惧其后有废立，不欲汉使知之，留郭锋数月而回。颉于迦思之至也，可汗等出迎郊野陈郭锋所送国信器币，可汗与次将相等皆俯伏自说废立之由，且请命曰："唯大相生死之。"悉以所陈器币赠颉于迦思以悦之。可汗又拜泣曰："儿愚幼无知，今幸得立，唯仰食于阿爹。"可汗以子事之，颉于迦思以卑所逊兴感，乃相持号哭，遂执臣子之礼焉。尽以所陈器币颁赐左右诸从行将士，已无所取。自是其国稍安，乃遣达比特勤梅录将军告忠贞可汗之哀于我，且请册新君。

这里的大将颉于迦思当即回鹘大相颉于迦思，也就是后来继承回鹘汗位的怀信可汗。奉诚可汗徽号中无"登里"二字，这是因为贞元十一年回纥发生宫廷政变，跌跌氏的怀信在这次政变中取药罗葛氏而代之。《资治通鉴》卷235记唐德宗贞元十一年（795年）四月"回鹘奉诚可汗卒，无子，国人立其相骨咄禄为可汗。骨咄禄本姓跌跌氏（胡注：跌跌与回纥同出铁勒而异种），辩慧有勇力，自天亲时典兵马用事，大臣、诸酋长皆畏服之。既为可汗，冒姓药罗葛氏（原文误为'药葛罗'）遣使来告丧。自天亲可汗子孙幼稚者，皆内之阙庭"。从怀信冒姓药罗葛看，回鹘非常重视王族血统，这是西北许多游牧部落共有的特点。这样一个非常重视王族血统的民族，此时却举异种之跌跌氏为可汗，实在令人感到蹊跷。另一方面，回鹘统兵大相取代可汗不乏其例，如顿莫贺弑杀牟羽可汗，夺得汗位。《资治通鉴》卷226说顿莫贺与牟羽是从父兄，可见顿莫贺亦属药罗葛氏。而且怀信曾将"天亲可汗以上子孙内之阙庭"，恰可证明这次汗位交替是异乎寻常的。《资治通鉴》卷236唐顺宗永贞元年（805年）十一月"回鹘怀信可汗卒"条下胡三省注又说："自怀信立，回鹘药罗葛氏绝矣。"《唐会要》卷98亦曰："至德后，回鹘于中原有功，故怀信不敢言奉诚，从人望也。"由于受到怀信的逼迫，一些药罗葛贵族率部西迁，投奔当时汗国西部的药罗葛氏统治者，并且最终导致一大批部落羊马脱离回纥汗国的直接统治，迁到归附于回鹘汗国的所谓"归顺葛逻禄"地区，最终到了今天新疆阿图什一带，公元9－10世纪兴起的样磨人（Yaghma），即源于这支西迁中亚的回鹘部落。[78]碑中在此处含混地叙述怀信继位的经过，并花费大量笔墨来描写他的功绩，借以掩饰贞元十一年的政变，同时证明回鹘阿跌王朝兴起的合法性。据《资治通鉴》卷226胡三省注，怀信之后的回鹘可汗都是怀信的子孙，属于跌跌氏。所以，奉诚可汗徽号里无"登里"二字是十分可能的，而顿莫贺的徽号之前则不应没有"登里"二字。据两唐书及《册府元龟》，顿莫贺的徽号是"登里合骨咄禄毗伽可汗"。又按碑例,徽号前有一空格以表尊敬,类似于中原的习惯。仁井田陞《唐令拾遗》公式令第二十一之十四有"昊天、后土、天神、地祇、上帝、天地、庙号、祧、皇祖、皇祖妣(曾高同)、皇考、皇妣、先帝、先后、皇帝、天子、陛下、至尊、太皇太后、皇太后、皇后、皇太子皆平出"云云,可见碑文第十行下端应复原作"〇登里骨咄禄毗伽(伽字在下一行)"。又,碑文第十三行最上"可汗宰衡之时"的"可汗"联系下文显然指"天可汗",所以,第十二行最末尾一字是"天"。依例,"天可汗"之前空两格。第十二行最下端"允臣等所请"之后应还有一动词,补入两字,恰亦成一行八十字。因此,就目前资料而言,我们倾向于认为汉文部分每行八十字。

3.3.2 关于碑文第1和第2行的拼接问题:吉田丰根据残片状况,提出了一个复原方案,可备参考。不过,我们感觉吉田丰的复原图中,Fr.3 和 Fr.4 两个残石的位置偏高。粟特文第1行残存"这是登里罗泊密施合毗伽圣天回鹘可汗……之碑……于此,圣天………";第2行残存"当朝君主,获天神所赐的、伟大的突厥世界之主、爱登里罗泊密施……胡特勤……建碑……";第3行残存"……斛温素颉纡伽思合伊难珠莫贺达干……药罗葛纡伽莫贺达干……药罗葛纡伽骨咄禄……纡伽……纡伽……"[79] 参照相应的汉文残石,我们的录文提出了一个新的复原方案,供大家讨论。

3.3.3 碑文第十四行、十五行说"复葛禄与吐蕃连兵,亲统偏师于匀曷户对敌,智谋宏远(下缺)。□北庭半收半围之次,天可汗亲统大军,讨灭元凶,却复城邑,[率]土黎庶,含气之类,纯善者抚育,悖逆者屏除。遂[奔逐至狐]媚碛,凡诸行人及畜产……"施古德补作"复葛禄与吐蕃连入寇,跌跌偏师于匀曷户对敌",羽田等从之。我们上文已讨论过,怀信的改朝换代事属暧昧,而且他不得不冒姓药罗葛,因此补入"跌跌"二字似乎不妥。

公元8世纪末,回鹘与吐蕃对北庭展开了激烈争夺。《旧唐书·回纥传》记载:"初,北庭、安西既假道于回纥以朝奏,因附庸焉。回纥征求无厌,北庭差近,凡生事之资必强取之。又有沙陀部落六千馀帐,与北庭相依,亦属于回纥,肆行抄夺,尤所厌苦。其先葛禄部落及白服突厥素与回纥通和,亦憾其侵掠,因吐蕃厚赂见诱,遂附之。于是吐蕃率葛禄、白服之众去冬(789年)寇北庭,回纥大相颉纡迦斯率众援之,频败。吐蕃急攻之,北庭之人既苦回纥,乃举城降焉,沙陀部落亦降。"据《资治通鉴》卷233记载,吐蕃攻陷北庭,事在贞元六年(790年)。同年秋,颉纡迦斯带兵"将复北庭,又为吐蕃所败。"碑文第15-17行讲述的正是这段历史。尽管回鹘、吐蕃对北庭的争夺有多次反复,北庭最终还是被回鹘人夺取,也即碑文所谓"却复城邑"。正如森安孝夫分析的,"在八世纪末回鹘与吐蕃人的北庭之战中,尽管回鹘人在开始时遭到了失败,但最终却取得了胜利。包括吐鲁番盆地在内的整个天山东部地区从此始终处于回鹘人的影响或控制之下,一直到被黠戛斯人从蒙古大量驱逐出来的回鹘涌来为止。"[80]既然如此,碑文所谓"凡诸行人及畜产……"就是《旧唐书·回纥传》"(贞元)七年八月,回纥遣使献败吐蕃、葛禄于北庭所捷及其俘畜"中提到的"俘畜"。

第15行"遂[奔逐至狐]媚碛",施古德复原作"遂甘言以妩媚碛",疑不确。若依王国维之说,"遂□□□□媚碛者,碛名上阙数字。宋初王延德使高昌记谓高昌纳职城在大患鬼魅碛之东南。此大患鬼魅碛即唐初人所谓莫贺延碛。魅与媚音同,是□□□媚碛或即大患鬼魅碛矣。盖吐蕃陷北庭后,此碛实为吐蕃北庭之通道。及回鹘既复北庭,碛北无吐蕃踪迹,此道遂开,故下文云'凡诸行人及于畜产□□□□',回鹘至此得自由往来天山南北路矣。"[81]近年华涛、陈得芝提出异议,他们正确指出此处应复原作"狐媚碛",但是他们对狐媚碛今地的比定恐有误。从碑文看,狐媚碛当在北庭和龟兹之间。我们认为,此碛当在新疆托克逊西南 96 公里的库米什,也即银山碛所在地,而"银山"一词译自突厥语 Kumus(银)。[82]

3.3.4 碑文第十七行上端为"□□□百姓与狂寇合从,有亏职贡",按王国维解释,这里的百姓"亦西北种族,如三姓、九姓、十姓、卅姓、卌姓之比"。[83]这个说法恐有误。此处"百姓"和"与"字之间应用逗号断开。"百姓"前的缺字疑为动词,大概是讲某定居城邑之王与游牧民族勾结之事,所以下一行也才有"令百姓复业"的说法。这里的"狂寇"必指游牧部族无疑,否则下文"驮马畜乘"及"馀众来归"则无从说起。粟特文部分相应的记述在第十九行,虽多有残缺,但其中特别值得注意的是四吐火罗(ctβ'rtwγr'k)、葛禄(xrl – wγt)、吐蕃(twpwt)三个词,这里的葛禄一词用复数,相当于汉文中的"左右厢、沓实力"。《新唐书·地理志》"浑河州,永徽元年以葛逻禄右厢部落置"。至于 ctβ'rtwγr'k,恒宁释为"四吐火罗",他还指出"四吐火罗"位于北庭(Bisbaliq)与龟兹(Kuca)之间。[84]在这个区域里拥有"王"的最可能是龟兹了,《悟空入竺记》就记载了 789 年左右龟兹王白环在位。而且,从碑文所记地名的位置关系来看,这里的"四吐火罗"不会离龟兹太远。所以,我们将第十八行前三字补为"龟兹王"。

3.3.5 碑文的第十九行,"追奔逐北,直至大[漠],"吉田丰建议复原作"直至大食国",[85]但从粟特文与汉文的对应位置来看,第二十行有'l – pw cw pyl – k ypγw 和 twrkyš 两词,分别对应于汉文第二十一行的"真珠智惠叶护"和"突骑施",而粟特文第二十一行又有'rt'wty(教民)和 nγ'wš'kty(听众)两词,这无疑又与汉文第二十二行的"僧徒"与"听士"二词对译。因而,吉田丰认为粟特文 Fr9.7 中的 t'z'yk'n'k'xš'w'nyh(大石国)所在的粟特文第二十行实际上对应汉文的第二十二行。我们注意到汉文第二十二行有"□石未曾降伏",所以相应的这里补成"大石未曾降伏"。据《新唐书·地理志》说:"自庭州西延城西六十里有沙钵城守捉,又有冯洛守捉,又八十里有耶勒城守捉,又八十里有俱六城守捉,又百里至轮台县,又百五十里有张堡城守捉,又渡里移得建河,七十里有乌宰守捉,又渡白杨河,七十里有清镇军城,又渡叶叶河,七十里有叶河守捉,又渡黑水,七十里有黑水守捉,又七十里有东林守捉,又七十里有西林守捉。又经黄草泊、大漠、小碛,渡石漆河,逾车岭,至弓月城。"下文北庭都护府条又说:"大漠州都督府,以葛逻禄炽俟部置。"从碑文记述看,"追奔逐北,直至大口"之"大口"似在此地。所以我们的录文将"大"字后面的阙文复原作"大漠"。[86]

碑文第二十行提到回鹘追击吐蕃、葛禄直到拔贺那国。按拔贺那即今费尔干纳盆地(Farghana)。根据 al‑Gardizi 的说法,在 792/793 年,曾有葛逻禄叶护侵入到拔汗那。[87]从现有汉文、阿拉伯文记载的有关葛逻禄的材料看,葛逻禄一度在中亚地区有着广泛的分布。我们可以认为,792/793 年侵入拔汗那的葛逻禄在那里维持相当一段时间的统治,直至被赶走。巴托尔德指出,拔汗那直到十世纪才被阿拉伯彻底征服。[88]而根据十世纪阿拉伯地理学家的说法,当时的拔汗那一直是不信教的(指伊斯兰)。[89]王国维认为"叶护教令"的"叶护"即拔贺那王,他说"自突厥西徙以后,西域诸国王多称叶护者"。[90]可以认定,碑文中记载的回鹘对葛禄、吐蕃的追击发生时间最早不会过于 793 年,而王国维所说的拔贺那王实即侵入拔贺那的葛逻禄叶护。

3.3.6 碑文第二十一行"……黄姓毗伽可汗。复与归顺葛禄册真珠叶护为主。又十箭三姓突骑施、九姓……"黄,施古德录作"九",羽田等从之。沈曾植早在跋文中认定这个字是"黑",[91]他的看法被《和林金石录》所接受。但从拓片和图录上的残画看,这个字既不可能是"九",也不像"黑",而更可能是"黄"。考虑到唐朝在贞元二年赐突骑施黄姓蘽官铁券,[92]似乎表明黄姓在当时比黑姓更具实力。《新唐书》卷 215 下突骑施传"大历后,葛逻禄盛,徙居碎叶川,二姓(指突骑施黑、黄二姓)衰微,至臣役于葛禄。斛瑟罗余部附回鹘;及其破灭,有特庞勒居焉耆城,称叶护,余部保金莎岭,众至二十万。"完全有可能回鹘在向西拓境的时候,树立归附的突骑施旧部,借以同吐蕃、葛禄、黠戛斯的联盟抗衡。王小甫曾指出"回鹘进入西域实际上并没有形成新的强权政治局面:吐蕃虽然取得天山以南部分地区——主要是塔里木(图伦碛)南缘地带,但却是依赖与葛逻禄、沙陀、黠戛斯等突厥部族的联盟东抗回鹘、西御大食的;回鹘则一开始就未能成为整个北部草原的霸主,它一直未能征服三姓葛逻禄,而且后来在同黠戛斯争斗二十年以后竟被其扫灭,赶出蒙古高原(840 年)。"[93]而且,贞元二年,唐朝曾赐突骑施黄姓蘽官铁券,表明唐朝也认为突骑施是一支可供利用来与吐蕃、葛逻禄联盟进行对抗的力量。[94]所以,我们将这处阙文补作"黄姓毗伽可汗"。

3.3.7 吉田丰在汉森的研究基础上对粟特文部分作了进一步的解读。我们认为,他拼合的粟特文 19‑20 行可能相当于汉文第 22 行。据吉田丰释读,这段铭文意即"由于他的智慧,他保护了国境内外的宗教,并让教徒和听众得到和平",[95]正好可和汉文第二十二行的上半段残存相对应。另据图录,"宇"字之上似为"守"字下半部残画。所以我们将这段文字补为"天生聪慧,护守宇内"。此处的宗教显然指摩尼教。

　　3.3.8 此碑尚有另一残石,残存 5 行,《和林金石录》释作"□□□为/天□□□少/□□□□孤/□□山以为/□□进部"。北图藏有这块残石的拓本。由于残缺过甚,一时无法确定其位置。所以本录文未能录入。

1998 年 10 月 31 日定稿

注　释:

〔1〕《汉书·武帝本纪》记载,元狩四年(前 119 年)冬"去病与左贤王战,斩获首房七万余级,封狼居胥山乃还。"颜师古注:"登山祭天,筑土为封,刻石纪事,以彰汉功。"《史记·卫将军骠骑列传》和《汉书·卫青霍去病传》和《史记·匈奴列传》所述略同。

〔2〕谭其骧:《中国历史地图》第二册,北京:中华地图学社,1975 年,第 39 页。

〔3〕此事亦见《汉书·武帝本纪》。

〔4〕A. v. Gabain, *Alttürkishe Grammatik mit Bibliographie*, *Lesestücken und Wörterverzcichins*, *auch Neutürkisch*, 2, Auf 1, Porta Linguarum Orientaliuzm, ⅩⅩⅢ, Leipzig, 1950(Wiesbaden, 3rd ed, 1974), 303, S. Cagatay, "Zur Wortgeschichte des Anatolish Türkischen,"UAJ, ⅩⅩⅩⅡ, 1966, 1 - 2.

〔5〕周一良先生疑其为粟特碑铭。参见周一良:《魏晋南北朝史论集续编》,北京大学出版社,1991 年,第 179 页。

〔6〕周一良:前揭书,第 179 - 180 页。

〔7〕林梅村:《西域文明》,北京:东方出版社,1995 年,第 344 - 358 页。

〔8〕耶律铸在《取和林诗》本注中写道:"和林城,苾伽可汗之故地也。岁乙未,圣朝太宗皇帝城此,起万安宫。城西北七十里有苾伽可汗宫城遗址;东北七十里有唐明皇开元壬申(732 年)御制御书阙特勤碑。"参见(元)耶律铸撰《双溪醉隐集》卷八,收入《四库全书·集部别集类》。

〔9〕(元)陈宜甫:《秋严诗集》末篇,《四库全书珍本初集》。

〔10〕张星烺:《中西交通史料汇编》第三册,北京:中华书局,1978 年,第 225 - 226 页。本文引用时改动了几个译名,使之规范化。

〔11〕N. Widzen, *Noord and Oost Tartarye*, Amsterdem, 1692, pp. 1 - 20.

〔12〕Н. Ф. Катанов, ШвеД Филцпп Игани Страленберг и труДы его по России и Сибири(нацала ⅩⅤⅡ6), - - - Изв. Общества археологии, истории и этнографии, т. ⅩⅨ, Казань, 1903, стр. 170 - 174.

〔13〕此文未及阅,转引自耿世民:《古代突厥文》,《中国民族古文字研究》,北京:中国社会科学出版社,1984 年,第 88 页。

〔14〕蒙语谓城为"库伦"。

〔15〕Н. М. Ядринцев, Отчет экспеДиции на Орхон, совершеннои в1889г. по поручению Восточно-Сибирского ОтДела Императорского Географического общества, --СТОѲ, вып1, 1892, стр. 51-113.

〔16〕V. Thomsen, *Déchiffrement des Inscriptions de l' Orkhon et de l' Iénnissei Notice Prélininaire*, *Bulleten de l' Academied es sciences et des lettres de Danemark*, 1893, pp. 285 - 299

〔17〕Koch, "Two Yadrintsev - Fragments", ZVOIRAO. Ⅴ. 1891, Lief. 2and 4 in pp. 147 - 156and 265 - 270;此文被 Lemosof 在《通报》(TP, Ⅱ, 1891, 113)上翻译成法文;并被 E. D. Morgan 在《皇家亚洲协会杂志》(JRAS, 1891, 451 - 456)翻译成英文。

〔18〕G. Ⅴ. D. Gabelentz *L' inscription Chinnoise du I - r monument*, *Inscriptions de l' Orkhon*, pp. ⅩⅩⅤ - ⅩⅩⅥ

〔19〕W. W. Radloff, *Atlas der Alterthümer der Mongolei*, St. Petersburg, 1892 - 1899, Pl. 27 - 35.

〔20〕C.W.Cambell, *Report by Mr. C. W. Campbell, His Majestys Consul at Wuchou on a Jouney in Mongolia*, London, 1904.

〔21〕B. de Lacoste, *Au Pays sacrèdes Anciens Turces et des Mongols*, Paris, 1911, 78 – 79.

〔22〕G. Devèria, "Transcription, analyse et traduction des fragments chinosi du 2nd et du 3 – me monument," in R. N. Gebelentz, *Inscriptions de l' Orkhon recueilliès par l' expédition finnoise 1890: publiès par la Scoiete Finno – Ougrienne*, Helsingfors, 1892, xxxvii – xxxviii.

〔23〕沈曾植的唐碑三跋,即释持《和林三唐碑跋》(《亚洲学术杂志》1921 年第 2 期);后收入《海日楼诗文集》,见《文献》1986 年期第 236 – 238 页。

〔24〕许景澄,同治进士,光绪十六至二十三年驻俄公使,光绪二十五年去世。

〔25〕W. W. Radloff, *Die Alttürkschen Inscriften der Mongolei*, vol. 3, St. Petersbourg, 1895, 283 – 298.

〔26〕华西里耶夫(В. П. Васильев):《和硕柴达木和哈喇巴喇哈逊鄂尔浑碑铭的汉文碑文》,《鄂尔浑河考察队丛刊》(СТОЭ)第 3 册,1897 年,第 1 – 36 页。

〔27〕G. Schlegel, *Die Chinesische Inschrift auf den uigurischen Denkmal in Kara Balgasun, Mèmoires de la Sosiètè Finno – Ougrienne* IX, Helsingfors: SociètèFinno – Ougrienne, Helsingfors, 1896, 126 – 135.

〔28〕F. W. K. Müller, "Ein iranisches Sprachdenkmal aus der nördichen Mongolei," SPAW, 1909, 726 – 730.

〔29〕O. Hansen, "Zur soghdischen Inschrift auf dem dreisprachigen Denkmal von Karabalgasun," JSFOu, XLIV – 3, 1930, 1 – 39.

〔30〕李文田撰、罗振玉校订:《九姓回鹘毗伽可汗碑》,《和林金石录》,灵鹣阁丛书第四集,长沙石印,约清末(无确切出版社年月)。

〔31〕参见李文田、罗振玉前揭文;耿世民:《古代突厥文》,《中国民族古文字研究》,北京:中国社会科学出版社,1980 年,第 87 – 96 页;程溯洛:《民族学院学报》1978 年第 2 期第 20 – 28 页。

〔32〕三多,别号六桥,蒙八旗正白旗人,生于浙江,任库伦办事大臣之前曾任京师大学堂提调。1910 – 1911 年任库伦办事大臣,参见《清史稿》卷 208《疆臣表》。

〔33〕Ed. Chavannes et P. Pelliot, "Un Traitè manichèen retrouvè en Chine," JA, x, 1912, 499 – 617.

〔34〕安部健夫著、宋肃瀛等译:《西回鹘国史》,乌鲁木齐:新疆人民出版社,1985 年。

〔35〕羽田亨,《九姓回鹘可汗碑》,收入《羽田博士史学论集》上卷,京都:同朋舍,1975 年,第 303 – 324 页。

〔36〕J. Hamilton, "L' Inscription Trilingue de Qara Balgasun d' Aprés Estampages de Bouiliane de Lacoste," in Akira Haneda (ed.), *Documents et Archives Provenant de l' Asie Centrale*, Kyoto: Kyoto International Conference Hall et University of Ryukoku, 4 – 8Octobre, 1988, 125 – 133.

〔37〕Y. Yoshida, "Some New Reading of the Sogdian Version of the Karabalgasun Inscription," Akira Haneda (ed.), *Documents et Archives Provenant de l' Asie Centrale*, Kyoto: Kyoto International Conference Hall et University of Ryukoku, 4 – 8 Octobre, 1988, 117 – 123.

〔38〕森安孝夫、吉田丰:《モンゴル国内突厥ウイグル时代遗迹・碑文调查简报》,《内陆アジア言语的研究》XIII,大阪,1998 年,第 155 – 156 页。

〔39〕王国维:《九姓回鹘可汗碑跋》,《观堂集林》第四册,北京:中华书局,1959 年,第 989 – 990 页。

〔40〕J. Hamilton, "L' Inscription Trilingue de Qara Balgasun d' Aprés Estampages de Bouiliane de Lacoste," in Akira Haneda (ed.), *Documents et Archives Provenant de l' Asie Centrale*, Kyoto: Kyoto International Conference Hall et University of Ryukoku, 4 – 8Octobre, 1988, 127.

〔41〕中国社会科学院文献情报中心编:《俄苏中国学手册》上下册,北京:中国社会科学出版社,1986 年,第 104 页、第 625 页和第 670 – 672 页;荣新江:《海外敦煌吐鲁番文献知见录》,南昌:江西人民出版社,1997 年,第 114 页。

〔42〕O. Hansen,前揭文,第 10 页。

〔43〕F. W. K. Müller, "Ein iranisches Sprachdenkmal aus der nordlichen Mongolei," SPAW, 1909, 727.

〔44〕Koch, 〔Two Yadrintsev – Fragments〕, *Zapiski Vost . Otdela Imp . Russk . Arch Obšč* . V. 1891, 147 – 156, 265 – 270; Lief 2 and 4.

〔45〕牛汝极:《法国所藏维吾尔学文献文物及其研究综览》,《西域研究》1994 年第 2 期第 81 – 89 页;牛汝极:《维吾尔古文字与古文献导论》,乌鲁木齐:新疆人民出版社,1997 年,第 24 页。

〔46〕Chavannes et Pelliot, 178, note.

〔47〕B. de Lacoste, *Au Pays sacrè des Anciens Turces et des Mongols* , Paris, 1911, 74 – 76et Pl.17.

〔48〕Ed. Chavannes et P. Pelliot, "Un traitè manichèen retrouvè Chine," JA, X, 1912, 177, note 1(冯承钧汉译文没翻译这条注释).

〔49〕乐嘉藻:《和林三唐碑纪略》,《河北第一博物院》半月刊第 44 – 48 期,1933 年;乐嘉藻:《和林三唐碑纪略》,《河北第一博物院画报》第 50 – 60 期,1934 年。

〔50〕程溯洛:《从九姓回鹘毗伽可汗碑汉文部分看唐代回鹘民族和祖国的关系》,《中央民族学院学报》1978 年第 2 期第 20 – 28 页。

〔51〕见冯家升和程溯洛等编《维吾尔族简史》附页,乌鲁木齐:新疆人民出版社,1991 年。

〔52〕北京图书馆编:《北京图书馆藏中国历代石刻拓本汇编》第 23 册,郑州:中州古籍出版社,1985 年,第 165 页。

〔53〕张玉范,《北京大学图书馆藏古代书法作品概述》,《书法丛刊》1998 年第 1 期第 13 – 26 页。

〔54〕本校录以施古德的录文为底本,校以所见之图录及拓本,并以他人录文参校。简称如下:施:施古德(G. Schegel,前揭文,第 126 – 135 页)录文;和:《和林金石录》(李文田、罗振玉,前揭文)录文;羽:羽田亨(前揭文,第 303 – 324 页)录文;程:程溯洛(前揭文,第 21 – 23 页)录文。

〔55〕此处所补缺文据相应的粟特文部分补入,详参文中讨论。

〔56〕"迭亿也"三字由粟特文残片 F4 中的汉文补入。

〔57〕辐:程作"幅",非。仁:施作"信",羽田从之,程亦从之,此从和录。"四方辐凑"下,施补入"刑罚峭峻"四字,羽田、程从之,然意殊难解,今暂缺。焉:施误作"当",今据拓本及图录改。

〔58〕伏:施作"服",羽田从之,程又从之,此据和录。

〔59〕见:诸家并作"得",此据拓片及图录。

〔60〕奇:施作"杰",羽田等从之,按拓片及图录所见之残画,当从和录作"奇"。自乱起后,皇帝蒙尘,施作"自大唐玄宗帝蒙尘",羽田等从之,非。按第七行之例,此处应作"皇帝",而不会是"大唐玄宗帝",所以暂补如此。自:和录作"泪"。

〔61〕便:各家均作"使",疑非是。此句最末施作"败民弗师",羽田等从之,误。疑为"摩尼佛师",详参后文讨论。

〔62〕默奚悉德:诸家皆作"汝奚悉德",误。似作"默奚悉德",系摩尼教教徒等级之一。详参后文讨论。此行最末施补入"司马",羽田等从之,据拓片及图录,似不可能,今暂缺。

〔63〕"垂怜"、"摩尼师"、"皆"等字,据上文补入。事:施作"非",羽田从之,疑有误。据图录及拓片,当从和录及程。受:施作"贽",羽田等从之,疑非是,当从和录。

〔64〕持:施作"而",羽田等从之。"故"下,施补为"圣人之官人",意殊难通。登里骨咄禄毗伽(伽字在下行):施作"顿莫贺(贺字在下行)",疑非是,详见文中讨论。自后:施作"自道",其下还录有一"令"字,羽田等从之,疑非是。

〔65〕羽录莫蜜施(施字在下一行):此据上下文复原。

〔66〕施:原施补作"前",羽田等从之。辅弼须得贤才,今大相有佐治之才:施复原作"辅弼须得,今合可汗有邦治之才",羽田等从之,文理不通。"今合"之"今",似为"贤"字之误,当从和录。邦:疑为"佐"字之误。

〔67〕奇特:施复原作"可持",羽田从之,误。当从和录,程同。

〔68〕葛禄与吐蕃连兵,□□□□:施作"葛禄与吐蕃连入寇,跌跌偏师",疑不确,详参后文讨论。

〔69〕率:施作"食",疑不确,今从安部健夫(前揭书,第 149 页)。遂奔逐至狐媚碛:施作"遂甘言以妩媚碛",意殊不通。畜产:施作"抚育",误。当从和录。

〔70〕夷灭:施作"落荒",据拓片及图录,"落"疑作"夷"。和录在"遗"字上补有"胄"字。后:和录作"复",疑非是。

〔71〕"龟兹王"三字据粟特文补入,详参后文讨论。

〔72〕克:施作"俘",羽田等从之,误。当从和录。

〔73〕黄:施作"九",羽田等从之,非。和录依沈曾植作"黑"。详参后文讨论。十箭、三姓突骑……:施作"一箭三……",显然有误,详参后文讨论。

〔74〕"护守"二字及"大石"二字据粟特文补入,详参后文讨论。

〔75〕"世"字据拓片及图录补入。

〔76〕此行施无。"神"字据拓片及图录补入。

〔77〕安部健夫,前揭书,第 139 页。

〔78〕王小甫:《从回鹘西迁到黑汗王朝》,《新疆社会科学研究》第 14 期,新疆社会科学院,1984 年,第 4 页。

〔79〕O. Hansen,前揭文,第 15 页;Y. Yoshida,前揭文,第 118 页。

〔80〕森安孝夫:《回鹘、吐蕃 789 – 792 年的北庭之争》,《敦煌译丛》第一辑,甘肃,人民出版社,1985 年,第 255 页。

〔81〕王国维,前揭文,第 995 页。

〔82〕林梅村:《西域地理札记》,唐晓峰、李零主编:《九州》(待刊)。

〔83〕王国维,前揭文,第 995 页。

〔84〕Henning,"Argi and the Tokharians,"BSOAS,9,1937 – 1939,pp.545 – 571.

〔85〕Y. Yoshida,前揭文,第 119 页。

〔86〕同注〔82〕。

〔87〕V. V. Barthold,"Turkestan down to the Mongol Invasion,"London,1977,p.207.

〔88〕V. V. Barthold,前揭书,第 216 页。

〔89〕V. V. Barthold,"Farghana",*Islam Encyclopaedio*,vol.1,Leiden:E. J. Brill,1928,p.766.

〔90〕王国维,前揭文,第 996 页。

〔91〕沈曾植:《唐口姓回鹘爱登里啰汩莫蜜施合毗伽可汗圣文神武碑跋》,《文献》1992 年第 2 辑第 238 页。

〔92〕参见《全唐文》卷 464 陆贽《赐安西管内黄姓纛官铁券文》,并见《唐大诏令集》卷 64。

〔93〕王小甫:《唐吐蕃大食政治关系史》,北京大学出版社,1992 年,第 214 页。

〔94〕王小甫,前揭书,第 212 页。

〔95〕Y. Yoshida,前揭文,第 119 页。

缩略语表

BSOAS = Bulletin of the Oriental（and African）Studies

JA = Journal Asiatique

JRAS = Journal of the Royal Asiatic Society

JSFOu = Journal de la Societe Finno – Ougrienne

SPAW = Sitzungsberichte der Preussisschen(Deutschen)Akademie der Wissenschsften

TP = T'oung Pao

UAJ = Ural – Altaische Jahrbucher

СТОЭ = Сборник трудов Орхонской экседиции

New Studies on the Chinese Version of the Trilingual Inscription of the Uighur Khanate

Lin Meicun, Chen Ling and Wang Haicheng

The trilingual (Uighur, Sogdian, Chinese) inscription of the Uigher Khanate was found at Karabalgasun, the capital of the Uighur Khanate before 840 AD, when the Uighurs were driven out of the Mongolian plateau. The inscription was built to commemorate achievements in both the polite letters and the martial arts of the Uighurs. Many affairs recorded in the inscription are not available in either Chinese or Arabic sources. The well preserved Chinese version contains information about the early history of the Uighur Khanate. Some key words in this version remain undeciphered even after deliberate studies, but recently, studies of newly found rubbings provide an updated version of the inscription as well as several fresh interepretations.

叙利亚文和回鹘文景教碑铭文献在中国的遗存

牛 汝 极

一、引 言

基督教聂斯脱利派(Nestorianism)唐代传入中国时被称为景教,元代改称也里可温。该派信奉公元五世纪时君士坦丁堡大主教聂斯脱利的神学观点,主张将耶稣的神性和人性分开,反对将耶稣之母尊为圣母。公元431年在以弗所主教会议上,被斥为异端学说,遂向东方发展。有些教士沿丝绸之路来到西域或进入长安,使景教在中国有了一定的发展。随着景教徒的来华,他们使用的叙利亚文也被带到了中国,首先是新疆地区。叙利亚文是从阿拉美文发展而来。在叙利亚本土,这种文字约在公元4至6世纪才被广泛使用,后来,也就是在七世纪以后因受阿拉伯文的限制,开始走向衰亡。然而,在中国西北,从唐代到元代,这种文字仍有一定的市场。现在西安市存有一方公元781年(唐建中二年)所立的《大秦景教流行中国碑》的叙利亚文——汉文双语碑铭。在敦煌和新疆还发现过《圣经》的回鹘语译本片断。在中亚七河流域、喀什、阿力麻里古城(今霍城县)等地区景教教堂中发掘出用叙利亚文写成的回鹘语景教碑就不下13方。在吐鲁番附近还发现有10世纪左右的用叙利亚文拼写粟特语的景教经典残片。另外,在高昌古遗址曾发现描写欢迎基督进入耶鲁撒冷城的复活节前的星期日仪式的壁画和当时译成回鹘语的景教内容的文献。由此,学者们推测,景教大约于公元6世纪时就由波斯和叙利亚传入新疆。中外学者普遍认为,回鹘人在宋末元初时曾信奉过景教,且盛极于元初。叙利亚文字体有福音体、雅各派体和景教派体三种,字母约有22个,在外形上与摩尼文很相似。叙利亚文突厥语文献多为元代的景教内容。发现地分布中国东西南北,如:新疆的霍城、吐鲁番、[1]内蒙古百灵庙、赤峰、江苏扬州和福建泉州等地。"也里可温",突厥语记作 ärkägün,该词在中亚和中国的蒙元时代专指"基督教"[2],早年 P. Pelliot 和 G. Doerfer 认为该词词源是蒙古语[3],J. Hamilton 认为,叙利亚文中的'RKYGWN和拉丁文中的 archaon 这个用于指13世纪景教的词均源自希腊文 'αρχηγόs 或 'αρχηγόν,意为"领袖"、"统帅"、"缔造者"等,突厥语和蒙古语也应直接或间接地来自希腊语[4]。

突厥语也里可温文献曾在中亚和中国大量出土,在吐鲁番北部的布拉依克出土过三四十件突厥语景教残片[5]。其中有的已被学者研究刊布[6]。另外,在福建泉州[7],内蒙古敖伦苏木古城[8]和赤峰[9]等地也有突厥语也里可温教徒铭文发现。中亚七河流域出土的景教徒碑铭约600余件,其中突厥语景教徒碑铭数十件业已由 D. Chwolson 研究刊布[10]。这些文献多为元代遗物。中亚及远东元代以前的景教传播,尤其是突厥人的景教信仰情况,已由 A. Mingana 作了详细论述[11]。

二、叙利亚文碑铭文献

七河流域出土的600余件元代叙利亚文景教徒墓石,墓石多为椭圆形,表面较粗糙,文字较简短,中间有十字架图形。下面择译几件铭文:

"1672 年(公元 1316 年),即天蚀年,突厥语纪年龙年,这是著名的为所有修道院增添光辉的聂斯托里诠释家和传道士 Shelicha 之墓。他是诠释家彼得之子。他以智慧蜚名。讲道时他声若洪钟。愿上帝把他智慧的灵魂与正直的人以及祖先们连在一起。愿他分享一切荣誉。"[12]

"亚历山大纪年 1613 年(公元 1301~1302 年),聂斯托里诠释家卡里亚尊者之子,永别此世。"[13]

"亚历山大纪年 1623 年(公元 1312 年),突厥语纪年鼠年,这是音乐师曼固塔希——塔依(Mängü Taš Tay)的墓碑,以资纪念。"[14]

"1650 年(公元 1339 年),兔年。库特鲁克之墓。彼及其妻曼固——卡尔卡(Mängü Qälqä)死于瘟疫。"[15]

吐鲁番出土大部分基督教文献都出自吐鲁番北部的布拉依克废墟。德国第一次和第二次中亚探险队在这里发掘了一批残缺的写本,无论从内容上还是从叙利亚文的使用上看,其中大部分均为基督教文献。叙利亚文写本中使用的主要是粟特语和叙利亚语,但也有四五十件回鹘语残片以及其他语言书写的《诗篇》的段落,有一篇的一面是用叙利亚文和粟特文书写的《马太福音》的开头,有一篇用叙利亚文记叙利亚语和波斯语双语文献,还有一篇在叙利亚文粟特文文献(《诗篇》第 33 篇)的第一行用了希腊语。在吐鲁番绿洲的阿斯塔那、高昌故城和吐峪沟等地也出土了少量不同语言的基督教文献。[16]

下面所要讨论的叙利亚文——汉文景教墓碑,1981 年出土于扬州[17]。碑上有三行汉文:

　　"岁次丁巳延祐四年三月初九日三十三岁身故五月十六日明吉大都忻都妻也里世八之墓"。该碑上圆下方,一面单刻,分上下两段,上段约占全碑三分之一弱,上段中间是莲花座上配双线十字架[18],两侧分别镌以一四翼振飞的天使,其头各戴一双耳冠,冠顶立一十字架,两天使飞向莲花,双手前伸,守护着十字架[19]。该碑下段,右侧有竖写的三行汉文,左侧有 12 行叙利亚文,其中第 1 和第 12 行为叙利亚文记叙利亚语,第 2 至第 11 行(共 10 行)为叙利亚文写畏吾儿——突厥语,其中第 8 行最后一词和第 9 行前面两词有些模湖不清。下面是我们对该碑叙利亚文部分的标音、转写和译释:[20]

　　1.〔叙利亚语〕bšmh dmrn yšw' mšyḥ'

　　2.〔突厥语标音〕'lksndrws x'n s'xyšy yyl myng'lty

　　　〔突厥语转写〕Alaksandros xan saqïïšï yïl mïŋ altï

　　3. ywz yygyrmy skyz yylynt' twyrq s'xyš

　　　yüz yigirmi säkiz yïlïnta türk saqïš

　　4. yyl'n yyl'wcwnc 'y twkwzy y'ngyt't'ytwlwx

　　　yïlan yïl üčünči ay toquz yaŋïta taytuluq

　　5. yw'nys sm š'nyng'yšlgy'lyšbɣ x'twn

　　　Yoanis Sam – Šanïŋ ešligi Ališbaɣ xatun

　　6.'wtwz'wc y'šynt'tngry y'rlyɣyn pwtwrdy

　　　otuz üč yašïnta täŋri yarlïɣïn bütürdi

　　7. y'šxwtdy 'twyzy pw syn qbr''ycynt'

　　　yaš qotdïät – özi bu sin qavra ičintä

　　8. kyzl'ndyl'r'wyzwtdy mngw wštm'x't'xy

　　　kizländilär özütdi mäŋü uštmaxa – taqi

　　9. sr'rpq'rhyl'ryɣ xwncwl'r byrl'yurt

　　　sara rïpqa rahel arïɣ qunčular birlä yurt

　　10.'wrwn twtwp myngy myngy't y'ngy pwlswn

　　　orun tutup mäŋi mäŋi at yaŋï bolsun

　　11.'wyr k'c'wydl'rk'tygy y't xylylmyš pwlswn

　　　ür keč ödlärkä tägi yat qïlïlmïš bolsun

　　12.〔叙利亚语〕'myn'ynw'myn

　　"(1)〔叙利亚语〕以我主耶稣基督的名义。(2)〔突厥语〕亚历山大帝王纪年 1628(3)年(即公元 1317 年),突厥纪年(4)蛇年 3 月初 9 日。大都(即北京)人(5)Yoanis Sam – ša 的伴侣也里世八（Ališbaɣ）夫人（6）她在 33 岁时完成了上帝的使命（7）故去了。她就葬此墓地。（8）愿她的灵魂永久地在天堂（9）与 Sarah、Rebekka、Rahel（等）圣洁的贵妇们同归（10）故里。愿她英名永存！（11）愿她流芳百世！（12）〔叙利亚语〕阿门！阿门！"

铭文中的"亚历山大帝王纪年"又称"希腊历"，始用于塞琉古（Seleucide）王朝。塞琉古王朝是亚历山大部将塞琉古所建，以叙利亚为统治中心，故又称叙利亚王国，中国史书称条支。公元前 312 年至公元前 250 年这段时期，中亚属塞琉古王朝统治范围。亚历山大帝比较重视地方民族文化，他曾采用波斯国王按朝代纪事之法。就在此基础上创造了新的纪年系统——希腊历，塞琉古王朝即以公元前 312 年 10 月 1 日为起始计年的。因此，在把亚历山大帝王纪年换算成公元西历纪年的过程中，其月日数在 10 月 1 日至 12 月 31 日之中，应减 312；如月日数在 1 月 1 日至 9 月 30 日之中应减 311 年[21]。据此，亚历山大帝王纪年 1628 年对应于西历 1317 年，中国十二生肖纪年为牛年。

在中亚七河流域发现的数百枚叙利亚文景教墓石中普遍使用双重纪年体系：即亚历山大帝王纪年和突厥生肖纪年[22]。内蒙古赤峰出土的叙利亚文——回鹘文景教墓砖铭文中使用的双重纪年系统为亚历山大帝王纪年和桃花石（Tabɣač）纪年，这种带有"桃花石纪年"的景教碑铭目前还不多见，很特别。铭文中的桃花石纪年，即中国（汉族）生肖纪年，与突厥（生肖）纪年基本相同，这与突厥语古代民族和中原历代王朝保持密切的政治、经济和文化联系不无关系[23]。

"突厥纪年"，在中亚七河流域出土的叙利亚文突厥语景教墓石中多记作 türkčä saqïšï"突厥语纪年"。突厥语纪年即十二个动物纪年，与汉族十二生肖纪年没有两样。

在内蒙古相继发现了叙利亚文铭文和题记。在大青山南部今呼和浩特平原的辽代丰州万部华严经塔内存有许多叙利亚文题记，有的虽已漫漶，但仍有十余条保存较完整，多题在塔内阶梯门洞外壁，短的存 1 行，长的存 7 行，应属元代汪古人的手笔。[24]

在大青山之北的达尔罕茂明安联合旗的敖伦苏木古城（俗称"赵王城"）西北毕其格图好来陵园内，1973 年曾发现叙利亚文景教墓碑 9 块，文字多者存 5 行，均有十字架。[25]

在敖伦苏木古城内外发现有 9 块刻叙利亚文景教徒墓顶石和几方石碑，其中一方为叙利亚文——汉文——回鹘文三语合璧石碑。另有一方存 13 行叙利亚文的石碑，虽断为两段，但保存较好。[26]

在四子王旗"王墓梁"耶律氏陵园发现 17 块带有十字架和叙利亚文的景教徒墓顶石[27]。

在达尔罕茂明安联合旗木胡儿索卜尔嘎古城东北约 100 米的景教徒墓地上发现有约 30 件景教徒墓顶石，其中多数带叙利亚文铭文。此外，在内蒙古还发现过一些带叙利亚文的墓石。[28]

　　在内蒙古赤峰市松山区城子乡曾出土一方叙利亚文——回鹘文合璧景教徒瓷制白釉墓砖，叙利亚文保存 2 行，与房山十字寺出土的刻有十字架墓石上的两行叙利亚文完全一样，意为"仰之，信之"，此句出自《圣经·旧约全书》的《诗篇》第 34 章第 6 节。[29]

　　福建泉州出土过大约 20 余方元代景教徒墓碑或石刻，其中带叙利亚文的墓碑至少有 9 方[30]，带有回鹘文的墓碑至少有 1 方[31]，带有八思巴文的墓碑至少有 4 方[32]。其中有的铭文有一句叙利亚语：bšm'b'wbr'wrwḥ'dqwdš'"In the name of the Father, the Son, and the Holy Spirit"[33]，后面是叙利亚文记突厥语。有一方汉语—叙利亚文突厥语双语景教碑铭，1956年发现于泉州通淮门外，汉文两行，叙利亚文两行。汉文为："管领江南诸路明教秦教等也里可温马里失里门阿必斯古八马里哈西牙。皇庆二年岁在癸丑八月十五日铁迷答扫马等泣泪谨志"。叙利亚文突厥语：maxe aylï – lar – nïng marï hasira marïšlemun abisquba – nïng qavra – sï ol.(ut)qui yïl s(ä)k(i)z(i)nč ay – nïng on bäš – tä bašlap kälip(?)sauma(?)biti – miš(?)."这是马可家族的马里哈西牙、马里失里门及阿必斯古八之墓。(牛)癸年八月十五日扫马领(队)来此并题铭。"

三、回鹘文也里可温碑铭文献

　　回鹘文也里可温碑铭和文献发现地主要有吐鲁番、赤峰和泉州。在吐鲁番北部的布拉依克出土过大量基督教文献，其中用回鹘文和叙利亚文记录回鹘语的文献约有四五十件。[34]其中回鹘文中较著名的有《巫师的崇拜》[35]，《圣乔治殉难记》[36]和一件来源与风格不明的残卷[37]等[38]。但这些文献的年代与布拉依克出土的粟特文和叙利亚文基督教文献的年代一样，多在 9 ~ 11 世纪之间。吐鲁番未曾发现元代的景教文献和碑铭。

　　内蒙古赤峰市松山区城子乡画近沟门村的一座山坡上 1983 ~ 1984 年因雨后塌方而发现一方瓷制白釉墓砖，中间为一十字架，下为莲花座，十字架上方两边各有一行叙利亚文，莲花座下两边各有四行回鹘文，其回鹘文标音、转写和汉文译文为：

　　1."l'qsntwrwz x'n s'xys y mynk

　　　　alaqsantoroz xan saqïš – ïming

　　2. pys ywz "ltmys twyrt t'βx'c

　　　　beš yüz altmïš tört tabγač

　　3. s'xys y'wd yyl'r'm''y

　　　　saqïš – ï ud yil aram ay

4. ykrmyk' bw ' wrdw' yk' zy

  y(e)girmikä bu ordu igäzi

5. ywn' n kwymk' s' nkkwm yytmyš

  y(a)wnan köm(ä) kä sänggüm yetmiš

6. pyr y' synt' tnkry yrlx y pwytwrdy

  bir yašinta t(ä)ngri y(a)rl(ï)γ – ïbütürdi

7. pw p' k nyng' wyswty tnkry m' nkkw

  bu bäg – ning ösüti t(ä)ngri mänggü

8. wšdm' xt' ' wrn' dm' xy pwlzw

  w(ï)šdmax – ta ornadmaqï bolzu(n).

"亚历山大帝王纪年 1564 年(公元 1253 年),桃花石纪年牛年正月 20 日。这位京帐首领药难(Yawnan)——部队的将军,在他 71 岁时,完成了上帝的使命。愿这位大人的灵魂永久地在天堂安息吧!"[39]

1941 年在泉州东门城基出土了一块辉绿岩雕成的须弥座祭坛式石墓的石垛,碑额正中刻"华盖"、十字架、莲花座,两旁各有一飞翔的四翼天使,其下阴刻 8 行回鹘文。该碑 1955 年 12 月移交厦门大学人类学博物馆。其回鹘文的汉文译文为:

"幸福而圣洁的也里可温教徒的贵妇玛尔达(Marda)公主,于羊年(公元 1331 年)腊月,满,2 日完成了上帝的使命。她已升达神圣的天堂。"[40]

目前发现的回鹘文景教文献还不多,大量的景教文献多为叙利亚文石刻铭文。

迄今,中国发现约百件景教刻石,其中叙利亚文回鹘语景教碑刻约 50 – 60 件。

注　释

〔1〕德国第三次中亚探险(1905~1907 年)曾在吐鲁番获得过几件叙利亚文突厥语文献。其中一件编号为 TⅢ Kurutka1857 的正背两面为一景教文献,曾为德国回鹘文专家 Peter Zieme 刊布:Ein Hochzeitssegen Uigurischer Christen, *Scholia Beiträge zur Turkologie und Zentralasienkunde*, A. Von Gabainzum 80. Geburtstag am 4. Juli 1981, dargebracht Von Kollegen, Freunden und Schülern, Otto Harrassowitz. Wiesbaden. pp.221 – 234。该文献正背两面存 36 行,首尾残缺。

〔2〕James Hamilton et Niu Ruji, "Deux Inscriptions funeraires turques Nestoriennes de la Chine orientale", *Journal Asiatique*, No. 1, 1994, p.159.

〔3〕P. Pelliot, *Notes on Marco Polo*, Ⅰ Paris, 1959, p.49.

  G. Doerfer, *Türkische und mongolische Elemente im Neupersischen*, Ⅰ, No. 15, Wiesbaden, 1967. p.606, no. 1645.

〔4〕James Hamilton, "Le Texte turk en caracteres syriaques du grand Sceau cruciforme de Mar Yahballaha Ⅲ ",

Journal Asiatique,1972,pp.163 – 164;另参见注[2]所引 J.Hamilton et Niu Ruji 文,pp.159 – 160.

〔5〕N. Sims – Williams,"Sogdian and Turkish Christians in the Turfan and Tun – huang Manuscripts" *Turfan and Tun – huang the Texts*: *Encounter of Civilizatios on the Silk Roate*,ed.Alfredo Cadonna,Florence,1992,p.43.

〔6〕Peter Zieme,Zu den nestorianisch – türkischen Turfantexten,in *Sprache*,*Geschichte und Kultur der altaischen Völker*(ed.G.Hazai and P.Zieme),Berlin,pp.661 – 668,1974.

——Zwei Ergänzungen Zu der christlich – türkischen Handschrift T Ⅱ B1,*Altorientalische Forschungen*,5,1977,pp.271 – 272.

——Materialien Zum uigurischen Onomasticon Ⅰ – Ⅱ,*Türk Dili Araštirma Yilligi – Belleten*,1977,pp.71 – 84;1978 – 1979,pp.81 – 94.

——Ein Hochzeitssegen uigurischer Christen,in *Scholia*,*Beiträge zur Turkologie und Zentralasienkunde A. Von Gabain*…,Wiesbaden,pp.221 – 232,1981.

J.P.Asmussen,"The Sogdian and Uighur – Turkish Christian Literature in Central Asia befor the Real Rise of Islam. A Survey",in:*Indological and Buddhist Studies*…*in Honour of Professor L. J. W. de Jong*…,ed.by A.Hercus et al,Canberra,1982,pp.11 – 29.

W.Hage,"Das Christentum in der Turfan – Oase",in *Synkretismus in den Religionen Zentralasiens*,ed. W.Heissig and H.J.Klimkeit,Wiesbaden,1987.pp.46 – 57.

O.Hansen,"Die christliche Literatur der Sogdier,"in:*Handbuch der Orientalistik* Ⅰ/Ⅳ,2/1.pp.91 – 99.

James Hamilton,"Le Texte Turc en Caracteres Syriaques du Grand Sceau Cruciforme de Mar Yahballaha Ⅲ",*Journal Asiatique*,1972,pp.155 – 170

F.W.K.Müller,*Uigurica* Ⅰ,APAW,1908,Nr,2.pp.3 – 10.

〔7〕参见注[2]所引 J.Hamilton et Niu Ruji 文及朱谦之:《中国景教》(东方出版社,1993)一书中的图版 3、5、6、7、9、10 等。罗香林"《唐元二代之景教》,香港中国学社出版,1966,pp.182 – 186。

〔8〕参见盖山林:《元代汪古部地区的景教遗迹与景教在东西文化交流中的作用》,载黄盛璋主编《亚洲文明》第一集,安徽教育出版社,1992,第 120～129 页及所附图版。
佐伯好郎(Yoshiro Saeki):《内蒙百灵庙附近に于けゐ景教の遗迹に就いて》,《东方学报》(Toho Gakuho)vol.9,1939,Tokyo,pp.49 – 89.

〔9〕参见 James Hamilton et Niu Ruji,"Deux inscriptions funeraires Turques Nestoriennes de la Chine orientale",*Journal Asiatique*,No.1,1994,p.159.另见:J.Hamilton 牛汝极:《赤峰出土叙利亚文—回鹘文景教墓砖铭文及族属研究》,《民族研究》1996 年第 2 期,第 35 – 40 页。

〔10〕D.Chwolson,*Syrische Grabinschriften aus Semirjetschie*,Memoires de l'Academie Imperiale des Sciences de St – Peterbourg,Ⅶ e Serie,t,ⅩⅩⅩ Ⅳ,No,4,St – Petersbourg 1886.

——,*Syrisch – Nestorianische Grabinschriften aus Semirjetschie*. Nebst einer Beilage:"über das türkische Sprachmaterial dieser Grabinschriften"Vom Akad.W.Radloff,Mem.Ac.Imp.Sc.de St. – Petersb,t ⅩⅩⅩ Ⅶ,No.8,St. – Petersbourg 1890;Neue Folge,St. – Petersbourg1897.

〔11〕D.D.A.Mingana,The Early Spread of Christianity in Central Asia and the Far East:A New Document,in:*Bulletin of John Rylands Library Manchester*,Vol.9,No .2,July1925,pp.297～371.

〔12〕P.Y.Saeki,*The Nestorian Documents and Relics in China*,Tokyo 1937,p.414.

〔13〕H. – J.Klimkeit,Christian Art on the Silk Road,in:*Künstlerischer Austausch Artistic Exchange*,ed.H.von Thomas W.Gaehtgens,Berlin 1993,pp.477～488.该文的汉文译文(牛汝极、彭燕译)见《新疆文物》1996 年第 1 期,第 96～102 页。

〔14〕D.Chwolson,*Syrisch – Nestorianische Grabinschriften aus Semirjetschie*,St. – Petersburg1897,p.19.

〔15〕J.Stewart,*Nestorian missionary Enterprise*:*The Story of a Church on Fire*,Edinburgh1928,p.213.转引克里

木凯特著,林悟殊翻译增订:《达·伽马以前中亚和东亚的基督教》,台湾淑馨出版社 1995 年,第 48 页。

〔16〕Nicholas Sims – Williams, Sogdian and Turkish Christians in The Turfan and Tun – huang Manuscripts, in: *Turfan and Tun – huang*: *The Texts*, *Encounter of Civilizations on the Silk Route*, ed. by Alfredo Cadonna, Florece1992, pp. 43 ~ 61.

〔17〕据王勤金《元延祐四年也里世八墓碑考释》,载《考古》1989 年第 6 期第 553 页;朱江只报道该碑出土于 1981 年而未说明何月何日,见朱江《扬州发现元代基督教徒墓碑》,载《文物》1986 年第 3 期第 68 页。

〔18〕十字架下配莲花的图标屡见于中国元代景教遗物。如泉州、房山、敦煌、赤峰、百灵庙等地出土的大量景教遗物中均有此图标。参见 P. Y. Saeki, *The Nestorian Documents and Relics in China*, Tokyo, 1937;朱谦之著《中国景教》,东方出版社,1993,图版 6 – 7;J. Hamilton et Niu Ruji 上引文;注〔8〕所引盖山林文。

〔19〕这种十字架下配莲花座的两侧各有一飞翔的天使的类似图像以泉州出土景教碑中最多见,据笔者统计最少不下七方。可参见朱谦之上引书之图版。

〔20〕参见《学术集林》第 10 卷,1996 年 12 月;牛汝极著《维吾尔古文字与古文献导论》,新疆人民出版社,1997 年,pp. 119 – 131。此次发表的转写和译文对以前的个别地方作了修正。

〔21〕参见 Louis Bazin, *Les Systemes chronologiques dans le monde turc ancien*, Budapest et paris, 1991, p. 414.

〔22〕参见注〔10〕所引 D. Chwolson 的著作。

〔23〕参见注〔2〕所引 J. Hamilton et Niu Ruji 文, p. 159。

〔24〕李逸友:《呼和浩特市万部华严经塔的金元明各代题记》,"文物"1977 年第 5 期,第 55 ~ 64 页。

〔25〕盖山林著《阴山汪古》,内蒙古人民出版社 1991 年,第 270 ~ 271 页。

〔26〕同上,第 271 ~ 273 页。

〔27〕同上,第 276 – 278 页。

〔28〕同上,第 278 – 281 页。

〔29〕J. Hamilton,牛汝极:《赤峰出土景教墓砖铭文及族属研究》,《民族研究》1996 年第 3 期,第 78 ~ 83 页。

〔30〕吴文良:《泉州宗教石刻》北京科学出版社,1957 年,景教图版。
朱谦之:《中国景教》,东方出版社 1993 年,图版 3、7、6、9、10。

〔31〕注〔29〕所引 J. Hamilton,牛汝极文。

〔32〕照那斯图:《元代景教徒墓志碑八思巴字考释》,《海交史研究》1994 年第 2 期,第 119 ~ 124 页。

〔33〕朱谦之:《中国景教》图版第 6 和 7。

〔34〕N. Sims – Williams,《Sogdian and Turkish Christians in the Turfan and Tun – huang Manuscripts》, *Turfan and Tun – huang the Texts*: *Encounter of Civilizatios on the Silk Roate*, ed. Alfredo Cadonna. Florence, 1992, p. 43.

〔35〕F. W. K. Müller, Uigurica, APAW, 1908, Nr. 2, pp. 5 ~ 10;
W. Bang, Türkische Bruchstücke einer nestorianischen Georgspassion, Le Museon, 39, 1926, p. 44;
W. Radloff, Uigurische Sprachdenkmäler, Leningrad 1928, pp. 160 ~ 163;
S. Malov, Pamyatniki Drevnetyurkskoy Pis'mennosti, Moscow – Leningrad 1951, p. 132,
李经纬:《回鹘文景教文献残卷〈巫师的崇拜〉译释》,《世界宗教研究》1983 年第 2 期,第 142 ~ 151 页。

〔36〕A. von Le Coq, Türkische Manichaica aus Chotsho, Ⅲ. Nebst einem christlichen Bruchstück aus Bulayiq, APAW, 1922, \ nr. 2, pp. 48 ~ 49;W. Bang, op. cit, Le Museon, 39, 1926, p. 64.

〔37〕A. von Le Coq, Ein christliches und ein manichäisches Manuskriptfragment in Türkischer Sprache aus Turfan,

SPAW,1909,pp.1250~8;W.Bang,op.cit,Le Museon,39,1926,53ff.

[38]参见注[6]所引 Peter Zieme 的论文。

[39]参见注[29]所引 J.Hamilton 牛汝极文。

[40]参见注[29]所引 J.Hamilton 牛汝极文,及 J.Hamilton 牛汝极:《泉州出土回鹘文也里可温(景教)墓碑研究》,《学术集林》卷五,上海远东出版社 1995 年 12 月,第 270~281 页。

Nestorian Inscriptions in Syriac and Uighur
Scripts Preserved in China

Niu Ruji

Though *Nestorian* documents in Chinese are well known, there is a lack of press about the studies of Nestorian bilingual inscriptions in Syriac – Uighur discovered in China. Provided are the transliteration, transcription, and translation of some of these inscriptions. These inscriptions can help us understand the history of Nestorianism in China and its spread among Turkic peoples in the Yuan Dynasty.

十世纪于阗国的天寿年号及其相关问题

张广达　荣新江

　　研究唐代中原与西域的关系,民族与文化是至关重要的眼目。太宗贞观四年(630)以来,唐廷开始与北方游牧民族打交道,行军之同时,逐步在边疆经营镇防体制。高宗显庆三年(658)以后,唐朝在西域绿洲地区建立军镇体制之同时,也根据各个地区的实际情况,在承认当地民族首领或国王世袭、自治的基础上建立羁縻制度。长寿元年(692),则天武后再设四镇,发汉兵三万人镇守,在完成镇戍体制之同时,也完善了羁縻体制。对于羁縻体制的具体形态及其运作方式,今天人们还说不上有深入的了解。幸而19世纪末、20世纪初以来,在唐代安西四镇之一的毗沙(Viśa)都督府所辖羁縻州府属下的城镇遗址以及在敦煌藏经洞陆续发现于阗语或与于阗有关的汉语公私文书和佛教典籍,大大有助于我们考察唐朝在绝域以内建构的军政制度以及当时中原、敦煌与于阗的文化交流情况。这也就是我们从八十年代初以来不断就唐代于阗史地有所论述的原因。

一、关于天寿年号

　　1982年,我们在前人研究的基础上,就汉文、于阗文写卷、莫高窟题记中散见的国号和年号,撰写《关于唐末宋初于阗国的国号、年号及其王家世系问题》一文[1]。该文在年代上虽然向下推演到五代、宋初,但主旨仍然是为了考察中原与边疆的民族关系。为此该文试图在于阗王国使用开运(Khäyi – gvïnä,945年,见 P.4091,行 6[2])等中原年号之外,为于阗国本身仿照中原王朝采用的年号及其王统世系做一整理。在撰写该文时,我们遇到了不少困难。例如,"天寿"年号的归属,就是悬而未决的问题之一。

　　关于天寿年号,1979年哈密屯(J. Hamilton)教授在《公元851–1001年于阗年号考》一文中,首次从孟列夫主编的《亚洲民族研究所所藏敦煌汉文写本注记目录》中,检出俄藏 Dx.1400 和 Dx.2148 两件敦煌文书上的"天寿"纪年,并成功的对证为 P.2928 于阗语文书中的年号 thyaina śiva。但是,由于他过分相信蒲立本(E. G. Pulleyblank)所定 912–986 年同庆、天尊、中兴纪年和他本人考订的 986–999 年为天兴年号纪年,因此把天寿年号放在了 999–1001

–(1005?)年的范围里[3]。事实上,井之口泰淳教授早在 1960 年就已在《于阗语资料所记尉迟王家的系谱和年代》一文中,正确地考证出天兴年号的起始年份为 950 年,但因为他当时没有能够正确地对证出天寿年号,所以把天兴年号的末年放在 966 年[4]。我们在《关于唐末宋初于阗国的国号、年号及其王家世系问题》一文中,利用 P.3016 中的两件天兴七年和天兴九年文书,肯定了井之口氏关于天兴元年为 950 年的考证,并提出天兴最后一年,即天兴十四年,相当于 963 年。因为据 P.4518(2)《天寿二年宝胜状》的内容,似可将天寿元年同样放在 963 年,即已经见于文书的天寿二、三年,相当于公元 964 – 965 年[5]。与此同时,熊本裕博士根据动物纪年,认为天寿始于 987 年[6]。这一看法为恩默瑞克(R.E.Emmerick)和施杰我(O.P.Skjaervø)所沿用[7]。另外,孟凡人先生在《五代宋初于阗王统考》一文中,对井之口教授和我们关于天兴、天寿年号的论证提出质疑,试图将两个年号重新放在哈密屯考订的986 – 999年和999 年 – 1001 年[8]。但他的论据推测成分过多,且回避了一些关键材料,尚难成立,故此不予置论。

　　解决天寿问题的重要线索,是俄藏 Dx.1400 和 Dx.2148 两件汉文文书,但这两件文书很长时间里没有公布。1989 年,我们撰写《关于敦煌出土于阗文献的年代及其相关问题》一文时,仍然深为无法读到这两件文书而感到遗憾。当时,我们所能做到的,只是根据手头已有的资料,在维持天寿(963 – 966)为于阗国皇帝李圣天的最后一个年号这一观点外,进而据《续资治通鉴长编》卷七等史籍中的片断记载,推断乾德四年(966)入贡于宋的于阗王李圣天的太子德从当是从德,也就是朝宋之后返回于阗,即接李圣天而续登于阗皇位的尉迟输罗(Viśa' Śūra)。我们在注中特别指出:“天寿年号的最终考订有赖于新史料的发现”,并且特别期待上述两件重要汉文文书早日发表[9]。1991 年 7 月间,本文作者之一荣新江曾有机会走访圣彼得堡东方学研究所,申请阅览而未获准。1995 年 5 – 7 月,敦煌研究院施萍婷、李正宇先生等前往圣彼得堡调研敦煌写本,我们托施萍婷先生再次申请。施先生回国后,很快把她所抄录的 Dx.1400、Dx.2148 和与之相关的 Dx.6069 三件文书录文寄给我们,并告知据背面《道场应用文》,三件原系同一写本。不久以后,施先生发表了她的录文[10]。同行的李正宇先生也抄录了这三件文书,并且在《俄藏中国西北文物经眼记》中,发表了他的录文。关于文书的年代,他认为文书中提到了一位去世不久的“佛现皇帝”,而 S.6249《归义军军资库司用纸破历》记有某年(公元 962 年?)三月“佛现忌日”,推测佛现皇帝指李圣天,他又据我们推定的天寿二年为 964 年的看法,认为李圣天崩于 962 年,其子尉迟输罗即位,改元天寿,966 年遣子德从入贡于宋[11]。

　　Dx.1400 + Dx.2148 + Dx.6069 三个编号写本的图版,现已缀合发表在《俄藏敦煌文献》第八册上[12]。以下据李正宇先生的整理排序,参考图版,抄录如次:

A.《天寿二年九月张保勋牒》(Dx.1400)

1　右马步都押衙检校户部尚书兼御史大夫张保勋

2　　右保勋伏限关山阻远,不获祗候

3　天庭,下情无任

4　攀恋惶惧之至。谨具状

5　起居。谨录,状上。

6　牒件状如前,谨牒。

7　　　　天寿二年九月　日,右马步都押衙检校户部尚书兼御史大夫张保勋牒。

B.《天寿二年九月弱婢员孃、祐定牒》(Dx.2148₁)

1　弱婢员孃、祐定

2　　右员孃、祐定,关山阻远,碛路程遥,不获祗候

3　宫闱,无任感

4　恩之至。弱婢员孃、祐[定],自从

5　佛现皇帝去后,旦慕(暮)伏佐公主、太子,不曾抛离。

6　切望

7　公主等于

8　皇帝面前申说,莫交(教)弱婢员孃、祐定等身上捉

9　其罪过。谨具状

10　起居咨

11　闻。谨录状上。

12　牒件状如前,谨牒。

13　　　　天寿二年九月　日,弱婢员孃、祐定等牒。

C.《弱婢祐定等牒》(Dx.2148(2) + Dx.6069(1))

1　弱婢祐定咨申

2　天女公主:祐定久伏事

3　公主,恩荫多受,甚时报答?今要胡锦裙腰一个,般次来时,

4　切望咨申

5　皇帝发遣者。

1　更有小事,今具披词,到望

2　宰相希听允:缘　宕泉造窟一所,未得周毕,切望

3　公主、宰相发遣绢拾匹、伍匹,与砲户作罗底买来,

4　沿窟缠里工匠,其画彩色、钢铁及三界寺绣

5　像线色,剩寄东来,以作周旋也。娘子年高,气冷

6　爱发,或使来之时,寄好热细药三二升。又绀城细缣□

7　三、五十匹东来,亦乃沿窟使用。又赤铜,发遣二、三十

8　斤。又咨

9　阿郎宰相:丑子、丑儿要玉约子腰绳,发遣两鞓。又好箭三、四十只,寄

10　　东来也。

D.《天寿二年九月新妇小娘子阴氏上于阗公主状》(Dx.6069(2))

1　季秋霜冷,伏惟

2　公主尊体起居万福。即日新妇小娘子阴氏蒙恩,不审近日

3　尊体何似? 惟以时倍加保重,远情所望。今于押衙安山胡手内,附漆缕子三个,到

4　日,以充丹信收领也。谨奉状　起居,不宣,谨状。

5　　　　　九月　日,新妇小娘子阴氏　状上。

6　公主阁下,谨空。　　又,阿娘寄　永先小娘信、青铜镜子一面,到日,

7　　　　　　永先收留也。

以上是四封信函的内容,都是从敦煌寄往于阗的,不知是书信录副,还是由于某种原因没有寄出的原件,它们完整地保存下来。A件发信人张保勖,带有"右马步都押衙检校户部尚书兼御史大夫"职衔,大概是其时于阗住敦煌的重要使臣。B、C两件的发信人员嬢、祐定,应是留在敦煌的于阗国公主、太子的侍婢。后者还在C件信中请求宰相和公主送东西来。D件发信人是新妇小娘子阴氏,应当是下嫁给于阗某位太子的沙州女子。收信人是于阗国皇帝、皇后天公主、宰相。厘清了发信和收信人所在的地点和关系,我们认为B件中提到的"佛现皇帝去后",并不是指佛现皇帝去世,而是说他离开敦煌回于阗以后,随他而去的公主是天公主,即皇后。但是,于阗皇帝和天公主走后,还有其他于阗皇帝的公主(女儿)和太子(儿子)留在敦煌,由侍婢照应。这种情形在敦煌汉文和于阗文文书中多有反映,详见我们在《关于敦煌出土于阗文献的年代及其相关问题》中所列举的史料[13],此不赘述。李正宇先生推论佛现皇帝李圣天962年去世的基础是S.6249,但这件文书没有任何年代标志[14],把它放在962年是没有根据的。而且,《续资治通鉴长编》卷七明确记载,乾德四年(966)于阗王李圣天仍然在位,因此,李先生以下推论天寿为962年继李圣天为王的尉迟输罗的年号,入贡于宋的德从为尉迟输罗之子等说法也是难以接受的。S.6249的年代应当较晚,它所记"佛现忌日"目前无法确定其年份。"佛现皇帝"一名,又见于S.4274归义军《管内两厢马步

军都校捩使银青光禄大夫检校工部尚书阴某上佛现皇帝状》,可惜没有时间[15]。此处的阴某,当即 S.289《李存惠墓志》所记"亡男内亲从都头知左右两厢马步军都校练使检校兵部尚书兼御史大夫上柱国阴住延"[16],《墓志》撰于天平兴国五年(980)[17],其时阴住延已亡,而其亡时的检校官兵部尚书也较 S.4274 的工部尚书要高。所以,不难推断 S.4274《阴住延状》写于 967 年以前李圣天仍在世时。

李正宇先生指出,以上四件信稿的月份为九月,其中两件署"天寿二年",可以推测四封书信俱写于天寿二年(964)九月[18]。李先生的考订是正确的,我们完全信从。现在,我们就根据以上几件文书的内容,对我们先前文章中对天寿年代的某些推断做必要的再肯定。

在最后一封信中,提到"今于押衙安山胡手内,附漆缫子三个,到日,以充丹信收领也",表明押衙安山胡曾在天寿二年九月时被从敦煌派往于阗。我们有幸在 P.2703 中又看到他的名字。P.2703 背面存有三封书信的草稿或录副,文字如下[19]:

A.《沙州归义军节度使曹元忠致于阗王书》:

1　　早者安山胡去后,倍切

2　　攀思,其于衷肠,莫尽披寻。在此远近

3　　亲情眷属,并总如常,不用忧心。今西天

4　　大师等去,辄附音书。其西天大师到日,

5　　希望重叠津置,疾速发送。谨奉状

6　　起居,伏惟

7　　照察。谨状。

8　　　　　　舅归义军节度使特进检校太师兼中书令敦煌王曹　　状。

B.《沙州归义军节度使曹元忠致于阗王书》:

1　　不审近日

2　　圣体何似,伏惟俯为

3　　社稷生灵,倍加

4　　保重,远情恳望。谨状。

5　　　　　　舅归义军节度使特进检校太师兼中书令敦煌王曹元忠状。

C.《沙州归义军节度使曹元忠致于阗众宰相书》:

1　　季春极暄,伏惟

2　　众宰相尊体动止万福,即日

(以下未写)

由于这三封信中的主要内容是敦煌的归义军节度使介绍一位西天(印度)大师前往另外

一个丝路王国,因此,自藤枝晃教授提出这是曹元忠致甘州回鹘可汗的一封信后,没有人提出异议[20]。今天我们有幸见到上述俄藏文书,不难使我们一眼就看出两处所记的安山胡必定是同一个人。按 P.2703 中两封书信(A 和 B)后,曹元忠均署"检校太师兼中书令",这是他 964 – 974 年间使用的称号[21],因此可以据这一称号判定两封信当写于这一年代范围之内。从内容上看,我们过去考订天寿元年为 963 年,安山胡在天寿二年九月出使于阗。曹元忠在信(A)中提到了"早者安山胡去后"一事,则曹元忠信应当写于新妇小娘子阴氏信之后。进一步讲,阴氏的信写于天寿二年九月,曹元忠第三封信(C)提到了写信的时间——"季春",即三月份,则曹元忠的三封信应写于 964 年以后的某年三月。又,曹元忠的署衔前面有"舅"字,表明他是对方的舅氏。据敦煌莫高窟第 61 窟题记,我们知道李圣天娶曹元忠的姐姐为于阗国皇后,那么,作为曹元忠外甥的于阗王,只能是 967 年继李圣天为王的尉迟输罗(Viṣa' Śūra)。这位新国王曾在 970 年致信曹元忠,称之为舅[22]。因此,上述曹元忠的信,应当写于 967 年以后,距天寿二年(964)九月,并不遥远,故信中说"早者"云云,收信人则是尉迟输罗。

在曹元忠的第一封信(A)中,先是说安山胡使团去了以后,十分想念。安山胡没有再回敦煌,说明他是于阗国使臣,天寿二年九月以前来到沙州,后返回于阗。曹元忠信接着说到,对方留在敦煌的远近亲情眷属,都一切平安如常。对比弱婢员嬢、祐定信中所说,"自从佛现皇帝去后,且慕(暮)伏佐公主、太子,不曾抛离"一段,完全吻合。因此,我们不难得出结论,P.2703 的三封信,是在天寿二年九月安山胡使团走了以后,967 年后的某年三月西天大师前往于阗时,曹元忠写给于阗王和众宰相的介绍、慰问信。

P.2703 书信年代的大体判定,以及它们与上述俄藏文书内容上的联系,可以使我们排除天寿年号晚于 974 年曹元忠去世年份的可能性,并进一步确定于阗天寿年代是从 963 年开始,现在所能见到的天寿最晚纪年文书,即 P.2928 于阗语文书中的"天寿三年牛年六月十日"[23],所以天寿年号至少延续到 965 年。由此确定了我们过去把天寿年号放在 963 – 966 年之间的看法。熊本裕教授的 987 – ？ 年的意见应重加考虑。

无论如何,于阗的天寿二年(964)是一个值得注意的年份。是年,于阗与敦煌之间有着不寻常的频繁交往。据敦煌研究院藏 No.001 + 董希文藏卷(现亦归敦煌研究院藏)+ P.2629 缀合而成的《归义军官府酒破历》,964 年有如下记载[24]:

正月廿四日—六月五日　　　供于阗葛禄逐日酒,计 129 日。

三月十九日—六月五日　　　供于阗罗尚书逐日酒,计 75 日。

五月廿八日—六月五日　　　供修于阗文字孔目官逐日酒,计 7 日。

六月三日　　　　　　　　　太子屈于阗使。

七月一日	太子迎于阗使。
三日	□□□阗使。
廿一日	衙内看于阗使。
廿六日	衙内看甘州及于阗使、僧。
八月一日	看于阗使。
廿二日	看甘州使及于阗使。
十月二日	东园看于阗使及南山。
十日	衙内看于阗使。

同年,根据其他敦煌文献,可知还有如下史事:

五月　沙州僧宝胜入奏于阗天皇后。(P.4519 – 2v)[25]

八月七日　于阗太子三人来沙州,佛堂内供养诸佛。(P.3184v)[26]

九月　右马步都押衙张保勋自沙州牒上于阗皇帝。(Dx.1400)

九月　弱婢祐定自沙州牒上于阗天皇后。(Dx.2418)

九月　弱婢祐定等自沙州牒上于阗公主、宰相,切望发遣绢、画彩、钢铁、绀城细𫄨等,以供宕泉造窟;又为"年高娘子"要好热细药。(Dx.6069)

九月　新妇小娘子阴氏上于阗公主状。(Dx.6069)

两相比照,可见 964 年一年内,敦煌和于阗间有着频繁的往来,有使者,有僧侣,也有皇亲国戚。

圣彼得堡藏三份敦煌文书中提到的留在敦煌的于阗公主不只一位。P.3111 记有于阗公主于庚申年(960)七月十五日在敦煌施舍官造花树、花叶、台子、瓶子等[27]。李正宇先生还举出 P.1366《归义军宴设司面油破历》中的"阿摩公主"、P.2641《丁未年(947)归义军宴设使宋国清牒》中的"速丁公主"[28]。在 P.2027 于阗文文书中,还可见到 Śam Ttai Hvi 大公主和 Grïnä 大公主[29]。至于生活在敦煌或来往于于阗、敦煌之间的于阗太子,人数大概更多。他们有的已在敦煌婚配,其配偶如"年高娘子"、"阴氏新妇小娘子"等即是。

二、太子从德问题

于阗有不少太子生活在敦煌或时时往来于敦煌、于阗之间。在生活于敦煌的诸多于阗太子中,从德无疑是最值得注意的一位人物。根据 P.3510 于阗文《从德太子发愿文》(拟题)第 39 小节,从德是李圣天及皇后曹氏之子:

我至亲至善之母,大汉皇后,予我此生之轮回生命(gati)[30]。

此处的"大汉皇后"除李圣天的曹氏皇后外没有任何其他身份相符的角色。而"汉"或"中国"（Cimgga, Cïnga）在于阗作者的笔下，据贝利的研究，总是指张、曹二氏治下的敦煌[31]。据《从德太子发愿文》，从德是李圣天和曹后之子可无疑义。因此，这位太子在莫高窟第244窟甬道壁上被画在乃舅曹元德身后也就易于解释了。

此外，据向达先生1942－1943年所见，武威民众教育馆藏一木塔，内中有小银塔一座，原出敦煌千佛洞。银塔上镌刻"于阗国王大师从德"云云[32]。从敦煌文书中我们还没有找到"于阗国王大师"的题衔，但是，敦煌写卷P.3804－3中的一则《斋文》，却有"太子大师"的称号。文繁，姑引其重要部分如下（文中数字为行数）：

(1)某乙闻：大雄立教，至觉垂文。八万门众妙宏开，十二部真经广设。自昙花西(2)谢，贝叶东来，累硕德而弘宣，九州敬仰；积高僧而演化，千帝归崇。然则前(3)后匡持，古今隆盛。是时也，韶年媚景，仲序芳春，皇储出俗之晨，帝子〔弃？〕(4)荣之日。于是幡花影日，金容出现于郊源；铃毂轰天，道俗云奔于法(5)席。经开八相，不异祇园，论讲百般，有同鹫岭。如斯胜因，尘累难量，则我(6)府主大王，盛匡佛事矣。

伏惟我天皇后大罗禀气，鼎族间生，名花夺于颊(7)红，初月偷于眉细。数载而治化大国，八表昭苏，即今而慈育龙沙，万民忻(8)怿。加以低心下意，敬佛礼僧，弃贵损荣，听经闻法者，即我天皇后之德也。

伏惟(9)府主大王，六眸表瑞，一角呈祥，禀岳渎之奇精，应星辰之秀气，习武则(10)武包七德，六番跪伏于沙场；揽文则文擅九功，四境输采（财）于阶下。加以四(11)社在念，十信真怀，隆建法幢，年常不替者，即我大王之德也。

伏惟大师，圣(12)皇贵胤，天帝良苗，阐大教而声播九州，绍真宗而劳笼一郡者，即我(13)太子大师之德也。

伏惟我都僧统大师……（下略）

在这里，"太子大师"是"圣皇贵胤，天帝良苗"，而且在此《斋文》中颂德部分置于"数载而化治大国"的天皇后之后，可以推测，此"太子大师"当是后来的"于阗国王大师从德"，他也应是李圣天的继承人尉迟输罗。

从德留在敦煌的踪迹不少，有待我们今后认真查核文书，进一步阐明这个人物的活动。

三、关于于阗皇后曹氏的出嫁年份

曹议金女、曹元忠姊嫁予于阗皇帝李圣天并以皇后或天皇后为称，因有莫高窟第98窟和61窟供养人题记及敦煌文书的记载而论定。据现有零星材料，曹氏之许嫁于阗殆可定在甲午年(934)。

哈密屯先生在整理九——十世纪敦煌所出的回鹘文文书过程中,研究了 P.2998 写卷背面第 1 - 2 叶之间的回鹘文残文书。该文书第 1 - 6 行称[33]:

> 吉年佳时……马岁五月,我等金国使者到来沙州,乞得百(?)王之女为〔皇〕偶。我等已获聘此女。

哈密屯氏在 1986 年刊布这件文书时,对文书中的马年未做判定,认为 922、934、970、982 或 994 年都有可能[34]。显然,哈密屯氏没有接受乃师巴赞(L. Bazin)先生将该马年定为 982 年的意见。[35]。1996 年,哈密屯氏发表《论敦煌所出古突厥文书的断代定年》一文,明确指出 P.2998 卷背回鹘文书所指婚姻的年份为 934 年[36]:

> 沙州府主遣嫁于阗为后的女儿必然是曹议金(914 - 935)之女,也是人们所知道的沙州府主曾经遣嫁于阗的唯一女子。这次婚嫁当在马年五月,即 934 年 6 - 7 月之后不久和 936 年之前。马年五月于阗使节到达沙州,及至 936 年,另外若干敦煌文书(936 年 1 - 2 月的 P.4638,936 年 6 - 7 月的 P.2638)已然称她为于阗皇后。因此,回鹘文 16 号文书(即 P.2998 卷背回鹘文文书)当写于 934 年下半年。

确定了 934 年李圣天得到曹议金女为后这一事实后,可以归纳出不少敦煌文书作为旁证:

933 年癸巳　长兴四年十月　于阗宰相来沙州。(P.2704)[37]

934 年甲午　清泰元年五月十五日　于阗金国使团抵沙州求婚获允。(P.2998v)

934 年甲午　清泰元年五月十五日　阴家小娘子请荣亲客人的名单中,有皇后及都头等。(P.4700,参 P.3942)[38]

935 年乙未　清泰二年二月十日　曹议金去世。

936 年丙申　清泰三年六月之前　沙州遣使于阗上于阗皇后楼机绫一匹。(P.2638)[39]

936 年丙申　清泰三年六月十六日　押衙索胜全次着于阗去。(Dx.2143)[40]

937 年丁酉　清泰四年正月　马军武达儿状称:"先送皇后年"(P.4638v - 12)[41]

在这里,回鹘文书称 934 年即清泰元年五月十五日于阗使者代李圣天求婚获准,同年同月同日,《阴家小娘子荣亲客目》表明当时举行了盛大规模的喜庆宴会,而曹议金女以皇后名义赫然在目,这不应该是偶然的巧合,颇疑阴家小娘子的此次宴会,就是为了于阗李氏与敦煌曹氏联姻而举办的。阴氏小娘子的身份也颇值得研究,看来敦煌阴氏不仅与敦煌曹氏的关系非同一般,即便和于阗王室也关系至密。这也是 Dx.6069《新妇小娘子阴氏上于阗公主状》和 S.4274《归义军管内两厢马步军都教练使银青光禄大夫检校工部尚书阴某致佛现皇帝状》透露给我们的消息。

注　释:

〔1〕载《敦煌吐鲁番文献研究论集》,北京中华书局,1982 年,179 – 204 页;又张广达、荣新江《于阗史丛考》,上海书店,1993 年,32 – 58 页。法译文"Les noms du royaume de Khotan. Les noms d'ère et la lignée royale de la fin des Tang au début des Song",载 *Contributions aux études de Touen – houang*,Ⅲ,ed. M. Soymié,Paris 1984,23 – 46.

〔2〕H. Kumamoto,"Miscellaneous Khotanese Documents from the Pelliot Collection",*Tokyo University Linguistics Papers*(TULIP),14,1995,247 – 248.

〔3〕J. Hamilton,"Les règnes khotanais entre 851 – 1001",*Contributions aux études sur Touen – houang*,ed. M. Soymié,Genève – Paris1979,49;荣新江汉译文,《新疆文物》1988 年第 2 期,133、135 – 136 页。

〔4〕井ノ口泰淳《ウテン语资料によるVisa 王家の系谱と年代》,《龙谷大学论集》第 364 号,1960 年,27 – 43 页;荣新江汉译文,《新疆文物》1988 年第 2 期,118 – 119 页。

〔5〕见注〔1〕引《敦煌吐鲁番文献研究论集》192 – 201 页;又《于阗史丛考》43 – 50 页。

〔6〕H. Kumamoto,*Khotanese Official Documents in the Tenth Century A. D.*,University of Pennsylvania Dissertation 1982,59;Ⅰdem,"Some Problems of the Khotanese Documents",*Studia Grammatica Iranica. Festschrift für Helmut Humbach*,eds. R. Schmitt & P. O. Skjaervø,München 1986,235;Idem,"The Khotanese Documents from the Khotan Area",*The Memoirs of the Research Department of the Toyo Bunko*,54,1996,37.

〔7〕R. E. Emmerick,*A Guide to the Literature of Khotan*,2nd ed,Tokyo 1992,47;O. P. Skjaervø,"Kings of Khotan in the Eight Century",*Histoire de l'Asie centrale préislamique. Sources écrites et documents archeologiques*,ed. P. Bernard & F. Grenet,Paris 1991,259 – 260,268.

〔8〕载《中国边疆史地研究》1992 年第 3 期,102 – 109 页。

〔9〕《纪念陈寅恪先生诞辰百年学术论文集》,北京大学出版社,1989 年,284 – 306 页;收入《于阗史丛考》,98 – 139 页。

〔10〕施萍婷《俄藏敦煌文献经眼录之一》,《敦煌研究》1996 年第 2 期,77 页;又《俄藏敦煌文献经眼录》(二),《敦煌吐鲁番研究》第 2 卷,1997 年,314、323 – 324 页。

〔11〕《敦煌研究》1996 年第 3 期,39 – 42 页。

〔12〕《俄藏敦煌文献》第八册,上海古籍出版社,1997 年,144 – 146 页。

〔13〕同注〔9〕引张广达、荣新江文。

〔14〕该文书图版、录文见唐耕耦等编《敦煌社会经济文献真迹释录》第 3 辑,北京全国图书馆文献缩微复制中心,1990 年,604 页。

〔15〕《英藏敦煌文献》第六册,四川人民出版社,1993 年,13 页。

〔16〕参看荣新江《唐五代归义军武职军将考》,《中国唐史学会论文集》(1993),三秦出版社,1993 年,82 – 83页;冯培红《晚唐五代宋初归义军武职军将研究》,郑炳林编《敦煌归义军史专题研究》,兰州大学出版社,1997 年,122 页。

〔17〕郑炳林《敦煌碑铭赞辑释》,甘肃教育出版社,1992年,553页。

〔18〕同注〔11〕引李正宇文,41页。

〔19〕录文见陈祚龙《敦煌学园零拾》,台湾商务印书馆,1986年,357 - 359页;图版及录文见《敦煌社会经济文献真迹释录》第4辑,1990年,399 - 400页。

〔20〕藤枝晃《沙州归义军节度使始末》(四),《东方学报》(京都)第13册第2分册,1943年,65 - 67页。参看土肥义和《归义军(唐后期·五代·宋初)》,《讲座敦煌》第二卷《敦煌の历史》,东京大东出版社,1980年,238页;森安孝夫《ウイグルと敦煌》,同上书,326页;荣新江《敦煌文献所见晚唐五代宋初的中印文化交往》,《季羡林教授八十华诞纪念论文集》,江西人民出版社,1991年,964页;又《归义军史研究》,上海古籍出版社,1996年,342页;陆庆夫《甘州回鹘可汗世次辨析》,郑炳林编《敦煌归义军史专题研究》,兰州大学出版社,1997年,483页。

〔21〕荣新江《归义军史研究》,121 - 122页。

〔22〕H. W. Bailey, "Śrī Viśa Śūra and the Ta - Uang", *Asia Major*, *new series*, XI . 1, 1964, 1 - 26.

〔23〕H. W. Baiely, *Khotanese Texts*, III, Cambridge 1969, 105, No. 41. 最新译文见 M. Maggi, *Pelliot Chinois 2928. A Khotanese Love Story* (Istituto Italiano per l'Africa el'Oriente LXXX), Roma 1997, 29.

〔24〕此卷断代为964年,系据施萍婷先生的研究,见《本所藏〈酒帐〉研究》,《敦煌研究》创刊号,1983年,146页。

〔25〕《于阗史丛考》,49页。

〔26〕同上,37页。 〔27〕同上,115 - 116页。 〔28〕同注〔11〕引李正宇文,41页。

〔29〕H. W. Bailey, *Khotanese Texts*, II, Cambridge 1969, 79 - 82; III, 53 - 54.

〔30〕张广达、荣新江《敦煌文书 P. 3510(于阗文)〈从德太子发愿文〉(拟)及其年代》,《于阗史丛考》,51页。

〔31〕H. W. Bailey, *Khotanese Texts*, VII, Cambridge 1985, 12 - 15.

〔32〕向达《唐代长安与西域文明》,北京三联书店,1957年,340页。关于银塔外木塔的下落,见注〔30〕引张广达、荣新江文,《于阗史丛考》,69页,注〔9〕。

〔33〕J. Hamilton, *Manuscrits ouigours du IXᵉ - Xᵉ siècle de Touen - houang*, Paris 1986, No. 16, 93 - 96.

〔34〕*Ibid*, I, 95, n. 16. 4.

〔35〕L. Bazin, *Les Calendriers turcs anciens et médiévaux*, Lille 1974, 303 - 305.

〔36〕J. Hamilton, "On the Dating of the Old Turkish Manuscripts from Tunhuang", *Turfan, Khotan und Dunhuang*. *Vorträge der Tagung "Annemarie v. Gabain und die Turfanforschung", veranstaltet von der Berlin - Brandenburgischen Akademie der Wissenschaften in Berlin* (9. - 12. 12. 1994), ed, R. E. Emmerick et al, Berlin: Akademie Verlag, 1996, 142. 无独有偶,见于于阗文文书的另一次求婚也发生在马年。于阗文写卷 Ch. I. 0021 a, a (*Khotanese Texts*, II, 53 - 55) 提及于阗菩萨王尉迟达磨 (Viśa' Dharma, 978 - 982) 于中兴五年(982)求婚于敦煌事:"马年(壬午)七月,圣意中产生欲娶纯汉土女为后,以延续

金国皇祚的愿望",乃遣高官显宦子弟、勇士健儿等百人为聘使,前往沙州。(H. W. Bailey, *Saka Documents*, *text volume*, London 1968,69)此次的使者,在 Ch. I .0021 a, a 于阗文部分之前的汉文《燃灯起塔文》中有"幸者张金山"的名字,在于阗文部分有 Cā kamä – śī(张监使?)名。此张监使或许就是张金山。另外,张金山还见于其他一些于阗语文书,详见注〔9〕引张广达、荣新江文,《于阗史丛考》126 页。又, Kīma – śanä 一名也出现在于阗文写卷 P. 2745 第 65 行,熊本裕氏认为上述张金山或金山是否一人不得而知,但不无可能。参看注〔2〕引文,243 – 245 页。

〔37〕《于阗史丛考》113 页。

〔38〕《敦煌社会经济文献真迹释录》第 4 辑,10 – 15 页(唐耕耦断在 994 年)。

〔39〕《于阗史丛考》48 – 49 页。

〔40〕《俄藏敦煌文献》第 9 卷,45 页。

〔41〕《敦煌社会经济文献真迹释录》第 4 辑,507 页。

On the year – name Tianshou of Khotan Kingdom in the 10th A. D. and Some Related Problems

Zhang Guangda and Rong Xinjiang

Disputes among J. Hamilton, H. Kumamoto, O. Skjaervo and the authors regarding the year – name of Khotan Kingdom in the 10th century have helped determine the sequences of kingships and their titles in this period. The authors suggest the year – name *Tianshou* belongs in the range 963 – 965, but Kumamoto argues for 987 and later. In the 4 newly published letters (collections of Institute of Oriental Studies in St. Petersburg) sent to Khotan from Dunhuang dated in the 2nd year of *Tianshou*, the authors found events and characters that were also recorded in the Dunhuang Document P. 2703 (Collection of Pelliot). Thus, the 1st year of *Tianshou* must be 963. The authors surveyed the activities of Khotan Prince Chongde in the years of *Tianshou*, and determined that the marriage between the daughter of Commander Cao Yijin of Guiyi Army in Dunhuang and the king of Khotan Li Shengtian, happened in 934. Based on the studies of the Dunhuang documents in Chinese, this event and other social relations were reconstructed.

《元史·释老传》藏汉译名证补

张　云

　　《元史·释老传》内有藏汉译名一组,是研究元代藏汉文翻译、元王室崇佛和元代萨迦派教法内容等问题的重要材料。正确理解此段文字的本意,对于《元史》的校勘,也有所裨益。

　　前人对《元史·释老传》的研究,以日本学者野上俊静先生用力最勤,成果也较为丰富,[1],本文即以此为基础,作一些新的补正工作,并就相关问题略作阐释,以就正于方家。

　　先引《元史·释老传》原文如下:

　　　　若岁时祝厘祷祠之常,号称好事者,其目尤不一。有曰镇雷阿蓝纳四,华言庆赞也。有曰亦思满蓝,华言药师坛也。有曰搠思串卜,华言护城也。有曰朵儿禅,华言大施食也。有曰朵儿只列朵四,华言美妙金刚回遮施食也。有曰察儿哥朵四,华言回遮也。有曰笼哥儿,华言风轮也。有曰嗒朵四,华言作施食也。有曰出朵儿,华言出水济六道也。有曰党剌朵四,华言回遮施食也。有曰典朵儿,华言常川施食也。有曰坐静,有曰鲁朝,华言狮子吼道场也。有曰黑牙蛮答哥,华言黑狱帝主也。有曰搠思江朵儿麻,华言护(江)[法]神施食也。有曰赤思古林搠,华言自受主戒也。有曰镇雷坐静,有曰吃剌察坐静,华言秘密坐静也。有曰斟惹,华言文殊菩萨也。有曰古林朵四,华言至尊大黑神回遮施食也。有曰歇白咱剌,华言大喜乐也。有曰必思禅,华言无量寿也。有曰睹思哥儿,华言白伞盖呪也。有曰收札沙剌,华言《五护陀罗尼经》也。有曰阿昔答撒(答)[哈]昔里,华言《八(十)[千]颂般若经》也。有曰撒思纳屯,华言大理天神呪也。有曰阔儿鲁弗卜屯,华言大轮金刚呪也。有曰且八迷屯,华言《无量寿经》也。有曰亦思罗八,华言《最胜王经》也。有曰撒思纳屯,华言护神呪也。有曰南占屯,华言(怀)[坏]相金刚也。有曰卜鲁八,华言呪法也。又有作擦擦者,以泥作小浮屠也。又有作答儿刚者。其作答儿刚者,或一所二所以至七所;作擦擦者,或十万二十万以至三十万。又尝造浮屠二百一十有六,实以七宝珠玉,半置海畔,半置水中,以镇海灾。

　　次就各词分释证补如下:

　　1.镇雷阿蓝纳四

野上俊静《元史释老传研究》(下引同此书,简称"野上书")认为是藏文 Byin rlabs rab[tu] gnas[pa]的音写,意思是"加持安住"。[2]byin rlabs,意为"加持",萨迦五祖之第三祖扎巴坚赞(grags pa rgyal mtshan,1147 - 1216 年)文集内有"加持文"(byin rlabs kyi yi ge bzhugs so)。[3]元朝帝师、萨迦第五祖八思巴(Vphags pa blo gros rgyal mtshan,1235 - 1280 年)文集中有"开光简略作法"(rab du gnas pavi phyag len mdor bsdos bzhugs so),疑即此。可见,"镇雷阿蓝纳四"是指佛教神物开光,加持安住神灵。元代"华言"谓之"庆赞"。

2. 亦思满蓝

即藏文 sman bla 音写,意为"药师佛",与元代译作"药师坛"无差。萨迦第四祖萨班(Sa pan kun dgav rgyal mtshan,1182 - 1251 年)文集中有"解毒疗法"(dug bcos bzhugs so),八思巴文集中有"解毒"(dug dbyung ba bzhugs so),与"药师坛"之设和"药师佛"之供有关联。此外,萨迦·贡噶洛卓(Sa skya kun dgav blo gros,1729 - 1783 年)文集中有"药师佛念修法概要"(Sang rgyas sman blavi bsnyan yig nyung ngu don tshang bzhugs so)一文,[4]即是其所修之内容。

3. 搠思串卜

即藏文 Chos chen po 之音写,意为"大法",系 Chos skyongs chen po(大护法)之省。《元史》译作"护城",即护坛城、护法。

4. 朵儿禅

即藏文 gtor chen 之音写,全称为 gtor ma chen po,意为"大施食"。

5. 朵儿只列朵四

野上书拟作 Rdo rje mdos,释意为"金刚灵器",与《元史·释老传》原文"美妙金刚回遮施食"略有出入,且在对音方面也有漏洞(少了一个"列"字)。中华书局标注本《元史》注文谓:"朵儿只列"藏语,言"美妙金刚";"施食",如前后文所见,应作"朵儿麻"或"朵儿",此处"朵四"似为"朵而"之讹,下文四见"朵儿"同[5]。此说也有误。"朵儿麻",藏文作 gtor ma;"朵儿"即藏文"gtor"音写;而"朵四",则是藏文 mdos(意为灵器、供施代替品)。它与"gtor"(朵儿)意无大的歧异,但用字有别。是知《元史·释老传》此作"朵四"无误,下文四见"朵四"亦然。至于"朵儿只列朵四",我们认为其正确的对音应是:rdo rje legs mdos,意为"美妙金刚施食"。

6. 察儿哥朵四

野上书拟作 vchar kavi mdos,并把 vchar ka 当作守护神,似与汉意"回遮"不相合。我们认为该词似可还原为藏文 tshar vkhor mdos,即还复灵器或轮回灵器,是指回向祝祷的灵器或祈愿众生平安的仪式。

7. 笼哥儿

即藏文 rlung vkhor,意为"风轮"。

8.嗏朵四

野上书作 bzavi mdos，意为食物灵器。大意无误。但是，bzav 字本意当"妇女"、"公主"讲，如唐朝文成公主，藏文称作 rgya bzav，泥婆罗（尼泊尔）赤尊公主，藏文称为 bal bzav 等。也许由于妇女主内、经常料理膳食的缘故，bzav ba 才有了"食品"、"食物"的含义。但在藏文中作"妇女"讲的本义依然存在，如 bzav ba 在作"食物"、"食品"解的同时，也作"夫妻"、"夫妇"讲。其它如 bzav phran、bzav mi、bzav tshang、bzav tsho、bzav zla 等词，均作夫妻讲。从佛教对待妇女的态度，以及作"食物"、"食品"解为引申义的状况来看，使用此字的可能性较小。我们认为，这个"嗏"字，即"嗏粑"的"嗏"字，藏文原词作 rtsam。"嗏朵四"即 rtsam mdos，系指用糌粑做的灵器供物。

9.出朵儿

即藏文 Chu gtor 音写，意为"水朵马"，是投向水中的朵马。《元史·释老传》记汉文意为"出水济六道"，系指其功能。《八思巴文集》内有"水食子供法"（chu gtor bzhugs so），即专论此法。

10.党刺朵四

野上书认为是藏文 thang lha mdos 的音写，意为投给草原神的灵器。我们认为，此说与《元史》汉文译作"回遮施食"略有歧异。藏文原词应为 dam la mdos，意思是制服、调伏邪魔后投放的灵器。

11.典朵儿

野上书认为是 gtan gtor 的音写，意为"经常供奉"的朵马。此解与《元史》所言"常川施食"完全相合。但该词更可能是藏文另一个词，即 rtag gtor（意为"长期朵马"）的音写。这些朵马长期陈列神前，不予撤除。此词至今依然使用。《萨迦·贡噶洛卓文集》中有"承嗣长期朵马"（skyed ltas rtag gtor gyi vdod gsol）和"承嗣长期朵马之随愿祈祷文"（skyed ltas rtag gtor gyi vdod gsol）等文，文内的"长期朵马"即作 rtag gtor，是其证据。

12.坐静

野上书拟作 gtso chen，认为是"大主尊狮子吼曼荼罗道场"（gtso chen se ge sgravi dkyil vkhor）的省称。[6]说是。唯 gtso chen 似应作 gtso rkyang。因为元明汉文史书一般用"禅"字对译藏文 chen 字。rkyang 字音更近似。gtso rkyang 意为"主尊"，与 gtso chen 无大差别。《元史》释其意为"狮子吼道场"，虽系省称，仍显得不够确切。《八思巴文集》内有"狮子吼修法"（Seng ge sgravi sgrub thabs bzhugs so），疑即此法。

13.鲁朝

野上书认为是藏文 klu bcos 的音写，意为"龙病的平复"。即向大主尊狮子吼菩萨曼荼罗供奉食物,祈愿龙病消除,恢复健康。但是,"鲁朝"二字的对音,我们认为还有其它可能:其一、有可能是藏文 klu khrod 的音写,意为"龙居",即念咒祈祷龙王安居,勿伤及世人。《萨迦·贡噶洛卓文集》内有"龙王安住祈请文"(klu rgyal brtam bzhugs kyi vdud gsol bzhugs so),疑即此。其二、有可能是藏文 dur khrod 音写,意为"尸林",系指对尸林之主的朵马供法。同上引《萨迦·贡噶洛卓文集》内有"尸林主之朵马供法"(dur khrod bdag povi gtor bsngo bzhugs so),疑即其详。

14．黑牙蛮答哥

即梵文 kṛṣṇa – yamāntaka 的音写。藏文称作 gshin rje gshed,阎罗底,也即黑阎曼德迦。在密教的招福息灾仪轨中,该神常常作为主角登台亮相。《元史》译作"黑狱帝主"。《八思巴文集》中有"黑敌阎曼德迦略修法"(dpal gshin rjevi gshed dgra nag povi sgrub pavi thabs bsdus pa bzhugs so)和"黑敌阎曼德迦修法"(dpal gshin rje gshed dgra nag povi sgrub thabs)等文,即修该神密法之实。

15．搠思江朵儿麻

即藏文 chos skyong gtor ma 的音写,意为"护法供物"。与《元史》汉译作"护(江)[法]神施食"完全相合。萨迦译师绛央贡噶索南(vjam dbyangs kun dgav bsod nams,1485 – 1533 年)文集内有"吉祥萨迦派诸护法朵马仪轨常修法"(dpal sa skya pavi bkav bsrung rnams kyi gtor chog rgyun gyi nyams len),应包含其主要内容。题中之 bkav bsrung,即 chos skyong srung ma(护法神)。

16．赤思古林搠

野上书拟作 phyivi sku rim chos,释其意为"外的经典供养",即读诵密教以外的经典即消除碍障。他认为"华言"的"自受主戒"不太明确。说是。但野上书的释文似亦欠妥。phyivi sku rim chos,似应指念咒祈祷神灵保佑人自身以外的一切,如庄稼、牲畜等。

17．镇雷坐静

野上书拟作 byin rlabs gtso chen,意为"加持大主尊"。如上文所言,我们认为"坐静"宜作"gtso rkyang";byin rlabs gtso rkyang,意为"加持主尊"。gtso rkyang 一词,见于《萨迦·贡噶索南文集》。

18．吃刺察坐静

藏文似应为 khrag tshal(gyi)gtso rkyang,意为"血林主尊"。似指无上密乘本尊上乐金刚,也即饮血金刚(khrag vthung)。妥否,待考。

19．斟惹

即藏文 vjam dbyang 音写,意即《元史》所释之"文殊菩萨"。梵文作 Mañjughoṣa。《八思巴文集》内有"文殊赞"（vjam dpal la bstod pa）、"文殊坚固轮赞"（Vjam dpal brtan pavi vkhor lovi bstod pa bzhugs so）等六篇文章赞颂文殊菩萨，并有"文殊修法"（Vjam dpal gyi sgrub thabs bzhugs so）等。

20.古林朵四

即藏文 sku rim mdos 音写。sku rim 意为"敬事"、"侍奉"，引申为延僧修法以事佛。sku rim mdos 意指修法事佛所用的灵器、供养。《元史》释其汉意为"至尊大黑神回遮施食"。这恐怕是与元代萨迦派密教经常供奉至尊大黑神的缘故。《元史·释老传》记："元贞（1295 - 1297 年）间，海都犯西番界，成宗命（胆巴——引者）祷于摩诃葛剌神，已而捷书果至；又为成宗祷疾，遄愈，赐与甚厚，且诏分御前校尉十人为之导从。"可见其法之灵，以及通此神法者地位之尊。又藏文史书记，八思巴曾命泥婆罗著名工匠阿尼哥在涿州（今河北涿县）兴建一座神殿，内塑护法摩诃葛剌主从之像，由上师喇嘛八思巴本人亲自为之开光。将此依怙像面朝南宋所在方向，由阿阇黎胆巴公哥（即功嘉葛剌思）在此护法处修法，据说，对元军灭南宋还起到重要的影响。[7] 摩诃葛剌，是梵文 Mahākāla 的音写，又作"摩诃伽罗"等；藏文作 nag po chen po，意为"大黑天"或"大黑神"，是大自在天的化身，为战神，据说礼之可增威德。大黑天青面獠牙，三面六臂，手执人头等，以骷髅为璎珞。"回遮施食"，藏文作 gtor bzlog。全句汉文可还原为藏文 rje btsun rdo rje nag po chen povi gtor zlog. 萨迦·阿旺贡噶仁钦（Sa skya ngag dbang kun dgav ring chen, 1517 - 1584 年）文集内有"造吉祥大黑金刚身像法"（dpal rdo rje nag po chen povi sku bzhengs tshugs）和"吉祥大黑金刚念修法明解"（dpal rdo rje nag po chen povi bsngen pavi gsal byed）等文；《萨迦译师绛央贡噶索南文集》中，也有"摩诃葛剌朵马仪轨"（ma hav kav lavi gtor chog），均与该神有关。

21.歇白咱剌

野上书认为是梵文 hevajra 的音写，意为"呼金刚"。梵文 hevajra 有"金刚王"、"空智金刚"等意，野上书释意大致不差。但是，该词似应来自藏文 bzhad pavi rtsal，其字面意思 是"笑的技能"。与《元史》所释"大喜乐"恰好相合，且与梵文音同。其所指即藏文中的 kye rdo rje，也即"喜金刚"、"呼金刚"。是佛教密宗无上部之一本尊名。喜金刚修法，在萨迦派密法中占有十分重要的位置，而对其予以特别重视者，始自大元帝师八思巴本人，他有多篇著作专论此法，如"喜金刚总义"（dpal kye rdo rjevi spyi don gsal ba bzhugs so）、"喜金刚现证法·如意摩尼"（dpal kye rdo rjevi mngon par rtogs pa yid bzhin nor bu）、"喜金刚修法及守护轮"（kye rdo rjevi sgrub thabs srung vkhor dang bcas pa bzhugs so）等文。

22.必思禅

野上书拟作 Punya gzungs chen 音写的简略形式，意思是"福德大陀罗尼"，是对阿弥陀佛诵读的无量寿陀罗尼。《元史》释其汉意为"无量寿"。"无量寿"在梵文中作 Amita，即阿弥陀佛；藏文作 tshe dpag med。显然，"必思禅"非此二词音写。野上书所拟，可备一说。妥否，待考。《八思巴文集》内有"无量寿佛赞"（tshe dpag med la bstod pa bzhugs so）等文，应即其所诵内容之一。

23. 睹思哥儿

即藏文 gdugs dkar 音写，意为"白伞"。与《元史》所释"白伞盖呪"相合。《八思巴文集》内有"白伞盖修法及诵呪法"（gdugs dkar mo can sgrub thabs gzungs bklag thabs dang bcas pa bshugs so），应其所诵呪文。

24. 收札沙剌

野上书拟作藏梵合璧的 bsrung bya（[lngavi]tsa kra）tsakra，意为"五守护轮"。系指守护自身、上师、父母和朋友五者的呪文。问题在于这里是在原词中多增加一个"lnga"（意为"五"字），而汉文中并无此音；何故前为藏文、后为梵音；又《八思巴文集》中将"五护"写作 srung ba，而不是 bsrung bya。可见，其说尚有未妥处。至于把"五护"释为对"自身、上师、父母和朋友"五者的护持，也与《八思巴文集》中所示有所不合。[8]《元史》标校者认为，"收札沙剌"显系梵语译音。梵语"五"，佛典中通常译写为"般遮"；"沙剌"即"护"。疑"收"为"般"字之误。可备一说。《元史》释其汉意为"五护陀罗尼经"，而该词的梵语应为 pañca abhiṣṭhāna dhāraṇī sūtra，则"收[般]札沙剌"并非完全是该词的音译省略。其详，待考。《八思巴文集》中有"五护灌顶仪轨"（bsrung ba lnga vi dbang chog gi skor）、"五护赞"（srung ba lngavi bstod pa）和"五护曼荼罗赞"（Srung ba lngavi dkyil vkhor gyi lha tshogs la bstod pa）等七篇有关"五护"的专论。

25. 阿昔答撒答[哈]昔里

即梵文 Asta sahasra prajñāpāramitāsūtra 的省称，也即 Asta sahaṣra（阿昔答撒哈昔里，意为"八千颂"）的音写。藏文称作 sher rab kyi pha rol tu phyin pa brgyad stong pa。

26. 撒思纳屯

野上书拟作 lha srung gzungs，认为是"守护神陀罗尼的意思"。此与"撒思纳屯"在音读上相去甚远，实难勘同。《元史》汉意作"大理天神呪"。我们认为，其藏文原词似为 gzav sna vdun，意思是诸曜神呪。音义均与《元史》所载相合。《八思巴文集》有"星曜供朵马仪轨"（gzav skar gyi gtor ma bzhugs so）一文，疑与上述呪文有关联。gzav skar 均在天上，故称"大理天神呪"。

27. 阔儿鲁弗卜屯

野上书拟作 vkhor lo chen po gzungs，我们认为应为藏文 vkhor lo chen po vdun，理由已如上

文所述,"屯"可与 vdun 勘同,而无法与 gzungs 勘同。整个词的意思是"大轮咒"或"大轮陀罗尼咒",是对金刚手菩萨(vajrapāni)念诵的经咒。

28.且八迷屯

野上书拟作 tshe dpag med gzungs ,我们认为应作 tse dpag med vdun,理由如前所述。意为"无量寿咒"。也即《元史》所谓"华言"之"无量寿经"。该经之见于《八思巴文集》已如上文所引。

29.亦思罗八

野上书拟作 vod zer pa,认为此可能即是收录在影印本北京大藏经第 182 页即 613 号的 vod zer can ma,摩利支天陀罗尼最胜王经,即是"金光明最胜王经"(藏文作 gser vod dam pa mdo sdevi dbang povi rgyal po)。我们认为,vod zer pa(汉意为"具光者")与"亦思罗八"音不相合,释义上又无"最胜王"之意。所以,拟作 vod zer pa(此词按元代译法应拟作"斡节儿八")或有未妥处。此词似应为藏文 rgyal po(意为"国王")的音转。与《元史》释为"最胜王经"相似。其内容疑即野上书所说之"金光明最胜王经"。《八思巴文集》中提到诸王只必帖木儿刻造"金光明经"(gser vod dam pa)等的状况。

30.撒思纳屯

如上文所论,即藏文 gzav sna vdun 之音写。《元史》释此为"护神咒",与上文作"大理天神咒"略异。按:藏文中的 gzav,有七曜(gzav bdun)即日、月、火、水、木、金、土,也有九曜(gzav dgu)即七曜加上罗睺和计都(豹尾星)。gzav sna 即指"诸曜"。诸曜之主为太阳。"大理天神咒"即是指对日、月、星等念诵的咒文。而"护神咒"则泛指对七曜或九曜念诵的咒文。

31.南占屯

野上书依汉文意拟作[Rdo rje]rnam[par]vjoms gzungs,即"坏相(金刚)陀罗尼"之意。大致不错,唯最后一词应为 vdun,如此,则音、意两合。rdo rje rnam par vjoms pavi vdun,此即萨迦派代代相传的"金刚摧服法"。《札巴坚赞文集》中有"金刚摧服续明解·日光"(rnam vjoms rgyud kyi gsal byed vod zer can bzhugs so)和"金刚摧服续释"(rnam par vjoms pavi rgyud kyì ṭvikaka);《萨班文集》中有"摧破续解说"(rnam vjoms rgyud kyi bshad pa bzhugs so);《八思巴文集》中同样有内容相类的"摧破金刚修法及净治·守护护摩法"(rnam vjoms kyi sgrub thabs kyab srung sbyin sreg dang bcas pa bzhugs so)一文。rnam vjoms 即"摧破"、"摧服",元明译作"坏相"。

32.卜鲁八

即藏文[rdo rje]phur pa 的音写,意为"金刚橛"。《札巴坚赞文集》中有"金刚橛现证法"(rdo rje phur pavi mngon par rtogs pa)、"金刚橛羯摩仪轨"(phur pavi las byang bzhugs so)和"金刚橛修法"(rdo rje phur pavi sgrub thas bzhugs so)等文;《萨迦·阿旺贡噶仁钦文集》中也有"金刚

橛灌顶介绍·智者生喜"（rdo rje phur pavi dbang gi mtshams sbyor blo gsal dgav ba skyed byed bzhugs so）等文。说明此法为萨迦派世传密法。

33.擦擦

即藏文 tsha tsha 的音写。《元史》释作"以泥作小浮屠"，甚是。此物用来为死者祈求冥福，其数目甚多，史记："作擦擦者，或十万二十万以至三十万。"（《元史·释老传》）。《萨迦·阿旺贡噶仁钦文集》内有"用活人头发及指甲造神塔小像小品文"（gson povi skra dang sen mo la tsha tsha btab pavi yig chung）一文，即提到"tsha tsha"（擦擦）神像，且言及制作材料等。

34.答儿刚

野上书认为是 Star khang 或 gtor khang 的音写，意思是 tsha khang，即放置并祭祀擦擦的地方。释文无误，但"答儿刚"也可拟作 dar khang，意为插有彩旗、风马的神房。哪个正确，待考。

以上，我们对《元史·释老传》的藏汉译名作了一些证补工作，从这些汉译词汇中也可以反映一些问题，兹条列如下：

第一、元朝传入宫廷并对元王室产生重大影响的，主要是藏传佛教中的萨迦派（俗称花教），这种影响又始于萨班、八思巴伯侄二人，后者尤甚。囡此，我们在对勘各词时，只引证了元明清三代萨迦派诸高僧的文集作为证据，尤其是作为元朝帝师并创制八思巴字（即蒙古新字）的八思巴本人的文集资料。这些词汇并非萨迦派教法词汇之总汇，不能反映元代萨迦派的全部真实的面目，但是，它却能够反映出萨迦派教法中影响元王室的那一部分教法的主要内容，以及真正流行的是什么教法。例如，作为萨迦派最具特色的"道果传承"（lam vbras brgyud），却未见于上述词汇表中，是否能反映一些问题呢？

第二、从这些词汇中可以看出，当时传入元王室并具影响力的佛经有：《五护陀罗尼经》、《八千颂般若经》、《无量寿经》、《金光明最胜王经》等；而最有影响的神灵是：文殊菩萨、黑狱帝主、大黑天（摩诃葛剌）、无量寿佛、呼金刚、坏相金刚等。这些经咒和神灵的出现，反映了统治者希望消灭敌手、保护自己，追求长寿不死、充分享受现世之乐的愿望；也反映了活跃在朝廷中的萨迦派喇嘛们的日常工作内容。

第三、这一组词汇给我们最突出的印象是：密法为元朝萨迦派最本质的特色，传入元王室、乃至内地的，几乎全是萨迦派的密法。从设坛祷请大黑神帮助士兵驱敌，到施放朵马祈神除病、获得平安，无不弥漫着藏传密宗神秘的气息。值得注意的是，萨迦派无上瑜伽部密法很可能是在元初即已传入元王室，只是到了元末才被滥用而变得声名狼藉。因为《八思巴文集》中业已存在不少有关无上瑜伽部密法的著作，此即喜金刚修法等，亦即上述词汇中的"歇白咱剌"（大喜乐）。它是密法四部（其它三部分别是：行部、事部和瑜伽部）的最高阶段和境界，不可能不与其它诸部一起传入元王室。

　　此外,从《元史·释老传》藏汉译名词汇中,还可以看到古代藏语发展中的一些状况,如复辅音字的前缀音 b、d、g 等在吐蕃(即唐代西藏)文献里是发音的,bzang 汉译作"勃藏",dgu 汉译作"突瞿",khri gtsug 汉译作"可黎可足"等。但在元代藏汉文对照词汇中就并非如此了,如 bzhad pavi rtsal 汉译作"歇白咱剌",b 字不发音;gdugs dkar 汉译作"睹思哥儿",g 字、d 字两个前缀音均不发音;gtor chen 汉译作"朵儿禅",前缀音 g 字不发音等。

注　释

〔1〕野上俊静《元史释老传の研究》,中村印刷株式会社　昭和五十三年(1978)。

〔2〕见注〔1〕所引野上俊静书 p.56。

〔3〕sa skya gong ma rnam lngavi gsung vbum(《萨迦五祖文集》),sde dge par ma (德格版);参阅:民族图书馆编《藏文典籍目录》(三),民族出版社,1997,页 386－443。

〔4〕Sa skya kun dgav blo gros kyi gsung vbum(《萨迦·贡噶洛卓文集》),民族图书馆编《藏文典籍目录》(三),民族出版社,1997,页 357－382。

〔5〕《元史·释老传》,中华书局,1976,页 4532,注〔9〕。

〔6〕见注 1 所引野上俊静书 p.57 注〔12〕,文中 dkyil vkkor,显然为 dkyil vkhor 之误,当为印刷错误,此改正。

〔7〕dpal vbyor bzang po(班觉桑布)rgya bod yig tshang chen mo(《汉藏史集》),四川民族出版社,1985,页 281－282;参阅:达仓宗巴著、陈庆英译《汉藏史集》,西藏人民出版社,1986,页 172－174。

〔8〕见注 3 所引《萨迦五祖文集》,内有八思巴著"五护灌顶仪轨总摄二种"(bsrung ba lngavi dbang chog gi sdom ring thung bzhugs so)等文。

A Study on Tibetan – Chinese Translation Names of "Biographies of Buddhism and Taoism in Yuan Dynasty History"

Zhang Yun

This paper continues the study began by Shunjo Nogami on Tibetan – Chinese name translations found in *Biographies of Buddhism and Taoism in Yuan Dynasty History*. It critiques Nogami's view and establishes a new one on the subject. Also, I briefly describe the features of Sa – skya tantrism of Tibetan Buddhism which traveled to Yuan Royal court and the importance of Tibetan – Chinese translation names in the development of the Tibetan language.

波斯琐罗亚斯德教与中国古代的祆神崇拜

林 悟 殊

源于波斯的琐罗亚斯德教曾经由中亚地区流入中国,其始通中国的时间,学术界意见虽未统一,但至迟在北魏时期,即公元 6 世纪初,则殆无分歧。[1]该教在北朝和杨隋,以"胡天"、"胡天神"名之;而在唐代,则以祆教、火祆教著称,这已成为史家常识。然该教流入古代中国后,究竟留下甚么影响,则还是一个聚讼纷纭的问题。认为该教不向汉人传教、对中国人无甚影响的传统看法,固然遭到学界的质疑;但要使人们认同该教对古代中国深有影响,则嫌论据不足,理由不能令人信服。其作为一个外来宗教,如何影响古代中国人? 表现在哪里? 影响有多深? 这些均非容易说清理顺。本文拟在既往学者研究的基础上,就这些问题作一探讨,旨在厘清波斯琐罗亚斯德教与中国祆神崇拜之间的关系,论证琐罗亚斯德教僧侣并未以其完整的宗教体系来影响中国社会,但由于其信徒大量移民中土,信徒对祆神的祈祭活动,作为一种胡俗影响了汉人,并为汉人所接受,遂使祆神崇拜成为中国古代的民间信仰之一。

一、从元代俗文学作品看祆神崇拜的烙印

古代中国人有过祆神崇拜,元代的俗文学为我们留下了不少烙印。考元代撰作的诸多俗文学作品,有不少提及祆神、祆庙者,已往学者多视其为火祆教的资料,目为唐代火祆教在元代残存的证据。最先注意到这些资料者,是中国火祆教研究的先驱陈垣先生;然而就这些资料与火祆教的关系,先生却持十分谨慎的态度:

> 明万历间臧晋叔编元曲选,卷首载陶九成论曲,仙吕宫中有祆神急一出,注曰,与双调不同;双调中亦有祆神急一出,亦注曰,与仙吕不同。元曲中既时演祆神,则祆神至元时,不独未曾消灭,且更形诸歌咏,播之管弦,想其意义已与中国旧俗之火神相混,非复如原日西来之火祆教矣。元曲选卷首又有李直夫所撰火烧祆庙一出,与上述祆神急两出,均未入选,不能得其词,莫由定其为中国火神,抑西来祆教,为可惜耳。朝野新声太

平乐府卷六有仙吕祆神急一曲,朱庭玉撰,玩其词意,与祆教无关,盖数典忘其祖矣![2]

倒是日本学者,把该等文献,直当火祆教资料来考证。如神田喜一郎的《祆教杂考》便多有征引:

"不邓邓点着祆庙火",见王实甫《西厢记》第二本《崔莺莺夜听琴杂剧》第三折;

"我今夜着他个火烧祆庙",见元曲《争报恩》第一折;

"则待教祆庙火刮刮匝匝烈焰生",见元曲《倩女离魂》第四折。

神田氏更引录了明彭大翼纂著《山堂肆考》宫集·帝属·第三十九卷《公主》条:

幸祆庙

蜀志:昔蜀帝生公主,诏乳母陈氏乳养。陈氏携幼子与公主居禁中,约十余年。后以宫禁,逐而出者六载。其子以思公主疾亟。陈氏入宫,有忧色。公主询其故,阴以实对公主。遂托幸祆庙为名,期与子会。公主入庙,子睡沉。公主遂解幼时所弄玉环,附之子怀而去。子醒见之,怨气成火而庙焚。按祆庙,胡神庙也。

认为这个与祆庙有关的故事,亦应流行于元代,遂把上引的文字均目为元代祆教资料的遗存。[3]

就元曲中涉及祆庙的唱词,日本权威学者石田干之助又从《元曲百选》中找到四例以补充:[4]

1,《货郎旦》第三折:"祆庙火,宿世缘,牵牛织女长生愿,多管为残花,几片悮刘晨,迷入武陵源。"

2,《悮入桃源》第四折:"也是我一事,差百事错,空惹的千人骂万人笑,本则合暮登天子堂,没来由夜宿祆神庙。"

3,《㑇梅香》第三折:"这的是桃源花开艳阳,须不比祆庙火,烟飞浩荡。阳台上云雨渺茫,可做了蓝桥水,洪波泛涨。"

4,《竹坞听琴》第四折:"尔只待掀倒秦楼,填平洛浦,摧翻祆庙不住的絮叨叨,为甚么也丢了星冠,脱了道服,解了环绦,直恁般戒行坚牢。"

把出现在元代俗文学中的这些祆神祆庙,当为唐代火祆教在元代中国的残余,窃以为似欠严谨;因为迄今未能找到较充分的史料,足以证明元代中国仍存有诸多祆祠祆庙,且其香火尚不绝。文学作品中屡屡把爱情故事与祆庙相连系,这暗示了我们,得注意"祆"是否有特别的用法。若从文学创作的角度考虑,很可能是一种用典。对此,吾师蔡鸿生先生早就注意,并特别提命本人曰:"对作品中所出现的'祆',必须注意甄别其是实指抑或文学创作的用典。"蔡师以王国维先生的《读史二十首》为例。其间一首云"南海商船来大食,西京祆寺建波斯;远人尽有如归乐,知是唐家全盛时。"此处述唐代盛况,所言的"祆"乃实指火祆教。至若用典,蔡师则举近人黄遵宪的诗为证。氏著《人境庐诗草》卷一《羊城感赋六首》,其第六首乃记19世纪中叶广东反洋教运动的情况,其中有云:"祆庙火焚氛更恶,鲛人珠尽泪犹多。"此处的祆庙绝非实指火祆教,其以'祆'代表外来宗教,特指当时的洋教,用意甚明。更举同书卷三《罢美国留学生感赋》,诗人针对当时一些留美学生洋化、改宗洋教的现象写道:"亦有习祆教,相卒拜天祠;口嚼天父饼,手翻景教碑。"其"祆教"、"天祠"、"景教碑",显然均属用典。蔡 师所举证的这些以祆为典的例子,见于晚清;而清初我们亦可找到例证。上揭石田氏的文章提到清初小说《欢喜冤家》,其第十二回有描写闺中密戏的词句:"金莲高驾,水津津不怕溢蓝桥;玉笋轻抽,火急急那愁烧祆庙。"[5]其属用典,已昭然不过。明代的文学作品同样有类似的例子,上揭的神田氏文章,便提到明曲《红拂记》第十四出有"只合蓝桥水断祆庙延烧"之句。[6]我们可以断言:明清之际,即便仍有祆庙,也必定少乎其少,绝对构不成时人文学创作的生活源泉。结合这一历史背景,益信以祆为典说法之不诬。

　　元代俗文学作品中涉及男女之情,屡以祆为典,要准确追溯其出实,看来不易。但在唐代中国流行的三夷教中,独有祆教在文学作品中,被与男女之情挂钩,以至成为典故,这倒不难解释。缘因祆教与摩尼教、景教不同,完全不存在禁欲主义;其在西域胡人中最为流行,而西域胡人婚姻关系的状况,自来就给中国人留下"淫秽之甚"的印象。故民间把男女之情的故事设定在祆庙,并不触犯该教禁忌。

　　元代俗文学作品中,广泛以祆为典,虽不能说明元代社会有火祆教之流行,但却暗示了我们:中国在元代之前,必定有过祆神崇拜颇为流行的时期,否则,就不会给后代留下如此深刻难忘的印象,以至成为典故,为元人所熟悉并广为采用。所以,我们不妨把元代俗文学中的"祆典",视为往昔祆神崇拜留下的烙印。至于元代或尔后的明清,是否亦有这种崇拜的残余,就现有史料看,尚不明显,有待进一步的发掘考证。

二、从宋代文献看祆神崇拜的流行

　　元代之前的宋代,很可能就是祆神崇拜颇为流行的时代。这在宋代之民间著作与官方文献中,均可找到确凿之证据。见于民间著作的,如宋代董逌《广川画跋》卷四《书常彦辅祆神像》云:

　　　元祐八年(1093)七月,常君彦辅就开宝寺之文殊院,遇寒热疾,大惧不良。及夜祷

于袄神祠,明日良愈。乃祀于庭,又图像归事之。属某书,且使世知神之休也。袄祠世
所以奉胡神也。其相希异,即所谓摩醯首罗。有大神威,普救一切苦;能摄服四方,以卫
佛法。当隋之初,其法始至中夏。立祠颁政坊。常有群胡奉事,聚火祝诅。奇幻变怪,
至有出腹决肠,吞火蹈刃。故下俚佣人就以诅誓,取为信重。唐祠令,有萨宝府官主司,
又有胡祝,以赞为礼事。其制甚重,在当时为显祠。今君以祷获应,既应则祠,既祠则又
使文传,其礼至矣。与得悉唐国顺大阒宾同号胡神者,则有别也。[7]

宋张邦基《墨庄漫录》卷四:

东京城北有袄庙(呼烟切)。袄神本出西域,盖胡神也;与大秦穆护同入中国。俗以
火神祠之。京师人畏其威灵,甚重之。其庙祝姓史,名世爽,自云家世为祝累代矣。藏
先世补受之牒凡三:有曰怀恩者,其牒唐咸通三年(862)宣武节度使令狐给。令狐者,丞
相绹也。有曰温者,周显德三年(956)端明殿学士权知开封府王所给。王乃朴也。有曰
贵者,其牒亦周显德五年(958)枢密使权知开封府王所给。亦朴也。自唐以来,袄神已
祀于汴矣,而其祝乃能世继其职逾二百年,斯亦异矣。令池州郭西英济王祠,乃祀梁昭
明太子也。其祝周氏亦自唐开成年(836—840)掌祠事至今,其子孙今分为八家,悉为祝
也。噫!世禄之家,能箕裘其业,奕世而相继者,盖也甚鲜,曾二祝之不若也。镇江府朱
方门之东城上,乃有袄神祠,不知何人立也。[8]

宋王瓘《北道刊误》赤祥符县神庙条:

袄神庙

案《西夷朝贡录》:"康国有神祠,名袄;毕国有大袄祠。"《说文》:"胡神也。"唐官有袄
正。一曰:胡谓神为袄,关中谓天为袄。瀛州乐寿县,亦有袄神庙,唐长庆三年(823)置,
本号天神。旧经引《汉书》金人祭天事。据霍去病获休屠王祭天金人。如淳曰:"祭天以
金人为主。"[9]

《至顺镇江志》卷八:

火袄庙旧在朱方门里山冈之上,《张舜民集》:汴京城北有袄庙,袄神出西域,自秦入
中国,俗以火神祠之。在唐已血食宣武矣。前志引宋祥符《图经》:润帅周宝婿杨茂实为
苏州刺史,立庙于城南隅,盖因润有此庙而立之也。宋嘉定(1208—1224)中迁于山下。
郡守赵善湘以此庙高在山冈,于郡庠不便,遂迁于山下。庙门面东,郡守祝板,故有"袄
神不致袄"之句。端平(1234—1236)间毁。端平乙未(1235),防江寨中军作变,有祷于
神,其神许之,事定,郡守吴渊毁其庙。[10]

上揭诸条史料,不仅记载祆庙,且多溯其源于唐,明其为唐代火祆之延续。至于简单道及宋代祆庙分布之记录,学者尚发现有多条,如见诸孟元老《东京梦华录》卷三所记述的"大内西去右掖门外街巷":

> 大内西去右掖门、祆庙,直南浚仪桥街,西尚书省东门,至省前横街南,即御史台,西即郊社。[11]

同书同卷记述"马行街铺席",又提及当地另一所祆庙:

> 马行北去旧封丘门外祆庙斜街州北瓦子,新封丘门大街两边民户铺席外,余诸班直军营相对,至门约十里余,其余坊巷院落,纵横万数,莫知纪极。[12]

孟元老《东京梦华录》,据考成书于绍兴十七年(1147 年),内容为追写北宋京城汴梁的风土人情,时间大致为崇宁到宣和年间(1102 – 1125)。其所记祆庙,均位于北宋都城汴梁热闹的市区里,谅必为国人常去处。然该书并非刻意记载祆庙,只是为了表述地理方位,不经意而提及。书中对其时汴京风俗所记甚详,惟无涉及祭祆的活动。如果不是作者疏忽的话,则默示我们,当时的祭祆活动无大异于其他民间诸神的祭祀,无甚特色值得一书。

至于唐代碛西一带的祆庙,多有遗存到宋代者,此处不拟赘考。总之,依史料可予确认的宋代内地祆庙已不在少数,至于遗载或因资料佚失缺考者,谅必更多。宋代祆祠祆庙不仅有相当的数量,而且其品位较高,断非一般杂神之可比。,这从官方文献可以清楚看到。《宋史》卷一〇二《礼志》载:

> 建隆元年(960),太祖平泽、潞,仍祭祆庙、泰山、城隍,征扬州、河东,并用此礼。[13]

> 初,学士院不设配位,及是问礼官,言:"祭必有配,报如常祀。当设配坐。"又诸神祠、天齐、五龙用中祠,祆祠、城隍用羊一,八笾,八豆。旧制,不祈四海。帝曰:"百谷之长,润泽及物,安可阙礼?"特命祭之。[14]

《宋会要辑稿》第十八册《礼》十八《祈雨》:

> 国朝凡水旱灾异,有祈报之礼。祈用酒脯醢,报如常祀……京城……五龙堂、城隍庙、祆祠……以上并敕建遣官……大中祥符二年(1009)二月诏:如闻近岁命官祈雨……又诸神祠,天齐、五龙用中祠例,祆祠、城隍用羊,八笾,八豆,既设牲牢礼料,其御厨食、翰林、酒、纸钱、驼马等,更不复用。[15]

从上引文献看,宋代的祆庙、祆祠已与中国的泰山、城隍等传统祠庙,一起被纳入官方轨道,按官方规定的标准享受祭祀,这说明祆神已进入了中国的万神殿,且位居上座。宋代祆神崇拜之流行,当属不争的事实。

三、中国祆神崇拜溯源

从上面所揭的资料看,宋代学者把其时流行的祆神崇拜,与唐代西域胡人流行的火祆教相连系起来,溯源至唐代,上揭有关宋代祆祠祆庙的资料,已可明显看出。宋代流行的祆神崇拜乃源自唐代;但这种崇拜应承受于唐人而不是西域胡人,因为假如唐人根本就不存在着对祆神的崇拜,宋人怎么能从西域胡人中接纳这种信仰呢? 从历史背景看,宋代时期,西域一带已纷纷伊斯兰化,固有的信仰日益式微,殆不存在西域胡人向宋人传播祆神崇拜的可能性。由是,就宋代的祆神崇拜,只能上溯于唐人,不能旁求于胡人。唐代确有汉人崇拜祆神,官方文献可以为证。《新唐书》卷四六《百官制·祠部》云:

> 两京及碛西诸州火祆,岁再祀,而禁民祈祭。[16]

此处虽言朝廷禁止本土百姓崇奉火祆教,但却反证了当时必有黎民参加祭祆活动,否则官方的"禁民祈祭"就变成无的放矢;这就是说,唐人确有崇拜祆神者。在敦煌发现的大量文书中,不少涉及唐末五代时期当地汉人的祭祆活动,姜伯勤教授在其《高昌胡天祭祀与敦煌祆寺》一文中,已广为辑录,[17]此处不再赘引。其地祆神崇拜成风,当然由来有自;言唐代流行,谅不为过。

中国人之崇拜祆神,并非始于唐代;其萌发当与火祆教的传入同步,至迟可溯至北朝。北朝时期中国祆神崇拜的迹象,常见的资料有如下二条:其一,《魏书》卷十三记载灵太后(516 – 527):

> 后幸嵩高山,夫人、九嫔、公主已下从者数百人,升于顶中。废诸淫祀,而胡天神不在其列。[18]

其二,《隋书》卷七《礼仪志》:

> (后齐)后主末年(576),祭非其鬼,至于躬自鼓舞,以事胡天。邺中遂多淫祀,兹风至今不绝。后周(557 – 581)欲招来西域,又有拜胡天制,皇帝亲焉,其仪并从夷俗,淫僻不可纪也。[19]

《隋书》修于唐初,既言"兹风至今不绝",则表明直到唐初,邺中仍保有事奉胡天之风。既然唐初尚有前朝事胡天之风,也就意味着唐人的祆神崇拜,并不排除对前代,即隋和北朝的某种继承。盖北朝之胡天,即唐人之祆神也。[20]

　　祆神,当代学者多把其设定为琐罗亚斯德教的最高善神,即阿胡拉·玛兹达(Ahura Mazda)。不过,古代中国人心目中的祆神,未必局限于这位最高善神。在琐罗亚斯德教的神话体系中,有众多的善神,善神往往又有诸多变相;在中亚地区传播后,又有当地诸多地方传统神祇加入。因此,古代中国人不可能分清个中复杂的关系,较大的可能性是把该教所崇拜的诸神都目为祆神。敦煌文书伊州地志残卷,即 S367,有云:

　　　　火祆庙中有素书,形像无数。

这些无数的形像,自是西域火祆教的诸神,必定均被时人目为祆神。是以,与其把祆神当为阿胡拉·玛兹达的古代汉译,毋宁把其视为古代中国人对琐罗亚斯德教众善神的泛称。

　　上揭史书所载的北朝祆神崇拜,虽然只言及统治者,并未提及民间,但"上有所好,下必甚焉"。朝廷崇拜祆神,民间即使不"甚焉",至少也有效法者。北朝既有拜胡天制,理所当然也当有相应胡天祠。[21]这些胡天祠是否存续到唐代,目前未有资料可资确证。不过,唐太宗于登基次月,即武德九年(626)九月,曾一度下诏毁诸淫祠,《旧唐书》卷二《太宗本纪》(上)云:

　　　　壬子,诏私家不得辄立妖神,妄设淫祀,非礼祠祷,一皆禁绝。其龟易五兆之外,诸
　　杂占卜,亦皆停断。[22]

就此事《新唐书》同卷同纪所记较为简明:

　　　　九月壬子,禁私家妖神淫祀、占卜非龟易五兆者。[23]

而《资治通鉴》卷一百九十二则作:

　　　　诏:"民间不得妄立妖祠。自非卜筮正术,其余杂占,悉从禁绝。"[24]

据这些文字看,该诏文所针对者是否包括祆神,尚属疑问。即使包括,诏文只言禁绝,并无明令拆庙。纵然北朝留下的祆祠被拆了,但官方可以拆毁寺庙,未必能拆毁民众心理的信仰;一旦官方政策宽松,这一信仰必然会恢复,被毁的祆祠又会复修,甚且新建。所以,我们难以绝对排除唐人继承前朝祆神崇拜的可能性。当然,如果我们把继承前朝传统,当为唐代祆神崇拜的唯一或主要的源头,则史料根据不足。更有把握的说法是:唐代的祆神崇拜,主要受到当时大量西域移民的影响。

　　据世界史编年表,唐朝所历的年代,正是阿拉伯人兴起、伊斯兰教勃兴并向东大举征服的时期。向与中国关系密切的波斯帝国首当其冲。时波斯帝国正处萨珊王朝(Sassanian 公元 226 – 651 年)的末期。公元 633 年,穆斯林夺取了波斯军事重镇希拉城(al – Hira),637 年 5 月,波斯司令鲁斯坦(Rusm)率领的军队在卡底希亚(al – Qadisiyah)全军覆没,自身也被杀;

随后不久，首都克泰锡封（Ctesiphon）陷落；642 年在波斯本土尼哈温（Nihavend）之战，萨珊波斯军队又大败，阿拉伯人长驱直入；萨珊波斯末代君主伊嗣俟（Yazdagird）东逃中亚呼罗珊（Khurasan），后被杀，时在唐高宗初年。波斯既为阿拉伯所破，波斯王子卑路斯逃亡中国，后复国无望，客死他乡。[25]萨珊波斯被征服后，中亚地区各国也纷纷易主，落入阿位伯人之手。

阿拉伯人征服的过程，也就是被征服国伊斯兰化的过程。王小甫教授在其博士论文《唐吐蕃大食政治关系史》中，曾引用塔巴里《年代记》卷 1 页 2691 的一段史料，其记载中国皇帝问及伊嗣俟的使者，大食人在向他们开战前有何说法，使者答称："他们要求我们在三种情况中选择一种：要么是他们的信仰，要是我们应允，他们就把我们当自己人；要么是交纳人头税（al－jizyah），要么就开战。"[26]阿拉伯人如此以武力和经济的手段来强迫他人皈依其伊斯兰教，这已成为阿拉伯史的常识。[27]受阿拉伯人的逼迫，不愿意放弃琐罗亚斯德教信仰的波斯人暨中亚各国胡人便只能选择逃亡之路，比邻而又强大的唐帝国自然成了他们首选的移民国。站在世界史的高度看，唐代西域移民的急剧增加，与西域的伊斯兰化正好同步。尽管现存的史料不足以进行科学的计量分析，但从阿拉伯人东征，西域伊斯兰化这一历史大背景出发，我们仍可以深信：唐代移居中国的西域火祆教徒的数量，要大大超过以往历代王朝统治的时期。[28]基于这一估计，我们认为，在追溯唐人祆神崇拜的源流时，与其着意寻找前朝遗风，不如更多地探求唐代西域移民的影响。

当然，无论是前朝遗风抑或是直接由当朝西域移民导入，其归根结底，均源自波斯的琐罗亚斯德教。该教在西域胡人中传播，并经由西域传入中国，这看来已成定论，毋庸置疑。因为不仅中亚考古资料已予证实，[29]中国古籍对此的记录也甚明确。《旧唐书》卷一九八云波斯国：

> 俗事天地日月水火诸神，西域诸胡事火祆者，皆诣波斯受法焉。[30]

《新唐书》卷二二一下的波斯传有关记载类似：

> 西域诸胡受其法，以祠祆。[31]

唐段成式《酉阳杂俎》前集卷十载：

> 铜马俱（在）德建国鸟（乌）浒河中，滩泜（流）中有火祆祠。相传祆神本自波斯国，乘神通来此，常见灵异，因立祆祠；（祠）内无象（像），于大屋下置大小炉，舍檐向西，人向东礼。有一大马，大如次马，国人言自天下，屈前脚在空中而对神，立后脚入土，自古数有穿视者，深数十丈，竟不及其踢。西域以五月为岁，每岁日，乌浒河中有马出，其色金，与

此铜马嘶相应,俄复入水。近有大食王不信,入祆祠,将坏之,忽有火烧其兵,遂不敢毁。[32]

从上引的资料看,唐人完全明白西域的火祆教是源自波斯,也知道西域祆教与波斯祆教组织上的关系。至于西域各国所信奉的火祆教,还有入传中国的火祆教,究竟与流行波斯本土的火祆教是否一模一样,唐人当然不可能清楚。但祆神来自波斯,胡人多崇拜祆神,这是相当明确的。唐人对于祆神源头的认识,远比前人清楚,说明唐人直接得益于当时的西域移民以及曾经西游的唐人。

四、祆神崇拜不等同琐罗亚斯德教

祆神源自波斯的琐罗亚斯德教,然而,祆神崇拜并不等于琐罗亚斯德教。因为,崇拜祆神毕竟只是该教可以看到的一种外表形态,而作为一个宗教体系,还有许多实质性的内容,至少有教义、戒律、教会组织等等。外表形式的崇拜与对教法的认同毕竟是两回事。单纯敬奉祆神者,未必就是琐罗亚斯德教徒;特别是在古代多神教民族中,接受任何一尊新神,并不需要经过多大的思想斗争或信仰的反省;他们崇拜祆神,绝不意味着他们皈依琐罗亚斯德教。

波斯琐罗亚斯德教,是世界最古老的一大宗教;同样源于波斯并曾与其驰名的摩尼教,早已绝迹,而其仍是一个活的宗教,当今世界尚拥有十多万教徒。从宗教学和宗教史的角度看,该教至迟在波斯阿契美尼王朝时期(Achaemenian 公元前 550 – 330 年),便逐步形成宗教体系,逐步具备宗教学所认为的宗教种种要素。而到了公元 3 世纪的萨珊王朝时期,其体系的完整,恐怕要超过同时代的其他诸多宗教。西域胡人所流行的火祆教,是否仍保有波斯琐罗亚斯德教那么完整的宗教体系,对该教做了哪些改造,这是有待深入探讨的问题,然不属本文讨论的范围。但曾在古代中国人流行的祆神崇拜,并不等于琐罗亚斯德教,这倒是可以肯定的。

我们认为古代中国人流行的祆神崇拜,不能与波斯的琐罗亚斯德教划等号,乃基于如下一个历史的事实,即:西域胡人所信奉的火祆教,无论是在北朝,抑或是在唐代,都没有以一个完整的宗教体系的形式来向中国人推介。其作为一个完整或较完整的宗教体系,实际只局限在胡人移民中流行。该教不像其他两个夷教,即摩尼教、景教那样,力图把其整个宗教体系向汉人传播。摩尼教史和景教史的常识告诉我们,这两个宗教都有向外扩张、建立世界教会的野心;来华的摩尼教和景教僧侣,都曾不遗余力地把本教的经典传译成汉文,向中国朝野、百姓宣传,争取汉人成为他们的信徒。[33]然而,火袄教并没有这种气魄。尽管学者在其原教旨中也找到世界宗教的思想,[34]但在长期的宗教实践中,其毕竟只发展成为伊朗系诸民族的宗教,而不是发展成世界性多民族的宗教。国际考古学界迄今并未发现古代琐罗亚斯德教经典《阿维斯陀经》有非波斯文的译本,唯见上古伊朗语的《阿维斯陀经》写本和中古伊朗语的帕拉维文写本。[35]该教不像景教,尤其是摩尼教那样,有多种古民族文字的经文残片出土。而且,根据西方学者的大量研究,发现中古时期为逃避伊斯兰教迫害而迁居印度西部海岸的波斯琐罗业斯德教信徒,从来就没有翻译本教经典的愿望,以至18世纪西方学者得到他们祖先传下的经典后,为了解读这些经典而付出极为艰苦的努力。[36]翻检本世纪来有关中国火袄教研究的中外文献,都未能证明在华袄僧曾有翻经之举。而且,古代中国古籍有关袄教的记载,也反映出古人对该教的认识甚为肤浅,多所误解;倘若古代有该教的译经流行,古人们的记述当不致糊涂若是。[37]这一切,在暗示我们:唐代西来的袄僧,在主观上,并无刻意向汉人传教的愿望。

既然入华的琐罗亚斯德教僧侣并不向中国人推介其宗教体系,中国人对该教的体系也缺乏认识,那么汉人中流行的袄神崇拜与西域胡人信奉的琐罗亚斯德教之间,显然应存在着相当的距离。对于绝大多数崇拜袄神的唐人或宋人来说,未必能说出火袄教究竟是怎么一回事,其有甚么教义,更不会去体验火袄教徒特有的净礼,或去遵守该教天葬的戒律。[38]中国人崇拜袄神,绝不等于他们认同琐罗亚斯德教的教法。

不能把袄神崇拜等同琐罗亚斯德教,以宋代为例,最具说服力。中国火袄教史的常识告诉我们,该教在唐代会昌五年(845),曾遭到官方取缔。唐武宗是年颁发的《毁佛寺制》,内文包括令火袄教僧侣,即"穆护袄"[39]还俗:

> 其天下所拆寺四千六百余所,还俗僧尼二十六万五百人,收充两税户。拆招提兰若四万余所,收膏腴上田数千万顷,收奴婢为两税户十五万人。隶僧尼属主客,显明外国之教;勒大秦穆护袄三千余人还俗,不杂中华之风。[40]

火袄教既然已在唐季遭到取缔,如果我们把宋人流行的袄神崇拜等同火袄教,像传统看法那样,把宋代袄祠、袄庙的存在,简单地视为唐代火袄教的残存,那么,我们在实际上就不得不承认:宋代对外来宗教文化有比唐代更为宽容、更为兼收并蓄之态度。因为袄神在宋代不但受民间崇拜,而且被纳入官方祭祀行列;相反的,在唐代,即使在最盛期,对外来宗教最宽容的时期,官方亦不允许汉人祀袄,如上揭《新唐书》卷四六《百官制·祠部》所云"两京及碛西诸州火袄,岁再祀而禁民祈祭",就是明证。当然,认为宋代比唐代更"开放",这违背了中国历史的一般常识。

宋代的祆神崇拜,显然已与西域的"穆护祆"脱钩。《墨庄漫录》所云史姓庙祝世爽,先祖为胡人祆僧无疑,但"家世为祝累代",已属地道的"土生胡"。就其血统,多半为胡人;但从其文化背景,则应目为汉人。除了该史姓庙祝外,在宋代的其他祆祠、祆庙中,或许也有胡姓神职人员,但吾人断不可据此而言其祠庙乃为胡人所有。陈寅恪先生曾指出:

> 汉人与胡人之区别,在北朝时代文化较血统尤为重要。凡汉化之人即目为汉人,胡化之人即目为胡人,其血统如何,在所不论。[41]

北朝时代尚且如此,遑论宋代。故宋代的祆庙祆祠,不论由何姓氏掌管,与其时西胡无涉。在宋代,祆神崇拜者的主体是汉人,而不是胡人;祆神崇拜属汉人的信仰,而非胡人的宗教;供奉祆神的祠庙,并非像唐代那样属于"波斯胡寺",而是中国民间庙宇。总之,宋代的祆神崇拜,已成为中国民间信仰之一个组成部分,不存在唐季火祆教作为夷教而"杂中华之风"那样的问题;官方之接纳它,与接纳外来宗教文化完全是两回事。

西域的祆神,经过唐季宗教迫害的洗礼后,汇入中国民间诸神的行列,与其他诸神并无质的差别。其之所以被信仰、崇拜,与其他诸神一样,都是因为其灵验,能为祈祷者消灾纳福。当然,诸神的灵验,有程度的不同;祆神源自远方,其法力或更胜一筹。因为中国人向有"外来和尚会念经"、"本地姜不辣"的传统心理,故畏其威灵,自不足奇。但从现有的资料看,无论是宋代或唐代,民间对祆神的崇拜,显然并没有形成一种有组织的宗教势力,其时并无存在甚么祆神教派;这一崇拜,并不具备严格意义上宗教体系的诸要素,既无教义戒律,亦无教会机构等等,只是像泰山崇拜、城隍崇拜等等那样,纯属一种民间信仰。由是,中国人的祆神崇拜,实未形成严格意义上的宗教体系;其作为一种民间信仰,虽可视为一种宗教现象,但并非严格意义上的宗教。不过,民间信仰却是民俗学所要研究的一个重要内容。因此,古代中国的祆神崇拜,我们与其把它视为宗教去研究,毋宁当成民俗来考察。

五、祆神崇拜与胡俗

民俗学的常识告诉我们:

> 民俗乃无意识之产物——吾人之一切生活方式,既随民俗之风尚而定其方向,但吾人对一切社会礼俗之态度,实非有意学习,却由于不知不觉中传习而来。其情形正如吾人学步、饮食、呼吸各种自然表现,均从无意识之染习而成。[42]

崇拜祆神是琐罗亚斯德教一种看得见的外表形态,西域胡人世代相袭,无意识中已成习俗,是为胡人之民俗,古代汉人称之为胡俗。由于唐代来附的西域移民中,火祆教徒众多,彼等经常举行祈祭祆神的仪式活动,为汉人所耳濡目染,也就会"不知不觉中传习而来"。因此,祆教僧侣主观上无意向汉人传教,并不意味着其宗教的某些方面不会向汉人辐射。祭祆活动作为胡俗的一个重要内容,像其他种种胡俗那样,在客观上,必定对汉人有所影响。如果我们承认唐代有很多汉人胡化,在不同程度上染上胡俗的话;[43]那么,我们也就得正视祆神崇拜,作为胡俗的一个方面,不可避免的被汉人或多或少接受这一历史事实。

就我们看来,西域祆神崇拜之变成中国民间信仰,这个转化过程实际是在唐代进行并完成的,宋代不过是承得其果并臻于全盛者。当唐代胡俗泛滥且形成胡化潮流之际,祆神崇拜必定随之渗透进民间。唐代文献有关西域胡人祆神崇拜仪式活动记录甚详,说明时人对其十分熟悉。唐张鷟《朝野佥载》卷三:

> 河南府立德坊及南市西坊皆有胡天神庙。每岁商胡祈福,烹猪羊,琵琶鼓笛,酣歌醉舞。酹神之后,募一胡为祆主,看者施钱并与之。其祆主取一横刀,利同霜雪,吹毛不过,以刀刺腹,刃出于背,仍乱扰肠肚流血。食顷,喷水咒之,平复如故。此盖西域之幻法也。

> 凉州祆神祠,至祈祷日祆主以铁钉从额上钉之,直洞腋下,即出门,身轻若飞,须臾数百里。至西祆神前舞一曲即却,至旧祆所乃拔钉,无所损。卧十余日,平复如故。莫知其所以然也。[44]

上揭敦煌文书 S 367,　即伊州地志残卷,写于光启元年(885),其中述及敦煌北面伊州伊吾县祆庙的宗教仪式活动,常为学者们所征引,可与《朝野佥载》之记载相印证:

> 火祆庙中有素书,形像无数。有祆主翟盘陀者,高昌未破之前,盘陀因入朝至京,即下祆神。因以利刀刺腹,左右通过,出腹外截弃其余,以发系其本,手执刀两头,高下绞转,说国家所举百事皆顺天心,神灵助无不征验。神没之后,僵仆而倒,气息奄奄。七日即平复如旧。有司奏闻,制授游击将军。[45]

配合祭祆仪式的音乐,古人也颇为注意,《西溪丛语》卷上有载:

> 《教坊记》曲名有《穆护子》,已播在唐乐府。《崇文书》有《牧护词》,乃李燕撰六言文字,记五行灾福之说。则后人因有作语为《牧护》者,不止巴人曲也。祆之教法盖远,而穆护所传,则自唐也。苏溪作歌之意,正谓旁门小道似是而非者,因以为戏,非效《参同契》之比。山谷盖未深考耳。且祆有祠庙,因作此歌以赛神,固未知刘作歌诗止效巴人之语,亦自知其源委也。[46]

就西域胡人的祭祆活动，最令汉人感兴趣和神秘的，莫过于其幻术。根据中国杂技史，幻术、魔术、杂技之类，古代统称百戏，其中有些是中国人自己的创造，有的则是来自西域，包括拜占庭等地。在唐人的心目中，祆教徒与西域百戏常常是相联系的，这不仅有上揭的《朝野金载》等为证，唐苏颚的《杜阳杂编》也有所反映。傅起凤、傅腾龙先生的《中国杂技史》便曾征引其中有关伎女石火胡的记载：

> 上(指敬宗)降日，大张音乐，集天下百戏于殿前。时有伎女石火胡，本幽州人也。挈养女五人，才八、九岁。于百尺竿上张弓弦五条，令五女各居一条之上，衣五色衣，执戟持戈舞《破阵乐》曲，俯仰来去，赴节如飞。是时观者目眩心怯。火胡立于十重朱画床上，令诸女迭踏，以至半空，手中皆执五彩小帜，床子大者始一尺余，俄而手足齐举，为之踏浑脱，歌呼抑扬，若履平地。上赐物甚厚。文宗即位，恶其太险伤神，遂不复作。[47]

此间所言的火胡，显非伎女的本名，当指其为火祆教徒也。早年陈寅恪先生曾节引该条资料，并考证道：

> 石为昭武九姓之一。火胡之名，尤为其人出自信奉火祆教之西胡族之证。此戏源于西胡，自可推知也。[48]

西域祆教徒之身怀绝技，对教外的汉人来说，很可能意味着祆神赋予其神力，从而对祆神益生敬畏之心。

唐代西域火祆教徒的祆神崇拜与百戏糅合在一起，在现存原教旨的波斯琐罗亚斯德教文献中，未见这些内容。估计本来就没有；因为近两百多年来，许多西方学者和探险家对印度火祆教徒，即帕尔西人进行过反复详细的调查考察，对他们的礼仪习俗报导甚详，但未见提到有这类百戏活动；[49]英国专治琐罗亚斯德教的权威玛丽·博伊斯(Mary Boyce)教授曾对现残存伊朗的琐罗亚斯德教村落深入考察，在她有关的著作中并没提及这类活动的遗迹。[50]因此，唐代火祆教徒的公开祭祆活动，与百戏结合，这更充满了西域胡人的民俗色彩。也正是这种民俗色彩，益为汉人所注目。

从唐人对于火祆教的诸多记载看，他们明显并非站在宗教立场进行考察，而是当为一种胡俗观之。对此，宋代学者似有同感。《西溪丛语》卷上，引录了宋次道《东京记》有关祆神的记载，评论道：

> 宋公言祆立庙，出于胡俗，而未必究其即波斯教法也。[51]

从文献资料看，祆神崇拜，作为一种民俗，民间信仰，也未因会昌年间对外来宗教的迫害而受影响，这种崇拜继续流行而不衰。敦煌文书最能证明这一点。P2784 的《敦煌二十咏》

第十二首《安城祆咏》,描述了敦煌地区流行祆神崇拜的盛况:

> 板筑安城日,神祠与此兴。一州祈景祚,万类仰休徵。
>
> 苹藻来无乏,精灵若有凭。更有零祭处,朝夕酒如绳。

据日本学者的考证,该文书应写于唐末五代之间。[52]中国学者李正宇先生的考证,则认为成文于唐大中二年(848)至咸通十二年(871)。[53]总之,诗中所描写的盛况是在会昌之后,足见祆神崇拜这一民俗,未受到会昌灭祆的影响。

据敦煌出土的《沙州图经》(P 2005),敦煌地区的祆神乃与土地神、风伯神、雨师神一道,归入杂神之列:

四所杂神

土地神

右在州南一里,立舍画神主;境内有灾患不安,因以祈焉。不知起在何代。

风伯神

右在州西北五十步,立舍画神主;境内风不调,因即祈焉。不知起在何代。

雨师神

右在州南二里,立舍画神主;境内亢旱,因即祈焉。不知起在何代。

祆　神

右在州东一里,立舍画神主;总有廿龛,其院周回一百步。

日本学者小川阳一曾考该祆神庙,其称道光十一年(1831)刊印的《敦煌县志》所附城关俯视图,"可见敦煌城内东部有火神庙"。[54]据神田喜一郎博士和姜伯勤教授的考证,该祆神庙祠当是上揭《安城祆咏》所咏的神祠。[55]

敦煌地区在归义军时期,[56]祆神崇拜蔚然成风,赛祆成为当地一种民俗。敦煌文书有丰富的资料证明这一点。上揭小川氏文章曾征引有关赛祆文书多种,其中有写于光启三年(887)的 P2569:

四月十四日,夏季赛祆用酒肆瓮。

写于光化二年(899)至四年(901)之间的 P4640 纸背:

四月十四日,又城东赛祆用画纸叁拾张。

七月廿五日,支赛祆画纸叁拾张。

十月五日,又支赛祆画纸叁拾张。

庚申年(900)

正月十三日，支与赛祆画纸叁拾张。

四月八日，赛祆支(与)画纸叁拾张。

四月十六日，又赛祆画纸叁拾张。

七月九日，赛祆用画纸叁拾张。

十月九日，支与赛祆画纸叁拾张。

辛酉年(901)

正月十一日，赛祆支(与)画纸叁拾张。

二月廿一日，同日赛祆支(与)画纸叁拾张。

三月三日，东水池及诸处赛祆用鹿纸壹张。

另钤有"归义军节度使新录司"印的 P2629：

(七月)十日，城东祆赛神用酒雨(两)瓮。

同属归义军节度使文书的 S1366：

十七日，准旧城东祆赛神用神(食)五十七分灯油一升、麨面二斗、灌肠九升。

姜伯勤教授对"赛祆"曾下过一个定义：

赛祆是一种祭祀活动，有祈福、酒宴、歌舞、幻术、化装游行等盛大场面，是粟特商胡"琵琶鼓笛、酣歌醉舞"的庙会式的娱乐活动。[57]

这种"庙会式的娱乐活动"，其民俗意义已大大超过了严格的宗教意义。在当时敦煌地区，赛祆并不是火祆教徒特有的宗教仪式，不过是当地祈赛风俗中的一项。上揭的敦煌文书P4640 除记录赛祆的支用情况外，还有赛其他诸神的支用帐目，例如在己未年(899)有：

四月十九日，鹿家泉赛神用钱财画纸叁拾张。

五月十一日，赛神支画纸叁拾张。

五月二十三日，百尺下赛神支钱画(纸)叁拾伍张。

六月十七日，赛用画纸壹帖。

六月廿日，平和口赛神画纸叁拾张。

七月十日，两处赛神支钱财画纸壹帖拾张。

八月六日，平和口赛用钱财纸叁拾张。

九月九日，支水司都乡口赛神钱财壹帖。

十二月十七日，支与押衙康伯达路上赛神(用)画纸拾张。

在庚申年(900)则有:

> 三月三日,三水池并百尺下分流泉等三处赛神用钱财鹿纸壹帖。
>
> 四月三日,奉判支与都乡口赛神画纸叁拾张。
>
> 四月十六日,赛清(＝青)苗神支(与)鹿纸壹帖。
>
> 七月廿三日,支与水司马圈口赛神鹿纸叁拾张。

在辛酉年(901)有:

> 二月廿一日,奉判支与鹿家泉赛神鹿纸贰拾张。
>
> 五月三日,鹿家泉赛神用画纸贰拾张。
>
> 五月六日,马圈口赛神用钱财纸壹帖。

从上述文书所录,"祆"不过是被"赛"诸神之一。谭蝉雪先生据诸件敦煌文书的记录,考析敦煌的祈赛风俗,认为其流行于唐宋时期,有定期和不定期之分。定期者,有"赛天王"、"赛祆"、"赛青苗神"、"结葡萄赛神"、"赛驼马神"、"赛金鞍山神"等;不定期者,有"远行祈赛"、"赛河神"、"赛小儿神"、"难月祈愿"等。[58]依笔者观之,敦煌这种祈赛风俗,实际是融合了中国的传统风俗、当地民间信仰、西域胡俗、佛教礼仪等而成。祆神之被祈赛,不过是当地的民俗,完全不是某一宗教门派所专有,而是当地各族居民所共享;其已失去琐罗亚斯德教固有的宗教意义了。甘肃敦煌研究院施萍婷先生对该院所收藏的归义军时期《酒帐》和其他敦煌文书研究后得到的结论,与我们上述的观点是一致的。施先生认为当时敦煌地区的"宗教迷信活动十分泛滥":

> 从敦煌遗书来看,是神都信,是鬼都敬,仅酒帐和续卷就有:"城东祆神酒"、"马群入泽神酒"、"束水口神酒"、"神馆斫椽神酒"、"洞曲神酒"、"马院神酒"、"赛马神设酒"、"捉膺人神酒"、"神酒"、"马圈发愿酒"、"羊圈发愿酒"、"祭拜酒"、"祭尊酒"……看来,他们事事求神安鬼。[59]

什么神都信的人,就绝非某一教派的信徒。这种祆神崇拜与具有完整宗教体系的琐罗亚斯德教,显然已有本质上的不同,不可等量齐观。

总上所论,只是为了说明对于唐人之信奉祆神,与其从宗教意义上去理解,不如从民俗角度去认识;与其说一些汉人皈依火祆教,毋宁说是接受了西域胡人的习俗。唐人对于祆神的膜拜,不过是受到胡俗的影响罢了。波斯琐罗亚斯德教与中国的祆神崇拜,两者之间可划箭号,但不能划等号。

馀论之一

在我们厘清祆神崇拜与火祆教两者的关系后,对于唐季灭祆的行动,似有必要加以重新认识。

唐季对祆教的取缔,迄今所依据的主要文献即上揭的《毁佛寺制》,而该制文涉及祆教者不过是"勒大秦穆护祆三千余人还俗,不杂中华之风"这么一句,仅 18 个字耳。揣其文意,止限于僧人"还俗",并无强令拆庙;不像对佛教那样,有拆寺庙的明确措辞。在酝酿《毁佛寺制》的会昌五年七月间,中书门下曾一再就处理佛教寺院的方案,上奏皇帝,同时奏请对景教和火祆教也一并取缔。《旧唐书》卷十八上《武宗本纪》有载:

> 僧尼不合隶祠部,请隶鸿胪寺。其大秦穆护等祠,释教既已厘革,邪法不可独存。
> 其人并勒还俗,递归本贯充税户。如外国人,送还本处收管。[60]

中书门下的奏文,对大秦穆护祆的发落较为具体些,但亦无言及拆庙。因此,即使在执行饬令的过程中,有拆庙之举,恐也不可能彻底。上揭宋王瓘《北道刊误》所载宋时瀛州乐寿县祆庙,立于唐长庆三年(823),未毁于会昌,就是明证。制文所勒"还俗"的穆护祆,看来也不是概无例外;若是所有"穆护祆"均得"还俗",则行文中还得有相应强调的修饰语。上揭宋张邦基《墨庄漫录》卷四所载东京城北祆庙,其庙祝史世爽,家世为祝累代,藏先世补受之牒凡三,最早的一件为唐咸通三年(862),即在武宗会昌五年(845)颁《毁佛寺制》之后 17 年,这意味着史氏先祖,在会昌时不一定被勒还俗,即使曾被迫还俗,也属暂时;其所管理的祆庙,即使会昌时曾被查封,也在尔后不久就恢复了。

其次从历史背景看,会昌取缔外来宗教,根源在于经过安史之乱后,朝野产生排外思潮。[61]缘因中国的火祆教并不存在佛教那样的经济问题,不论祆教祠庙有多少,均无经营寺院经济,更无多少农户为逃避劳役赋税而依托之。该教的存在,委实谈不上对国计民生有多大的危害性,朝廷与该教实无深仇大恨。是以,出于"不杂中华之风"的排外心理,勒其僧侣还俗,可以理解;若非把其杀尽砍绝不可,则匪夷所思。因此,制文中对其留有余地,执行中放其一马,乃合乎情理。

再其次,从上论民俗观看,对祆神的崇拜,是西域胡人的传统风俗。朝廷驱逐祆僧是一回事,禁止祆神崇拜这一民俗又是另一回事;两者虽不无关联,但未必可以划一。何况,古老的传统风俗,绝非一纸命令即能革除。祆神崇拜及伴随这一崇拜的各种文娱活动,只要有大量民众,无论胡人或汉人认同接受,就不会因专职僧侣的还俗而销声匿迹,上揭的敦煌文书已证明了这一点。

馀论之二

古代波斯琐罗亚斯德教作为一个完整的宗教体系,实际并未直接向中国人推介传播,更未为中国人所接受;[62]也就是说,波斯琐罗亚斯德教并没有在深层文化上对中国产生重大的影响。但其体系中祆神崇拜这一外表形式,作为一种西域胡人的习俗,却为中国人所吸收,并中国化,成为中国古代民间信仰之一。从这一基本认识出发,我们认为,不可过分地从教法、从宗教意义上来强调祆教在中国的影响,例如,把古代中国某些农民反抗运动之类,硬是与火祆教的教义挂钩;把属于一般西域胡俗的文化,硬是贴上祆教文明的标签。

(脱稿于 1998 年 10 月 27 日)

注 释

〔1〕详参拙文《火祆教始通中国的再认识》,刊《世界宗教研究》1987 年第 4 期,页 13—23;荣新江《祆教初传中国年代考》,刊《国学研究》第 3 卷,北京大学出版社,1995 年,页 335—353。

〔2〕陈垣《火祆教入中国考》,见《陈垣学术论文集》第一集,中华书局,1980 年,页 327—328。

〔3〕神田喜一郎《祆教杂考》,刊《史学杂志》39 编 4 号,1928 年,页 381—394;是文经修订收入《神田喜一郎全集》第一卷,京都,1986 年,页 72—87。

〔4〕石田干之助《神田学士の〈祆教杂考〉を读みて》,刊《史学杂志》第 39 卷第 6 号,1928 年,见页 558—559。

〔5〕同注〔4〕石田文,页 561。

〔6〕同注〔3〕神田文,页 391。

〔7〕最早引用该条史料的是日本学者神田喜一郎,见注〔3〕神田文;本录文与其略有不同。

〔8〕陈垣先生最早摘引该史料,见注〔2〕陈文;本录文据《四库全书》版。

〔9〕该条史料最早为日本学者神田喜一郎所引录,见其《祆教琐记》,刊《史林》第 18 卷第 1 号,1933 年,页 16;是文经修订收入《神田喜一郎全集》第一卷,京都,1986 年,页 89—101。

〔10〕陈垣先生最早摘引该史料,见注〔2〕陈文;但未详录,此处据原文标点著录。

〔11〕《东京梦华录》,上海古典文学出版社,1956 年,页 18。

〔12〕同上书,页 21。神田氏在其《祆教杂考》(见注〔3〕)一文中,以宋邵伯温《邵氏闻见前录》卷七的记事互证,确认该庙之存在。今据中华书局 1985 年新一版丛书集成初编 2745《河南邵氏闻见前录》卷第七,页 41,将该记事著录标点如下:

> 范鲁公质举进士,和凝为主文,爱其文赋,凝自以第十三登第,谓鲁公曰:"君之文宜冠多士,屈居第十三者,欲君传老夫衣钵耳。"鲁公以为荣。至先后为相,有献诗者云:"从此庙堂添故事,登庸衣钵亦相传。"周祖自邺举兵向阙,京师乱,鲁公隐于民间。一日坐封丘巷茶肆中,有人貌怪陋,前揖曰:"相公无虑。"时暑中,公所执扇偶书"大暑去酷吏,清风来故人"诗二句。其人曰:"世之酷吏冤狱何止如大暑也,公他日当深究此弊。"因携其扇去。公惘然久之。后至祆庙后门,见一土偶短鬼,其貌肖茶肆中见者,扇亦在其手中。公心异焉。乱定,周祖物色得公,遂至大用。公见周祖,首建议律条繁广,轻重无据,吏得以因缘为奸。周祖特诏详定,是为刑统。

〔13〕中华版,页 2497。

〔14〕中华版,页2501。

〔15〕姜伯勤教授最早注意到上述这些官方记载的祆神崇拜资料,在其《论高昌胡天与敦煌祆寺》(刊《世界宗教研究》1993年(1),页1—17。)一文中,已有征引。万毅先生未刊稿《山西介休洪洞之宋元祆教遗痕》,亦有引录。

〔16〕中华版,页1195。

〔17〕姜伯勤《敦煌艺术宗教与礼乐文明》,中国社会科学出版社,1996年,见页489—499。

〔18〕中华版,页338。

〔19〕中华版,页149。

〔20〕北朝的胡天,到了隋末唐初创"祆"字以名之。见注〔2〕陈文。

〔21〕1922年河南安阳出土、今藏德国柏林东亚文化博物馆的两件石刻汉阙,(见 A. Von Le Coq, *Bilderatlas zur Kunst und ulturgeschichtemittel – Asiens*, Berlin, 1925, p.46.)据云是北齐物,雕刻着圣火的图象,旁立守护神,图象与当今印度帕尔西人(Parsis),即琐罗亚斯德教徒的神庙情况有类似处,(见 Sven S.Hartman, *Parsism*: *The Religion of Zoroaster*, Leiden1980, p.17, Plate I, b).)或为其时祆祠的写照。

〔22〕中华版,页31。

〔23〕中华版,页27。

〔24〕中华版,页6023。

〔25〕详见《旧唐书》卷一九八《波斯传》:

　　卑路斯龙朔元年(661)奏言频被大食侵扰,请兵救援。诏遣陇州南由县令王名远充使西域,分置州县,因列其地疾陵城为波斯都督府,授卑路斯为都督。是后数遣使贡献。咸亨中,卑路斯自来入朝,高宗甚加恩赐,拜右武卫将军。仪凤三年(678),令吏部侍郎裴行俭将兵册送卑路斯为波斯王,行俭以其路远,至安西碎叶而还;卑路斯独返,不得入其国,渐为大食所侵,客于吐火罗国二十余年,有部落数千人,后渐离散。至景龙二年(708),又来入朝,拜为左威卫将军,无何病卒,其国遂灭而部众犹存。(中华版,页5312—5313。)

〔26〕王小甫《唐吐蕃大食政治关系史》,北京大学出版社,1992年,页92。

〔27〕郭应德《阿拉伯史纲》写道:"阿拉伯人在开始进攻之前,通常向敌方提出三种选择:

　　(1)皈依伊斯兰教,享受穆斯林的待遇,免除包括人丁税在内的一切贡税,并可获得福利;

　　(2)立约投降,求得伊斯兰的保护。这样的居民称为顺民,他们有信仰的自由,不服兵役(因是异教徒)。他们必须交纳包括人丁税在内的一切贡税(比旧政权向他们勒索的较轻);

　　(3)抵抗则格杀勿论,战俘或被处死,或沦为奴隶,或以现金赎身。"(中国社会科学出版社,1991年,页57。)

〔28〕详参拙文《火祆教在唐代中国社会地位之考察》,刊蔡鸿生主编《戴裔煊教授九十诞辰纪念文集:澳门史与中西交通研究》,广东高等教育出版社,1998年,页169—196。

〔29〕详参注〔28〕拙文。

〔30〕中华版,页5311。

〔31〕中华版,页6258。

〔32〕本录文据上海商务印书馆四部丛刊初编子部;宋姚宽《西溪丛语》卷上有引录该段,文字略有不同,引文括号内字参照中华书局1993年出版的孔凡礼点校本《西溪丛语》,见页42—43。

〔33〕敦煌文书中有摩尼教写经三件,即:藏于北京图书馆的《摩尼教残经》,约存七千字;分藏于伦敦大英图书馆和巴黎国家图书馆的《摩尼光佛教法仪略》,一千八百余字;藏于大英图书馆的《下部赞》,约一万零九百字。三件共约二万七千八百字。从这两三万字内容推断,我们可以相信,摩尼教的主要经典在唐代已被传译成汉文了。唐代景教译经写本,目前学术界普遍承认的有下列六种,即:《序听迷诗所经》,约存二千八百字;《一神论》,约存七千字,全经分三部分,即《一天论第

一》、《喻第二》和《世尊布施论第三》；《大秦景教三威蒙度赞》，存四百多字；《尊经》，近三百字；《志玄安乐经》，存二千六百多字；《大秦景教宣元本经》，(该经的发现、考释和著录见拙文《敦煌遗书〈大秦景教宣元本经〉考释》，原刊香港《九州学刊》第 6 卷第 4 期敦煌学专辑，经修订作为附录收入拙译《达·伽马以前中亚和东亚的基督教》，台北淑馨出版社，1995 年，页 212—224。)四百多字。六种共保存一万三千五百多字。另有两篇，即 40 年代方公开传世的所谓"小岛文书"《大秦景教大圣通真归法赞》和《大秦景教宣元至本经》，经考定，为今人制作的赝品，不计。(见笔者与北大荣新江教授合撰《所谓李氏旧藏敦煌景教文献二种辨伪》，原刊香港《九州学刊》1992 年 4 月第 4 卷第 4 期，页 19—34；经修订后作为附录收入上揭拙译页 189—211。)

〔34〕例如其帕拉维(Pahlavi)文献《丁卡尔特》(Dinkard)有云："造物主阿胡拉·玛兹达(Ohramazd)不仅把该教送给伊朗王国，而且送给全世界，送给人类各族。"见 D. M. Madn, ed., *The Complete Text of Dinkard*, Bombay 1911, p.460, II.8 – 18.

〔35〕参阅拙文《琐罗亚斯德教的帕拉维文献》，见拙著《波斯拜火教与古代中国》第五篇，台北新文丰出版公司，1995 年，页 43 – 49。

〔36〕详参拙文《近代琐罗亚斯德教研究的滥觞》，刊《百科知识》1998 年第 4 期，页 26—27；并见上注拙著第一篇，页 1—9。

〔37〕中国人对于火祆教的认识，时到清末，仍然十分模糊。近蒙中山大学王川博士惠示 19 世纪王韬(1828—1897)有关白头人(当谓印度火祆教徒)的一段论述，其对火祆教教义的介绍，看来是根据西方学者的一些转述，而以中国传统文化牵强附会之。以往火祆教学者似未引用过该条史料，特著录如下：

　　白头教人

　　西士湛氏曰：古波斯国即今白头人之祖，周以前居葱岭西、印度北。其教与婆罗门为敌，常称彼之神为鬼，彼之鬼为神。境与中国相去不远。

　　古有梭鲁华舌者，生春秋时，白头人之经即其手著。道与《书经》略相似，《洪范》陈九畴，梭鲁亦言五行、五福、五极、五征之类。又有五行之神与九壤之说，所云最尊大者，两仪之分，举凡有无、光暗、生死、善恶等，皆为两仪之神所主。所可异者，以阳神为善而无始终，以阴神为恶，常与阳神相争，必为所灭。且言阳神之下有六大神，即五行神与谷神，此亦与《虞书》"六府"相类也。其余分吉凶、测象纬，亦无大异。此白头教与华人教同源之一证。

　　　异哉所闻！近书中无有及之者。(见王韬《瓮牖馀谈》卷五，陈戍国点校，岳麓书社出版，1988 年 5 月第 1 版，页 139—140。)

〔38〕祆教净礼详参拙文《祆教净礼述略》，刊台北《辅仁大学神学论集》第 102 号，1994 年，页 619—634；并见注〔35〕拙著第七篇，页 61—69。祆教葬俗详参拙文《火祆教的葬俗及其在古代中亚的遗痕》，刊《西北民族研究》1990 年第 1 期，页 61—67；并见注〔35〕拙著第九篇，页 85—104。

〔39〕有关"穆护祆"的考证，详参拙文《唐季"大秦穆护祆"考》，待刊《文史》第四十八、四十九辑。

〔40〕见《唐会要》卷四七，《大唐诏令》卷一一三。

〔41〕陈寅恪《唐代政治史述论稿》，上海古籍出版社，1997 年，页 16。

〔42〕见《杨成志民俗学译述与研究》，北京，高等教育出版社，1989，页 182。

〔43〕详参向达《唐代长安与西域文明》，北京三联书店，1957 年，页 1—116。

〔44〕中华书局唐宋史料笔记丛刊《隋唐嘉话·朝野佥载》1979 年 10 月第 1 版，页 64—65。

〔45〕在有关中国祆教的研究中，日本学者神田喜一郎最早提及该条史料，见注〔3〕神田文，页 388；向达先生在其早年发表的《唐代长安与西域文明》一文中，已予著录；该文已收入氏著同名书，见注〔43〕，页 91。

〔46〕据中华书局历代史料笔记丛刊《西溪丛语·家世旧闻》1993 年版，页 43。

〔47〕傅起凤、傅腾龙《中国杂技史》，上海人民出版社，1989 年，页 165—166；录文据中华书局 1985 年新

一版丛书集成初编 2535《杜阳杂编》卷中,页 17。

〔48〕陈寅恪《元白诗笺证稿》,上海古籍出版社,1978 年 8 月新一版,页 156。

〔49〕详阅 Jivanji Jamshedji Modi, *The Religions Ceremonies and Customs of the Parsees*, 2ⁿᵈ Edition, Bombay 1937.

〔50〕详阅 Mary Boyce, *A Persian Stronghold of Zoroastrianism*, Oxford 1977.

〔51〕见注〔32〕孔凡礼点校本,页 42。

〔52〕神田喜一郎《〈敦煌二十咏〉に就いて》,刊《史林》第 24 卷第 4 号,1939 年,页 173—181。

〔53〕李正宇《〈敦煌二十咏〉探微》,刊杭州大学古籍研究所编《古文献研究》,哈尔滨,1989 年,页 232—236。

〔54〕小川阳一《敦煌における祆教庙の祭祀》,刊日本道教学会《东方宗教》第 27 号,1967 年,见页 25。

〔55〕同注〔52〕神田文,页 173 – 181;注〔15〕姜文,页 8。

〔56〕荣新江教授的《归义军大事纪年》由大中二年(848)编至景祐三年(1036),可资参照,见荣氏著《归义军史研究》,上海古籍出版社,1996 年,页 1—43。

〔57〕姜伯勤《敦煌吐鲁番文书与丝绸之路》,文物出版社 1994 年,页 255—256。

〔58〕谭蝉雪《敦煌祈赛风俗》,刊《敦煌研究》1993 年第 4 期,页 61—67。

〔59〕施萍婷《本所藏〈酒帐〉研究》,刊《敦煌研究》1983 年第 3 期,页 142—155,引文见页 152。

〔60〕中华版,页 605。

〔61〕详参拙文《唐朝三夷教政策论略》,刊荣新江主编《唐研究》第四卷,北京大学出版社,页 1—14。

〔62〕古波斯宗教以二元神论著称,(详参元文琪著《二元神论:古波斯宗教研究》,北京,中国社会科学出版社,1997 年。)古代中国人对其认识,显然是通过摩尼教徒,而不是经由火祆教徒;因为从现有的文献看,只有汉文的摩尼教经典才有阐发波斯宗教明暗、善恶二宗之说。

Persian Zoroastrianism and Chinese Hsien – Worship

Lin Wushu

This paper investigates the spread of Persian Zoroastrianism in ancient China from the perspectives of history, religion, and folklore. Zoroastrianism, a religious system, was followed only by Persian immigrants by way of Central Asia, and its priests had not directly introduced the religious doctrine to the Chinese people. However, Hsien – Worship, an outward style and custom of the Western Regions, was accepted and sinoized by the Chinese in the Hu – customization of the Tang Dynasty. The Hsien – Worship became a principal belief of the Chinese during the Song Dynasty, and left its mark on the literature of the Yuan Dynasty. The Chinese Hsien – Worship has roots in Persian Zoroastrianism, though it is more accurate to regard Hsien – Worship as folk custom rather than religious system. The influence of Zoroastrian religion on Chinese civilization is rather limited.

摩尼教文献所见"船"与"船主"考释*

芮 传 明

摩尼教的文献中充满了宗教象征符号,"船"便是其中之一。林德曾如此概括见于科普特文文献中的船名道:"在涉及宇宙观的范围内,提到了好多种舟船:白日之舟(Ship of the Day)和黑夜之舟(Ship of the Night)、活火之舟(Ship of the Living Fire)与活水之舟(Ship of the Living Water)、初人之舟(Ship of Prime Man)、光辉耶稣之舟(Ship of Jesus the Bright)、伟大思想之舟(Ship of the Great Thoughts)、太阳之舟(Ship of the Sun)和月亮之舟(Ship of the Moon)、双舟(Two Ships)以及明舟(Ships of Light)。它们一律使用 ɣαl 一名。"[1]除了舟船之外,还经常提到"船主"或"舵手",例如:"初人,我们的舵手……,我们的第一位向导,你是养育我们的牧人。""瞧哪,航船已在你的面前,诺亚(Noah)已在船上掌舵。此船即是戒律,诺亚即是明心(Mind of Light)。装上你的宝货,借着清风启航。"[2]

可以认为,科普特文文献是摩尼教西传最远端的证据,汉文文献则是摩尼教东传最远端的证据。而我们在汉文的摩尼教文献中同样发现了"船"与"船主"等名,尽管这类例证远少于科普特文文献。综而观之,大致有以下数例。

《下部赞》载云:"又启日月光明宫,三世诸佛安置处,七及十二大船主,并余一切光明众"(第127颂);"复告善业明兄弟,用心思惟诠妙身,各作勇健智船主,渡此流浪他乡子。此是明尊珍贵宝,咸用身船般出海,勤医被刻苦疮疣,久已悲哀希救护"(第249 – 250 颂);"大力堪誉慈悲母,骁健踊猛净活风,十二船主五收明,及余无数光明众"(第361—362 颂);"五收明使七船主,忙你慈父光明者! 舍我一切诸僭咎,合众平安如所愿"(第370—371 颂);"若至无常之日,脱此可厌肉身。诸佛圣贤,前后围绕;宝船安置,善业自迎,直至平等王前。"(第393 – 94颂)[3]

又见于《摩尼教残经》:"又复净风造二明船,于生死海运渡善子,达于本界,令光明性究竟安乐。怨魔贪主,见此事已,生嗔妒心,即造二形雄雌等相,以放日月二大明船,惑乱明性,令升暗船,送入地狱。""唯有大圣,三界独尊,普是众生慈悲父母,亦是三界大引导师,亦是含

* 本文承马小鹤学兄提供了不少线索和资料,多所指点,谨致谢意。

灵大医疗主,亦是妙空能容众相,亦是上天包罗一切,亦是实地能生实果,亦是众生甘露大海,亦是广大众宝香山,亦是任众金刚宝柱,亦是巨海巧智船师,亦是火坑慈悲救手,亦是死中与常命者,亦是众生明性中性,亦是三界诸牢固狱解脱明门。""缘此明纲于大海中,捞渡我等,安置宝船。"[4]

此前,国外学者对于"船"与"船主"的象征符号有过一定的研究[5],然而,他们大多偏重于分析科普特文文献中见到的"船"与"船主",对于汉文文献中的这类符号,则未予足够的重视;同时,对于摩尼教中"船"与"船主"符号与佛教的关系,似乎也未曾作过深入的探讨。本文则试图环绕这些问题展开讨论。

一、摩尼教文献中"船"与"船主"的象征意义

诚如上文所言,作为宗教象征符号的"船"与"船主",在科普特文文献中出现得最多,它所象征的对象有好几种,有数种比喻则也出现在汉文文献中。

1."船"与太阳及月亮的关系

在摩尼教的教义中,太阳与月亮有着非同寻常的宗教涵义:净风(即西文所称的"the Spirit of Living",汉文意译可称"活灵")奉大明尊之命,进一步解救被暗魔吞噬的光明分子。他将完全未受污染的光明分子造成日月,将稍受污染的光明分子造成星辰。而污染严重的光明分子(主要存在于人类的肉体中,即"灵魂")则须经过复杂的净化过程,才能到达最终的极乐世界"明界",即,尘世间的光明分子必须首先抵达月亮,经受第一步净化提炼,然后再抵达太阳,进行第二步净化,在此之后,方能前赴明界。显然,太阳与月亮是摩尼教宗教世界中的重要组成部分,是光明分子回归明界的中转站;而"船"或者"明船"(Ships of Light)则是太阳和月亮的异名之一。

公元8世纪的一份叙利亚文文献如此描绘摩尼教的创世神话道:"大使来到这些航船('elpē)后,下令三位仆从启动航船。他令大般(Great Ban)筑造新地,并使三个轮子上升。当航船升高,到达天空中央时,大使在暗魔的子女们面前现出了男身和女身。"[6]显而易见,这里所说的"航船('elpē)"即是指太阳和月亮。

许多圣歌直截了当地称日月为"船",例如,"……我父的航船,太阳和月亮。""航船即是太阳和月亮:他登上了航船,对于他,一无所求。""我发现了航船。这航船即是太阳和月亮,它们运渡我,直抵我的城池。"[7]又,"此外,太阳清楚展示了另外三个原型,涉及到最尊贵者的奥秘。首先,日船之盘饱满滚圆,它的航船一年四季始终饱满滚圆,它一点也不蚀损,不

会像月船那样蚀损。"〔8〕

　　有的圣歌虽并明白指出"船"即日月,但它作这样的比喻,也是十分清楚的,例如,"灵魂啊,抬起你的眼睛,注视高空,对于你的羁缚仔细考虑……你已经抵达;你的父尊正在召唤你。如今,登上光明之船,接受荣耀花冠吧,回到你的故国,与伊恩们(the Aeons)共享欢乐。""……如今,在你的光明礼物中,……从此船到彼船,向着使者……他将运载我,渡过……""航船正在高空等候你,它们会接引你上升,将你带到光明世界。"〔9〕

　　摩尼教为何以"船"来象征日月? 杰克逊对此有个比较合理的解释:摩尼长期生活在两河流域,摩尼教也是在两河流域创建而成。而底格里斯河与幼发拉底河中则自古以来就有一种圆形的渡水器具,状如浴盆,称为"gufas"。这种形状的摆渡工具可能启发了摩尼,使他在跨越天空的圆形天体日月与"gufas"之间产生了联想。〔10〕渡船将人载运过河,而被喻为"明船"的日月则通过它们的过渡,将人间的光明分子(= 灵魂)送上"明界",其功能大体相仿;再加上"gufas"与天体均呈圆形,故"船"的比喻源出"gufas"很有可能。

　　也许正是由于该象征符号出于这样一个起源,故它在摩尼教典籍中还曾被确切地比喻为天上的渡船——将人世间的光明分子运至日月上的"渡船",这与本身即是太阳或月亮的"光明之舟"显然有着功能方面的差别。例如,"由于救世主的光芒和他那显赫的光明,天堂的大门在我面前打开。我将令我衰老和生病的衣服丢弃在地上;穿上了不朽之衣。啊,和平宁静的光明渡船,在三重大地的上方,运载着我跨越天空,奔向太阳与月亮。"〔11〕显然,"渡船"在此并不等同于日月,而只是将"灵魂"送往日月的乘具。

　　在汉文文献中,"船"的最为清楚的喻意,乃是指日、月,如上文所引,《摩尼教残经》"净风造二明船,于生死海运渡善子"以及"(怨魔贪主)即造二形雄雌等相,以放日月二大明船"云云,显然即是西方摩尼教创世神话的汉译文,"明船"无疑指的是太阳与月亮。然而,其他地方所谓的"宝船",究竟是指称日、月,还是指运载被拯救之"灵魂"前赴日、月的"渡船",却不得而知。

2. 日、月船上的"船主"

与日、月之"船"紧密联系的,是这些"船"上的"船主"。

耶稣固然曾被直接比喻为"船",例如"啊,这是我们的救世主,我们对他敬崇万分。耶稣即是航船,我们若能乘上此船,便幸运异常"〔12〕,但是在更多场合,耶稣则被比喻为"船主":"耶稣的航船来到港口,装载着花冠和华美的棕榈枝。驾船的是耶稣,他将船靠着码头,直到我们登船。圣徒们是他所携带者,贞洁女是他所……。让我们也令自己纯洁,以使我们的旅程……。耶稣的航船将一直驶向高空。"〔13〕又,"再次,荣耀的耶稣本身也称为'父尊'。他

的尊贵即是活水之舟,他居住在此,他被安置在那里。"〔14〕

这里所说的"耶稣"(Jesus),亦即摩尼教汉文文献中的"夷数(佛)",乃是摩尼教宗教体系中一位十分重要的神祇。尽管现存的汉文文献从未称耶稣为"月神"或"日月神",但是在伊朗语等非汉文文献中,却经常出现这类称呼。例如,中古波斯语和帕提亚语文书 M176 载云:"啊,新月从新的天堂升起! 新的欢乐降临于整个教会。啊,美名的耶稣,众神之首! 你是新月,神啊,你是高贵的父尊! 啊,满月,耶稣,美名的主! 啊,满月,耶稣,美名的主!"〔15〕

又粟特文书 So.l8,224 载云:"然后,加布里亚布在当月的第十四天,与其弟子们(?)一起站着祈祷和赞颂,黄昏左右,当耶稣(月亮)升起之时,加布里亚布继续赞美耶稣道:'你是真正的神祇,你是灵魂的生命赋予者;如今请帮助我,仁慈的主! 请通过我的手而令这位姑娘康复,以使你的神性展现在全体人民之前,以清楚地表明我们是真正遵守你的戒律的人。'"〔16〕

在摩尼教文献中,将耶稣与日、月联系起来的辞句很多,而有的学者认为,在东方的摩尼教文献中,耶稣与月亮的关系特别密切。〔17〕上文所引耶稣居住的"活水之舟"(Ship of the Living Water)即是指月亮,亦即是说,耶稣是月亮这艘"船"的"船主"。

与之相应的,"日船"上也有"船主",其中的主角便 是第三使(The Third Messenger)。科普特文《导师的克弗来亚》多次提到这一点(在此,太阳被称为"活火之舟",Ship of the Living Fire),如:"它的思想是第三使,他居住在活火之舟上,照耀着……""它称为太阳,……活火之舟,……第三使,第二尊……""此外,他们称第三使为'父尊'。他的尊贵即是活火明舟,他居住在此,他被安置在那里。"〔18〕

第三使是日神,他是摩尼教中一位强有力的神祇,有的学者甚至称他为最杰出的摩尼教神祇。按照摩尼教的创世神话,天地被创造之后,大明尊又进行了"第三次召唤",应召而出的这位神圣使者便称"第三使",他与明女(即汉文《下部赞》中的"电光佛")分别化作裸体的美男美女,激发了雌雄暗魔的情欲,从而泄出了大部分吞食的光明分子。在摩尼的著述之一《沙卜拉干》(Šābuhragān,是为中古波斯语撰写的摩尼教教义概要)中,这位神祇的名号之一为"rwšnšhrzyd",意即"明界之神";在汉文文献《下部赞》中,他则被称作"日光佛"。

作为日、月"船主"的神祇,尚不止第三使和耶稣,因为同样居住于日、月之中的的主神至少还有其他四位(虽然排序稍稍靠后)——太阳和月亮上各设有三个"王座",《导师的克弗来亚》对此作了明确的描述:"与之相对应,另有九个王座安置在这个世界中。三个王座设在白日之舟上:一个是使者的,第二个是大神灵的,第三个则是生命神灵的。此外,另有三个王座设在黑夜之舟上:第一个是荣耀耶稣的王座,第二个是初人的,第三个则是光明少女的。这六个王座分别设立在这两艘船上。"〔19〕

在此所言的"白日之舟"(ship of the day)即是指太阳,"黑夜之舟"(ship of the night)则是指月亮。在白日之舟上的"大使"(the Ambassador)系指第三使,亦即汉文文献中的"日光佛";"大神灵"(the Great Spirit)系指生命之母,亦即汉文文献中的"善母佛";"生命神灵"(Living Spirit)则是汉文文献中的"净风佛"。在黑夜之舟上的"荣耀耶稣"(Jesus of the Splendour)即是汉文文献中的"夷数佛";"初人"(the First Man)即是"先意佛";"光明少女"(the Virgin of Light)即是"电光佛"。由于这六位神祇都是在日、月船上占有"王座"者,故显然都应该成为这两艘"船"的"船主"。

实际上,可以称为日、月船之"船主"的,远远不止上述六位,例如,科普特文《赞美诗》这样写道:"使者加荣耀于你,他的诸少女祝福你,还有与他居住在一起的诸船师。太阳和月亮加荣耀于你,还有居住在此的众神,以及与他们一起的诸船师。"[20]诗文在此虽然并未明确指出那些"众神"和"船师"(=船主)究竟有多少,但其数当不会少。此外,"使者"(=第三使)的"诸少女"即是他的"十二少女"("第二日乃是第三使,他居住在明船之中。他的十二时即是他以其尊贵而召唤出的十二位少女。"[21]),那么,"日船"上的"船主"至少应在拥有"王座"的三位主神之外,再加上"十二少女"。

有关日、月船上众多的"船主",在汉文文献中也得到反映。如上文所引《下部赞》,其中有"七及十二大船主,并余一切光明众"(第127颂)、"十二船主五收明,及余无数光明众"(第362颂),以及"五收明使七船主,忙你慈父光明者"(第370-371颂)诸句。

林德曾经简短地提及七及十二"船主"(helmsmen,=舵手、船师):"与第三使相关联的是十二少女(twelve Maidens)。尽管并无清楚的证据表明她们与太阳的关系,但从东方资料看,她们可以被解释为太阳的十二船主。至于出现在汉文赞美诗中的月亮七船主,则未〔在科普特文资料中〕得到映证。"[22]同一位作者在另一篇文章中则称:"见于汉文文献中的太阳十二船主与月亮七船主的观念,未能在《克弗来亚》中得到映证。"[23]

若按林德之说,虽然汉文《下部赞》中的"七船主"难以比定,但是"十二船主"则当是西文文献所言的与第三使(=日神)紧密关联的"十二少女"。不过,据突厥文文献,"十二船主"却似乎另有其人,并非"十二少女"。TM147载云:"……太阳〔神〕……、明亮的月亮神、光明少女女神、强大的辛·斯罗沙特(siin srošart)神(=相柱,the Column of Glory)、两位强烈明灯之神(即日神与月神)、七船主和十二船主神、十二妙时……"[24]

在此,罗列了一系列的神祇,由于突厥原文(转写)使用了"yitilii ikü ygrmii kämičü tngrilär"这样的句式,可以严格地译作"七及十二船主神",从而与汉文《下部赞》"七及十二大船主"的措辞完全吻合,因此我们有充分的理由认为,二者指的都是同一类神灵。至于紧随其后的"ygrmii ädgü öd"(十二妙时),便应该是另一类神祇了。事实上,汉文《下部赞》第

127—128 颂的一段文字,已经很清楚地将"十二船主"与"十二时"区分开来了:"又启日月光明宫,三世诸佛安置处。七及十二大船主,并余一切光明众。复启十二微妙时,吉祥清净光明体,每现化男化女身,殊特端庄无有比。"克林凯特分别解释"七及十二船主"和"十二妙时"道:"(七及十二船主神乃是)居住于太阳和月亮上的神祇,像船一样驾驶着它们,越过天空。""(十二妙时乃是)第二光明日(明日)的诸时"[25]显然,他将"七及十二船主"与"十二时"视作两类不同的神祇,是合乎实情的。

通常说来,"十二时"与第三使的"十二少女"关系十分密切,乃至全然等同。关于这点,上引《克弗来亚》(25₂₀₋₂₁)已经说得很清楚:"第二日乃是第三使,他居住在明船之中。他的十二时即是他以其尊贵而召唤出的十二位少女。"又,突厥文书 TIID119 载云:"第二光明日是这样的:从诸姆库提神(God Nom Qutr,即广大心〈The Great Nous〉)放射出的十二主宰,并类似于十二圣洁女,即:一,掌握权力(支配权);二,智慧;三,胜利(拯救);四,欢乐;五,热诚;六,真实判断(真诚);七,信念;八,忍耐;九,正直和热情;十,行善(仁慈);十一,平心(泰然);十二,光辉四射(光明)。这即是'第二光明日',其十二妙时从诸姆库提神发射而来,恰似太阳神由大尊神放射而来。"[26]

这份突厥文书与汉文文献《下部赞》中的一段文字几乎完全相同:"一者明尊,二者智惠,三者常胜,四者欢喜,五者勤修,六者真实,七者信心,八者忍辱,九者直意,十者功德,十一者齐心和合,十二者内外俱明。庄严智惠,具足如日,名十二时,圆满功德。"(第 165—167 颂)而第 169—171 颂,则更将这十二种品性具体化为神祇:"一者无上光明王,二者智惠善母佛,三者常胜先意佛,四者欢喜五明佛,五者勤修乐明佛,六者真实造相佛,七者信心净风佛,八者忍辱日光佛,九者直意卢舍那,十者知恩夷数佛,十一者齐心电光佛,十二者庄严惠明佛[27]。"

显而易见,这十二位神几乎囊括了摩尼教中最重要的几位主神,即分别相当于西方文献中的最高神大父尊、生命之母、初人、初人的五个儿子、光明之友、新世界建造神、生命之神、第三使、光耀柱、耶稣、光明女神和光明心灵。有意思的是,这十二位主神之一"光明女神"也被称为"十二时"。例如上引《下部赞》第 128 颂:"复启十二微妙时,吉祥清净光明体,每现化男化女身,殊特端严无有比。"便是指"电光佛"。粟特文资料称她为神的十二个女儿(XIIβγ Pwryšt)[28]。在帕提亚文的 M738 文书中,她则被称作蔡宛的神灵(wāxšī zurwān)[29]。

上引诸种资料表明,"十二时"有时代表着"十二少女",有时代表着摩尼教的十二位主神,有时则指称主神中的一位——"光明少女"(=电光佛)。不过,尽管他们都与"十二"有关,却似乎都不是《下部赞》中的"十二船主"。因此林德之说未必正确。

3. "船"是教会与戒律的象征符号

不少场合,"船"充任了摩尼教教会的象征符号。一份中古波斯文文献载云:"俗世间的听众哪,教会内的捐赠就像海上的航船:纤绳握在岸上纤夫的手中,船师正在船上。大海即是俗世,航船即是……,……即是捐赠,纤夫即是……,纤绳即是智慧。……"[30]

"绝妙的航船,船师正在船上;绝妙的教会,心灵(νους)为他掌舵。"[31] "第三个狩猎者是荣耀的耶稣,他来自尊贵,他猎捕光明和生命;他……它至高空。他的网即是智慧,他利用其光明智慧猎捕灵魂,将它们收入网内。他的航船即是其神圣教会,……大海乃是宇宙的谬误,是罪恶之法,……沉溺于其中的灵魂……,他将它们收入网内。他们是灵魂……他利用其光明智慧……他们。"[32]

从这段圣歌的描绘中可以清楚地看到,为何摩尼教以航船比喻自己的教会:因为摩尼教教会的职责即是拯救被囚禁在俗世中的"灵魂"(= 光明分子),将它们净化,或者将它们送往净化之地,并最终抵达明界。而这与航船在茫茫大海中拯救溺水者,将他们送至陆地的情况十分相像,因此,"船"也就十分自然地成了摩尼教教会的象征符号。

然而我们可以看到,在某些场合,"教会"与"戒律"是等同的,它们都被比喻为"船"。例如,"戒律即是知识,戒律即是教会。它是耶稣的戒律,……圣灵的……。它是父尊的教会,它是亲爱者的爱。它是饥饿者的面包,它是干渴者的清水。它能令死者复活,使之起死回生。戒律,它是引导人们走向光明的台阶,是提拔人们趋向高空的梯子。戒律,它是一棵树,它是一艘船,它是……。它是沙漠中的一棵树,它是洪水中的一只方舟。它是迷路者的途径,它是……。戒律,它是真理之神中的一棵树,它是光明诸舟中的一艘船。戒律,它是完善人的路径,它是教会中的君王。弟兄们哪,让我们共同庆贺,因为我们已经系泊在这艘戒律船上。让我们一起应答,我们的航船会顺利驶航。"[33]

此外,如本文开头就已提到的那样,科普特文《赞美诗》将由诺亚掌舵的航船说成是戒律:"瞧哪,舟船已在你的面前,诺亚已在船上掌舵。此船即是戒律,诺亚即是明心。装上你的宝货,借着清风启航。"这些例子揭示了,在摩尼教科普特文文献中,"船"被清楚地用作为"教会"与"戒律"的象征符号。

4. "船"的其他象征意义

"船"与"灵魂"之间存在比喻关系。"瞧,我已结束战斗;瞧,我已将我的船靠岸,没有风暴能够掀翻它,没有浪头能够吞没它。……在我发现真理之舟以前,我的船正越来越接近于失事;神圣的航向即是耶稣,他帮助了我。"[34]这里的"我"即是个人灵魂,而"我的船"亦即是个人灵魂。

"许多航船在即将靠岸之际沉没;若干房屋在胸墙(?)砌好之后倒塌。同胞们哪,个人灵魂与之相同,它在最初确曾奋力搏斗,但随后风暴大作,他便被浪头吞没。"[35] "戒律是棵树,我的灵魂是它的土壤。绝妙的土壤,绝妙的树,绝妙的果实,其滋味也美好无比。戒律啊,戒律是位水手,我的灵魂是条船。绝妙的航船,绝妙的水手,还有那吹来的风也美好无比。"[36] 在此,明白地用"船"来比喻"我的灵魂"。

《多马赞美诗》云:"耶稣在世界上开凿了一条河;他开凿了这条河,也使用了他那美好的名字。他用真理之铲开凿此河,他用智慧之筐挖掘淤泥,从河中挖出的石子就像薰香的珠滴;河内水流都是光明之源,……三只航船行驶于其中,它们航行于考验之河内:一艘船装满了货,一艘船装载了一半货,第三艘则是空船,船内一无所有。满载之船……;它并不害怕……。……岸……岸……空载之船抵达中途,它……。满载之船到达目的地;空载之船则被抛在后面。可悲哪,空船,它一无所有地来到海关之地,它将被索取货物,但是它无物可以贡献。可悲哪,因为它未曾装货,它将被不幸地剥夺权利,理所当然地遣送回梅塔基德莫斯。它将遭受肉体尸身所遭受的苦难,它们曾对它大声呼唤,它却未曾听见。"[37] 不难看出,这里所谓的"船",即是指普通人类的灵魂;所谓"满载"、"空载"的比喻,应该是指人们在世时的修炼,不修炼者的灵魂便是"空载之船",死后无法升入明界,得到拯救。

"船"与个人灵魂的比喻关系,在汉文文献中也得到反映,例如,上引《下部赞》第249—250颂载云:"复告善业明兄弟,用心思惟诠妙身,各作勇健智船主,渡此流浪他乡子。此是明尊珍贵宝,咸用身船般出海,勤医被刻苦疮疣,久已悲哀希救护。"这里所言的"善业明兄弟",当是指虔诚的,或者已经成为"选民"的摩尼教教徒。显然,他们在此既被喻为"船主"("勇健智船主"),又被喻为"船"("身船",即"本身为船"),其任务即是救渡那些尚沉溺于苦海之中的芸芸众生("渡此流浪他乡子")。不难看出,这些普通的个人灵魂,似乎不仅能自己拯救自己,同时还能拯救他人,其功能与神祇相仿。这种"神化"的个人灵魂,好像并未在科普特文文献中突出地体现出来。

"船"与十字架之间也存在比喻关系。如《耶稣赞美诗》云:"我的主啊! 你将十字架做成你的航船,你是航船上的水手。我的主啊! ……十字架是条航船,诸灵魂乃是乘客。我的主啊! 你曾经前赴橄榄树山,你比太阳还卓越。我的主啊!"[38] 十字架,尤其是耶稣的十字架,之所以也被喻为"航船",很可能是因为它是耶稣的象征符号,有时几乎等同于耶稣[39],而如上文所述,耶稣或者被喻为"船师",或者本身即是"航船"。

按照摩尼教的创世传说,最初,大明尊为抵御暗魔对明界的侵犯,曾经三次"召唤"(或"创造")诸神,第一次召唤出的初人(即汉文文献中的"先意")及其五子与暗魔们进行了殊死的战斗。而在这次战斗中,"明船"即是初人的战舰。《多马赞美诗》记述初人的故事道:

舰船的龙骨即是黎明,光明的缆索套在其上,

它的舵手乃是荣耀者,它的船员们穿着曙光服装。

他们在舰船上装载了强大者的宝藏,宝物多得难以计量。

他们还装载了活灵们的财富,这也多得不可估量。

我不知道魔子在何处看见了舰船,他派遣盗贼前往船上。

盗贼们源源不断地涌来,将船拖往大海的中央。

船师们受伤,保管财宝者的处境危险异常。

盗贼们抢劫了强大者的无数宝藏,活灵们的大笔财富同样遭殃。

他们将盗来的宝藏撒布于世界,将香草种植在自己的土地上。

他们抢劫了绿宝石和珠宝,用来镶嵌在自己的苍穹上。

饥饿者得以饱餐,……压垮了屈服的一方。

裸露者穿上了衣裳,还将宝石装饰在头上。

贫穷者变得富裕,由于获得了本不属于自己的东西而得意洋洋。

强大者收到了有关这些情况的报告,得知他的舰船已被劫抢,

船师们业已受伤,保管财宝者的处境危险异常。

他召唤来一位大使,这是心灵,是生命的库房。

他召唤来一位大使,派他前赴舰船上。

他说道:"去吧,到大风夺走了舰船的地方。

拖曳舰船,将它带到这里;照料船师,安置好保管宝藏的人们。

用铲子挖掘暗魔的土地,掘出芳香之根。

摧毁并推倒暗魔的苍穹,剥下上面的绿玉与宝珍。

收集起强大者所有的宝藏,将它们用舰船装运。

羞辱那些以占据他人财物为荣的穷人。

帮助正直者,将你的树种植在红尘。

确立你的公正,将提炼的光明分子送给他们。"

然后,他立即武装自己,用光明之子和华美装备自身。

他武装自己,腰带束紧。

他腾跃而起,前赴舰船;他照料船师,帮助诚信之人。

他用铲子挖掘暗魔之地,拔起香根,取走了它们。

他摧毁了暗魔的苍穹,剥离了绿玉与宝珍。

他羞辱了穷人,剥下其头上的宝石装祯。

他帮助正直者,将其植物种在红尘。

他建立了公正,从而可将提炼的光明分子送给他们。

他加固了舰船,在上面设置一座堡垒,作为献给强大者的一件礼品。

他将它作为献给强大者的礼品,……光明之境。

舰船载运了一棵棕榈,其船师来到自己的国境。[40]

上述诸例表明,"船"与"船师"有多种喻意,尤其是在摩尼教科普特文文献中,除了比喻日月、日月上的诸神、个人灵魂外,尚可比喻初人的战船、教会、戒律和十字架等;而在摩尼教汉文文献中则看不到这么多的喻意。有意思的是,我们在汉文的佛教经典中也发现了与之极为类似的"船"和"船师"的比喻;而这一现象则揭示了摩尼教在形成与传播过程中的某些真相。

二、佛教文献中的"船"与"船主"

1. 渡过"苦海"之"船"

《大智度论》卷二十二《释初品·释八念义下》偈云:"施为行宝藏,亦是善亲友。始终相利益,无有能坏者。施为好密盖,能遮饥渴雨。施为坚牢船,能度贫穷海。"[41]佛家所谓的"施",即梵文 dāna 的意译(音译作"檀那"),乃是不吝惜而施与他人之义。偈文既将它比喻为"能度贫穷海"的"坚牢船",那么,我们不妨看看这一比喻的具体含义。

虽然有人将这里的"贫穷海"解释为深重的物质苦难[42],但是从上引《智度论》的上下文来看,"贫穷海"还有更深一层的喻意,即是佛家所谓俗世间充满诸般苦难的"生死苦海"。因为"施"有两种,第一种为"财施",即施与财物,所获果报有限,只见于欲界,如名闻、财利、力势等;第二种为"法施",即学佛道,弘大慈悲心,度众生之生老病死苦,所获果报则无量,延及三界(欲界、色界和无色界),甚至超出三界,所谓"命终生天上,久必得涅槃"。既然"法施"不仅能救众生诸般饥渴寒热等病,并能祛除"九十八种烦恼"等病,那么,"施"("财施"与"法施")已经起到解脱众生之物质、精神两大苦难的作用,它实际上也就成了帮助众生渡过"生死苦海",到达"彼岸"的"航船"。"施"具有如此的重要性,十分令人注意。

颇有意义的是,我们在摩尼教的一份中古波斯文文献也见到了"施"(rw'ng'n,即"捐赠")与"船"的比喻关系,如上文所引:"俗世间的听众哪,教会内的捐赠就像海上的航船:纤绳握在岸上纤夫的手中,船师正在船上。大海即是俗世,航船即是……,……即是捐赠,纤夫即是……,纤绳即是智慧。……"。就这一譬喻而言,是佛教教义影响了摩尼教,还是摩尼教影响了佛教,抑或各自独立形成,目前尚无充分的证据加以断定,但是,二者的喻意有着惊人的相似之处,却是明白无误的事实:"海"都用以象征苦难无边的俗世,而"施"则被喻为渡过这一"苦海"的航船。

《心地观经》佛说"四恩"之偈云:"应化二身所说法,教理行果为法宝。诸佛以法为大师,修心所证菩提道。……法宝能照众生心,如日天子临空界。法宝能作坚牢船,能渡爱河超彼岸。法宝能与众生乐,譬如天鼓应天心。法宝能济众生贫,如摩尼珠雨众宝。法宝能为三宝阶,闻法修因生上界。……"[43]

"法宝"乃是佛教所谓的"三宝"(佛宝、法宝、僧宝)之一,意指佛教的教义。由于是"诸佛所说之妙法",珍贵如俗世的财宝,故名。"爱河"与"爱海"的含义相仿,因爱欲或贪爱、染著之心能令人沉溺,永堕轮回之苦,故喻之为"河"或"海"。易言之,"爱河"或"爱海"也就是"生死苦海";佛家修行的目的,即是脱离爱河,永登极乐。有鉴于此,"法宝"这艘"坚牢船"所起的作用,与"施"大体相同,也是拯救众生,渡越"苦海",获得永乐,犹如上引偈文所言,"法宝能为三宝阶,闻法修因生上界"。

由于佛法能使人渡生死之海,到达涅槃之岸,故有时候索性直接称为"法船"(《付法藏传》卷六:"欲出三界生死大海,必假法船方得度脱。")。《大方广佛华严经》以弥勒菩萨的口吻称赞"善财童子"道:"此长者子,曩于福域受文殊教,展转南行求善知识,经由一百一十善知识已,然后而来至于我所,未曾暂起一念疲懈。诸仁者,此长者子,甚为难有。趣向大乘,乘于大慧,发大勇猛,擐大悲甲。以大慈悲心救护众生,起大精进波罗蜜行,作大商主护诸众生,为大法船度诸有海。……此长者子,发心救护一切众生,令一切众生解脱诸苦,超诸恶趣,离诸险难,破无明暗,出生死野,息诸趣轮,度魔境界。……此长者子,为被四流漂泊者造大法船,为被泥没溺者立大法桥,为被痴暗昏迷者然大智灯,……"[44]

这里所言的"长者子",虽然特指善财,但是善财的身份显然只是一心修持佛道的虔诚信徒,亦即俗世中的优秀者。那么,我们可以理解为:只要世人精勤修持,便不但能自己身为大法船,渡过生死之海,并且还能建造大法船,救助那些漂泊者脱离苦海。个人被喻为"船"的这种观念,也见于摩尼教文献中,这在上文业已指出。然而,亦如我们已经注意到的那样,在西方的摩尼教科普特文文献中,似乎只见到普通个人灵魂自己身为航船而渡至明界的例子,却未见同时济渡他人的情况;但在东方的摩尼教汉文文献中,则有与佛教经典相同的"既渡己又渡人"的例子(《下部赞》第249—250颂:"复告善业明兄弟,用心思惟诠妙身,各作勇健智船主,渡此流浪他乡子。此是明尊珍贵宝,咸用身船般出海,勤医被刻苦疮疣,久已悲哀希救护。")。

"戒"亦被喻为"船"。《心地观经》云:"超越生死深大海,菩萨净戒为船筏。永断贪瞋痴系缚,菩萨净戒为利剑。生死崄道诸怖畏,菩萨净戒为舍宅。息除贫贱诸苦因,净戒能为如意宝。鬼魅所著诸疾病,菩萨净戒为良药。人天为王得自在,三聚净戒作良缘。……"[45]

"戒"是梵文"śila"的意译(音译作"尸罗"),原有"行为"、"习惯"、"道德"等义,作为佛教名词,特指为出家和在家信徒制定的戒规,用以防非止恶。而这里所言的"菩萨净戒",系指菩萨受持的清净戒行,亦称"大乘戒",是大乘佛教对小乘之"声闻戒"(五戒、八戒、十戒、具足戒等)的补充,有"十重禁"、"四十八轻戒"、"三聚净戒"等。

在此,菩萨净戒被清楚地喻为渡越"生死大海"的船筏,其功能与上面提及的"施"与"法宝"一般无二。此外,它还被喻为永断烦恼的"利剑"、解除贫贱诸苦的"如意宝"、医治疾病的"良药"以及在人天为王的"良缘"等,显而易见,其意思都是将菩萨净戒视作众生脱离"苦海",登上"彼岸"的工具或途径。有时候,"戒"也被喻为"船师",其喻意则与"船"相同。佛说摩诃僧祇戒云:"持戒净身口,摄心正忆念。多闻生实智,斯由戒为本。戒为妙宝藏,亦为七财宝。戒为大船师,能渡生死海。戒为清凉池,澡浴诸烦恼。戒为无畏术,消伏邪毒害。戒为究竟伴,能过崄恶道。戒为甘露门,众圣之所由。"[46]

显而易见,科普特文的摩尼教经典也将"戒律"作类似的比喻,如前文所引"戒律即是知识,戒律即是教会""它是父尊的教会,它是亲爱者的爱。它是饥饿者的面包,它是干渴者的清水。它能令死者复活,使之起死回生""它是引导人们走向光明的台阶,是提拔人们趋向高空的梯子""它是沙漠中的一棵树,它是洪水中的一只方舟,它是迷路者的途径"诸语,也都体现了同样的意思。

至此,我们可以看到,摩尼教与佛教都曾将"施"、"戒"和个人(灵魂)等譬喻为"船",并且都是济渡众生脱离"苦海"的乘具。

2."船师"的喻意

在佛教经典中,"船师"出现的频率甚高,而其喻意则与"船"基本相仿。可以称为"船师"的角色不止一种,最高等级的"船师"则是佛祖如来。《大般涅槃经》称如来为"无上船师",并对此作了具体的描绘:"譬如大船从海此岸至于彼岸,复从彼岸还至此岸。如来正觉亦复如是,乘大涅槃大乘宝船,周旋往返,济渡众生,在在处处有应度者,悉令得见如来之身。以是义故,如来名曰'无上船师'。譬如有船则有船师,以有船师则有众生渡于大海,如来常住化度众生,亦复如是。"[47]

《撰集百缘经》对于佛陀之"船师"角色的描述更加生动:

> 佛在摩竭提国,将诸比丘,渐次游行。到恒河侧,时有船师,住在河边。佛告船师:"汝今为我渡诸众僧。"船师答曰:"与我价直,然后当渡。"佛告船匠:"我亦船师,于三界中,互相济度,出生死海,不亦快乎?如鸯掘摩罗,瞋恚炽盛,危害人民,我亦度彼出生死海;如摩那答陀,极大憍慢,卑下他人,我亦度彼出生死海;如忧留频螺迦叶,愚痴偏多,

无有智慧,我亦度彼出生死海。如是等比,无量众生,我亦皆度出生死海,尽不索直。汝今何故,特从我索,然后渡人?"尔时世尊,如是种种与其说法,心遂坚固,而不肯渡。时河下流,复有船师,闻佛所说,心怀欢喜,便前白言:"我今为佛渡诸众僧。"佛即然可,庄严船舫,唤僧乘船。时诸比丘,或在虚空,或在中流,或在彼岸。时诸船师,见佛及僧现如是等种种神变,甚怀敬信,叹未曾有,敬礼佛僧。佛即为其种种说法,心开意解,得须陀洹果。[48]

在此非常清楚地揭示了,佛陀乃是济度世人脱离"生死苦海"的"船师"。这与摩尼教将耶稣等神祇称为"船主"的意思完全一样,即是将他视作拯救众生脱离尘世苦海,永登极乐之土的救世主。如来乘着"大涅槃大乘宝船",周旋往返于生死大海之中,"济渡众生",而上面所引摩尼教的文献则云:"耶稣的航船来到港口,装载着花冠和华美的棕榈枝。驾船的是耶稣,他将船靠着码头,直到我们登船。圣徒们是他所携带者,贞洁女是他所……。让我们也令自己纯洁,以使我们的旅程……。耶稣的航船将一直驶向高空。"耶稣的"航船"的最终目标即是明界,亦即摩尼教徒所向往的永恒极乐之土。无论是佛教还是摩尼教,都将拯救世人的主神喻为"船师"。

佛教中的"船师"还包括了人世间的"善知识"。《华严经》载云:"(善财童子)作是思惟:我当亲近彼善知识。……如是思惟,渐次游行,既至彼城,见其船师,在城门外海岸上住。百千商人,及余无量大众围绕,说大海法,方便开示佛功德海。善财见已,往诣其所。顶礼其足,绕无量匝,于前合掌,而作是言:'圣者,我已先发阿耨多罗三藐三菩提心,而未知菩萨云何学菩萨行,云何修菩萨道?我闻圣者,善能教诲,愿为我说。'船师告言:'善哉,善哉,善男子! 汝已能发阿耨多罗三藐三菩提心,今复能问生大智因,……善男子,我以成就如是智慧,常能利益一切众生。善男子,我以好船,运诸商众,行安隐道,复为说法,令其欢喜,引诸宝州,与诸珍宝,咸使充足,然后将领,还阎浮提。善男子,我将大船,如是往来,未始令其一有损坏。若有众生,得见我生,闻我法者,令其永不怖生死海。……"[49]

这里的"善知识",并非知识渊博者之谓,而是知其心,识其形,于人为益,导人于善道者,亦即化导世人成佛的佛教名师。而我们看到,这位"善知识"即是"船师",他用"船"运载众生,使之"永不怖生死海",他所起到的济度世人的作用,与"无上船师"佛陀无异。善知识的这种"救世"职能,在《华严经》的另一处体现得更为明显:"尔时善财童子,蒙善知识力,依善知识教,念善知识语,于善知识深心爱乐,作是念言:'因善知识,令我见佛,因善知识,令我闻法。善知识者,是我师傅,示导于我诸佛法故。善知识者,是我眼目,令我见佛如虚空故。善知识者,是我津济,令我得入诸佛如来莲花池故。'"[50]

事实上,《华严经·入法界品》所详细描述的"善财"(梵文 Sudhana 之意译,福城长者之子)即身成佛的故事,主要便强调了他参访五十三位"善知识"的过程;他的成佛,显然得益于"善知识"们的教化。"善知识者则为慈母,生佛家故。善知识者则为慈父,以无量事益众生故。善知识者则为养育守护,不为一切恶故。善知识者则为大师,教化令学菩萨戒故。善知识者则为导师,教化令至彼岸道故。善知识者则为良医,疗治一切烦恼患故。善知识者则为雪山,长养明净智慧药故。善知识者则为勇将,防护一切诸恐怖故。善知识者则为牢船,悉令越度生死海故。善知识者则为船师,令至一切智法宝洲故。"[51]对于善知识的这几句比喻,充分肯定了他们作为"船"和"船师"的救世功能,所以,济渡世人脱离生死海的"船师",除了最高神佛陀之外,尚有相比之下地位较低的"善知识"们。

三、结论与推想

根据以上对摩尼教及佛教宗教象征符号"船"与"船主(船师)"之涵义的比较,我们发现了某些现象,并可作出若干推测。

本文引用的原始资料主要来自三大方面:一是摩尼教的汉文文献,二是摩尼教的西方文字文献(包括科普特文、波斯文等;但主要为科普特文文献),三是佛教的汉文文献。大体而言,这三组文献都用"船"与"船师(船主)"比喻济度世人的工具,亦即众生渡过俗世苦海,抵达永恒乐土的乘具。然而,若仔细比较,则会发现其雷同的范围与程度仍有所差别。

首先,就"船"与日、月的比喻关系来看,在摩尼教科普特文文献中,这类例子比比皆是,摩尼教汉文文献中虽亦出现,但数量甚少,至于在佛教的汉文文献中,则似乎未见这类譬喻。对于这一现象,我们尽可以用"摩尼教经典与佛教经典毕竟不同"的原因来解释。然而,即使在同属摩尼教经典的科普特文文献和汉文文献中,前者的"日船"、"月船"也较诸后者为多。原因之一,当然是因为摩尼教科普特文文献的数量远较汉文文献为多。原因之二,则是因为在汉文文献中,日、月有时候不再被称为"船",而是称为"宫",如《残经》有"其彼净风及善母等,以巧方便安立十天,次置业轮及日月宫,……"之语,《下部赞》有"又启日月光明宫,三世诸佛安置处"之语。因此,"船"的出现频率便相对减少了。

至于为什么在东方文字的摩尼教文献中,日月船多改称日月宫(突厥文文献中也称宫,如"日神之宫"⟨kün tngri ordu - sï⟩、"月神之宫"⟨ai tngri ordu - sï⟩),杰克森有个颇为合理的解释:由于在中亚的大片沙漠地区很少见到河流与航船,故汉文和突厥文的文献中便以当地人民更常见的"营帐"(ordu)或"宫"取代了"船"的称呼。[52]佛教经典中似乎未见"日月船"之称,而确有"日月宫"之名(如《立世阿毗昙论》卷五《日月行品》:"……是月宫殿,……是宫殿者,说名栴檀,是月天子于其中住","……是日宫殿,……是宫殿说名修野,是日天子于其中住"),所以东方摩尼教文献的"日月宫"名称,是在一定程度上受了佛教影响的结果也未可知。

　　尽管在汉文佛教经典中似乎未见"日船"、"月船"等措辞,但是在不少有关"船"与"船师(船主)"的重要观念方面,佛经与科普特文等西方摩尼教文献却有着惊人的类似之处。如前文所述,这两种宗教文献都将"施"(=捐赠)、"戒"(=戒律)比喻为渡越尘世苦海的"船"或"船师",主神(佛教中的佛陀、摩尼教中的耶稣等)都体现为救世主式的"船师",个人(佛教中的"善知识"、摩尼教中的"个人灵魂")也都可以成为抵达"彼岸"或"明界"的"船"和"船师"。相比之下,汉文摩尼教文献在"船"与"船师"方面体现出的与汉文佛经的类似之处,则既不多也不明显。

　　通常说来,佛教早就流行于东方,摩尼教自西方传来,照理应该越来越具有佛教色彩(事实上,许多学者确也如此认为),而"船"与"船师"的例子却似乎表明,西方的摩尼教从一开始就具有了相当厚重的佛教色彩,倒是东传之后,某些色彩却有所淡化了。应该如何解释这一现象? 摩尼的宗教生活经历,似乎可以给予我们一些启示。

　　按照古史的记载,公元216年4月14日,摩尼生于北巴比伦尼亚,其父名叫帕提格(pattēg 或 pattīg)。摩尼出生后,帕提格参加了一个称为"穆格塔西拉"(Mughtasila)的教派,其教规戒酒,戒肉和戒色。摩尼四岁时便跟随父亲接触了这个教派的教徒们。据摩尼的自述,他在孩童时代就得到了一位名叫"特温"(Twin)的神灵的启示,从而获知有关其宗教的神圣真理,是时约在公元228年。大约12年之后,特温再次显灵,要摩尼向全人类传播他所学到的真理。摩尼最初向自己的家人布教,随后则渡海至印度,即抵达土兰与马克兰(Tūrān,Mākran,今俾路支斯坦和信德)布教。他成功地令土兰国王及其若干臣民皈依本教。约在242年,即波斯国王沙卜尔一世登基的那一年,摩尼从海道返回法尔斯。据摩尼教文献《克弗来亚》记载,沙卜尔三次召见摩尼,并最终允许他在国内布教。在244—261年间,摩尼曾派遣传教团前赴埃及,取得很大成功。由阿莫(Ammō)率领的另一个传教团则前赴波斯帝国的东北方,抵达帕提亚、马里及其以外地区。[53]

　　从摩尼的这些宗教生活经历中可以清楚看到,他所创宗教的鼎盛期是在242年他从印度返回本国之后的二十年间。他在本土以及境外(埃及、中亚等地)的大规模布道,即是在这段时期内。摩尼教的鼎盛决非偶然,这与其教义的渐趋成熟显然有着密切的关系;而就摩尼的年龄来看,摩尼在二十多岁之后正式形成其宗教思想,也是合乎情理的。换言之,后世所见到的"摩尼教",更多的是摩尼前赴印度之后所创建的体系,而非在此之前。众所周知,摩尼时代的印度正盛行佛教,故而摩尼在印度活动数年,不可能不受到佛教的影响。那么,此后"鼎盛时期"在埃及传播的摩尼教也必然包含了若干佛教成分,埃及早期的摩尼教科普特文文献体现出与佛教的许多类似之处,也就不足为奇了。至于嗣后摩尼教向东传播,经过中亚数百年的"中介",转辗译成汉文或突厥文时,自不免融入若干中介者的色彩,所以很可能早期摩尼教中的某些印度佛教色彩反而淡化了(当然,也可能增添了另一些新的佛教色彩)。摩尼教科普特文文献中的"船"与"船主"符号,之所以较诸摩尼教汉文或突厥文文献更类似于佛经,原因恐怕即在于此。

有关西方摩尼教文献与东方佛教文献中"船"主题方面的另一个相似之处,乃是"船"与"商人"的关系。《多马赞美诗》中有这样一段文字:"他扩展其大海,他建造航船,行驶海上。大商主们的航船、真理的忠诚信徒、商人们的舟船,都将运渡这些精华部分,使之永生。"[54]这里所言的"他",乃是指摩尼教的主神之一"生命之神"(Spirit of Living),即汉文文献中提及的"净风佛"。所谓的"航船",亦即是指运载众生"灵魂",使之脱离俗世"苦海",永登明界乐土的乘具。显然,"商船"在此只是一个譬喻,它们所象征的事物实际上是十分神圣的。

"商人"的这类重要性也见于《克弗来亚》:"当……之时,潜水采珠者旋即得知了此事,他们将……,他们潜入这些地方,从大海深处取出珍珠。每个潜水采珠者都按照各自的命运而发现珍珠。潜水采珠者将珍珠交给商人,商人则将珍珠交给国王和贵族们。神圣教会亦复如是。它由活灵聚集起来,聚集起来后便被带至天上,从海中出来后被置入人类肉体;而人类肉体本身则仿佛珠贝。被掠得的战利品就如雨水珠滴。而使徒们则像潜水者。商人乃是诸天的光明赋予者;国王与贵族即是尊贵的永恒世界。"[55]在此,"珍珠"的比喻对象为人类灵魂,而摩尼教教义中的"灵魂"即是"光明分子",亦即最为神圣的事物;这里的"商人"被喻为"诸天的光明赋予者",其地位与摩尼教的诸神相若,也就是俗世众生灵的济度者。

在上文所引的佛经《华严经》中,我们也见到将救世主(="船师")喻为商人的例证:"以大慈悲心救护众生,起大精进波罗蜜行,作大商主护诸众生,为大法船度诸有海。"类似的例子还见于《百缘经》:

> 尔时世尊,告诸比丘:"汝等谛听,吾当为汝分别解说。乃往过去无量世时,波罗榇国,有佛出世,号昆阇婆,将诸比丘,游行他国,教化众生。至一河侧,有诸商客,赍持珍宝,从他邦来。到彼河岸,见佛世尊及六万二千阿罗汉众,深生信敬。前白佛言:'欲渡水耶?'佛即然可。设诸肴膳,供佛、僧已,唯愿世尊,在前而渡,傥有劫贼,夺诸比丘衣钵所须。世尊即便渡水,为诸商人,种种说法。各怀欢喜,生菩提心。即授商主记:'汝于来世,当得作佛,号释迦牟尼,广度众生,不可限量。'"佛告诸比丘:"欲知彼时商主者,则我身是;彼时商客者,今六万二千阿罗汉是,皆由彼时供养佛故,无量世中不堕恶趣,天上、人中常受快乐,乃至今者自致成佛。故有人天来供养我。"[56]

在此,佛陀(="无上船师")曾是商主,罗汉曾是商客,他们的成佛得道,均是在"渡水"之后。《贤愚经》中的一段故事也涉及商人、商船、珍宝与佛法等,"商人"在此同样扮演了重要的角色:

> 一时佛在舍卫国祇树给孤独园。尔时该国有五百贾客,入海采宝。自共议言:"当求明人用作导师。"便请一五戒优婆塞,共入大海。既到海中,海神变化,作一夜叉,形体丑恶,其色青黑,口出长牙,头上火燃,来牵其船,问估客曰:"世间可畏有过我者无?"贤者答曰:"更有可畏剧汝数倍。"……海神欢喜即以珍宝用赠贤者,兼寄妙宝施佛及僧。时诸贾客,即与贤者采宝已足,还归本国。是时贤者、五百贾客,咸诣佛所,稽首佛足。作礼毕已,各持宝物并海神所寄,奉佛及僧。悉皆长跪,叉手白佛,愿为弟子,禀受清化。佛寻可之。善来比丘,须发自落,法衣在身。佛为说法,应适其情,即时开悟。诸欲都尽,得阿罗汉。[57]

商人、海船、采宝、向佛献宝,以及商人最终得道,乃是这一故事中的主要成分,尽管这与上引《克弗来亚》"商人献珍珠"的说法并不完全相同,但是不难看出,商人、大海、航船、采宝,以及商人=神圣者等主要因素,却都体现这两种文献中。

商人、航船、大海(大河)、宝货等,应该是古代印度与西亚共同的自然环境和社会环境,因此,在两地的宗教传播过程中,这种成分很容易被对方所采用;而在自然及社会环境迥异的地区(例如水流鲜少的中亚),这些成分便可能被淡化或更易。也许,这即是科普特文等摩尼教西方文献较诸汉文、突厥文等东方文献,在"船"符号方面更多地体现出印度色彩的原因之一。

注　释

〔1〕*Ships* p.365.为排版方便起见,本文中所引的科普特文字母均使用希腊文转写,个别无对应希腊字母者则另造。

〔2〕*Psalm – Book*,13_{31-32},157_{19-21}.

〔3〕《摩尼教下部赞》,原收入《大正新修大藏经》,第五十四卷,No.2140,但并无颂数的编号。故本文采用 Helwig Schmidt – Glintzer, *Chinesische Manichaica*(Wiesbaden,1987)一书所附的经文,编号亦从之。

〔4〕所引诸语见《大正新修大藏经》,第五十四卷,No.2141B,《波斯教残经》。由于这一文献的前半部分已经失佚,故其真实书名不得而知。当初,罗振玉鉴于其内容涉及波斯宗教的"明"、"暗"宗旨,因此名之曰《波斯教经》,《大正新修大藏经》遂以《波斯教残经》一名收录之。陈垣将它称为《摩尼教残经一》,以区别于同样残缺的另一份摩尼教文书《摩尼教残经二》(即《摩尼光佛教法仪略》)(见陈垣《摩尼教入中国考》附录,载《陈垣学术论文集》,中华书局,1980年)。翁拙瑞认为当作《惠明讲义》(*Transformation*,p.38)。林悟殊则认为此即《证明过去教经》,其原文乃是摩尼本人所撰的七本著述之一 *The Pragmateia*(林悟殊《摩尼教及其东渐》,中华书局,1987年,191–207页)。本文称

之为《摩尼教残经》。

〔5〕例如，Victoria Arnold – Döben, *Die Bildersprache des Manichäismus*, pp.63 – 68, 167 – 69, Köln, 1978. 以及上文注〔1〕所引的 *Ships* 等。

〔6〕原文见于 Thoedore bar Khoni 之叙利亚文著述（*Book of Scholia*, 约成于 791 – 792 年），由 Abraham Yohannan 译成英文，载 *Researches*, pp.242 – 44.

〔7〕分别见 *Psalm – Book*, 75_4、134_{24-25}、168_{5-8}.

〔8〕*Kephalaia*, 162_{22-26}.

〔9〕分别见 *Psalm – Book*, 55_{9-14}、85_{7-9}、163_{14-15}

〔10〕*Researches*, p.42.

〔11〕*Psalm – Book*, 81_{6-12}

〔12〕*Psalm – Book*, 166_{10-11}

〔13〕*Psalm – Book*, 151_{31} — 152_4

〔14〕*Kephalaia*, 64_{2-4}

〔15〕原文转写见 *Reader*, Text dv, p.192 – 3。英译文见 *Gnosis*, p.161。

〔16〕英译文见 *Gnosis*, p.210。

〔17〕*Namen*, p.104。

〔18〕分别见 *Kephalaia*, 20_{17-18}、24_{9-11}、63_{34-35} — 64_1

〔19〕*The Kephalaia*, 82_{28-34} — 83_1

〔20〕*Psalm – Book*, 144_{23-28}

〔21〕Kephalaia, 25_{20-21}

〔22〕*Names*, p.132.

〔23〕*Ships*, p.365.

〔24〕原文转写及德译文见 *Türkische Manichaica*, p.6；英译文见 *Gnosis*, p.330.

〔25〕*Gnosis*, p.336, 注 35、36。

〔26〕原文转写及德译文见 *Türkische Manichaica* III, pp.16 – 17；英译文见 *Gnosis*, p.332。

〔27〕原文作"惠明庄严佛"，但是翁拙瑞认为，此系《下部赞》誊抄之误，应当正作"庄严惠明佛"（*Transformation*, p.111）。此说有理，故从之。

〔28〕*Namen*, p.100

〔29〕*Reader*, p.135.

〔30〕原文见中古波斯文著述 Kawān 残卷中的 *Frg. a*, 英译文见 W. B. Henning, *The Book of the Giants*, p.127, *W. B. Henning Selected Papers II*（Acta Iranica 15）, Leiden, 1977。

〔31〕*Psalm – Book*, 161_{5-6}

〔32〕*Kephalaia*, 28_{26-33}

〔33〕*Psalm – Book*, 177_{1-19}

〔34〕*Psaalm – Book*, $63_{13-14, 17-18}$

〔35〕*Psaalm – Book*, 165_{18-22}

〔36〕*Psaalm – Book*, 176_{23-28}

〔37〕*Psaalm – Book*, 217_{19-30} — 218_{1-8}

〔38〕*Psaalm – Book*, 123_{32-38}

〔39〕有关耶稣或"受难耶稣"与"光明十字架"的密切关系，可参看 Iain Gardner, *The Manichaean Account of Jesus and the Passion of the Living Soul*, pp. 80 – 2, in Alois van Tongerloo & Søren Giversen（ed.）Manichaica Selecta（Manichaean Studies I）, Lavanii, 1991.

〔40〕*Psaalm – Book*, 207$_{18}$—209$_{10}$

〔41〕引文出自宋碛砂版大藏经,《大智度论》,上海古籍出版社,1991年影印本,153页上。

〔42〕丁福保《佛学大辞典》(文物出版社,1984年)"贫穷海"条(972页)释云:"贫穷之苦难深广,譬之为海。"显然将"贫穷海"只理解为物质方面的"贫穷"。

〔43〕〔唐〕罽宾国般若译《大乘本生心地观经》卷三《报恩品下》,载《大正新修大藏经》,第三卷,305页下。

〔44〕于阗国实叉难陀译《大方广佛华严经》卷七十八《入法界品第三十九之十九》,载《大正新修大藏经》,第十卷,428页下至429页上。

〔45〕同注〔43〕所引书,304页中至下。

〔46〕〔东晋〕天竺佛陀跋陀罗译《摩诃僧祇律大比丘戒本》,载《大正新修大藏经》第二十二卷,556页上。

〔47〕〔宋〕慧严等撰《大般涅槃经》卷九《月喻品》,载《大正新修大藏经》第十二卷,662页上。

〔48〕〔吴〕月支支谦译《撰集百缘经》卷三《授记辟支佛品》,载《大正新修大藏经》第四卷,215页上至中。

〔49〕于阗国实叉难陀译《大方广佛华严经》卷六十七《入法界品第三十九之八》,载《大正新修大藏经》,第十卷,361页中至362页上。

〔50〕实叉难陀译《大方广佛华严经》卷六十四《入法界品第三十九之五》,载《大正新修大藏经》,第十卷,343页上。

〔51〕〔东晋〕天竺佛驮跋陀罗译《大方广佛华严经》卷五十八《入法界品第三十四之十五》,载《大正新修大藏经》,第九卷,769页上。

〔52〕Jackson, *Researches in Manichaeism*, p.42.

〔53〕有关摩尼经历的综述,见 *Reader*, pp.1 – 2.

〔54〕*Psaalm – Book*, 213$_{2 – 6}$

〔55〕*Kephalaia*, 203$_{31 – 33}$—204$_{1 – 14}$

〔56〕〔吴〕月支支谦译《撰集百缘经》卷二《报应受供养品》,载《大正新修大藏经》第四卷,208页中至下。

〔57〕〔元魏〕慧觉等译《贤愚经》卷一《海神难问船人品》,载《大正新修大藏经》,第四卷,201页下—202页上。

略语表

Gnosis = Hans – Joachim Klimkeit, *Gnosis on the Silk Road : Gnostic texts from Central Asia*, New York, 1993.

Kephalaia = Iain Gardner, *The Kephalaia of the Teacher*, Leiden, 1995.

Namen = W. Sundermann, *Namen von Göttern, Dämonen und Menschen in iranischen Versionen des manichäischen Mythos*, in Altorientalische Forschungen, VI, 1979.

Names = Paul Van Lindt, *The Names of Manichaean Mythological Figures——A Comparative Study on Terminology in the Coptic Sources*, Wiesbaden, 1992.

Psalm – Book = C. R. C. Allberry, *A Manichaean Psalm – Book, Part II*, Stuttgart, 1938.

Reader = Mary Boyce, *A Reader in Manichaean Middle Persian and Parthian*, Leiden, 1975.

Researches = A. V. Williams Jackson, *Researches in Manichaeism*, Columbia University Press, 1932.

Ships = Paul Van Lindt, *Ships in the Coptic Manichaean Psalmbook*, Alois van Tongerloo & Søren Giversen(ed.), Manichaica Selecta(Manichaean Studies I), Lovanii, 1991.

Transformation = Peter Bryder, *The Chinese Transformation of Manichaeism. A Study of Chinese Manichaean Terminology*, Löbeöd, 1985.

Türkische Manichaica = A. von Le Coq, *Türkische Manichaica aus Chotscho III* (Abhandlungen der Preussischen Akademie der Wissenschaften, 1922, Nr.2).

A Study on "Ship" and "Helmsman" in Manichaean Documents

Rui Chuanming

As religious symbols, "ship" and "helmsman" appear in Manichaean documents frequently, especially in Coptic ones. In these documents, "ship" represents sun and moon, or that which sends "light elements" from earth to the "Light World". "ship" is also the token of church, commandment, alm, individual souls, and other such "light elements". The important Manichaean gods, such as Jesus, are often called "helmsmen". The meaning of "ship" and "helmsmen" in Buddhist sutra are close to their Manichaean correspondents. For example, "ship" also stands for commandment and alm, and Buddha is often called the "Superlative Helmsman". In both religions, these words symbolize the means to save people from the "Abyss of Misery". This connection indicates that the founding of Manichaeism was considerably influenced by Buddhism.

摩尼教、基督教、佛教中的"大医王"研究

马 小 鹤

在阅读摩尼教、基督教和佛教文献时,可以看到摩尼、基督和佛陀及他们的使徒治病救人的许多故事,看到他们把宗教上救治凡人的灵魂与现实中救治凡人的肉体相类比的譬喻。"大医王"是三大宗教共同的象征符号。但是细加分析,三大宗教中"大医王"这个象征符号的形成与含义又有微妙的区别。霍华德·克拉克·基(Howard Clark Kee)分析早期基督教治病救人的故事的宗教意义时,提出了三个范畴:医学(medicine)、奇迹(miracle)和法术(magic)。[1]医学是建筑在自然科学基础上的。医生主要通过观察来了解人体结构,诊断病情,参照关于宇宙次序的哲学原理形成一定的医学理论,通过医药、手术等方法,从肉体上治疗疾病。他们的基本态度是经验性的,理性的。奇迹则建筑在完全不同的宇宙次序理论上,神或众神是包括人体在内的宇宙的主宰,耶稣或摩尼作为神的化身,拥有不可思议的神力,无须借助于任何医药或手术,直接治愈疾病。法术所根据的基本假设是宇宙间有一种神秘力量的网络,可以加害于人,也可以与人为善。这些力量有许多名字。术士通过咒术等方法,操纵这些力量,避凶趋吉,治病救人。在实际上,这三个范畴往往互相重叠。古希腊的阿斯克勒庇俄斯(Asklepios)是医生的保护神,同时也有许多病人到他的神庙里来祈求他降灵治病,他的主要神庙的所在地科斯(Cos)和珀加蒙(Pergamum)也有医学院,医术与奇迹在此并行不悖。法术的咒语往往呼唤那些能够施行奇迹的神祇的名字。甚至古希腊名医盖伦(Galen,130? –210?)在医术失败之际也不反对使用法术。因此这三个范畴的界线是相对的。由于法术方面有相当多的文献,需要另文研究,本文主要分析的医术与奇迹在三大宗教中的各种表述。摩尼教是分析的中心环节。摩尼教深受基督教的影响,在早期基督教教父们的心目中,摩尼教是基督教最危险的异端。我们先研究基督教中有关奇迹和医术的历史渊源和发展演变,然后看看摩尼教在多大程度上既继承了基督教的许多精神遗产,又有所变异。摩尼教东传进入佛教地区,染上了浓厚的佛教色彩。在分析东方摩尼教吸收了多少佛教因素之前,有必要对佛教中的医术与奇迹作一个概述。最后将三大宗教中的象征符号"大医王"作一个初步的比较。

一、基督教中的耶稣——从奇迹施行者
到"唯一的医生"(拉丁文 solus medicus)

　　基督教诞生于希腊－罗马世界中,但它是从犹太教传统中脱胎而出的。犹太教对奇迹和医术的态度在基督教里留下了烙印。在《旧约》中,治病救人的故事相对比较少,但是最高神"亚卫"(Jahweh,汉译本作"耶和华"或"主")为救治之神的观念对基督教有很大影响。耶稣施行奇迹的神力的渊源在此。《旧约》"出埃及记"第 14 章第 26 节写道:亚卫说,"如果你们留心听主上帝,做他心目中认为正确的事,遵守他所订下的律法,我就不把降在埃及人身上的疾病加在你们身上,因为我是医治你们的上帝。"在"申命记"、"何西阿书"中也有类似的记载。[2]

　　正因为亚卫是救治之神,决定了人类,特别是以色列人的生老病死,他能够把疾病加在他们身上作为惩罚,也能够救治他们作为信仰亚卫的回报,所以任何医生都无足轻重。《旧约》对医生的态度基本上是否定的。例如,"历代志下"第 16 章第 11 － 12 节记载,亚撒王患了足疾病势日重,但他却只懂得找医生诊治,没有寻求上帝的帮助,结果不治而亡。"耶利米书"第八章第 15、18、22 节;第 30 章第 12 － 13 节;第 47 章第 11 节;第 51 章第 8 － 9 节一再指出医生和药物的不足恃,能否得到治疗的决定权全在上帝手中。[3]

　　希腊化时代(约公元前 323 年至 30 年)后期犹太教传统继续发展了神直接干预人类事务的思想。《旧约》"以赛亚书"第 35 章描写了上帝来拯救以色列时苦尽甘来的景象:"瞎子的眼睛将重见光明,聋子也可以复聪,跛子将蹦跳如鹿,哑巴也能欢呼歌唱。"这种思想为基督教所继承。《新约》"路加福音"第 7 章第 11 － 22 节记载,耶稣使一个寡妇的独子起死回生,施洗约翰获悉此事,就派两个门徒去问耶稣,他是否就是圣经所预言的那位救主。那时,耶稣正在替众人治病赶鬼,又使许多瞎子重见光明,他回答说:"你们回去把所见所闻告诉约翰——瞎眼的复明,跛子可以走路,麻风病人得到治愈,耳聋的复聪,死了的复活过来,穷人有福音传给他们。""马太福音"第 11 章中也有类似的记载。[4]耶稣的这段话与以赛亚的语言完全一致。

　　在公元前 2 世纪到公元 1 世纪期间产生的犹太教文献中,有些对医生的态度变得比较肯定,有的文献中出现了希腊医学术语借词,说明当时犹太教受到了希腊医学的影响。希腊医学可以两个杰出人物作为代表:希波克拉底(Hippocrates,公元前 460 － 350 年)和盖伦。希波克拉底可谓西方医学的奠基人,他提出了"体液学说",认为人体由血液、粘液、黄胆和黑胆四种体液组成。他把疾病看作是发展着的现象,认为医生所应治疗的不仅是病,而是病人,

从而改变了以巫术和宗教为根据进行治疗的观念。他的医学观点对以后西方医学的发展有巨大影响。盖伦是古罗马医师、自然科学家和哲学家,继希波克拉底之后的古代医学理论家。他的学说从 2 到 16 世纪被奉为信条,对阿拉伯医学有决定性影响,是近代医学复兴的基础。[5]

根据霍华德·克拉克·基的研究,在《新约》福音中,没有任何从希波克拉底到盖伦的医学传统的术语或方法——没有提到过"体液学说",没有任何希腊式的治疗方法。在《新约》中希腊文 ιατρος(医生)这个词只出现了 7 次,其中只有一次对医生给予正面的评价,其它都是否定的。比如,"马可福音"第 5 章第 25 – 26 节说,有个患了 20 多年"血漏"病的妇人,经过许多医生诊治,受尽痛苦,又耗尽了金钱,病情反而更加沉重。[6]

为了与摩尼教进行比较,我们不妨看一下摩尼所熟悉的叙利亚文的《塔蒂安的四福音合参(Diatessarōn of Tatian)》中关于耶稣治病救人的故事。此书把马太、马可、路加和约翰四福音综合在一起,现存的阿拉伯文译本讲到耶稣及其弟子治病救人的章节可以列举如下:救活迦百农大臣的儿子;驱赶犹太会堂的邪鬼;医治彼得的岳母及许多其它人;瘫子被从屋顶吊下去得到治愈;萎缩的手在安息日被治愈;治疗罗马军官的仆人;拿因城的青年;驱逐加大拉的邪鬼;治疗睚鲁的女儿和病妇;两个瞎子和一个被鬼附身的哑巴;使徒传教和医治病人;治疗被鬼附着、又瞎又哑的人;叙利非尼基族妇人;底加波利的又聋又哑的人;麻风病人;许多人被治愈;治疗毕士大的残废人;加利利湖边治病;治疗伯赛大城的瞎子;被鬼缠住的男孩;邪鬼缠身的妇人;耶稣到耶路撒冷去的路上治愈十个麻风病人;巴底买重见光明;治疗生来就瞎眼的人;拉撒路死而复生。[7]这些故事基本上与医学无关,而是继承了犹太教里关于施行奇迹的传统。

《新约》"使徒行传"和后来的基督教文献中也有不少关于奇迹的记载。四世纪后期,随着对圣徒和圣物崇拜的兴起,通过奇迹治病救人的记载屡见不鲜。例如,《基督教粟特文写本 C2》中"佩西昂(Pethion)的故事"里讲到,波斯人阿杜尔霍尔马德(Ādurhormizd)的独生女儿娜希德(Nāhīd)中了邪,罪恶的精灵日夜折磨她,请来了犹太教徒、摩尼教徒和穆护(magi,拜火教徒),来自各地的术士,但是他们都无能为力,有人建议请基督教圣徒佩西昂:"他将立即治愈(py'mtq')你的女儿。"娜希德被送到佩西昂那里,佩西昂做完祈祷,把手放在她身上,恶魔就嚎叫着离她而去,她被治愈了。娜希德父女从此改宗基督教,后来又与佩西昂先后殉教。[8]这份景教文献中所描写的奇迹,十分类似我们下文将介绍的粟特文摩尼教文献 18,224(= TM389c)中的故事。

根据霍华德·克拉克·基的研究,保罗书信中的奇迹已经与福音中的奇迹有了很大的不同。保罗从不具体描绘到底出现了甚么奇迹,他在有些要紧关头使用传统的圣经语言:"神迹奇事",含糊了事(《罗马书》第 15 章第 17—19 节,《哥林多后书》第 12 章第 12 节)。在保罗那里,施行奇迹治病救人正在成为一种譬喻,一种象征符号。[9]随着基督教在希腊—罗马世界的日益广泛的传播,基督教本身也越来越多地受到希腊—罗马文化的影响。阿蒙森(Darrel W. Amundsen)研究了殉教者查斯丁(Justin Martyr,约 165 年殉教)、克雷芒(Clement,约 150—约 220 年)、奥利金(Origen,约 184—约 253 年)、巴西勒(Basil,约 329—379 年)、纳西昂的格列高利(Gregory of Nazianzen,约 330—约 390 年)、尼斯的格列高利(Gregory of Nyssa,约 329—394 年)、克里索斯托(John Chrysostom,约 349—407 年)、奥古斯丁(Augustine,354—430 年)、米兰的安布罗斯(Ambrose of Milan,约 339—397 年)、哲罗姆(Jerome,约 345—419 年)等基督教早期教父所受到的希腊—罗马哲学的影响。他们对医学的态度可以概述如下:上帝是万物的创造者,也赋予人类利用万物的智慧,利用药物治病的医学就是这种智慧之一。基督教徒利用医生和药物并无错误,但是如果完全倚靠医学,而忘记了只有上帝才是决定病人能否治愈的最高权威,那就是罪恶。上帝能够不通过任何药物治愈病人。他们始终把宗教置于医学之上。他们在古典学问的影响下,对医学的态度限于用医生—病人关系和医学理论及其实践作为譬喻来阐述神学思想。他们把自己视为"灵魂的医生"。他们把耶稣描写为伟大的医生,即 verus medicus, solus medicus, ipse et medicus et medicamentum(拉丁文,意为真正的医生、独一无二的医生,既是医生也是万能灵药)。[10]

在汉文景教文献《志玄安乐经》中也有生动的譬喻,用治病救人来比喻景教拯救人的灵魂:"岑稳僧伽(即西门彼得)……上白尊(即耶稣)言:……我等积久,沉沦昏浊,虽愿进修,卒未能到。不审以何方便,作渐进修? 一尊弥施诃(即弥赛亚——耶稣)曰:……譬如宝山,玉林珠果,鲜明照耀,甘美芳香,能疗饥渴,复痊众病。时有病人,闻说斯事,昼夜想念,下离果林。然路远山高,身尩力弱,徒积染愿,非遂本怀。赖有近亲,具足智功,为施梯橙(嶝),引接辅持,果克所求,乃蠲固疾。"[11]这个譬喻也可能受佛教的影响。

怀登伦(G. Widengren)早在 1946 年发表的《摩尼教中的美索不达米亚因素》一书第 10 章中就分析了"医生"这个描述词的一些渊源。他指出,在叙利亚基督教会里,医生是基督的标准称呼。怀登伦举了不少例子,证明摩尼教把救世主称为医生的观念来自叙利亚基督教教会,因为无可辩驳的事实说明,叙利亚文献和《新约》共有的许多关于耶稣的描述词,在摩尼教赞美诗中仍然用来描述耶稣。[12]

1975—1978 年,希腊文《科隆摩尼写本(Cologne Mani Codex)》的刊布,使学术界对摩尼教与基督教的关系树立了全新的理解。这个写本确证摩尼在 24 岁以前,是在基督教的一个教派——埃尔蔡赛(希腊文 'Αλχασαιος)创立的洗礼教派中养育长大的。这个教派所用的经典之一就是《塔蒂安的四福音合参》。摩尼对使徒保罗评价甚高,他把自己与洗礼教派的冲突看作是追随保罗的立场,反对犹太教律法至上。他自称通过神启而成为耶稣的使徒,就像保罗一样,保罗虽然从未亲聆耶稣的教诲,但是因为在到大马士革去的路上遇到了异像而成为耶稣的使徒。现存摩尼书信残篇的开头模仿保罗书信的开头,也可以证实他以新时代的保罗自居。摩尼也像保罗一样,四处奔走,进行广泛的传教活动。[13]根据现存摩尼教文献,很少关于耶稣具体施行奇迹的记载,更多的是从象征符号的意义上把耶稣比作医生。

二、摩尼教中的耶稣——一切病者大医王

摩尼教把耶稣比作"大医王",在粟特文、帕提亚文、中古波斯文、科普特文和汉文文书中都有详略不同的展现。

粟特文书 T II D II169 是一首赞美耶稣的诗,莫拉诺(E. Morano)1982 年发表的文章中,根据亨宁(W. B. Henning)的研究,认为其中赞美耶稣为"仁慈的医生"(βycšyr᾽ kty),"比一切人间的医生们(βycty)都好"。瓦尔茨米德(E. Waldschmidt)和楞茨(W. Lentz)在 1926 年发表的书(简称 W－Li)中将其释读为"仁慈的神","比其它所有的神都慈爱"。[14]亨宁在 1937 年发表的《摩尼教祈祷和忏悔书》中,提出修正意见,认为应该释读为"医生",写作 βycty,是 βyc 的复数从格,参见 BBB517。关于这个词的语法,参见格斯维彻(I. Gershevitch)的《摩尼教粟特文语法》(GMS)第 384 和第 1230 节,它的复数所有格作 βyc᾽n。这个词也写作 β᾽yc,参见邦旺尼斯特(E. Benveniste)著《粟特语文献》(TSP)6.186,又作 β᾽čyw,见同书 8.105,注释第 216 页。由这个词派生的词组 βyc᾽n γwt᾽w 意为"医生之神",即"大医王",见于原典不明的佛经(TSP 9.78,95),参见 GMS1230,加里布(B. Gharib)编的《粟特文辞典》(简称 Gharib)2972,2974,2518。辛姆斯—威廉姆斯(N. Sims—Williams)指出,这个词是印度借词,源自梵文 vaidya－。[15]

摩尼曾以阿拉米文写过两首赞美长诗,分别称为"大赞美诗"和"小赞美诗",部分帕提亚文译本保存了下来。其中帕提亚文文书 M369 赞美光明耶稣说:"你是医生(bzyšk)……你是,主啊,救赎者,救世主……"[16]

中古波斯文文书 M28IIVi—Vii 和 M612V 中的一部分赞美耶稣"作为医生(byš᾽zyh)前来……你妙手回春。欢迎,新的主和新的医生(bšyhq)。"[17]

摩尼用阿拉米文写的"生命给予者耶稣赞美诗"也有中古波斯文译本的残篇(M28IIRi－Vi)保存下来,其中有一段写道:"你,你是公平的〔神〕,〔尊贵的〕医生(bšyhk),……欢迎,被束缚之人的解脱者,受伤者的医生(bšyhk)! 欢迎,你唤醒沉睡者,你唤起昏睡的那些人,你使死者起死回生!"[18]

这些赞美之词大部分在汉文史料中都有相应的印证,如:《下部赞》"赞夷数文"中讲到:

"一切病者大医王,一切暗者大光辉;诸四散者勤集聚,诸失心者□□□。我今已死愿令苏,我今已暗愿令照;魔王散我遍四方,引我随形染三有。令我昏睡无知觉,遂犯三常四处身;无明痴爱镇相荣,降大法药令疗愈。""恳切悲噪诚心启,美业具智大医王;善知识者逢疗愈,善慈愍者遇欢乐。""恳切悲噪诚心启,众宝庄严性命树;最上无比妙医王,平安净业具众善。""能摧刀山及剑树,能降狮子嗫蚖蝮;难治之病悉能除,难舍之恩令相离。"

"此偈赞夷数讫末后结愿用之"里讲到:

"安泰一切真如性,再苏一切微妙体;病者为与作医王,苦者为与作欢喜。"[19]

从上引东方摩尼教史料中可以看出,摩尼教把灵魂忘记自己的光明本性,陷入昏睡之中与身体的疾病联系在一起。

在西方埃及的科普特文赞美诗中,也同样以"医生"来赞美耶稣。一首科普特文"讲坛节(Bēma Feast)赞美诗"中这样写道:"耶稣,受伤者的医生(σεινε),活的灵魂的拯救者,迷路者所寻找的道路,生命宝库的门户。"

一首科普特文"耶稣赞美诗"同汉文赞文类似,把受伤与昏睡在地狱中的光明分子联系在一起:"光明为你而照耀,啊,你昏睡在地狱中,你是圣灵的知识,明亮的光线;喝下记忆之水,摆脱遗忘吧。凡是受伤和寻求治疗的人,让他来到医生跟前。"

另一首"耶稣赞美诗"中写道:"向我显示你的面容,啊,神圣的、清白无瑕的光明;因为你是我的好牧羊人,我真正仁慈的医生。"[20]

三、摩尼——亦是含灵大医疗主

摩尼教中的教主摩尼一方面像福音书中的耶稣一样,能施行奇迹治病救人;另一方面,他可能确实懂一点医道,并像保罗书信和早期教父们笔下的耶稣,被譬喻为"大医王"。

《科隆摩尼写本》中讲到,摩尼在第一次传教活动中,曾访问冈萨克(Gonzak),治愈了一个重要人物的女儿的惊风症。当心怀感激的父亲问摩尼要什么奖励时,摩尼回答,他不要任何金银财宝,只要"给我众姐妹中最谦逊的姑娘"。[21]这个要求被答应了,那个姑娘成了最初的摩尼教徒之一。

帕提亚文文书 M566I 记载了另一件摩尼治病救人的故事:"我(摩尼)来到国王面前,说道:'众神赐和平给你!'国王说道:'你从哪儿来?'我说:'我是来自巴比伦地方的医生(bzyšk hym'cb'b[y](1)z(m)yg).'······她上前来,她的整个身体······康复了。欢天喜地,她对我说:'你从哪儿来,我的神和我的拯救者?'"[22]

这里治愈的妇女可能就是粟特文文书18223(=T.M.389c)+18222(T.M.389c)里面讲到的纳弗莎(Nafshā):"纳弗莎(nβs')自己向耶稣('yšw)呼号,'[给]我[以帮助],仁慈的神,因为······在(其它)宗教的追随者当中······'[主摩尼(mrm'ny)],使徒,降临到包括纳弗莎在内的众人面前,他把他的手放在她身上,纳弗莎立即被治愈了,她完全摆脱了痛苦。所有的人都对这个奇迹(wrz krz)感到惊奇。然后许多人重新接受了这种信仰。女王(xwt'ynh)塔迪(t'δyyh),即纳弗莎的姐妹和凯撒(kysr)的妻子也带着很大的······出现在末阿驮(mr"tt')面前······从他那儿······接受了这个信仰······"[23]女王塔迪的丈夫塞普蒂米乌斯(Septimius Odenathus)实际上是南美索不达米亚与罗马帝国之间贸易路线的重要中间站帕尔米拉(Palmyra)城主,因为击败了波斯国王沙普尔一世(Shapur I,240-270)的进攻,被罗马授予"凯撒(Caesar)"的称号,因而称王。[24]阿驮(Adda)是摩尼的重要弟子,七十二个萨波塞('spsg)之一,汉文《摩尼教残经》中由他的发问,引出摩尼关于惠明使的长篇论述。这篇文书中的奇迹,与基督施行的奇迹非常类似。比如,在《圣经》"马可福音"的结尾,复活的耶稣对使徒说:"他们按手在病人身上,就能使病人痊愈。"

摩尼在帕尔米拉的朝廷上的身份看来是医生兼奇迹施行者,两者并无严格区别,他在波斯萨珊王朝的朝廷上似乎也是这样的身份。中古波斯文文书M3描述了摩尼最后受到波斯王白赫兰一世(Bahrām I,271-274)当面谴责的情况:"他(白赫兰一世)对主(摩尼)的第一句话是,'你不受欢迎!'然后,主回答说:'为什么?我干了什么错事?'国王回答说:'我发誓不让你踏上这块土地。'在愤怒之中他这样对主说,'啊,你有什么为人所需要呢,你既不战斗也不打猎。但是可能需要你因为这个医道('yn bšyhkyh)?可是你连这也不做。'然后主回答说:'我没有危害你。(相反),我经常对你和你的家族行善。我曾经为许多你的臣民祛除男女魔鬼。我曾经为许多人治愈各种热病和寒颤。许多人死了,我使他们起死回生'······"亨宁评论道,在波斯国王沙普尔一世统治下,希腊和印度的科学著作,特别是医学书籍被翻译成波斯文。但是他的儿子白赫兰一世显然并不同情他在波斯提高医学地位的努力。结果,摩尼及其追随者和医学一样,都成了白赫兰心胸狭窄的牺牲品。一说摩尼不为白赫兰一世所喜的原因之一是他没有能治好国王的一个亲戚。[25]

正因为在摩尼教文献中,摩尼以施行奇迹和行医闻名,所以攻击摩尼教的对手往往针对这一点,制造谣言,贬低摩尼。生活于四世纪的赫格曼尼亚斯(Hegemonius)写的《阿基来行传》(Acta Archelai)说:后来,六十岁时,摩尼派学生到全世界各地去传播他的教义。在他们离去期间,波斯王的儿子得了重病,他父亲悬重赏请人为儿子治病。摩尼决定孤注一掷,求见国王,声称自己能治愈他儿子的病。他受到盛情接待,但是他的医术徒有虚名;那个孩子死在他手上,他被投入监狱。后来潜逃,但是最后还是被重新逮捕,并被处死。[26]

基督教文献中不仅耶稣,而且他的使徒也能施行奇迹治病,在摩尼教文献中,摩尼的门徒也有这份能耐。摩尼教粟特文书 18,224(= TM389c)是一篇历史性文献,讲摩尼的弟子加布里亚布(Gabryab)在雷范(Revan,可能在今亚美尼亚的埃里温)传教,怎样治愈一个女孩:他首先向基督教徒提出挑战说,如果他医治好这个女孩的病,就要求基督教徒离开基督教,接受主末摩尼(βγy mrm'ny)的宗教。他说:"基督(mš'y – x')是能够施行奇迹的神(wrz – kr'k βγ – y)。瞎子以及瘸子和肢体伤残(?)的人,他都治好了(他们的)病。与此类似,他也起死回生。通常说,儿子像老子,弟子像老师。如果你们货真价实是基督的弟子,酷肖基督,那么都到〈这里〉来,治愈这个女孩的病,就像耶稣('yšw)对弟子说的,'你们把你们的手放在一个人身上,我就将通过上帝的手使他康复!'如果你们不这样做,那么我(通过上帝的)〔力量〕将使这个女孩的病痊愈,〔那么你们〕将离开雷范王国。"基督教徒们说,他们不能治愈她,让加布里亚布医治。加布里亚布晚上向月亮(耶稣的象征)、早晨向太阳神膜拜,要了油和水,并对油和水祝福,在女孩身上擦了油,又让她喝了一点水,片刻之间女孩霍然病愈。这为摩尼教赢得了很大声望。[27]这个故事与上引粟特文景教"佩西昂的故事"相似,基督教和摩尼教均以治病救人作为争取信徒的一种方式。

在现存伊朗语史料中,摩尼既被称为医生(帕提亚语 bzyšk),也被描写为施行奇迹(粟特文 wrz krz),在埃及出土的科普特文赞美诗中似乎更多从譬喻的意义上赞颂摩尼为"医生"。其中第 241 首是"讲坛节赞美诗"之一,赞美的中心是摩尼:"啊,〔伟大的医生来临了:他知道怎样医疗所有的人。他〕展开自己的医药箱,他大声呼唤:'希望得到治疗的人,就会得到。'看看他的治疗那么多种多样:他没有保留任何治疗方法。"这首诗把摩尼写的各种典籍比作他的解毒剂的二十二种成药。[28]这首赞美诗的许多医学用语均为希腊文借词,是受到希腊医学影响的明证。

汉文摩尼教文献与科普特文赞美诗,在歌颂摩尼为医生上很一致。《仪略》说:"佛夷瑟德乌卢诜者(本国梵音也)(即中古波斯文 frēstag – rōšan 或帕提亚文 frēštag – rōšan),译云光明使者。又号具智法王,亦谓摩尼光佛,即我光明大慧无上医王应化法身之异号也。……光明所以彻内外,大慧所以极人天,无上所以位高尊,医王所以布法药。"从这段文字中可以看到,"医王"是摩尼的正式称号,其它几种都是"异号"。

与此相印证,《下部赞》"此偈赞忙你佛讫末后结愿用之"里写道:"忙你(即摩尼)法王,明尊许智,诸圣许惠,从三界外,来生死中,苏我等性,为大医王。"

《摩尼教残经》中则歌颂摩尼:"唯有大圣,三界独尊,普是众生慈悲父母,亦是三界大引导师,亦是含灵大医疗主。"[29]

这些汉文资料翻译或改写于佛教盛行的环境中,用语带有明显的佛教色彩。我们在分析以医学作譬喻方面佛教对摩尼教的影响之前,先简略介绍一下佛教与医学的关系。

四、佛是医王,法是良药,僧是瞻病人

各种文字的印度教、佛教文献中,有数量相当可观的治疗学资料。齐斯克(Kenneth G. Zysk)对梵文和巴利文资料作了系统的分析,主要对公元前 800 年至 100 年之间的印度治疗学作了研究。他认为在此期间,印度治疗学发生了重大变化,从吠陀时代的以法术——宗教意识形态为基础的治疗学,演变为以经验——理性为基础的医学。而佛教在这种演变中起了关键性的作用。

最古老的《梨俱吠陀(Rgveda)》有几首颂诗的中心是赞美治疗之神的,其中最重要的是阿须云(A śvins),即双马童,被称为"众神的医生"。稍晚的《阿闼婆吠陀(Atharvaveda)》(《攘灾明论》)是术士之书,包括相当数量驱邪祛病的符咒,因此是早期吠陀时代治疗学的主要资料来源。文献证明,吠陀治疗学基本上是以法术为基础的治疗体系,认为疾病是由恶魔或邪恶的力量所引起的。治疗者有一定的关于医学和药物的知识,能够念咒语,能够"跳大神",类似后世的巫医。在后期吠陀时代(约公元前 900－500 年)的本集(Samhitās)和梵书(Brāhmanas)中,医生是受到祭司种姓轻视的,因为医生与各种种姓的人接触,被认为是不纯洁的。[30]

受到婆罗门种姓排斥的医生却为沙门(śramanas)所接受,与沙门融为一体。沙门是非正统的、浪迹天涯、以乞讨为生的出家人,类似后世的游方僧、托钵僧。希腊化的塞留古(Seleucus)王国驻印度孔雀王朝的使节麦加斯梯尼(Megasthenes,约活动于公元前 300 年)讲到,关于加曼(希腊文 Γαρμανs,即沙门),最受尊重的是林居者,其次即为医生(希腊文 ιατρικι),他们是哲学家,以乞讨为生,能用药物使人多子多孙;但是他们主要通过食物而不是通过药物来治病。[31] 古代印度医生在梵文中称为 vaidya,[32] 他们不受婆罗门种姓的各种清规戒律的限制,发展出一种以经验为基础的医疗诊断学,通过不同的治疗传统逐步积累起医学知识。

这种非正统的医学很适合佛教的中道。释迦牟尼生时(约公元前 5 世纪初至中叶)已经建立了僧伽(sangha),他亲自为僧伽制定了许多戒律,以轨范僧侣的日常生活。这些戒律的指导原则就是中道,既不必过分苦行,也不可放纵,以致于干扰了精神生活的精进。为了治疗僧侣的疾病,维持僧侣的健康,许多医学知识都写入了戒律。大量资料证明释迦牟尼本人

有丰富的医学知识,非常关心僧侣的健康,亲自动手照料有病的僧侣。

玄奘的《大唐西域记》卷六,关于室罗伐悉底国(Śrāvastī,故址在今印度北方邦北部巴尔兰普尔〔Balrāmpur〕西北方)如来洗病比丘处写道:昔如来之在世也,有病苾刍(即比丘)含苦独处。……如来是时愍告曰:"善男子,我今看汝。"以手拊摩,病苦皆愈。扶出户外,更易敷蓐,亲为盥洗,改著新衣。佛语苾刍:"当自勤励。"闻诲感恩,心悦身豫。这个故事流传到玄奘的时代,已经增加了手到病除的神秘色彩,但是如来洗病比丘的基本事实得到巴利文律藏犍度大品(Mahāvagga)和汉文《四分律》等佛经的证实,应该是可信的。[33]

巴利律藏犍度大品中还包含许多佛陀关心僧侣病情的故事,汉文《五分律》的药法、《四分律》的药犍度、《十诵律》的医药法基本与这些故事相应。齐斯克主要根据巴利文资料,分析了佛陀处理僧侣疾病的十八个例子,并与印度古代医学著作进行了比较。[34]此处只举一个汉文佛经中的例子,以见一斑。唐朝义净翻译的《毗奈耶药事》卷第一写了一个释迦牟尼处理僧侣眼疾的故事:

> 缘在室罗伐城(即室罗伐悉底)。时有苾刍(即比丘)患眼,遂往医人处问曰:"贤者,我今患眼,为我处方。"医人报曰:"圣者,宜用安膳那药,即应得差。"苾刍报曰:"我岂是爱欲之人?"医人报曰:"圣者,此是好治眼药,除此余药不能疗也。"以此因缘,时诸苾刍往白世尊。佛言:"若医人言此是治眼药,余不能疗者,应当用安膳那。"然彼苾刍不知用何安膳那,便问医人。医人报曰:"圣者,汝师具一切智,应往问之。"以斯缘故,时诸苾刍往白世尊。佛言:"有五种安膳那:一者花安膳那,二者汁安膳那,三者粖安膳那,四者丸安膳那,五者骚毗罗石安膳那。此之五种,咸能疗眼。是故苾刍若患眼者,应用安膳那,方得除差。"[35]

下面还有佛陀指示比丘不要丢弃用剩的安膳那,可以让以后患眼疾的比丘用,以及怎样储存安膳那的细节。安膳那是巴利文 añjana 的音译,意为洗眼剂、洗眼液。这个故事显示,释迦牟尼甚至有比医生更丰富的关于洗眼液的知识。在《十诵律》中,除了治眼法外,还有治眼筹法,可以用铁、铜、贝、象牙、角、木、瓦等材料作治眼筹;有盛眼药筹物法,规定安置眼药、治眼筹等物品的要求。

佛教僧侣早期是游方的,只在雨季定居一段时间,后来逐渐定居在寺庙中,寺庙也就成了僧侣和俗人的某种医疗中心,发展成医院的雏形。法显(约 337－约 422)在他的游记中讲到摩竭提国巴连弗邑(Pāṭaliputra,故址在今印度比哈尔邦之巴特那〔Patnā〕),"其国长者、居士各于城中立福德医药舍,凡国中贫穷、孤独、残跛、一切病人,皆诣此舍,种种供给。医师看病随宜,饮食及汤药皆令得安,差者自去。"在孔拉哈尔(Kumrahār)考古发掘中发现的佛教寺院的 ārogyavihāra(疗养所)可能就是法显所说的"医药舍"。[36]《摩尼光佛教法仪略》"寺宇仪第五"中讲到在摩尼教寺院中会设置一个病僧堂,可能就是受佛教影响的结果。

玄奘在《大唐西域记》印度总述中讲到教育时说,印度孩子"七岁之后,渐授五明大论。……三医方明,禁咒闲邪,药石针艾;……"医方明(cikitsā-vidyā)即古代印度医学,为四种《副吠陀》(upaveda)之一,称为《寿命吠陀》(Āyurveda)。[37]《隋书·经籍志》中著录了龙树菩萨药方、婆罗门诸仙药方等医学书。医学发展到较高水平,逐步被吸收进婆罗门教,冠以副吠陀之名,融入了印度主流文化。

另一方面,释迦牟尼的形象进一步神化了。他已经超越了一个具备丰富医学知识、细致关心僧侣健康的智者形象,而成为能创造奇迹的神。《大唐西域记》中就记载了一些佛陀治疗眼疾的神话。有一个神话说:乌仗那国(Udyāna,疆域在今印度河上游及斯瓦特河地区)国王上军王(Uttarasena)的母亲失明,"如来伏阿波逻罗龙(apalāla)还也,从空下其宫中,上军王适从游猎。如来因为其母,略说法要。遇圣闻法,遂得复明。"这个神话很可能是当地佛教徒臆造出来的。[38]这样的奇迹与《塔蒂安的四福音合参》第三十一章第25-35节关于底买(Timaeus)之子重见光明的故事性质类似:耶稣和门徒进入耶利哥城(Jericho),碰到一个名叫底买之子的瞎眼乞丐。他一听到经过的人是耶稣,就大声呼喊。耶稣命人带他过来,问他"你要我为你做什么?"他回答:"主,我要看见。"耶稣摸了一下他的眼睛,说:"你的信心医好你了。"他就立刻重见光明,跟随耶稣一道去了。[39]

像早期教父们的作品喜欢把耶稣比作真正的医生一样,佛经也喜欢把佛陀比作"大医王"。比如,《往生要集》卷中说:"然佛是医王,法是良药,僧是瞻病人,除无明病,开正见眼,示本觉道,引接净土,无如佛法僧。是故佛子先应生大医王想,一心念佛。……次应生妙良药想,一心念法。……次应生随逐护念想,一心念僧。"《大智度论》卷十二则以前世往事的形式来颂扬佛陀舍生救人的精神:"如释迦文尼佛本身作大医王,疗一切病,不求名利,为怜悯众生故。病者甚多,力不周救,忧念一切而不从心,懊恼而死。"[40]

克恩(Hendrik Kern)首先提出,佛陀的根本教义苦、集、灭、道四圣谛是受印度医学中疾病、病因、治疗和根治四分法的启发而提出来的。他以吠陀毗阿沙(Vedavyāsa,7-9世纪)对《瑜伽经》(Yogasūtra)2.15的评注作为证据。他进而引证了《普曜经》(Lalitavistara)中的两段经文,作为旁证。梵文《普曜经》(22和23.6,Vaidya版,页254,258)讲到佛陀在提出四圣谛之后,免除了一切痛苦和疾病,成为医中之王(Vaidyarājan)。此说为许多西方学者所接受。但是维兹勒(Albrecht Wezler)提出异议,认为最早使用医学四分法譬喻四圣谛的,是4世纪的大乘佛经《瑜伽师地论》(Yogacarābhumi)。这种思想不能追溯到佛陀。齐斯克不仅同意维兹勒的观点,并进而提出,Vaidyarājan(医中之王)使人联想到药师菩萨(Bhaiṣajyaguru),也即《妙法莲华经》(Saddharmapuṇḍarīka sūtra)中提到的药王菩萨(Bhaiṣajyarājan)。[41]

首先,齐斯克把药师菩萨和药王菩萨混为一谈是不妥的。根据《观药王药上二菩萨经》,药王菩萨原名星宿光,与其弟电光明以药供养日藏比丘及诸众,兄号为药王,弟号为药上。药师菩萨为东方净琉璃国之教主,发十二誓愿,救众生之病源,治无明之痼疾。又称大医王佛、医王善逝。检汉文《普曜经》第六,明确说如来"无极大仁为大医王疗众疾患。"《方广大庄严经》第九也是说如来"观察根性知其病本,施甘露药为大医王,令诸众生皆得度脱。"梵文、藏文译本也是讲的佛陀。[42]不容与药王菩萨相混淆。

其次,早期佛典《杂阿含经》卷十五中佛陀详细地从大医王的四法成就引申出四圣谛:"有四法成就,命曰大医王者。所应王之具王之分。何等为四? 一者善知病。二者善知病源。三者善知病对治。四者善知治病已当来更不动发。……如来应等正觉,为大医王,成就四德,疗众生病,亦复如是。云何为四? 谓如来知:此是苦圣谛如实知,此是苦集圣谛如实知,此是苦灭圣谛如实知,此是苦灭道迹圣谛如实知。"维兹勒仅仅因为这节不见于巴利文律藏而视为后来所插入的文字,未可作为最后定论。即使受医学四分法启示而提出四圣谛是否佛陀原意,尚可进一步研究,在早期佛经中已经把佛陀比作大医王则还有其它许多旁证。例如,《增壹阿含经》卷二十四说:"世尊今日不度者度,不脱者脱,不般涅槃者令般涅槃,无救者为作救护,盲者作眼目,为病者作大医王。"[43]

探讨摩尼教汉文文献中的"大医王"一词源自佛经的问题,还应注意的是,《维摩诘所说经》卷上有三段关于大医王的文字,一段说菩萨们"关闭一切诸恶趣门,而生五道以显其身,为大医王,善疗众病,应病与药,令得服行。"另一段见于宝积在佛祖面前颂出长偈,歌颂佛祖:"度老病死大医王,当礼法海德无边,毁誉不动如须弥,于善不善等以慈。"另一段是维摩诘对文殊师利说:"忆所修福,念于净命;勿生忧恼,常起精进;当作医王,疗治众病。菩萨应如是慰喻有疾菩萨,令其喜欢。"[44]

我们今天还能看到《维摩诘经》粟特文译本的残卷,可以肯定当时粟特人是熟悉此经的。可以推测,佛教徒把《维摩诘所说经》等汉文佛经翻译成粟特文时,用 βyc'n γwt'w 这个词组来翻译汉文的"医王"、"大医王"。摩尼教徒在把粟特文文献翻译成汉文时,就用汉文"医王"、"大医王"来翻译 βyc'n γwt'w。

五、结　语

欧亚大陆上古代三大宗教基督教、摩尼教、佛教都使用"大医王"这个宗教符号。但是三大宗教中这个象征符号的起源、发展和演变各有特点。在基督教福音书和使徒行传中,耶稣及其使徒主要施行奇迹来治病救人,这上承犹太教的传统,与希腊医学无甚关系,希腊文

ιατρος(医生)只出现数次,少有褒意。在使徒保罗的书信中,已经绝少谈到具体奇迹,只含糊其辞地说"神迹奇事",作为一种象征符号。早期教父多熟悉希腊哲学,把神学与医学作类比成为他们心爱的题目。在他们的笔下,耶稣成了唯一的医生(拉丁文 verus medicus)。这种思想也反映在景教中,汉文《志玄安乐经》中就把景教教义比作"复瘥众病"的"玉林珠果"。

印度的情况则很不相同。麦加斯梯尼笔下的 ιατρος(医生)是沙门中仅次于林居者的受人尊敬的人物。作为印度教叛逆者的佛陀,否定种姓制度,并不像婆罗门一样鄙视那些接触各种病人的"不洁"的医生。在早期佛经中固然也有一些佛陀治病的神话,但是通常佛陀只是尊重医生的意见,同意僧侣们按照医嘱治病,进而指示许多切实的医疗措施,并规定了大量保健卫生和治疗守则,作为戒律的一个组成部分。在佛教后来的发展中,佛陀才逐渐神化。梵文 vaidyarājan(大医王)本来只是譬喻意义,并且与佛陀丰富的医学知识有联系,后来则涂上了神秘的色彩。可以说,基督教中耶稣的形象是从施行奇迹者开始,逐渐抽象化,并与掌握希腊医学知识的医生作类比,而成为大医王。佛陀则是从富有印度医学知识的智者开始,在大医王这个形象上逐渐增添一些施行奇迹的神话。

摩尼教资料远不及基督教和佛教丰富,从现存资料看,摩尼可谓介于耶稣与佛陀之间,他一方面自认为是耶稣的使徒,他和弟子们有一些施行奇迹的故事流传下来,但是远不及耶稣及其门徒的奇迹多。另一方面,摩尼自称巴比伦的医生(帕提亚文 bzyšk),似乎懂一些医术,但是并无佛陀那样多的具体医案。在科普特文赞美诗中,受希腊医学的影响,把摩尼的各种经典比作药品和医疗用具。摩尼教传播到东方,进入佛教盛行的地区,佛经中梵文 vaidyarājan、粟特文 βyc′n γwt′w、汉文"大医王"这个形象的光彩一定使他们羡慕不已,于是借用过来,作为摩尼的正式称号——光明大慧无上医王应化法身。

注 释

〔 1 〕Kee,H.C.,1986,pp.122 – 124.

〔 2 〕*Bible*, Exodus,15:26(p.51);Deuteronomy,32:39(p.149);Hosea,11:3(p.642).

〔 3 〕*Bible*, II Chronicles,16:11 – 12;Jeremiah,8:15,18,22;30:12 – 13;47:11;51:8 – 9.

〔 4 〕*Bible*, Isaiah,35:5 – 6(p.508);Luke,7:20 – 22(pm730);Mathew,11:2 – 5(pp.688 – 689).

〔 5 〕参见 Hisppocrates, *Hippocrtes*, with English translation by M.H.S.Jones, Cambridge,1957 – 59,4v.(*Loeb classical library*);Singer,C.J., *A short history of medicine*, New York,1962,pp.27 – 41;Bowersock,G.W., *Greek sophists in the Roman Empire*, Oxford,1969, chapter v. "The Prestige of Galen".

〔 6 〕*Bible*, Mark,5:25 – 26;Kee,H.C.,1986,pp.65 – 66.

〔 7 〕*The Diatessaron of Tatian: a harmony of the four holy Gospels compiled in the third quarter of the second century; now first edited in an English form with introduction and appendices*, by S.Hemphill, London,1888, pp.8 – 10,12 – 6,22 – 6,29,31 – 2,37 – 8.莫顿·史密斯(Morton Smith)认为,作为神的儿子施行奇迹的耶稣,是他的信徒塑造的形象,而攻讦者谴责的耶稣则是一个施行法术的术士。参见 Smith,

Morton, *Jesus*, *the Magician*, New York, 1978。

〔8〕Sims – Williams, N., *The Chiristian Sogdian Manuscirpt C2*, Berlin, 1985, 3R – 3V(pp. 33 – 34).

〔9〕Kee, H. C., *Miracle in Early Christian World: a Study in Sociohistorical Method*, New Havn, 1983, pp. 170 – 173.

〔10〕Amundsen, D. W., *Medicine*, *Society*, *and Faith in Ancient and Medieval Worlds*, Baltimore, 1996, pp. 127 – 144.

〔11〕《汉语景教文典诠释》,翁绍军校勘并注释,北京,三联书店,1996 年,页 186。

〔12〕Widengren, G. 1946, pp. 158 – 64。

〔13〕*The Cologne Mani Codex*, tr. by R. Cameron and A. J. Dewey, Missoula, 1979, p. 76 – 77; Lieu, S. N. C. 1985, p. 32, 40, 62.

〔14〕Morano, E. 1982. 克林凯特在 1993 年出版的书中仍然翻译为"神",参见 Klimkeit, H. – J., 1993, 页 63。

〔15〕Sims – Williams, N., "Indian elements in Parthian and Sogdian", in *Sprachen des Buddhismus in Zentralasien: Vortrage des Hamburger Symposions vom 2. Juli bis 5. Juli 1981*, ed. by K. R(hrbom und V. Veenker, Wiesbaden, 1983, p. 141. 加里布把阿吠斯陀文 ba'ǝšaza 作为粟特文 βγc 的词源,见 Gharib, 2972, (p. 117)).

〔16〕Boyce, M. 1975, text bs; Klimkeit, 1993, p. 64.

〔17〕Boyce, M. 1975, text bu; Klimkeit, 1993, p. 66.

〔18〕Boyce, M. 1975, text bt; Klimkeit, 1993, p. 65.

〔19〕《大正新修大藏经》,卷 54,编号 2140,节 36 – 38, 51, 72, 81; 370(页 1271 – 2, 1278)。

〔20〕Allberry, C. R. C. 1938, 2, 57, 61.

〔21〕*Codex Manichaicus Coloniensis*, 121. 11 – 123. 13; *Zeitschrift für Papyrologie und Epigraphik*, 1982, pp. 13 – 15; Liu, 1985, p. 54. 冈萨克是萨珊王朝夏都,在今天伊朗西北部乌尔米亚湖一带。

〔22〕KG, 23; Klimkeit, H. – J., 1993, p. 208.

〔23〕KG, 42; Klimkeit, H. – J., 1993, p. 209.

〔24〕KG, 42 – 45; Lieu, 1985, pp. 73 – 74.

〔25〕Henning, W. B., "Mani's last journeys", BSOAS, 11 (1942), p. 981; Boyce, M. 1975, text n; KG, 130f; Klimkeit, H. – J., 1993, pp. 213 – 214。

〔26〕Hegemonius, *Acta Archelai*, XLIV, 3 – 9, ed. C. H. Beeson, Leipzig, 1906, pp. 92. I. 25 – 93, I. 25; Liu, S. N. C. 1985, pp. 98 – 100.

〔27〕KG, 3. 4(517 – 597) pp. 45 – 49; Klimkeit, H. – J., 1993, pp. 209 – 211; Lieu, Samuel N. C. *Manichaeism in Mesopotamia and the Roman East*, Leiden, 1994, pp. 31 – 33.

〔28〕Allberry, C. R. C. 1938, 46 – 7.

〔29〕《大正新修大藏经》,编号 2141A,页 1279,行 20 – 28; 编号 2141,节 373 – 374(页 1278); 编号 2141B, 页 1285,行 26 – 28。

〔30〕Zysk, K. G., 1991, pp. 117, 13 – 17, 22.

〔31〕Strabo, *The geography of Strabo*, with English translation by H. L. Jones, London, 1917 – 1933, v. 7, pp. 102 – 105(*Loeb classical library*).

〔32〕Monier – Williams, M., *A Sanskrit – English Dictionary*, Delhi, reprint 1997, p. 1022.

〔33〕《大唐西域记校注》,玄奘原著,季羡林等校注,中华书局,1985 年,页 490 – 491;《大唐西域记全译》,芮传明译注,贵州人民出版社,1995 年,页 306, 308, 310; *The book of discipline* (*Vinaya – pitaka*), tr. by I. B. Horner, Loddon, 1938 – 1952, v. 4, pp. 431 – 433.

〔34〕Zysk, K. G., 1991, pp. 84 – 116.

〔35〕《大正新修大藏经》卷 24,页 2。

〔36〕《法显传校注》,章巽校注,上海,上海古籍出版社,1985 年,页 102 – 105;Altekar, A. S. and V. Mistra, *Report on Kumrah*(*r Excavations 1951 – 1955*,Patna,1959,11,41,52 – 53,103,107,pls. XXXII, no. 5;XXXIVB, no. 2;XXXV, nos. 4,5).

〔37〕《大唐西域记校注》,页 185 – 187。

〔38〕《大唐西域记校注》,页 286,294。

〔39〕"The Diatessaron of Tatian", tr. by Rev. H. W. Gogg, in *The Ante – Nicene Fathers*:*translations of the writings of Fathers down to A. D. 325*, New York,1912,v. 9,p. 91;*Bible*,Matthew,20:29 – 34;Mark,10:46 – 52,Luke,18:35 – 42(pp. 697,716,743).

〔40〕《大正新修大藏经》,卷 84 页 68 下;卷 25 页 151 上。

〔41〕Kern, H. ,*Manual of Indian Buddhism*, reprint, Varansi,1986,pp. 46 – 47;此书的日文译本《佛教大纲》,南条文雄校阅,立花俊道译补,东京,大正三年(1914 年),页 14 – 141,148;Wezler, A. ,"On the Quadruple Division of the Yogaśāstra, the Caturvyūhatva of Cikisā śāstra and the 'Four Noble Truths' of the Buddha,"in *Indologica Taurinensia*,12(1984),290 – 337;Zysk, K. G. ,1991,pp. 144 – 145.

〔42〕《大正新修大藏经》,卷 20,页 665;卷 14,401 – 418;卷 3,页 523 上,596 上;*Tripitaka. Sutrapitaka. Lalitavisara. English. The voice of the Buddha*,*the bearty of compassion*, tr. into English from the French by G. Bays, Berkeley,1983,v. 2,p. 528.

〔43〕《大正新修大藏经》,卷 2,页 105 上 1 中;与此相应的佛经,还有数种,参见赤沼智善,《汉巴四部四阿含互照录》,名古屋,昭和 4 年(1929),页 187。

〔44〕《大正新修大藏经》,卷 2,页 677 上;卷 14,页 537 上。

略语表

Allberry, C. R. C. 1938 = *A Manichaean Psalm – Book*. Part II. Stuttgart, 1938 (*Manichaean Manuscripts in the Chester Beatty Collection*, Vol. II).

APAW = *Abhandlungen der Pressischen Akademie der Wissenschaften*, *Phil . – Hist . Klasse*. Berlin.

BBB = Henning, W. B. *Ein manichäusches Bet – Beichtbuch*, Berlin,1937,*APAW*1936, No. 10.

Bilbe = *The holy Bible*:new international version, Colorado Springs,1984.

Boyce, M. 1975 = *A Reader in Manichaean Middle Persian and Parthian*. Leiden,1975.

BSOAS = *Bulletin of the school of Oriental and African Studies*

Gharib = Gharib, *Dictionary of Sogdian*:*Sogdian—Persian—English*, Tehran,1995.

GMS = Gershevitch, I. *A Grammar of Manichean Sogdian*. Oxford,1954. (Numbers refer to paragraphs)

Kee, H. C. ,1986 = *Medicine*, *Miracle and Magic in New Testament Times*, Cambridge,1986.

KG = Sundermann, W. *Mitteliranische Manichäische Texte kirchengeschichtlichen Inhalts*, *Berliner Trufantexte XI* (Berlin,1981).

Klimkeit, H. – J. ,1993 = *Gnosis on the Silk Road*:*Gnostic texts from Central Asia*, New York,1993.

Lieu, S. N. C. 1985 = Manichaeism in the later Roman Empire and medieval China, a historical survey,

Manchester, 1985.

Morano, E. 1982 = "The Sogdian Hymns of 'stellung Jesu' ," *East and West* N.S. 32(1982), 9 – 43.

TSP = Benveniste, E. *Textes Sogdiens (Mission Pelliot* , III) . Paris, Librairie Orientaliste Paul Geuthner, 1940.

W – Li = Waldschmidt, E; Lentz, W. *Die Stellung Jesu im Manichäismus . APAW4* , 1926.

Widengren, Geo, 1946 = *Mesopotamian elements in Manichaeism* , Uppsala Universitets Arsskrift, III 1946(Uppsala and Leipzig, 1946).

Zysk, K.G. , 1991 = *Asceticism and Healing in Ancient India* : *Medicine in the Buddhist* Monastery, New York, 1991.

Comparative Study of "the Physician King" in Manichaeism, Christianity and Buddhism

Ma Xiaohe

As a "physician king", Mani's image falls between the images of Jesus and Buddha. Mani professed himself as an apostle of Christ and performed miracles to cure sickness, just as Jesus did in the Gospels. He also declared that he was a "physician" from Babylon and mastered medical skills as Buddha did. In the gospel, where medical jargon is rarely found, Jesus was a miracle – worker only. Only after being influenced by Greek philosophy did the early church fathers (ca. 150 – 430) begin to describe Jesus as the "sole physician". In Manicheaism, Jesus was called the "physician for the wounded", "noble physician", "virtuous physician" and "great king of healing". However, Buddha did in fact possess much medical knowledge and experience as an ascetic physician in ancient India. Budda was called the "king (master) among the physicians" in *Lalitavistara* , and later the holy image was added in miracle stories. Manichees must have been so impressed by Buddha's title of "Physician King" that when Manicheaism spread eastward, they also called Mani "Our Insurpassable, Bright, and All – wise Healing King ".

辛嶋静志博士的佛教汉语研究述评

徐 文 堪

众所周知,印度佛教产生了非常丰富的文献,其中有不少保留在梵文、巴利文的典籍里,但更多的是存在于汉译和藏译的佛典里。因此,汉译佛典在探讨佛典的形成、发展、传播等问题时,是极其重要而宝贵的资料。另一方面,十九世纪末以来在中亚各地和丝绸之路沿线发现的用各种语言和文字书写的佛典,也为佛教学和语文学(以及语言学)的研究开创了新纪元。但是,这些佛典产生的历史背景和相互关系,至今还没有完全探究清楚。为了推进中、印佛教史和文化交流史以至中亚古代文明的研究,正如狄庸(J. W. de Jong)教授所指出[1],应该对汉译佛典的用词、语汇与文体进行认真考察,并与梵语和各种中亚语言的佛典进行对比,然后在此基础上,编出详尽的梵—汉和汉—梵词典,使读者能够知道,某一确定的佛教梵语词语,在安世高、竺法护、鸠摩罗什等不同译者手中,各有如何不同的译法。当然,从事这一工作,需要梵、巴、藏、汉、日和中亚语文的修养,以及佛教学、文献学、语言学的训练,绝非轻而易举之事。数十年来,各国学者循此方向作出了不懈努力,取得了一定成绩,但是系统、全面的研究尚有待开展[2]。可喜的是,日本学者辛嶋静志博士 80 年代末以来的工作,在这方面迈出了坚实的步伐,非常引人注目。

辛嶋静志(Seishi Karashima)先生生于 1957 年 9 月。1976—1985 年在东京大学学习和研究佛教学、印度学与汉语。在学期间,已故英国 J. Brough 教授来到日本,打算编辑一部(佛教)汉—梵词典,印度学家原实教授推荐他当这一课题的助手,但因 Brough 教授突然去世,这个项目被放弃了。1985—1987 年他在剑桥大学跟随 K. R. Norman 教授研习中世印度雅利安语和巴利语。1987－1991 年在北京大学留学,师从季羡林教授,并与蒋忠新教授合作研究《法华经》,获得博士学位。1991—1994 年在德国弗莱堡大学与 Oskar von Hinüber 教授共同研究印度学。1994—1997 年任东方研究会专任研究员。1994—1997 年任京都真宗大谷派教学研究所客座研究员。1997 年至今任东京创价大学国际佛教学高等研究所副教授。下面,拟按年代顺序,对辛嶋先生的主要著作作一些简单的介绍和评述。

1991 年辛嶋先生用汉文发表了论文《法华经中的乘(yāna)与智慧(jñāna)——大乘佛教中 yāna 概念的起源与发展》(《季羡林教授八十华诞纪念论文集》下卷,江西人民出版社,

607—643 页)。作者对于《法华经》的各梵语写本的异同,梵本与竺法护译《正法华经》、鸠摩罗什译《妙法莲华经》之间的不同之处进行了详细的分析,得到如下结论:《法华经》形成较早的部分,原来也是通过中世印度语(Middle Indic)而流传的,或是具有浓厚的中世印度语色彩,但随时代的变迁而逐渐(佛教)梵语化。梵语写本间的异同、梵本与汉译的差异,追究其原因就在于伴随着把中世印度语梵语化而产生的解释上的差异。《法华经》的梵语诸本间、梵本与汉译本间存在 yāna/jñāna 的交替,它是以中世印度语的 jāṇa(* jāna)为媒介的,即 jñāna > jāṇa < yāna。yāna 在《法华经》形成较早的部分本来也意为"智慧",到了形成较晚的散文部分因受般若思想影响,才开始被解释为"达悟之道,乘,修行道"。因此,mahāyāna("大乘")、hīnayāna("小乘")、buddhayāna("佛乘")等词是由原来的 mahājñāna("大智")、(hīnajñāna("小智")、buddhajñāna("佛智")等词产生的。辛嶋先生后来又指出:现在一般的汉语词典都把"大乘"、"小乘"、"佛乘"等的"乘"注音为"chéng",把"乘"理解为"运载、乘载"之义,但梵文原语"yāna"并无此义,而是有"移动,步行,旅行;道路,途径;马车、船等运载工具"等意思,在佛教中具体指六波罗蜜等修行或佛的教法,至于"运载"之义则是后来在中国出现的误解。因此,"大乘"、"小乘"、"佛乘"等的"乘"在汉语中应念为"shèng"。笔者在参加《汉语大词典》编纂工作中,对此也曾感到困惑,读了辛嶋先生的论断后,真有涣然冰释之感。

1992 年东京山喜房佛书林出版了辛嶋先生的英文专著 *The Textual Study of the Chinese Versions of the Saddharmapuṇḍarīkasūtra in the light of the Sanskrit and Tibetan Versions*。本书依据印度、中亚梵本和藏文译本,对早期《法华经》汉文译本作了细致的文本分析,研究了汉文本和梵文本的关系,考察了竺法护所译《正法华经》的原语。作者认为,竺法护译的《正法华经》保留了远较现存梵本为多的中世印度语形式,而且很可能是用佉卢文(Kharoṣṭhī)书写的,所以其原语可能近于犍陀罗语(Gāndhārī),但现在尚不能肯定其原语必定是犍陀罗语。我们知道,有的学者认为犍陀罗语很可能曾是印度西北部及中亚地区佛教徒的共同语言[3],它在中亚所起的作用可以与欧洲中世纪拉丁语的作用相比。而自东汉至南北朝出现的汉译佛典里,许多原典是用中世印度语、中亚语言等口传或书写而成的。《法华经》在现存大乘经中梵本最多,来源不同,文字和内容差别很大,依不同系统分别在印度、中亚、克什米尔和尼泊尔流行[4],而汉译本的情况也很复杂,辛嶋先生的对比研究在佛典语文学方面的意义是非常显著的。

1994 年东京平河出版社用日文出版了作者的另一力作《〈长阿含经〉の原语の研究——音写语分析を中心として》。作者认为:汉译佛典中的音译词往往表现出犍陀罗语的特征,这已成为学者们的共识;但有时出自同一经典的其他音译词,表现出的语音变化却与犍陀罗语相矛盾。因此,为了考察某一汉译经典原语的真相,有必要对这一经典中出现的所有音译词进行全面分析。在本书中,作者对《长阿含经》的音译词作了细致考索。结果是发现其中有的词具有犍陀罗语的特征,如"弥沙"(佛教混合梵语为 Miśrikā－),"沙"(汉语中古音 ṣa)显示了原始梵语的－śr－到－ṣ(ṣ)－的变化,这是犍陀罗语特有的;但有的词与西北印度的犍陀罗语具有明显的不同之处,而在其他中世印度语中却相当普遍。其中还有大约五百个音译词在梵语、巴利语中有相对应的词,这些词都不属于《长阿含经》之前已形成的音译词。此外,还出现了在梵语、中世印度语中没有出现的特殊音变。因此,《长阿含经》的原语呈现出多样性的特征,而不能将它简单地归为犍陀罗语。作者的结论是:它是犍陀罗语之外的中世印度语、地域方言、梵语要素的十分复杂的混合体。我们也许可以从广义上把这种语言称为犍陀罗语,但它与西北印度碑文上的犍陀罗语相距甚远。

作者在本书中还注意到了与汉语音韵有关的问题。如羊母的音值,《长阿含经》中存在羊母与梵语－k－相对应的例子,但印度、中亚语言中不可能存在－k－>－j－这一音变,而应认为它反映了－k－>－y－这一中世印度语的音变;此外,羊母有时与－c－对应,作者认为它表明的不是－c－>－j－这一特殊变化,而是说明在《长阿含经》的原语中也发生了－c－>－y－这一在中世印度语中较普遍的音变。由此可以推定,在《长阿含经》译出的时代(五世纪初),长安羊母的音值不是蒲立本(E.G.Pulleyblank)等所主张的ź－,而是与印度语言中的半元音 y 相类似的音。再如鱼部的音值,作者分析了《长阿含经》中使用这一韵类的汉字音译词,推定这些汉字的主要元音还是 o[5]。作者认为,汉译佛典是研究中国音韵学的重要资料;反之,我们也可以利用汉语音韵学研究的成果,探明汉译佛典原语的面貌。

除专著外,辛嶋先生近二、三年来还以日文和中文发表了一系列论文,如《汉译佛典の汉语と音写语の问题》(《东アジア社会と佛教文化》,1996,202—218)、《初期大乘佛典の文献学的研究への新しい视点》(《佛教研究》第 26 号,1997,157—176)、《汉译佛典的研究》(附:《佛典汉语三题》)(《俗语言研究》第 4 期,1997,29—49)等等。在这些文章里,作者概述和总结了自己的研究成果,不仅涉及汉译佛典的原语问题,而且讨论了汉译佛典的汉语问题,对佛典所见的语法、语汇特别是一些难解词语进行了解释和考证。如鸠摩罗什译《妙法莲华经》中有"各以衣裓盛诸天华"、"当以衣裓,若以几案,从舍出之"等语,其中"衣裓"一词一般被释为"盛花之器"、"衣衿"等,但确切的意义不明。梵本中没有与前一例相对应的话,但中亚出土梵本有与后文的对应。"衣裓"的对应词是梵语 utsaṅga,这个梵语词通常意为"膝",但在吠陀文献、巴利语文献中,很多地方意为搬运物品时使用的某种"围裙",汉语词"衣裓"也是如此。关于"贝多"一词,作者认为不是"贝多罗"(梵语 pattra"树叶"的音译)之省,而是梵语 aśvattha(无花果属植物,学名 *Ficus religiosa*)的俗语形式的不完全音写;再如"罽宾"这个地名,最早见于《汉书·西域传》,作者认为是 Kaśmīra 的俗语形式 * Kaśpīr 的不完全音译。总之,为了更好地研究佛典汉语,有必要参照梵本和异译。

辛嶋先生以为,现在从汉语方面研究汉译佛典的词汇、语法的风气渐盛,不少论著相继问世,令人高兴。但是,现在对佛典汉语的研究还是倾向于从各种佛典中抽出特殊的词汇和语法现象,并与佛典以外的文献(所谓"外典")中相类似的用法作比较,对它们进行列举、解释。但这还是远远不够的。今后的研究方向应该是在历来的宏观成果的基础之上,逐步研究每一部佛典的词汇、语法,并以此为基础,对不同译者的词汇、语法进行研究。

近年来,辛嶋先生查阅了《汉语大词典》、《大汉和词典》等工具书,精读了竺法护[6]译《正法华经》(公元 286 年),编纂了《正法华经词典》(*A Glossary of Dharmaraksa's Translation of the Lotus Sutra*),1998 年作为 *Bibliotheca Philologica et Philosophica Buddhica* 的第一种,由创价大学·国际佛教学高等研究所出版。这部词典收录的词汇共四千多条,包括佛教词语、音译词、口语词等。这些词往往没有被过去的汉语词典收录,或者即使收了,也多以西晋以后的文献作为依据。这部词典的所有词汇都出自同一经典,按现代汉语拼音顺序排列,附上梵本、异译经典中相对应的词汇。例如:

奇特(qí tè)"wonderful, outstanding"

    HD.2.1525a(百喻经);DK.3.576d(宋书)72b5.吾又经行　于斯树下　因○○慧

    得未曾有(v)K.55.2.āścarya – ;L.9c6.微妙

在此例中:

(1)"qí tè"是"奇特"的拼音。

(2)"wonderful, outstanding"是"奇特"的英译。

(3)"HD.2.1525a(百喻经)"表示《汉语大词典》第 2 卷第 1525 页左栏有"奇特"一词,最早的文献列举了《百喻经》。

(4)"DK.3.576d(宋书)"表示《大汉和辞典》第 3 卷第 576 页第 4 段有"奇特"一词,列举《宋书》例证作为最早的文献。

(5)"72b5"表示"奇特"一词出于《正法华经》(《大正藏》第 9 卷)72 页第 2 段第 5 行。

(6)"因○○慧"的"○○"为条目词汇。

(7)"(v)"表示此例文体为偈(verse)。

(8)"K.55.2.āścarya –"表明在 Kern—南条校刊本第 55 页第 2 行中,出现了与此条目词汇相对应的梵语"āścarya –"。

(9)"L.9c6.微妙"说明在《妙法莲花经》(《大正藏》第 9 卷)第 9 页第 3 段第 6 行中,出现了与条目词汇相对应的汉语词汇"微妙"。

各个条目根据不同情况,还有种种其他标记,所以这部词典不仅内容精湛,体例也非常严谨,堪称前所未有。在梵本方面,除依据 Kern－南条校刊本外,遇到各种中亚出土写本读法不同,也一并标明。在汉译本方面,不仅把《大正藏》的读法与其底本《高丽藏》进行了对照,而且与《中华大藏经》第 15 卷所收赵城金藏以及碛砂藏等读法作了对照,以判定其正误。书后附有"汉语拼音索引"、"四角号码索引"、"部首笔画索引"、"日语音读索引",检阅极便。

这部词典完成后,辛嶋先生以同样方法编纂鸠摩罗什译《妙法莲华经词典》,即将完成并出版。以后还将续编其他汉译佛典的词典,最终进行总结,编集《佛典汉语词典》。

辛嶋先生指出:把汉译佛典与梵语、巴利语等经典进行对照,不是简单的事;仅仅依靠查词典找出对应的词根本不行,而必须认真精读汉译佛典和梵语、巴利语及各种中亚语言的佛典,才能够进行对比。为了说明问题,辛嶋先生曾举出一例:《汉语大词典》把五代齐己诗《荆门寄题禅月大师影堂》"泽国闻师泥日后,蜀王全礼葬余灰"里的"泥日"一词解释为"泥洹日,涅槃日"(第 5 卷 1103 页)。其实,这里的"泥日"应该读作"泥曰"(中古音 niei jwet),是梵语 nirvṛti(灭度,涅槃)或者 nirvṛta("得灭度")的中世印度语形式的音译[7]。将《正法华经》与《妙法莲华经》和 Kern－南条校刊本一对照就非常清楚。因此,在考察与佛教有关的汉文典籍里意思不明的词汇时,正确地进行汉梵对勘实有其不可忽视的作用。

总之,汉语研究与佛教学的结合是一个尚待进一步开拓的、前途广阔的学术领域,而辛嶋静志先生的卓有成效的工作,可以视为起引导作用的前驱。

注 释

〔1〕J. W. de Jong, *A Brief History of Buddhist Studies in Europe and America*(Bibliotheca Indo－Buddhica 33), Delhi, 1987, 82－84.

〔2〕汤山明,"佛教文献学的方法试论",《水野弘元博士米寿记念论集·パーリ文化学の世界》(东京, 1990), 125－152;—, "The Need for Philological Research in the Field of Buddhist Studies", *Buddhism into the Year 2000: Proceedings of The First International Conference*, held in Bangkok from 7 to 10 February 1990 (Patumthani near Bangkok 1992)〔1996〕, 219－235.

〔3〕参看:平田昌司,"略论唐以前的佛经对音",北村甫等编 *Current Issues in Sino－Tibetan Linguistics*, 第 26 届国际汉藏语言与语言学会议组委会,大阪, 1994, 144－150。

〔4〕Heinz Bechert, "Remarks on the textual History of Saddharmapuṇḍarīka", *Studies in Indo－Asian Art and Culture*, vol. 2, Commemoration Volume on the 70th Birthday of Acharya Raghu Vira, ed. by Perala Ratnam, New Delhi, 1973, 21—27;杨富学,"《法华经》胡汉诸本的传译",《敦煌吐鲁番研究》第三卷(1998), 23—44。

〔5〕参看:W. South Coblin, "Remarks on Some Early Buddhist Transcriptional Data from Northwest China", *Monumenta Serica* 42, 1994, 151—169.

〔6〕竺法护翻译的佛典有七十余种流传至今。竺法护与二世纪末的支娄迦谶(Lokakṣema)、五世纪初

的鸠摩罗什(Kumārajīva)、七世纪的玄奘等都是重要的译者。他们的翻译作品在研究大乘佛教的成立和汉语史时,都是极有价值的资料。

〔7〕巴利语 nibbuti, nibbuta;中世印度语形式 ṇivvui, ṇivvuḍa;犍陀罗语(中世印度语之一)《法句经》nivrudi, nivudu.

附:辛嶋静志博士著作要目

《ヴエッサンタラ・ジヤ‐タカ译注》(巴利文 *Vessantara‐jātaka* 译注),东京,1988 年。

〈法华经中的乘(yāna)与智慧(jñāna)——大乘佛教中 yāna 概念的起源与发展〉,《季羡林教授八十华诞纪念论文集》下卷,南昌,1991 年,607—643 页。(日文本:〈法华经における乘(yāna)と智慧(jñāna)——大乘佛教におけるyānaの概念の起源について〉,田贺龙彦编,《法华经の受容と展开》,京都,1993 年,137—197 页。)

The Study of the Chinese Versions of the Saddharmapuṇḍa-rīkasūtra—in the light of the Sanskrit and Tibetan Versions, Tokyo 1992.

《〈长阿含经〉の原语の研究——音写语分析を中心として》,东京,1994 年。

《现代语译〈阿含经典〉·长阿含经》,6 卷,东京,1995 年—(共著)

〈波罗提木叉の比较研究〉,《印度学佛教学研究》,第 44 卷,412—408 页,1995 年 12 月。

〈汉译佛典の汉语と音写语の问题〉,高崎直道、木村清孝编《シリーズ・东アジア佛教》,东京,第五卷,201—218 页,1996 年。

〈法华经の文献学的研究〉,《印度学佛教学研究》,第 45 卷第 2 号,918(124)—914(129)页,1997 年 1 月。

〈初期大乘佛典の文献学的研究への新しい视点〉,《佛教研究》第 26 号,157—176 页,1997 年。

〈《大阿弥陀经》原文译〉,《教化研究》第 117 号,135—145 页,1997 年 6 月。

〈汉译佛典的语言研究〉、〈附篇:佛典汉语三题——关于语气词"婆"、关于贝多、关于厕宾〉,《俗语言研究》第 4 期,29—49 页,1997 年。

《正法华经词典》(Bibliotheca Philologica et Philosophica Buddhica I),东京,1998 年。

〈法华经梵本の原典批判觉书〉,《创价大学国际佛教学高等研究所年报》(创刊号),49—68 页,1998 年 3 月。

〈汉译佛典的语言研究(二)〉,《俗语言研究》第 5 期,47—57 页,1998 年。

〈法华经の文献学的研究(二)〉,《创价大学国际佛教学高等研究所年报》(第 2 号),39—66 页,1999 年 3 月。

编 后 记

正如刘迎胜教授在发刊词中所阐明的:在古代中亚、北亚、东北亚乃至东欧、中欧,每一个单独的部落、部族或联合体只能是整个历史进程的许多参与者之一,其历史、文化只有以整个内陆欧亚为背景,考虑到相互关系和各种影响,才能得到正确的理解和说明。这就是内陆欧亚学应运而生的原因。本刊欢迎就内陆欧亚各个局部进行深入研究的文章,更欢迎着眼于内陆欧亚全局的文章。

本辑所收主要是考据文章,这是目前内陆欧亚史研究的现状决定的,作为内陆欧亚史这样一门对象极其复杂的学问,不运用考据的方法是无法想像的,其成就也是有目共睹、有口皆碑的。考据无疑将贯彻这一学科发展的全过程。本刊将始终欢迎考据文章,尤其欢迎系统研究的成果。

但是,一个学科要真正建立起来,不能没有自己的理论。历史学家追求的应该是气势宏大的辉煌建构,而不仅仅是一砖一瓦的精雕细琢。遗憾的是,内陆欧亚学界,无论中外都存在着重考据、轻理论的倾向,这是应该引起我们每一位研究者关注的问题。本刊衷心希望今后有发表高质量理论文章的荣幸。

另外,一个学科要有大的进展,除了讲究研究方法之外,还需要建立起严格检验与科学评估的体系。毋庸置疑,对研究成果的严格检验和科学评估能有效地促使研究者精益求精。虽然这不仅仅是内陆欧亚史研究者、而是整个历史学界的任务,但历史学各个分支毕竟有相对的独立性,具体而言,每个内陆欧亚史的研究者都有责任为建立适合这一学科的检验和评估体系作出努力。在这方面,本刊也愿意发挥一定的作用。

编者

《欧亚学刊》章程

一、本学刊所谓"欧亚"主要指内陆欧亚(Eurasia),大致东起黑龙江、松花江流域、西抵多瑙河、伏尔加河流域,具体而言除中欧和东欧外,主要包括我国东三省、内蒙古自治区、新疆维吾尔族自治区,以及蒙古高原、西伯利亚、哈萨克斯坦、乌兹别克斯坦、吉尔吉斯斯坦、土库曼斯坦、塔吉克斯坦、阿富汗斯坦、巴基斯坦和西北印度。其核心地带即所谓欧亚草原(Eurasian Steppes)。

二、内陆欧亚文化、历史研究是世界文化、历史研究不可或缺的组成部分,东亚、西亚、南亚以及欧洲、美洲文化、历史上有许多疑难问题都必须通过加强内陆欧亚文化、历史的研究,特别是将内陆欧亚文化、历史视作一个整体加以研究才能获得确解。我国作为内陆亚细亚的大国,深入开展内陆欧亚文化、历史的研究更是责无旁贷;有关研究不仅饶有学术兴趣,而且是加深睦邻关系,为改革开放、建设有中国特色的社会主义创造有利周边环境的需要,因而亦具有重要的现实意义。

三、内陆欧亚文化、历史研究的对象主要是历史上活动于欧亚草原及其周邻地区(特别是我国甘肃、宁夏、青海、西藏和小亚细亚、伊朗、阿拉伯、印度、朝鲜半岛、日本、乃至西欧、北非等地)诸民族本身、及其与世界其它地区在经济、政治、文化各方面的交流和交涉。由于内陆欧亚(尤其是其核心地带)自然地理环境的特殊性,其文化、历史呈现出鲜明的区域特色。

四、《欧亚学刊》(Eurasian Studies)是不定期、连续性学术刊物。凡属内陆欧亚文化、历史研究范畴的专题(或资料)研究论文,内容充实,有一定广度、深度,均在收辑之列,只要文字洗炼,篇幅可以较长(一般不超过3万字)。尤其欢迎系统研究成果。每辑约32万字。1年左右出版一辑。

五、本刊主要登载中国学者的有关论文,也适量刊用外籍学者同类论文。后者主要以汉译文的形式发表,若为英、日、德、法、俄文,亦可以原文发表。

六、本刊一般只刊登作者首次发表的作品。

七、本刊主要刊登论文,也适量刊登有关的书评。书评提倡实事求是,反对一味捧场。

八、汉文稿件具体要求如下:

(一)使用大小相同的有格稿纸,每格一字,标点占一格,稿面要整洁。

(二)字迹要清楚,字体要端正,不要草书或行书。

（三）主要使用简化字（以文字改革委员会公布者为准）；引用古籍必须用繁体者，须予注明。某些文章由于内容需要，亦可按作者要求全文用繁体编排。

（四）标点符号的书写要注意：

1.逗号、顿号、句号、分号、冒号、问号、感叹号不要放在每行顶端。

2.引号、书名号、括号的前半边不要放在每行末尾，后半边不要放在每行顶端。

3.删节号、破折号可放在每行顶端，但不能分作二行书写。

4.行文中删掉一句或数句，用六个点，删掉一个自然段，用十二个点，并另起一行。

5.完整的引文，句号写在引号内；不完整，夹引夹议或转述类引文，句号和逗号要写在引号和注号外。

6.引文后的注号应紧接引号，必要时亦可放在引号外的标点之后。

7.书名加书名号"《》"书名中嵌套的书名用"〈〉"号；篇名、报刊名亦加书名号。

（五）专名的汉译：这是一个十分复杂的问题。暂时只能提出以下要求：

1.尽量采用约定俗成者，并与商务印书馆已出姓名、地名、民族等译名手册保持一致。

2.译名在做到全文一致的基础上，尽可能与本刊前出各辑已采用者统一。

3.不习见的专名，在文中首次出现时，请附上原文，除俄文外，一律使用拉丁字母转写形式。

（六）章节层次清楚，序号一致，其规格举例如下：

第一档：一、二、三

第二档：（一）、（二）、（三）

第三档：1、2、3

第四档：(1)、(2)、(3)

（七）中华人民共和国成立以前的历代（包括民国）纪年，在文中首次出现时，一律标出公元纪年。

（八）引文应仔细核对，做到准确无误。引用古籍，须注明书名、篇名（或卷数），如必要还应注明版本；篇名置于书名号内，其间用"·"隔开，如：《汉书·西域传》。

（九）注释：原则上允许采用多种形式，视论文性质而定；要求全文前后一致，在力求清楚、准确的同时尽可能节省篇幅。

以下是一些具体的建议，供参考：

1.除无特殊需要，一般采取尾注（文章结尾）的形式，不用脚注（页面底端）、边注和夹注。注号：〔1〕、〔2〕、〔3〕，置于字、句右上角。

2.常见的汉文原始资料，如《汉书·西域传》、《资治通鉴·汉纪》等一般不出注，尽可能写入正文,或仅在首次出现时加注说明版本。

　　3.内容完全相同的注,请依次逐条列出,诸如"同注〔23〕",而不是将数条合并成一条。

　　4.前注已经出现的论著,后注再出现时,一般用如下方式:"见注〔2〕所引李学勤文"或"见注〔1〕所引岑仲勉书 pp.21-89"。

　　5.如必需使用略语,请列出略语表。

　　(十)文献资料的出处必须注明著译者、书或论文名、出版地点和出版者、出版年月,书籍注明引用页码,论文注明起迄页码,较长的论文还可以加注引用页码(页码的表示形式参照以下示例)。如系外文论著,英、日、德、法、俄用原文,不必汉译;其余用拉丁转写,并附汉译。书、刊引用次数较多者一律使用略语。略语表应置于注释最前面。如:*JRAS*:*Journal of the Royal Asiatic Society* .其格式举例如下:

　　1.汤用彤《隋唐佛教史稿》,中华书局,1982,页 78-104。

　　2.季羡林《浮屠与佛》,《中印文化关系史论文集》,三联书店,1982,页 323-336。

　　3.荣新江《龙家考》,《中亚学刊》第四辑,北京大学出版社,1995,页 144-160。

　　4.北村高《コタン出身译经僧と华严经について》,《龙谷大学佛教文化研究所纪要》17(1978),88-93。

　　5.A. Stein, *Serindia*, *detailed report of explorations in Central Asia and westernmost China*, Oxfort, Clarendon Press,1928,pp.67-90.

　　6.E.G.Pulleyblank,"Chinese and Indo-Europeans",*Journal of Royal Asiatic Society* (1966), pp.9-39.

　　(请注意外文斜体的运用)。

　　(十一)插图:如文中需要插图,请作者提供清晰的照片(或底片、翻转片),绘制精确的图、表等,并在稿中相应位置留出空白(或用文字注明);图、表编号以全书为序。

　　(十二)提要:用另纸附上论文提要,英汉对照。如作者不能英译,请将汉文提要中出现的专门名词注上英语。提要以 300 字左右(以汉文计)为宜。

　　(十三)欢迎电脑打字稿(A4 型纸隔行打印)。

　　九、本章程将根据学刊编辑过程中出现的具体情况修订、增补,以臻完善。